WENDY, DARLING

A. C. WISE

Ins Deutsche übertragen
von Iris Bachmeier

cross cult

Die deutsche Ausgabe von
WENDY, DARLING – DUNKLES NIMMERLAND
wird herausgegeben von der Cross Cult Entertainment GmbH & Co. Publishing KG
CROSS CULT; Verlagsleitung: Andreas Mergenthaler und Luciana Bawidamann;
Teinacher Straße 72, 71634 Ludwigsburg.
Übersetzung: Iris Bachmeier, Programmleitung Romane/Sachbücher: Markus Rohde;
Lektorat: Karen Eifler; Korrektorat: André Piotrowski, Satz: Rowan Rüster; Layout: Sina Keller;
Lizenzmanagement: Ruijing Qiu; Herstellung: Hannah Düser; Vertriebsleitung: Peter Sowade;
Marketing: Cécile Béran; Druck: Printausgabe gedruckt von CPI Books GmbH, Leck.
Printed in the EU.

Titel der Originalausgabe: WENDY, DARLING

Published in agreement with the author, c/o BAROR INTERNATIONAL, INC.,
Arming, New York, U.S.A.

Print ISBN: 978-3-98666-459-6
E-Book ISBN: 978-3-98666-460-2
April 2024

WWW.CROSS-CULT.DE

Für alle, die je vom Fliegen geträumt haben

1
DARLING

LONDON 1931

Da ist ein Junge vor dem Fenster ihrer Tochter.

Wendy spürt es wie ein Rinnsal aus Sternenlicht, das durch eine Ritze hereinsickert, eine Veränderung im Druck und der Zusammensetzung der Luft. Sie weiß es mit derselben Sicherheit, mit der sie ihr eigenes Fleisch und Blut kennt, und weil sie es weiß, rennt sie los. Hinter ihr fällt klappernd ihre Haarbürste zu Boden; ihre bloßen Füße fliegen über hochflorige Läufer und klatschen auf Holzdielen, am Zimmer ihres Mannes vorbei zur Tür ihrer Tochter.

Das ist nicht einfach irgendein Junge, es ist *der* Junge. Peter.

Jeder Zentimeter ihrer Haut kribbelt alarmiert; die feinen Härchen in ihrem Nacken sind aufgerichtet – der jahrelang zwischen ihren Rippen verborgene Sturm bricht sich Bahn. Peter. Hier. Jetzt. Nach so langer Zeit.

Sie will rufen, aber sie weiß nicht, was, und als Wendy schlitternd zum Stehen kommt, sind ihre Zähne gebleckt. Es ist keine Grimasse, kein Grinsen, sondern ein animalisches Hecheln, panisch und wild.

Janes Tür steht ein Stückchen offen. Ein schmaler Streifen Mondlicht – unnatürlich hell, als würde er aus Nimmerland nach London geleitet – ergießt sich über den Boden. Er berührt Wendys Zehen, als sie – einen Moment lang unfähig einzutreten – durch den Spalt späht.

Obwohl sie reglos dasteht, rast ihr Puls. Vor jenem zu hellen Licht hebt sich die vertraute Silhouette ab: ein schmächtiger Junge mit in die Hüften gestemmten Fäusten, stolzgeschwellter Brust und hochgerecktem Kinn, die Haare zerrauft. Das ist unverkennbar Peter, wie er direkt vor dem Fenster im ersten Stock schwebt. Sie blinzelt, doch das Bild bleibt bestehen, verschwindet nicht wie jeder andere Traum zwischen heute und damals. Zwischen dem Mädchen, das sie war, und der Frau, die aus ihr geworden ist.

Natürlich, denkt Wendy, denn das hier mag zwar nicht das Haus sein, in dem sie aufgewachsen ist, doch trotzdem ist es ihr Heim. Natürlich hat er sie gefunden, und natürlich hat er sie *jetzt* gefunden. Dem Gedanken folgt Verbitterung – hier und jetzt, nach so langer Zeit.

Nein, nein, bitte nicht, denkt sie gleichzeitig, doch schon klopfen überlange Finger an die Scheibe. Ohne ihre Erlaubnis abzuwarten, schwingt das Fenster auf. Peter kommt herein und Wendys Herz stürzt ins Bodenlose.

Einmal eingeladen, stets willkommen – das ist sein Motto.

Peter bemerkt Wendy nicht, als sie die Tür zum Flur ganz aufstößt. Er fliegt eine Runde an der Decke und sie versucht mit schierer Willenskraft, ihre Tochter zum Weiterschlafen zu bringen, ihre Zunge zu zwingen, sich vom Gaumen zu lösen. Ihre Beine zittern, halten sie auf der

Türschwelle fest, wollen einknicken und sie fallen lassen. Er kommt einfach ungeniert herein, ihr eigener Körper hingegen verrät sie, weigert sich in ihrem eigenen Haus, einen Schritt ins Zimmer ihrer Tochter zu tun.

Das ist unfair. So war es immer bei allem, was Peter betraf, und nichts hat sich daran geändert. Nach Jahren des Wünschens und Wartens, der Lügen und Hoffnungen ist er schließlich hier.

Und nicht ihretwegen.

Peter landet am Fußende von Janes Bett. Die Decken verformen sich kaum unter seinem Gewicht; die Hülle eines Jungen, doch inwendig leer. Vielleicht liegt es an der Bewegung oder dem Licht, das aus dem Flur hinter Wendy hereindringt, aber Jane kommt halb zu sich, reibt sich die Augen. Wendy bleibt ein Warnruf im Hals stecken.

»Wendy«, sagt Peter.

Als sie ihn ihren Namen aussprechen hört, wird Wendy wieder zum Kind, ihre Zehen heben sich vom Boden, setzen zum Flug an, drauf und dran, ein grandioses, glanzvolles Abenteuer anzutreten. Nur dass er nicht sie ansieht, sein Blick ruht auf Jane. Wendy beißt sich auf die Wange, beißt zu, statt zu schreien. Hat er überhaupt eine Ahnung, wie lange das her ist? Der rot-salzige Geschmack ihres Blutes löst ihr endlich die zugeschnürte Kehle.

»Peter. Ich bin hier.« Sie schreit nicht, wie sie es sich wünscht, bringt bloß ein halb geflüstertes, abgehacktes Etwas hervor.

Peter dreht sich um, seine Augen so hell wie das Mondlicht hinter ihm. Sie verengen sich. Zuerst Misstrauen, dann ein Stirnrunzeln.

»Lügnerin«, sagt er, dreist und selbstbewusst. »Du bist nicht Wendy.«

Er macht Anstalten, zum Beweis auf Jane zu zeigen, aber Wendys Antwort lässt ihn innehalten.

»Doch, ich bin's.« Hört er das Beben darin, sosehr sie sich auch bemüht, ihre Stimme fest klingen zu lassen?

Sie sollte Ned rufen, ihren Mann, der unten in seinem Arbeitszimmer entweder in seinen Büchern versunken oder über ihnen eingeschlafen ist, sodass er gar nicht mitbekommen hat, wie sie den Flur entlanggerannt ist. Es ist das, was ein vernünftiger Mensch täte. Ein Eindringling ist in ihrem Zuhause, im Zimmer ihrer Tochter. Jane ist in Gefahr. Wendy schluckt, sie steht Peter allein gegenüber.

»Ich bin es, Peter. Ich bin erwachsen geworden.«

Peters Miene verwandelt sich in ein höhnisches Grinsen. Jane ist vergessen, seine gesamte Aufmerksamkeit gilt nun Wendy. Jane schaut verwirrt zwischen ihnen beiden hin und her. Wendy will ihrer Tochter sagen, sie solle weglaufen. Sie möchte ihr sagen, sie solle weiterschlafen: dass es nur ein Traum sei. Doch die bissige Schärfe in Peters Stimme ärgert sie, lenkt sie ab.

»Warum hast du das gemacht?«

Wieder überläuft es Wendy heiß und kalt. Sein wie immer hochmütig verzogener Mund, seine lodernden Augen fordern sie heraus, etwas zu riskieren, provozieren sie, sich seinem Wort zu widersetzen, das doch Gesetz ist.

»Das passiert eben.« Wendys Stimme wird fester, der Zorn triumphiert über die Angst. »Jedenfalls den meisten von uns.«

Peter. Hier. Real. Kein wilder Traum, bewahrt als Schutzpanzer gegen die Welt. Als Wendy es endlich fertigbringt, ganz ins Zimmer ihrer Tochter zu treten, ziehen die Jahre an ihr vorbei. Und jener Schutzpanzer, poliert und geflickt und im Laufe der Zeit dicht geschlossen, bekommt einen Sprung. Einen schrecklichen Augenblick lang ist Jane vergessen. Wendy wird zu einem Geschöpf, das vollkommen aus Wünschen besteht, sie sehnt sich danach, dass der kalte Ausdruck auf Peters Gesicht schmilzt, verzehrt sich danach, dass ihr Freund ihre Hand nimmt und sie bittet, mit ihm davonzufliegen.

Doch seine Hand bleibt fest in seine Hüfte gestemmt, das Kinn gereckt, damit er von seinem Platz auf dem Bett auf sie herabschauen kann. Wendy macht einen zweiten Schritt und ihr Panzer ist wieder da, wo er hingehört. Beim dritten brodelt der Zorn stärker als die Sehnsucht – wie dunkles Wasser, das unter einer dicken Eisschicht gefangen ist.

Wendy presst die Arme an ihre Seiten, um zu verhindern, dass einer davon zum Verräter wird und sich nach Peter ausstreckt. Sie ist nicht mehr das einsame Mädchen mit dem gebrochenen Herzen. Sie ist das, was sie im Laufe der Jahre aus sich gemacht hat. Selbst als Michael und John alles vergaßen, hielt sie an der Wahrheit fest. Sie wurde wegen ihrer Wahnvorstellungen weggesperrt und hat es überlebt, die Spritzen, Beruhigungsmittel und Wasserkuren überstanden, die sie vor sich selbst retten sollten. Sie hat gekämpft, nie klein beigegeben: Sie hat Nimmerland nicht losgelassen.

Elf Jahre ist das her, St. Bernadette mit seinen Eisenzäunen und hohen Mauern voll stirnrunzelnder Schwestern und brutaler Aufseher. Ein Ort, der dafür sorgen sollte, dass es ihr besser ging, dass sie geheilt wurde, obwohl Wendy weiß, dass sie überhaupt nie krank war. Und hier vor ihr steht der Beweis, am Bettende ihrer Tochter.

Wendy richtet sich auf, ihre Kieferpartie verhärtet sich und sie sieht Peter in die Augen. In den vergangenen elf Jahren hat sie für sich, ihren Mann und ihre Tochter ein Leben aufgebaut. Sie ist nicht mehr jenes verlorene, verletzte Mädchen und über die Wendy, zu der sie geworden ist, hat Peter keine Macht.

»Peter …«, hört Wendy ihre eigene Stimme, streng, mahnend. Die Stimme einer Mutter, aber nicht von der Art, die sie für Peter immer sein sollte.

Ehe sie noch irgendetwas sagen kann, schüttelt er schon den Kopf. Ein einzelner abrupter Ruck, der ihre Worte vertreibt wie eine ihn umkreisende, surrende Mücke. Sein Gesichtsausdruck wirkt gleichzeitig gelangweilt und ärgerlich.

»Du bist eine Spielverderberin.« Damit dreht er sich um, eine flüssige, elegante Bewegung. Peter verschwimmt und Wendy glaubt schon, dass er gehen will, doch stattdessen packt er Janes Hand. »Macht nichts. Nehm ich halt dafür diese Wendy.«

Peter springt, zerrt Jane in die Luft. Die stößt einen erschrockenen Schrei aus und aus Wendys Kehle hallt sein Echo wider – eine verstümmelte Lautexplosion. Sie ist nicht schnell genug, als Peter mit Jane im Schlepptau zum Fenster hechtet. Stattdessen fällt Wendy vornüber, stößt sich schmerzhaft das Knie und fängt sich am Fensterbrett ab.

Wendys Fingerspitzen streifen Janes Ferse und greifen ins Leere. Peter steigt in die Nacht auf, ein Krähen begleitet seinen Weg, so vertraut, so schrecklich, dass es sie schier erschlägt. Ob ihre Tochter nach ihr schreit, hört Wendy nicht: Als zwei kindliche Gestalten in einem Sternenfeld verschwinden, ist der dröhnende Nachhall von Peters Ruf das einzige Geräusch auf der Welt.

LONDON 1917

»Wo sind wir hier?«, fragt Wendy, als der Mietwagen vor einem schweren Eisentor zum Stehen kommt, das von einer dichten grünen Hecke umgeben ist, zu hoch, um darüber zu schauen.

Durch das Tor ist ein langer Kiesweg zu sehen, der zu einem imposanten Gebäude führt. Die Backsteinfassade und leere Fenster starren ihnen entgegen. John seufzt, seine Stimme klingt angespannt.

»Das ist St. Bernadette, Wendy.«

John wartet nicht auf den Fahrer. Er macht seine Tür auf und kommt herum, um Wendy aussteigen zu lassen. Dann nimmt er sie am Arm, entweder um sie zu stützen oder um sie am Davonlaufen zu hindern.

»Wir haben doch darüber gesprochen, und über Dr. Harrington, weißt du noch? Er wird dir helfen, gesund zu werden.«

Wendy beißt sich auf die Wange; natürlich weiß sie das noch. Ihre Brüder sind die Vergesslichen, aber sie kann nicht umhin, sich zu erinnern. Doch der verbitterte, gehässige Teil von ihr will John das hier so schwer wie möglich machen. Sie will ihn zwingen, ihr immer wieder seinen Plan zu erklären, sie hier zurückzulassen, die Verantwortung für seine verrückte Schwester abzugeben. Was würden wohl ihre Eltern denken? Wären Mama und Papa nie an Bord dieses verfluchten Schiffes gegangen, jenes einen, das als unsinkbar galt, bis es auf einen Eisberg traf – würden sie John und Michael gestatten, sie so zu behandeln? Genau diese Frage schleuderte sie ihm mehr als einmal entgegen, sah zu, wie sich sein Gesicht verzerrte, und ergötzte sich daran. Dennoch, trotz alledem geriet die Entschlossenheit ihres Bruders nie ins Wanken.

Um Johns Mund herum sammeln sich Fältchen, derselbe Gesichtsausdruck, den er als Kind hatte, wenn er immerzu versuchte, so ernsthaft und erwachsen zu sein. Einzig in Nimmerland erlebte Wendy ihn jemals wirklich als kleinen Jungen. Da spielte er »Folgt dem Anführer«, jagte Peter im Flug zwischen den Baumwipfeln hinterher. Warum hätte er das je vergessen und hinter sich lassen wollen?

Auf dem Weg zum Tor studiert sie Johns Profil. Die Art, wie die Sonne seinen stolzen Nasenrücken und seine feste Kieferpartie betont, sich in seiner Brille fängt und seine Augen auslöscht. Sein schlechtes Sehvermögen hatte ihn vor dem Krieg bewahrt, doch dafür wurden ihm so viele andere Bürden auferlegt – sie selbst eingeschlossen. Er ist immer noch jung, einundzwanzig, geht inzwischen gerade so als Mann durch, aber sein Rücken krümmt sich schon unter der Last der Jahre, als wäre er doppelt so alt.

Er muss spüren, dass sie ihn beobachtet, nur schaut er nicht in ihre Richtung. Der erste Anflug von Panik löst den

Schmerz in Wendys Brust ab. John hat tatsächlich vor, sie einweisen zu lassen.

Als sich das Tor scheppernd öffnet, mit stoischer Miene geführt von einem Mann in einer weißen Uniform, unterdrückt sie das aufgeregte Flattern in ihrem Inneren. Einen Augenblick lang macht John einen gequälten Eindruck und Wendy denkt flüchtig daran einzulenken. Zumindest hat er den Anstand, selbst mit anzusehen, wie sie eingesperrt wird. Michael hat sich geweigert, sie zu begleiten. Und warum sollte er auch? Die Art und Weise, wie sie mit ihm umgesprungen ist, war der Tropfen, der das Fass zum Überlaufen gebracht hat, der John zu seinem Tun gezwungen hat. Sie hat ihren kleinen Bruder angeschrien, ihn verletzt, als er schon so geschwächt war, nachdem er aus dem Krieg nach Hause gekommen ist, körperlich und seelisch gebrochen. John blieb keine Wahl – er schickt sie zu ihrem eigenen Schutz fort, und noch mehr zu Michaels.

Wendy wendet den Blick von ihrem Bruder ab, von dem Mann in Weiß, sie hat plötzlich einen Kloß im Hals. Wenn sie John noch länger anschaut, bricht sie zusammen, und sie ist fest entschlossen, ihre Gefangenschaft hocherhobenen Hauptes anzutreten.

Um sich abzulenken, konzentriert sie sich auf die Anlage. Einst war dieses Anwesen wohl ein vornehmes Landgut und so sieht es nach wie vor aus. Links und rechts des Weges erstrecken sich bis hin zu den mit Eisenzäunen durchsetzten Hecken vorn und hohen Steinmauern auf den drei anderen Seiten leuchtend smaragdgrüne Rasenflächen. Es gibt Blumenbeete und schattenspendende Bäume, Krockettore im Gras und kleine Sitzgruppen mit Tischen.

Beinah schon idyllisch. Hier könnte sie vergessen, dass sich der Rest der Welt im Krieg befindet. Sie könnte – sollte sie es sich gestatten – vergessen, dass St. Bernadette ein Käfig ist, aber das wird sie nicht tun.

All ihren Bemühungen zum Trotz breitet sich die Panik aus, das Blut unter ihrer Haut verwandelt sich in einen blauen Fleck. Soll sie noch ein letztes Mal versuchen, sich zu erklären? Wenn sie überzeugend genug lügt, lässt John sie vielleicht zu Hause bleiben und ihm mit Michael helfen. Dessen Bein bereitet ihm immer noch Schmerzen, eine bleibende Folge des Schrapnells, das es zerfetzt hat, aber schlimmer sind die Träume. Sie beide, Wendy und John, schreckten von Michaels Schreien hoch, wann immer er sich in seinem unruhigen Schlaf wieder in den Schützengräben oder im Lazarett wähnte, wo er auf eine weitere Operation wartete, bevor sie ihn endlich nach Hause schickten. Wenn sie ihn bei seiner Therapie unterstützen und für ihn da sein könnte, um ihn über die Erinnerungen und Traumbilder hinwegzutrösten, würde ihr mit der Zeit vielleicht sogar Michael selbst verzeihen.

Doch nein, sie hat keine Chance mehr. John und Michael mögen es zwar nicht erkennen, aber sie *hat* es versucht. Und sie ist gescheitert. Nach dem Tod ihrer Eltern bemühte sie sich, eine Mutter zu sein, dafür zu sorgen, dass alle etwas zu essen und anzuziehen hatten. Ein gleichgültiger Onkel, nur dem Namen nach ein Vormund, zog zu ihnen. Der Bruder ihrer Mutter, ein Mann, dem Wendy nur ein einziges Mal begegnet war, als ganz kleines Kind. Er tat bloß das absolute Minimum dessen, was erforderlich war, kümmerte sich gerade so um ihr Wohlergehen; alles andere blieb an Wendy, John und Michael selbst hängen. Der stets so ernste John gab sein Bestes, um der Mann im Haus zu sein, nahm alles an Verantwortung auf sich, was er konnte, und verlor dabei noch mehr von seiner Kindheit. Falls noch irgendein Stückchen Nimmerland in seiner Seele geblieben war, verschwand es damals. Noch so jung und doch zu alt für alberne Geschichten und Spiele, für die Fantasie.

Keiner von ihnen nahm sich Zeit, um zu trauern. Das wurde ihnen nicht gegönnt. Natürlich hatte ihr Onkel kein Interesse daran, ihrem Kummer Raum zu geben; jede Gefühlsäußerung wurde als ungehörig betrachtet. Dann wurde Michael zum Kriegsdienst eingezogen und kam als gebrochener Mann nach Hause. Und das Schweigen, das sich zwischen ihr und John, zwischen ihnen allen ausbreitete, wurde schlimmer.

Sie hätte dieses Schweigen wahren sollen, doch die Wahrheit brach aus ihr heraus. Als sie mit ansehen musste, wie ihre Brüder litten – John mit der Last der Welt auf seinen Schultern, Michael mit seinem von Gespenstern erfüllten Blick –, konnte Wendy ihre Zunge nicht im Zaum halten. Kaum volljährig, wurde John zum wahren Herrn des Hauses und ihr Onkel verschwand endlich, da wollte sie sie an glücklichere Zeiten erinnern, zumindest redete sie sich das ein. Nur dass sie schrie, statt vernünftig mit ihnen zu reden. Sie ging auf sie los, verlangte, dass sie die Welt mit ihren Augen sahen, weigerte sich zuzuhören. Je mehr sie sich ihr widersetzten, desto mehr brüllte sie herum. Bis sie zu verblendet war, um damit aufhören zu können, bis sie zu keinem gemeinsamen Nenner mehr zurückfand.

Ihre Wut wurde zur Gewohnheit, Nimmerland zu ihrer Rüstung. Je mehr sie versuchten, sie herauszuzerren, umso weiter zog sie sich in ihre gemeinsame Vergangenheit zurück, um sich vor ihrer Ablehnung zu schützen, Nimmerland zu schützen, ebenso besessen davon, sich zu erinnern, wie John und Michael um jeden Preis vergessen wollten. Nein, John könnte sie genauso gut bitten, sich einen Arm oder ein Bein abzuschneiden; das brächte sie ebenso wenig fertig. Sie kann und will Nimmerland nicht verleugnen. Selbst jetzt nicht.

Wendy erstarrt, als Dr. Harrington – wie immer tadellos gekleidet – den Weg herunterkommt, um sie in Empfang zu nehmen. Sie heftet den Blick auf seine polierten Schuhe, passt ihren Atem seinen Schritten an. Der weiße Kies knirscht unter seinen Sohlen; seine Uhrkette hüpft und glitzert bei jeder Bewegung. Alles, um zu vermeiden, dass sie ihm in die Augen sehen muss, ins Gesicht des Mannes, der wer weiß für wie lange ihr Gefängnisaufseher wird.

Selbst als die Schritte aufhören, presst Wendy ihr Kinn weiter an die Brust. Der Uniformierte, der das Tor geöffnet hat, pflanzt seine – erheblich abgewetzteren und gewöhnlicheren – Schuhe direkt neben die glänzenden von Dr. Harrington. Dass er Schulter an Schulter mit Dr. Harrington Position bezieht, kommt einer unterschwelligen Drohung gleich, und Wendy blickt unfreiwillig auf. Der Uniformierte ist gut einen Kopf größer als Dr. Harrington. Er hat etwas Kantiges an sich, seine Schultern sind breit, die Haare ordentlich geschnitten und kurz. Sie fragt sich, warum er nicht in Übersee kämpft.

Auf der Brusttasche des Mannes ist ein Name eingestickt – *Jamieson*. Er fängt ihren Blick auf und verzieht gehässig seinen Mund. Wendy erschrickt, aufs Neue durchfährt sie ein Angstschauer. Sie hat diesem Mann nichts getan, und doch sieht Jamieson sie an, als wolle er ihr etwas zuleide tun. In Nimmerland lernte sie Jungen wie ihn kennen, Raufbolde, die Peter folgten, doch der Glanz seiner Spiele hielt sie im Zaum. Für Jamieson ist sie ein wildes Tier, dem man beim kleinsten Anlass einen Maulkorb verpassen und das man an die Kette legen muss. Ein Jährling, der gebrochen werden muss, falls er den Sattel verweigert.

»Mr. Darling.« Dr. Harrington streckt John die Hand entgegen und reißt Wendy aus ihren finsteren Gedanken.

Wieder steigt die Verbitterung in ihr auf, einen Augenblick lang ist die Angst vergessen. Dr. Harrington und John schütteln einander die Hand, so kultiviert – keiner von beiden würdigt sie eines Blickes –, als wäre sie Gegenstand einer reinen Geschäftsbeziehung, keine Patientin oder geliebte Schwester. Und die ganze Zeit liegt Johns andere Hand um ihren Arm. Grob reißt sie sich los.

»Ich bin durchaus in der Lage, allein zu laufen.« Die Worte klingen bissig und sie geht einen Schritt von ihrem Bruder weg: ein weiterer feiner Nadelstich. Alle drei Männer beobachten sie, als könnte sie sich in einen Vogel verwandeln und ihnen davonfliegen.

Wendy reckt das Kinn, sieht aber keinen von ihnen an. Sie will sich nicht mal verabschieden. Soll John ruhig ein schlechtes Gewissen haben. Ohne um Erlaubnis zu fragen, läuft sie an Dr. Harrington vorbei auf die Eingangstüren von St. Bernadette zu. Wenn das ihr Schicksal sein soll, wird sie ihm aus eigenem Antrieb begegnen und ihm nicht entgegengeschleift oder zugeführt werden. Die Absätze ihrer Stiefel treten hart auf den Kies, obwohl ihr unter dem Kleid die Knie zittern, doch sie weigert sich, langsamer zu werden oder einzulenken.

»Wendy!« Hinter ihr schlurfen Johns Schritte über den Weg.

Das verleiht den ihren nur noch mehr Entschlossenheit und Wendy läuft schneller. Sie dreht sich nicht um, bleibt nicht stehen, und hört Dr. Harrington ihren Bruder abfangen, seine Stimme ist sanft und versiert, geübt darin, Patienten zu beschwichtigen.

»Vielleicht ist es so besser, Mr. Darling. Ihre Schwester ist hier in guten Händen. Sobald sie Gelegenheit hatte, sich einzugewöhnen, dürfen Sie sie selbstverständlich besuchen.« Was stillschweigend voraussetzt, dass Wendy dann fügsamer ist. In Dr. Harringtons Stimme liegt nicht der Hauch eines Zweifels – er wird für ihre Heilung sorgen.

Unwillkürlich ziehen sich Wendys Schultern zusammen. Dr. Harringtons Worte setzen ihr zu, sein Tonfall nagt an ihr, frisst sich durch ihr Fleisch bis auf die Knochen. Nur zu gern würde sie herumwirbeln und mit geballten Fäusten auf seine Brust einprügeln, doch sie zwingt ihre Arme, locker an den Seiten herunterzubaumeln. In ihrer Wut auf Michael und John hat sie mehr Porzellan zerschlagen, als ihr lieb ist. Dieses eine Mal muss sie ihr Temperament zügeln.

»Miss Darling.« Dr. Harrington holt sie ein, Jamieson klebt noch immer an ihm wie ein Schatten. Wendy dreht sich nicht um, um nachzusehen, ob John vom Weg aus noch alles beobachtet. »Gestatten Sie mir, Ihnen Ihr Zimmer zu zeigen.«

Dr. Harrington redet mit ihr, als sei sie hier Gast, als könne sie gehen, wann immer sie will.

»Ich denke, Sie werden es hier äußerst angenehm finden. Unser Personal und die Ausstattung sind hervorragend. In dieser Welt wollen wir alle nur eins: Sie gesund machen.«

Wendys Mund öffnet sich, aber kein Ton kommt heraus. Irgendwie haben sie das Ende des Weges erreicht, sind die Treppe hinaufgestiegen. Sie stehen im Türrahmen. Dr. Harrington nimmt sie am Arm. Hinter ihm ragt Jamieson auf. Selbst wenn sie es schaffen würde, sich loszureißen, sie kann nirgendwohin.

»Hier entlang.«

Vor lauter Verbissenheit und Stolz ist sie direkt in die Falle gelaufen, und die wird jeden Moment hinter ihr zuschnappen. Es ist zu spät. Noch ein Schritt und Wendy überquert die Schwelle. Augenblicklich verändert sich die Luft, sie wird schwer und muffig. Wendy hat das Gefühl, der Verlust des freien Himmels über ihr raube ihr den Atem. Bis eben war ihr gar nicht bewusst, wie viel Trost ihr dieses perfekt Stück Blau gespendet hat.

Sie wirft einen Blick auf die Zinndecke, von der ein Kronleuchter hängt. Üppige Teppiche mit Mustern in satten Farben bedecken den Boden des Eingangsbereichs, schön, aber abgenutzt. Ein paar Meter weiter gibt die Decke einen hohen, offenen Raum frei. Geschwungene Treppen an beiden Enden des Foyers wölben sich zu einer Galerie hinauf, von der aus man das Erdgeschoss überblickt. Durch eine Buntglasscheibe fällt Licht herein, dessen Beschaffenheit Wendy allerdings verrät, dass das Fenster nicht nach draußen führt. Hier ist alles abgeriegelt und gesichert, denn der Schein soll gewahrt bleiben.

Dr. Harrington dirigiert sie an einem Anmeldetresen vorbei, ohne der Frau in Schwesterntracht, die dort sitzt, auch nur einen flüchtigen Blick zu schenken. Die Frau schaut auch nicht auf und Wendy unterdrückt angesichts dieser allumfassenden Kälte einen Schauder. Sie ist bloß ein Vorgang, eine von so vielen Patientinnen, die durch diese Türen marschiert sind, weil sie ihren Familien lästig waren oder schlimmer noch wirklich krank. Gibt es in dieser Einrichtung irgendetwas, das sie heilen kann?

Wendy versucht mehr von ihrer Umgebung in sich aufzunehmen, doch Dr. Harrington beschleunigt seine Schritte, führt sie an einem Gemeinschaftsraum mit großen, zum Garten gelegenen Fenstern und einem Zimmer vorbei, das den Schwestern vorbehalten ist, damit sie ihre Füße ausruhen können. Sie biegen um eine Ecke. Erneut verändert sich die Atmosphäre und Wendy spürt es sofort – ein Übergang von dem alten Gutshaus in einen Neubauflügel.

Wieder überfällt sie die Panik und diesmal will sie sich nicht mehr unterdrücken lassen. Vor ihr erstreckt sich ein gewöhnlicher Flur und der hat nichts Gastfreundliches an sich – all der Glanz ist verflogen. Das hier ist kein Landsitz, kein Ort, an den Menschen kommen, um sich zu erholen und gesund zu werden. Es ist eine Irrenanstalt, in die Menschen weggesperrt werden. Wo Patienten schreien und niemand antwortet.

Türen mit kleinen Glasfenstern darin säumen den Korridor. Weitere Biegungen und Kurven tragen sie über schimmernde Schachbrettfliesen. Wendy fühlt sich wie betäubt, ihr ist schwindelig. Sie kommen an breiteren Türen vorbei, die weiter auseinanderliegen. Medizinische Einrichtungen, Behandlungsräume. Die Größe des Gebäudes entzieht sich ihr; sie kann sich kein Gesamtbild davon machen.

»Bitte, Dr. Harrington …« Wendys Stimme klingt kurzatmig, eine Schwäche, die sie sich nur ungern eingesteht, aber sie kann nichts daran ändern. Irgendetwas hier bedrückt sie und sie ringt nach Luft.

Und dann bleibt sie abrupt wie angenagelt stehen, trotz Dr. Harringtons Hand an ihrem Arm. Ein Mädchen mit langen dunklen Haaren kommt ihnen entgegen, mit gesenktem Kopf, sodass Wendy sein Gesicht nicht richtig sehen kann. Trotzdem trifft sie der Anblick wie ein Schlag in die Magengrube und ihr liegt ein Name auf den Lippen, so schnell, dass sie ihn beinah laut ausspricht: *Tiger Lily.*

Sie hat sich geschworen, hier kein Wort über das Geheimnis von Nimmerland zu verlieren, es komplett für sich zu behalten. Was auch immer John Dr. Harrington erzählt hat, kann bestenfalls nur die halbe Wahrheit sein. Sollte ihm Wendy irgendwelche Tatsachen berichten, würde Dr. Harrington doch nur mit Mikroskop und Skalpell darangehen und sie in etwas Hässliches verwandeln. Also schluckt sie Tiger Lilys Namen hinunter, obwohl er ihr auf der Zunge brennt, und schaut weg, als das Mädchen vorbeigeht.

Doch sosehr sie sich auch wünschen mag, es wäre anders, ihr Geist rebelliert. Sie kann nichts dagegen tun, dass ihr eine mit smaragdgrünem Gras bewachsene Böschung unter herabhängenden silbernen Ruten einer Weide in den Sinn kommt. Fernab der ganzen Welt flochten sie und Tiger Lily dort Kronen aus Schilf, verschränkten ihre Hände ineinander – braun und weiß – und krönten einander zu Königinnen.

Die Erinnerung schmerzt. Sie kann es nicht lassen, immer wieder aufzuschauen, aber das Mädchen ist schon um eine Ecke gebogen. Das Gefühl des Verlusts, das es in ihr hinterlässt, macht Wendy das Atmen schwer, doch sie zwingt sich weiterzugehen. Dr. Harrington wirft ihr einen Blick zu, ein missbilligendes Stirnrunzeln, weil sie die naturgegebene Ordnung erschüttert hat.

Das Mädchen ist nicht Tiger Lily. Sie weiß das, und um sich abzulenken, versucht Wendy aus dem flüchtigen Blick sein wahres Aussehen zu rekonstruieren und überzeugt sich nach einem kurzen Moment, dass es Tiger Lily überhaupt nicht ähnlich sieht. Ihr Verstand hat ihr nur einen Streich gespielt, aus dem Wunsch nach etwas Vertrautem an diesem Ort des Grauens heraus, nach etwas, das ihr ein wenig Geborgenheit vermittelt.

»Da sind wir.« Dr. Harringtons Stimme, aufgesetzt fröhlich und mit einem scharfen Unterton, holt sie aus ihren Gedanken.

Er öffnet eine Tür so flink und lässt den Schlüssel so hurtig in seine Hosentasche gleiten, als sollte Wendy es nicht mitbekommen. Die offene Tür gibt den Blick auf ein spartanisches zellenähnliches Zimmer frei. Ein rein zweckmäßiger Raum mit weiß gestrichenen Wänden, einem schmalen Bett und einem einzigen Stuhl. Am Fenster gibt es keine Gardinen und außen sind Gitterstäbe angebracht.

»Hier haben wir etwas, das wir gern als Uniformen für die Patientinnen sehen.« Dr. Harrington grinst. Es wirkt wie eine seltsame Grimasse, so als lasse er Wendy an einem Witz teilhaben, den nur Eingeweihte verstehen. »Hier sind alle gleich, egal wer sie früher waren. Sie sind alle hier, um gesund zu werden.«

Er deutet auf ein zusammengelegtes schlichtes Baumwollkleid auf dem Bett, beinah von demselben Hellgrau wie die Decke, auf der es liegt. Das Mädchen, an dem sie auf dem Flur vorbeigegangen sind, das nicht Tiger Lily ist, hatte das gleiche an.

Bei seinen nächsten Worten verändert sich Dr. Harringtons Ton, ganz auf Effektivität bedacht, und der bei der Begrüßung erweckte Anschein, Wendy sei hier nur Gast, verschwindet. Er redet rein mechanisch, spricht eine Patientin an, über deren individuelle Wünsche und Bedenken er sich ohnedies hinwegzusetzen gedenkt, und lässt Wendy keinerlei Raum, darauf einzugehen.

»In Kürze kommt eine Schwester vorbei, die Ihnen beim Umziehen hilft und Ihre eigene Kleidung einlagert. Bis Sie sich eingewöhnt haben, wird Ihre Tür abends abgeschlossen. Selbstverständlich dient das nur Ihrer Sicherheit. Die Mahlzeiten werden im Speisesaal serviert, es sei denn, mildernde Umstände gebieten etwas anderes. Während der ersten paar Tage wird Ihnen das Essen aufs Zimmer gebracht, auch das gilt, bis Sie sich eingelebt haben.«

Ehe sie fragen kann, was denn mildernde Umstände sein könnten, tätschelt Dr. Harrington Wendys Hand und seine Miene wird wieder herzlich und väterlich. Sie nimmt an, die Geste soll beruhigend wirken. Sie ist alles andere als das.

Sie presst die Lippen aufeinander, damit sie nicht die Zähne fletscht. Am liebsten würde sie knurren. Davonlaufen. Sie möchte zerspringen und in sich zusammenfallen – im Stich gelassen, angezweifelt, verleugnet. Sie tut nichts von alledem, steht reglos mit gefalteten Händen da, als sich Dr. Harrington zurückzieht. Die Tür schließt sich und sie hört das verräterische Klirren eines Schlüssels im Schloss.

Schweigen erfüllt die Ecken des Zimmers, der Druck lastet auf ihrer Haut. Wendy setzt sich auf die Bettkante. Sprungfedern bohren sich durch die dünne Matratze. Die Stille hat etwas Endgültiges.

Ihr liegt nicht sonderlich viel an dem Kleid, das sie trägt, aber bei der Vorstellung, dass sie zugunsten der plumpen grauen Uniform darauf wird verzichten müssen, steigt ein Schrei in ihrer Kehle auf. Noch schlimmer ist die Tatsache, dass man ihr – wie einem widerspenstigen Kind – nicht einmal zutraut, sich selbst umzuziehen. Sie betastet die Bündchen an ihren Ärmeln, streicht in dem Versuch, sich vom bloßen Gefühl des Stoffes erden zu lassen, über die grobe Wolldecke. Es ändert nichts.

Sie atmet tief ein, konzentriert sich auf die Bewegung ihrer Rippen, darauf, wie sich die Luft in ihrer Lunge ausbreitet. Das Ganze ist nur eine Bewährungsprobe. Morgen holen John und Michael sie nach Hause. Sie wird lernen, sich zu benehmen. Keine zerbrochenen Teller mehr. Keine Wutanfälle mehr.

Tief in ihrem Inneren weiß Wendy, dass John und Michael sie nicht abholen werden. Zumindest nicht, bis sie bewiesen hat, dass sie sich anständig aufführen kann, bis Dr. Harrington sie für gesund erachtet. Und falls das nie geschieht? Falls John entscheidet, dass es bequemer ist, noch einen weiteren Teil seiner Kindheit zu vergessen und sie sicher verwahrt zu wissen? Die Gitterstäbe am Fenster malträtieren den Himmel, zerstückeln ihn in akkurate Rechtecke. Niemand wird sie abholen. Gar niemand. Nicht einmal ...

Das ist zu viel. Wendy reißt das Kissen vom Bett und presst es an ihren Mund. Sie hechelt in flachen Zügen, die zunehmend abgehackter werden, bis ihre Lunge zu bersten droht.

In diesem Moment schreit Wendy durch das Kissen gedämpft ihre Angst und ihre Wut in die grauenhafte Stille um sie herum.

LONDON 1931

Wendy kehrt an Janes Fenster zurück. Die Inspektoren von Scotland Yard sind gekommen und wieder gegangen. Stundenlang war ihr Haus von Männerstimmen erfüllt – von ihrem rauen Gelächter, wenn ihnen nicht bewusst war, dass sie sie hörte, von ihren Fragen, auf die sie keine Antworten hat, von Tabakgestank, der in ihren Uniformen und an ihrer Haut hängt. Sie hasst sie alle miteinander. Jetzt ist nur noch ihr Schwiegervater übrig und ihn hasst sie am allermeisten.

Neds Vater traf gleichzeitig mit den Polizisten ein, ohne dass Wendy oder Ned mit ihm darüber gesprochen hätten, was geschehen war. Für Wendy war offensichtlich, dass ihr Schwiegervater mit dem leitenden Kommissar – einem persönlichen Freund – vereinbart hatte, dass er umgehend kontaktiert wurde, falls ein Notruf aus ihrem Haus einging. Unter ihrer Erschöpfung brodelt die Wut, noch verstärkt durch die Tatsache, dass sie nichts von alledem laut aussprechen darf. Im Stillen verflucht sie ihren Schwiegervater und verwünscht Scotland Yard für seine rückgratlose Feigheit. Als ob sie und Ned unfähig wären, selbst dafür zu sorgen, dass ihr Haus sicher ist. Bei dem Gedanken steigt ein bitteres Lachen in ihr auf, doch sie sperrt es hinter ihren Lippen ein. Ach, aber sie *ist* ja unfähig. Wie eine scharfe Klinge bohrt sich die Erkenntnis in sie und nimmt ihr den Atem. Sie hat Jane verloren. Sie hat zugelassen, dass sich Peter mit ihrer Tochter davonmacht.

Wendy verknotet ihre Finger und starrt aus Janes Fenster auf die dunklen Straßen. Sie ist todmüde und gleichzeitig ist Schlaf das Letzte, woran sie jetzt denkt. Die Inspektoren und ihr Schwiegervater haben ihr Dutzende Fragen gestellt und Ned danach genau dasselbe noch mal gefragt. Als müsste er aufgrund seines Geschlechts mehr wissen, als sie es je könnte. Und die ganze Zeit, ob sie verhört wurden oder schwiegen, blitzte ihr Schwiegervater sie beide wütend an.

Wendy schlingt die Arme um ihren Oberkörper und umklammert ihre Ellbogen, damit es sie nicht zerreißt.

Sie hat sie angelogen. Die Männer von Scotland Yard. Ihren Schwiegervater. Sogar Ned. Sie hat ihnen erzählt, sie sei plötzlich aufgewacht – mütterlicher Instinkt –, ins Zimmer ihrer Tochter gegangen und habe festgestellt, dass sie verschwunden war. Der Nachgeschmack der Unaufrichtigkeit liegt ihr noch deutlich auf der Zunge. Aber was hätte sie denn sonst sagen sollen?

Seit Jahren belügt sie Ned, verschweigt ihm jenen entscheidenden Teil der Wahrheit. Seit elf Jahren spielt sie eine gute Ehefrau, eine gute Mutter; es gab Tage, da schaffte sie es sogar, sich selbst zu überzeugen. Doch nun fällt alles auseinander, dieselbe Täuschung wie ihre Bemutterei bei Peter und den Jungs in Nimmerland.

Sie hat sich hierfür entschieden, sie hat es versucht und trotzdem versagt. Nicht loszuschreien, nicht alles zu werfen, was ihr in die Finger kommt, und die Wahrheit hinauszubrüllen, bis ihre Kehle blutet, verlangt Wendy jedes Quäntchen Kraft ab. Sie taugt zu nichts und wird auch nie zu irgendetwas anderem taugen als Lügen und Illusionen.

Sie geht vom Fenster weg und läuft in Janes Zimmer auf und ab. Ihre Finger streichen über sorgfältig mit Nadeln befestigte Schmetterlinge hinter Glas, über Sammlungen von Steinen und Muschelschalen und Blättern, die alle in eigenen Etuis aufbewahrt werden. Janes Bücher. Der Globus oben auf ihrem Regal, auf dem Stecknadeln sämtliche Orte markieren, die ihre Tochter besuchen will. Trotz ihrer Träume von all jenen fernen Ländern hätte sich Jane Nimmerland nicht einmal vorstellen können. Wendy hätte sie warnen müssen. Sie hätte …

Wendy hebt einen Schmetterlingskasten auf. Das Etikett ist mit Janes ordentlicher Handschrift versehen – ordentlicher, als Wendys in ihrem Alter je war. Faulbaum-Bläuling, *Celastrina argiolus.* Jane hat ihn während der Ferien gefangen, die sie in Northumberland verbrachten, sie war so begeistert, dass sie das Glas auf dem gesamten Heimweg wie einen Schatz an die Brust drückte.

Die Erinnerung schnürt Wendy die Kehle zu, droht sie in Tränen ausbrechen zu lassen. Am liebsten möchte sie den Kasten kaputt schlagen, alles im Zimmer zertrümmern. Stattdessen legt sie den Schmetterling so sanft ab, wie sie kann.

»Komm hier raus, Darling.« Ned berührt sie an der Schulter.

Wendy fährt zusammen. Sie hat ihn nicht hereinkommen hören. Wie lange hat sie hier gestanden und gestarrt? Seine Hand liegt warm und stark auf ihrer Schulter und sie will sie abschütteln, doch sie zwingt sich, sich umzudrehen.

Feine rote Äderchen in Neds Augen zeugen von seiner eigenen Qual und seine angespannte Haltung ist unmissverständlich. Seine Lippen unter dem akkurat gestutzten Schnurrbart sind zu einem dünnen Strich zusammengepresst. Er hat genauso große Angst um Jane wie sie, vielleicht sogar größere, weil er noch weniger versteht, was vorgeht. Sie muss es ihm sagen. Das sollte sie, aber sie wird es nicht tun.

»Wo ist Mary?« Scharfe Worte anstelle von tröstenden.

Wendy hasst sich dafür, aber sie kann dennoch nicht umhin, an Neds Schulter vorbeizuschauen, als würde Mary womöglich mit einem Tablett voll Tee im Türrahmen erscheinen. Ihr Puls beschleunigt sich. Stattdessen steht ihr Schwiegervater dort, das Licht aus dem Flur verwandelt ihn in einen bedrohlich aufragenden Schatten.

»Ich habe *die Köchin* nach Hause geschickt.« Ned unterstreicht Marys Berufsbezeichnung, er klingt ebenso hart wie sie selbst gerade eben.

Wendy hört den spröden Unterton heraus, doch sie strafft sich und weicht ein paar Zentimeter zurück, als wäre zu große Nähe in einem Moment wie diesem sogar zwischen Eheleuten irgendwie unangemessen. Wegen der Lampe hinter ihm kann sie das Gesicht ihres Schwiegervaters nicht erkennen, aber sie sieht im Geiste seine finstere Miene vor sich. Wendy kennt seine Meinung über Mary und sie weiß, dass Ned sie nicht teilt. Unter normalen Umständen hätte er sie niemals nach Hause geschickt. Vielmehr hätte er sie Mary genannt statt »die Köchin« und womöglich wäre er derjenige, der für sie alle drei in ihrer gemeinsamen Sorge um Jane Tee machen würde. Doch solang Neds Vater hier ist, spielt das alles keine Rolle.

Für ihren Schwiegervater ist Mary dieses *Mädchen* – dieses Wort betont er immer. *Ein schlechter Einfluss auf euren Hausstand* und Wendy weiß, damit meint er einen schlechten Einfluss auf sie. Und das sind nur die Sachen, die er sagt, wenn sie in Hörweite ist. Ned gegenüber benutzt er weit schlimmere Ausdrücke, das weiß Wendy, er nennt Mary *Wilde* und *Heidin, gefährlich* und *nicht vertrauenswürdig*. Einzig Neds Fingerspitzengefühl und seine Besonnenheit haben sie davon abgehalten, ihren Schwiegervater zu kritisieren und ihm zu verbieten, je wieder einen Fuß in ihr Zuhause zu setzen. Nicht dass sie das könnte. Trotz allem, was sie sich in den letzten elf Jahren aufgebaut hat, ist so viel von Wendys Leben allein der Gnade ihres Schwiegervaters geschuldet.

Er ist nämlich nicht nur Neds Vater, sondern auch sein und Johns Arbeitgeber. Obwohl ihr Bruder sich weigert, offen mit ihr darüber zu sprechen, hat sie den Verdacht, dass John ihm Geld schuldet. Ehe er anfing, für Neds Vater zu arbeiten, gab es eine Zeit, in der John sein Vertrauen in jemand Falschen gesetzt und das Erbe ihrer Eltern in etwas investiert hat, das ihm als Erfolg versprechendes Unternehmen erschien. In der er sich für erwachsen hielt, wo er doch noch so jung war.

Das meiste davon hat Wendy herausgefunden, indem sie zufällig Gesprächsfetzen aufgeschnappt, herumgeschnüffelt und eigene Nachforschungen angestellt hat. Wenn sie direkt danach fragte, lenkte ihr Bruder die Konversation jedes Mal in eine andere Richtung und teilte ihr mit, eine Frau habe sich nicht um die Geschäfte zu kümmern.

Aber es ist mehr als das. Zwischen Ned und seinem Vater existiert ein empfindliches Gleichgewicht, das dadurch auch für sie und Neds Vater und sogar für sie und Ned gilt – eins, das sie immer noch zu begreifen versucht. Ned fürchtet die Missbilligung seines Vaters und sehnt sich nach dessen Anerkennung, verzehrt sich mit jedem Mal, da sie ihm vorenthalten wird, umso heftiger danach. Wendy weiß, dass ein Teil von Ned in seinem tiefsten Inneren trotz alledem immer noch das Verlangen hat, dem Bild zu entsprechen, das sein Vater von einem richtigen Mann hat. Darum sein Gepolter in Gegenwart von Scotland Yard, darum seine Ergebenheit gegenüber sämtlichen Grundsätzen seines Vaters. Die Ironie darin scheint Ned nicht wahrzunehmen. Sein Vater weiß nur Stärke zu schätzen, und doch verharrt Ned in diesem eingeschüchterten Zustand. Sie fragt sich, was wohl passieren würde, wenn er für sich selbst einstehen, Respekt einfordern würde für das, was er ist, und nicht für das, was sein Vater aus ihm machen will.

»Natürlich«, sagt Wendy. »Durchaus angemessen.«

Sie hört die Kälte in ihrer Stimme, schluckt darum herum wie um einen Eisklumpen in ihrer Kehle. Ned zuckt kaum merklich zusammen. Ihretwegen oder weil er sich dagegen wehrt, seinen Vater anzusehen? Seine Augen suchen Wendys Blick, flehen sie um Geduld an, selbst jetzt, da ihre Tochter vermisst wird.

Er leidet, ist ebenso unglücklich über die Anwesenheit seines Vaters wie Wendy, doch sie müssen den Schein wahren. Wendy kennt das. Sie versteht es. Aber ihre Tochter ist verschwunden. Peter hat Jane aus ihrem eigenen Bett entführt und jeden Moment, den ihr Schwiegervater hier zubringt, jeden Augenblick, in dem sie ihre Rollen spielen, könnte sie da draußen sein, um Jane zu retten.

Wendy legt beinah ihre Hand auf Neds Brust. Es wäre eine kleine Geste der Wertschätzung, eine Brücke zwischen ihnen – geteiltes Leid ist halbes Leid –, doch sie kann nichts daran ändern, dass der Zorn in ihr wogt wie eine Flut. Sie lässt ihre Hand sinken. Es ist ihr Schwiegervater, den sie hasst, aber Ned ist näher. Und obgleich er sich nur dem Druck seines Vaters beugt, ist letztlich Ned derjenige, der Mary weggeschickt hat.

Sie malt sich aus, wie Mary protestiert, wie Ned mit schmerzerfüllten Augen darauf bestanden hat, und Mary nun allein in ihrem winzigen gemieteten Zimmer sitzt. Mary ist der einzige Mensch, der es vielleicht verstehen würde. Mit John oder Michael kann Wendy nicht reden, und selbst wenn sie die jahrelangen Lügen ungeschehen machen und Ned sagen könnte, wo Jane ist … würde er ihr denn glauben?

Ihre Finger krallen sich in den Stoff ihres Rocks, ballen sich zur Faust, ehe sie sich zwingt, loszulassen. Sie wird Ned nicht die Hand an die Brust legen, um ihn zu trösten, aber sie wird auch nicht handgreiflich werden. Mehr kann sie im Augenblick nicht tun.

Eine Bewegung lenkt Wendys Blick auf sich, Neds Vater schüttelt den Kopf, bevor er sich zurückzieht. Schritte hallen auf dem Flur wider, werden demonstrativ lauter, als er die Treppe hinuntergeht. Wendy senkt den Kopf, wahrt weiter die Distanz zwischen sich und ihrem Mann. Neds Schultern sacken nach vorn. Jeder Schritt ein Stirnrunzeln, ein barsch ausgestoßenes Wort. Dann geht endlich die Haustür auf, fällt wieder zu, und sie sinken beide in sich zusammen, ohne sich näher aufeinander zuzubewegen.

Als Wendy doch aufblickt, stellt sie fest, dass Ned sie beobachtet, als könnte sie jeden Moment zerspringen und als würden sich ihre Scherben in seine Haut bohren. Wendy presst die Lippen zu einem schmalen Strich zusammen. Wenn sie spricht, wenn sie irgendetwas sagt, platzt sie womöglich mit der Wahrheit heraus. Sie weiß, dass das Imponiergehabe, das Ned vor den Männern von Scotland Yard an den Tag gelegt hat, ausschließlich der Wirkung auf seinen Vater geschuldet war. Deshalb hat er den gebieterischen Haushaltsvorstand gespielt, der keine Zeit für Weibergeschwätz hat. Das sollte sie ihm nicht übel nehmen, aber ganz verzeihen kann sie es ihm auch nicht. Da Vertrauen und Unterstützung von ihm zu erwarten, wo sie beides nicht erwidert hat, ist unfair. Doch sie kann diese Brücke nicht schlagen. Nicht jetzt. Nicht solang ihre Tochter verschwunden ist. Das Freundlichste, wozu sie imstande ist, ist, sich zurückzuziehen.

»Ich bin müde«, murmelt sie mit gesenktem Blick.

Wenn sie aufschaut, wird sie den Schmerz in seinen Augen sehen, all die Wahrheiten, die sie ihm nie erzählt hat. Ned antwortet mit gepresster Stimme, als ob er immer noch für ihren Schwiegervater schauspielert.

»Natürlich, Darling. Du solltest dich ausruhen.«

Wendy lässt den Kopf hängen. Sie hat nicht vor, ihn zu heben, als sie an ihm vorbeigeht, aber Ned greift nach ihrem Arm.

»Die Polizei tut, was sie kann. Sie werden Jane finden und nach Hause bringen.«

Wider besseres Wissen schaut Wendy ihrem Mann in die Augen. Der Verlust, der darin zu lesen ist, lässt sie schwindeln, droht aufs Neue sie zu zerbrechen. Auf einmal ist sein Stottern wiederaufgetaucht – in den elf Jahren, die sie ihn kennt, war es beinah verschwunden: ein Zeichen seiner Erschöpfung. Sie sollte irgendetwas Nettes sagen, ihm Mut machen, nur hat sie schon zu viel Zeit verschwendet. Sie muss hinter Jane her und das kann sie nicht, solang Ned über sie wacht. Wendy kneift in die Innenseiten ihrer Arme, damit sie verschränkt bleiben.

»Gewiss doch.« Ihr Kiefer schmerzt von den Worten, die sie zurückhält. »Du hast ja recht. Die Polizei wird sich um alles kümmern. Ich lege mich hin. Holst du mich, wenn du etwas hörst?«

Sie sagt es in der Gewissheit, dass es nichts zu hören geben wird. Scotland Yard wird Jane nicht finden. Das kann nur Wendy. Bis Ned kommt, um nach ihr zu sehen, wird sie längst fort sein.

»Ja, Darling. Selbstverständlich mache ich das.« Ned gibt ihr einen Kuss auf die Stirn. Wendy steht vollkommen reglos da; seine Lippen brennen auf ihrer Haut.

Darling, Darling, Darling. Sie weiß, dass es ein Ausdruck der Zuneigung ist, ihr ist bewusst, dass sich Ned nichts dabei denkt, doch sie kann nichts daran ändern, dass sie das Wort zutiefst verabscheut. Es ist zu einer Waffe geworden, nicht aus Neds Mund, nicht absichtlich, aber es diente jahrelang nur dazu, sie zu beschwichtigen, sie abzutun, sie zum Schweigen zu bringen. Man beraubte sie ihres eigenen Namens und verwendete ihn gegen sie – als Knebel, als Kette. Sie wäre heilfroh, wenn sie ihn nie wieder hören müsste.

Als sich Wendy von Schuldgefühlen gequält in ihr Zimmer zurückzieht, folgt ihr Neds Blick immer noch.

Sie gestattet sich einen Augenblick lang, sich gehen zu lassen, sich dem Schmerz darüber hinzugeben, dass sie Jane verloren hat. Dabei taucht aus dem Nichts eine Erinnerung auf, schrill und unvermittelt. Sie rennt, Hand in Hand mit Peter, der Boden bebt, die Erde brüllt.

Alles ist so real, so gegenwärtig, dass sich Wendy am Bettpfosten abstützen muss, um sich ins Gedächtnis zu rufen, dass sie eine erwachsene Frau ist, die in London lebt. Sie ist kein Kind mehr, das an Peters Fersen klebt. Ein ganzes Leben unterscheidet diejenige, die sie damals war, von derjenigen, die sie jetzt ist.

Und dennoch hat sie sich im Laufe der Jahre, in den stillsten Momenten, den Luxus gegönnt, sich daran zu erinnern, wie es sich anfühlt zu fliegen, »Folgt dem Anführer« zu spielen, Peter auf den verschlungenen Pfaden der Wälder von Nimmerland nachzujagen. Das wünscht sie sich jetzt, die Unschuld, die Unbeschwertheit, die Freiheit.

Aber das hier ist etwas anderes. Sie laufen nicht aus Spaß – sie laufen vor etwas *fort*. Vor etwas Schrecklichem.

Sie kann es beinah greifen. Ihre tastenden Finger stoßen auf massives Holz, eine Tür, die Erinnerung ist dahinter eingesperrt. Ein Geheimnis. Eins von unermesslicher Bedeutung.

Sie verdrängt es. Jetzt ist nicht die Zeit, darüber nachzudenken, was sie verloren hat. Sie muss sich auf das konzentrieren, was sie hat, wie sie Jane befreien wird. Peter hat sie bestohlen; nun wird sie wiederum ihn bestehlen. Sie hat eine Menge gelernt, seit er sie zum letzten Mal gesehen hat, und sie wird alles gegen ihn einsetzen, um ihre Tochter heimzuholen.

Peter hat ihr einst erzählt, Mädchen dürften nicht in den Krieg ziehen. Damals fand sie das entsetzlich ungerecht, aber in gewisser Weise hatte er recht. Wendy ist keine Soldatin. Sie blieb zu Hause, während ihr kleiner Bruder wegging, um sich Gewehren und Schützengräben, Gas und Granaten zu stellen – aber das bedeutet nicht, dass sie keine Kämpferin ist. Mehr als das, sie ist auch eine Überlebenskünstlerin.

Sie hat St. Bernadette überlebt, indem sie die erste Fertigkeit einsetzte, durch die sie für Peter überhaupt wertvoll war. Das muss doch auch zählen. Als Kind war sie ungeschickt im Nähen, doch dank Marys geduldiger Unterweisung ist sie inzwischen so viel besser darin. In jenem weiß gestrichenen Gefängnis hatte sie drei Jahre lang nichts anderes zu tun, als unter Marys Anleitung zu üben, ihre Stiche sauber und dicht zu setzen.

Hier in der Außenwelt dienen Taschen der Bequemlichkeit, sie sind Luxus; in der Irrenanstalt waren sie indessen ein Muss. Mary brachte ihr bei, kleine Geheimfächer in die Säume und Ärmel ihrer unförmigen Einheitskleidung zu nähen, mit flotten Stichen, die fest genug waren, um zu halten, aber auch locker genug, um die Fäden wieder herauszuziehen, damit sie in der Wäscherei nicht entdeckt wurden. Von außen unsichtbar, dicht an ihre Haut geschmiegt. Manchmal reichte es schon, sie zu berühren, selbst wenn sie leer waren, zu wissen, dass sie da waren, um Wendy Halt zu geben.

John glaubte, eine private Einrichtung bedeute eine bessere Betreuung. Aber Dr. Harrington war dort als einziger Arzt beschäftigt und bei der wenigen Kontrolle war es leicht für die Aufseher, beiläufige Grausamkeiten zu begehen. Besonders für Jamieson.

War Dr. Harringtons Aufmerksamkeit abgelenkt, tat sich Jamieson mit seinen Kollegen gegen Wendy zusammen. Sie stellten ihr auf dem Weg durch die Flure ein Bein, versuchten sie dazu zu bringen, dass sie die Beherrschung verlor, sie »hysterisch« zu machen, damit ihr Dr. Harrington Bromid verordnete oder sie in ihrem Zimmer einsperren ließ. Dort »vergaßen« sie dann vielleicht, ihr die Mahlzeiten zu bringen, oder wenn ihr Essen kam, waren Holzsplitter oder winzige Glasscherben darin versteckt. Es gab auch noch andere Vorfälle. Grundlose Bestrafungen. Folter.

Doch Wendy hatte sich für jede Quälerei revanchiert. Sie stahl unbedeutende Kleinigkeiten. Knöpfe. Schnürsenkel. Eine halbe Dose Tabak, ein Päckchen Zigarettenpapier. Alles wanderte in ihre versteckten Taschen, während sie ihr Lächeln verbarg und zusah, wie die Wärter schimpften und vergeblich danach suchten. Tage später legte sie die stibitzten Sachen woanders wieder hin und ließ die Aufseher damit genauso an ihrem Verstand zweifeln, wie diese es bei ihr versuchten.

Und sie wurde kein einziges Mal erwischt. Das sind die anderen Fähigkeiten, die ihr St. Bernadette verliehen hat. List, Stillschweigen, das Geschick, sich unbemerkt zu bewegen. Sie musste nur so tun, als würde sie ihre Medizin einnehmen. Brav sein, ruhig bleiben. Sich erinnern. Lügen. Vergessen vortäuschen.

Aber natürlich konnte sie nicht vergessen. Peter hatte sich unter ihrer Haut festgesetzt wie ein Splitter. Nicht einmal während ihrer absoluten Tiefpunkte – wenn sie versucht war, aufzugeben und loszulassen, wie John und Michael es taten – bekam sie ihn heraus. Peter war und ist ein Teil von ihr; Nimmerland ist ein Teil von ihr. Peters scharf geschnittene Gesichtszüge, sein flammendes Haar, das Strahlen seiner Augen … Sie sind ihr so vertraut wie ihr eigenes Äußeres, wie das von Ned und Jane. Auch das wird sie zu ihrem Vorteil nutzen.

Selbst jetzt kann sich Wendy die Unschuld in Peters Augen in jener Nacht ihrer ersten Begegnung perfekt ins Gedächtnis rufen. Wie sein Schatten gleich dem Fell irgendeines Tieres über seinen Armen lag, wie die Hoffnung sein Gesicht zum Leuchten brachte, wie er sie bat, ihn wieder heil zu machen. Der Schatten, den er ihr reichte, fühlte sich in ihren Händen so seidig und kühl an wie der feinste Stoff und sie nahm ihn, als wäre es die natürlichste Sache der Welt. Selbstverständlich mochte ein Junge womöglich von seinem Schatten getrennt werden und gewiss würde ein Mädchen ihn wieder annähen können.

Damals kam ihr das gar nicht seltsam vor. Nicht einmal, als er bei der ersten Berührung ihrer Nadel aufschrie, als hätte sie ihn mit einem heißen Schürhaken gestochen. Hinterher stolzierte er herum und prahlte, als wäre ihm ein genialer Streich gelungen. Als hätte Wendy überhaupt keinen Anteil daran gehabt, und sie nahm auch das hin.

Bis zu ihrer Ankunft in Nimmerland franste der angenähte Schatten aus, löste sich auf, verwelkte wie eine vom Strauch geschnittene Rose. Sie landeten in der grellen Mittagssonne am Strand und Peter stand mit den Händen in den Hüften da, der kaputte Zeiger im Zentrum einer Sonnenuhr. Seine Verlorenen Jungs versammelten sich im Kreis um ihn, um die Darling-Kinder zu begrüßen, und eindeutig folgte jedem ein Schatten auf dem weißen Sand. Einzig Peter warf keinen.

Damals hätte sie es erkennen müssen, doch sie sah nur die Verheißung eines Abenteuers, einen Jungen, der sie zu fliegen lehrte.

Wendy kniet sich hin und holt ihr Nähkörbchen unter dem Bett hervor. Nähnadeln, Stecknadeln, Garnrollen. Ihre kleine Schere, bösartig, scharf und glänzend. Nähen mag zwar keine heldenhafte Fähigkeit sein, aber es ist ihre. Allein diese Sachen dabeizuhaben wird sie in Nimmerland beruhigen und ihr inneres Gleichgewicht wahren, ein

Stückchen Zuhause, das sie daran erinnert, was sie zurückgelassen hat, an den Preis, den sie für ihren ersten Besuch dort bezahlt hat.

Wendy schließt die Augen, legt die Hände auf ihre Oberschenkel und atmet aus. Die Verbindung zwischen ihr und Peter ist immer noch da, tief unter ihrer Haut begraben, ob sie ihn nun dort haben will oder nicht. Sie hat Jahre mit dem Versuch zugebracht, ihn loszuwerden, und versagt. Nun klammert sie sich an diese Verbundenheit wie an einen realen Faden, der sie beide zusammenhält. Vor ihr kann er sich nicht verstecken, sie wird jenem Faden den gesamten Weg nach Nimmerland folgen.

Einmal eingeladen, stets willkommen. Ist das nicht sein Motto?

2

NIE UND NIMMER

Ein Rauschen wie von fließendem Wasser oder einem aufziehenden Sturm. Sie dreht den Kopf in Richtung des Geräuschs und merkt, dass ihre Augenlider verklebt sind. Hat sie geschlafen? Geträumt? Sie hat geträumt, sie würde fallen. Nein. Fliegen.

Es riecht nach Algen. Das erinnert sie an Kensington Gardens. Dort pflegte sie mit ihren Eltern spazieren zu gehen, als sie noch ganz klein war, und jetzt, da sie älter ist, begleitet ihr Vater sie immer noch manchmal, um nach Blättern und Blumen und Insekten für ihre Sammlungen zu suchen. Ihr Lieblingsplatz ist der Teich mit den großen weiß-goldenen Fischen, die mit zuckenden Schwänzen an die Oberfläche kommen, um an den Brotkrumen zu knabbern, und ihre Mäuler zu kleinen Os formen.

Ihre Gedanken schweifen ab, schwerfällig – klebrig wie ihre Augen – und fröhlich zugleich. Sie war doch gerade im Park, nicht wahr? Oder sie ist jetzt dort und streckt die Hand aus, um mit ihren Patschefingerchen einen der weiß-goldenen Fische zu fangen? Nein, das stimmt nicht. Das liegt Jahre zurück. Da war sie vier und wollte einen Fisch fangen, um ihn ihrem Papa zu zeigen, doch ihre Mama zog mit einem scharfen »Nein!« ihre Hand weg.

»Du darfst nie so ins Wasser greifen, _______, sonst fällst du womöglich hinein. Das ist eine wichtige Regel, so wie die, dass du nie mit Fremden mitgehen darfst und immer dort bleiben musst, wo dein Papa und ich dich sehen können. Verstehst du das?«

Jetzt ist sie nicht mehr so klein oder unbedarft genug, um die Belehrungen ihrer Mutter zu brauchen. Nur ist sie irgendwohin gegangen, wo ihre Mama sie nicht sehen kann, und irgendetwas stimmt nicht. Wo ihr Name sein sollte, klafft eine gähnende Lücke in ihrem Gedächtnis. Wenn sie sich stark genug konzentriert, kann sie sehen, wie sich die Lippen ihrer Mutter bewegen, um die Laute zu formen, aber da ist nichts. Nur _______! Wie kann sie denn bloß ihren eigenen Namen vergessen haben?

Sie muss ihn doch wissen, irgendwo muss er sein, aber irgendetwas steht ihr im Weg. Sie versucht ihn im Stillen zu denken, öffnet ihren ausgetrockneten Mund, um ihn laut zu rufen, doch stattdessen kommt »Mama!« heraus.

Sie zwingt sich, die Augen weit aufzumachen, es tut weh, fühlt sich an, als würden ihr die Wimpern ausgerissen. Da war ein Junge. Er hat ihre Hand genommen und sie sind in den Himmel gestürzt. Ihr Körper zuckt panisch, als fiele sie wieder, doch auf ihrer Brust und den Beinen liegt ein Seil, das sie festhält. Es ist schwer, feucht und verströmt diesen Geruch nach Salz und Algen, den sie irrtümlich Fischteichen zugeschrieben hat.

Sie versucht sich aufzusetzen, aber als sie sich abmüht, das Seil von sich zu schieben, sind ihre Arme und Beine taub und schlenkern nutzlos herum. Ist sie krank? Liegt es daran, dass sie so schwach ist? Vielleicht war der Junge an ihrem Fenster ja nur ein Fiebertraum.

Ruhig. Sie muss ruhig bleiben und die Dinge der Reihe nach angehen. Ihre Umgebung erforschen. Das ist das, was eine gute Wissenschaftlerin täte, und sie hat die Absicht, eines Tages Wissenschaftlerin zu werden. So viel weiß sie, selbst wenn sie sich nicht einmal an ihren eigenen Namen erinnern kann. Sie atmet ein und konzentriert sich darauf, welche Informationen sie im Liegen sammeln kann.

Der Boden unter ihr ist leicht klamm und gibt seltsam nach. Sie ist mit Sicherheit nicht in ihrem Zimmer. Ihre Sachen sind nicht da – weder der Globus, den ihr Papa zum letzten Geburtstag geschenkt hat, noch die Lupe, die sie benutzt, um die filigranen Schuppen auf Schmetterlingsflügeln und die Adern in den Blättern zu studieren.

Ihre Mama hat sie davor gewarnt, mit Fremden mitzugehen, aber das ist sie ja nicht. Nicht absichtlich. Ihre Brust schnürt sich zu, erschwert ihr das Luftholen, treibt ihr die Tränen in die Augen.

Das Geräusch ihres unwillkürlich stockenden Atems macht sie wütend und sie schiebt die Angst mit aller Macht in den Hintergrund. Panik wird ihr nichts nützen. Sie muss ihren Verstand einsetzen. Ihre Lage einschätzen, Anhaltspunkte suchen.

Da sie schon auf dem Rücken liegt, ist es am einfachsten, ihre Aufmerksamkeit direkt nach oben zu richten, also tut sie das. Licht schimmert zwischen wahllos übereinandergelegten Ästen durch, die ein schützendes Dach bilden. Irgendetwas Großes dient ihnen als Stütze. Sie kann den Kopf gerade weit genug in den Nacken legen, um das gewölbte Massiv einer Holzkonstruktion zu erkennen, bloß ist sie außerstande, sie gänzlich auszumachen.

Das heisere Gelächter, mit dem sich Möwen untereinander verständigen, erklärt das Geräusch von Wasser. Es ist das stete Rauschen der Wellen. Sie muss an einem Strand sein. Aber wie ist das möglich? Ihre Eltern hätten ihr doch davon erzählt, wenn sie einen Urlaub geplant hätten, und natürlich hätten sie sie auch nicht mitten in der Nacht verschwinden lassen. Sie hätte entsprechend gepackt, ihre Netze und Sammelgläser mitgebracht. Außerdem war da immer noch dieser Junge, und ihre Mama hat nach ihr gegriffen. Sie ist gewiss nicht im Urlaub und irgendetwas stimmt hier ganz und gar nicht.

Unter Aufbietung all ihrer Kraft wälzt sie sich auf die Seite und die Schlingen des Seils rutschen lose herunter – es war nicht einmal um sie gewickelt, sondern nur willkürlich aufgehäuft, als habe jemand vorgehabt, sie zu fesseln, und es dann vergessen. Sie setzt sich auf, dreht sich und kann so nun sehen, dass es sich bei der hölzernen Wölbung, die die Äste oben hält, um den Rumpf eines Schiffes handelt. Der Sand unter ihr ist nass, die Feuchtigkeit dringt durch ihr Nachthemd und sie friert.

»Wendy! Du bist wach!« Die Äste rascheln und der Junge, der an ihrem Fenster war, streckt grinsend den Kopf zwischen ihnen hindurch.

Wendy. So heißt ihre Mutter. Und sie ist ... Jane. Urplötzlich ist der Name da, immer noch halb verhüllt wie etwas, das aus dem Nebel auftaucht, sodass sie sich nicht sicher ist, ob er ihr wirklich so vertraut ist. Ist sie das? Ihre Gedanken bewegen sich langsam, wie die Fäden aus beinah verbranntem Zucker, aus denen die Köchin Karamellbonbons wickelt. Sie hilft ihr manchmal in der Küche. Die genauen Maßangaben gefallen ihr und dass geringste Abweichungen zu verschiedenen Ergebnissen führen können, ist ganz so wie bei einem wissenschaftlichen Experiment. Aber noch schöner ist, dass geduldiges Rühren am Ende mit einer Kostprobe belohnt wird.

Beinah kann sie die rauchige Süße auf der Zunge spüren, die Zuckermasse, die an ihren Backenzähnen klebt. Sie schüttelt heftig den Kopf, um ihre Gedanken ins Hier und Jetzt zurückzuholen. Normalerweise ist sie nicht so zerstreut; ihre Eltern haben ihr oft gesagt, dass sie ein sehr vernünftiges Mädchen ist. Gerade fühlt sich ihr Kopf allerdings aufgedunsen und benebelt an und es fällt ihr schwer, sich zu konzentrieren.

»Wer bist du?« Sie presst sich mit dem Rücken an den Schiffsrumpf, zieht die Knie an und schlingt die Arme darum.

Er sieht aus wie ein Junge, nicht viel älter als sie. Wenn er sie allerdings hierhergebracht hat, wenn er sie aus ihrem Zimmer entführt hat, könnte er etwas weit Gefährlicheres sein.

»Ich bin Peter, Dummerchen.« Der Junge zwängt sich in den Unterstand.

Sie besinnt sich darauf, wie sie gelandet sind, wie Panik sie erfasste und er ihr etwas in die Hand drückte und sagte, danach würde sie sich besser fühlen. War es Medizin? Die

Einzelheiten fallen ihr nicht mehr ein, ihre Erinnerung ist unvollständig, bruchstückhaft. Ein abgebrochener Splitter vom Himmel im freien Flug, der Strand unter ihren Füßen kippt, der heftige Sternenregen. Dunkelheit. Als sie landeten, war es Nacht, und jetzt ist es Morgen oder sogar Nachmittag. Wie lange ist sie schon fort? Ihre Eltern müssen krank sein vor Sorge um sie.

»Ich muss …« Sie setzt zu der Forderung an, nach Hause gebracht zu werden, wobei sie Peter wütend anfunkelt, doch ihre Zunge klebt am Gaumen fest. Ihr Hals ist wie ausgedorrt und die Worte gehen auf dem Weg zu ihren Lippen verloren. Sie wirbeln durch ihren Verstand und sie kann sie nicht mehr in die richtige Reihenfolge bringen, nicht einmal in Gedanken.

Frustriert klappt sie den Mund zu und starrt Peter an. Er hat irgendetwas mit ihr gemacht, sie verzaubert wie in einem der Märchen, die ihre Mama früher erzählt hat. Womöglich könnte er sogar ein Wesen aus einer dieser Geschichten sein. Er riecht wild und ursprünglich, wie der grüne Teich, aber auch nach Honig. Sie sind aus der Welt gefallen, so wie ein Ritter ins Feenreich fällt, und nun ist sie hier, wo auch immer »hier« sein mag. Sonnenlicht blinzelt herein und spielt in Peters Haar – ein Feuer, das alles verschlingt, was sich ihm in den Weg stellt.

Er beobachtet sie ebenfalls, mit schief gelegtem Kopf, als wäre er angesichts ihrer Reglosigkeit und ihres Schweigens verblüfft. Als wäre sie das seltsame Wesen aus einer anderen Welt, was nach allem, was sie weiß, durchaus zutreffen könnte. Seine Hände baumeln locker zwischen den Knien; durch die Art, wie er im Sand hockt, stehen sie in einem merkwürdigen Winkel ab. Sommersprossen sprenkeln seine Nase und seine Wangen wie rostfarbene Sterne. Seine Zähne sind zu spitz. Der Gedanke lässt sie erschaudern und sie schaut weg. Das muss an den Schatten der Äste liegen, die sein Grinsen verzerren. Fast gelingt es ihr, sich selbst zu überzeugen, und sie wagt noch einen Blick. Er senkt die Wimpern, guckt sie beinah schüchtern an, als wolle er ihr zeigen, dass sie keinen Grund hat, sich zu fürchten. Seine Augen – sie sind graublau wie ein Sturm, wie die Tauben am Trafalgar Square.

»Wo sind wir hier?« Endlich schafft sie es, die Worte zu sortieren, und sie sind erheblich sanfter als das, was sie eigentlich sagen wollte. Ihr wäre eher danach, ihn einen miesen Schurken zu nennen und ihn so lange anzuschreien, bis er ihr sagt, wo ihre Eltern sind.

»In Nimmerland natürlich. Wo denn sonst?« Peter spricht das aus, als müsste sie wissen, was er damit meint, obwohl er Unsinn redet. Sie hat jede Stelle des Globus studiert, den ihr Papa ihr geschenkt hat, und so etwas wie ein Nimmerland gibt es nicht.

»Wie konntest du das vergessen?«, fragt Peter.

Sie schüttelt den Kopf, inzwischen ist sie zu verängstigt, um zu sprechen. Sie spürt ein eisiges Kribbeln im Magen, ein Gefühl, als ob ihr gerade etwas Wichtiges entgeht.

»Ich bin Peter.« Er zeigt auf sich, spricht jetzt langsam und laut. Dann deutet er auf sie. »Und du bist Wendy.«

»Das ist nicht mein Name.« Die Angst wächst und wühlt in ihrer Brust. »So heißt meine Mama. Ich bin …«

Ihr versagt die Stimme. Sie kommt sich vor, als betrachte sie ein Puzzle – die Teile sind da, sie kann sie nur nicht zusammensetzen. Peters Lächeln gerät ins Wanken, flackert wie eine Kerze, über die sich Dunkelheit legt, kehrt aber einen Moment später ebenso strahlend zurück.

»Natürlich bist du die Wendy. Ich habe dich gefunden und nach Nimmerland zurückgebracht, damit du wieder unsere Mutter sein kannst. So wie es sich gehört.« Wieder legt er den Kopf schief und sie muss an einen Vogel denken. Keine Taube diesmal, sondern etwas Gerisseneres und Schlaueres wie ein Star oder eine Krähe.

Er lächelt immer noch, doch es ist ein unbarmherziges Lächeln. Sie wird nicht schlau aus ihm, aber sie hat Angst, ihn noch einmal um eine Erklärung zu bitten oder ihm zu sagen, dass er unrecht hat – es gibt kein Nimmerland, kann keins geben, und er muss sie nach Hause bringen. Sie sieht genauer hin. Peter ist gar kein Star, er ist ein anderer Vogel, einer mit einem gekrümmten Schnabel zum Jagen. Ein Falke vielleicht. Wieso denkt sie jedes Mal an Vögel, wenn sie ihn ansieht? Die Antwort ist zum Greifen nah, sie kann sie spüren, doch sobald sie sich darauf konzentriert, entgleitet sie ihr.

Sie will nicht über das nachdenken, was sie nicht versteht. Es ist unaussprechlich und zu furchteinflößend. Wenn sie sich genug anstrengt, kann sie sich vielleicht einreden, das Ganze sei ein böser Traum. Bald kommen ihre Mama und ihr Papa sie abholen und alles wird wieder so, wie es sein soll. Sie werden sie in eine warme Decke einwickeln und vors Feuer setzen. Die Köchin wird zum Tee Scones mit Clotted Cream und Marmelade machen und alle werden andächtig lauschen, wenn sie von ihrem seltsamen Abenteuer berichtet.

Vielleicht holt ihre Mutter sogar das gute Porzellan heraus, das Service, das der Großmutter gehörte, die sie nie kennengelernt hat. Es wird eine richtige Feier, um ihr zu zeigen, wie glücklich sie sind, dass sie wieder daheim ist. Ihre Mama lächelt, ihr Papa bekommt wie immer, wenn er jemanden eine besonders schöne Geschichte erzählen hört, dieses Leuchten in den Augen. Ihre Augen brennen, doch sie reckt das Kinn und zwingt sich zu einem Lächeln, um zu beweisen, dass sie keine Angst hat.

»Ich habe dir noch was zu trinken mitgebracht.« Peter streckt die Hand aus dem Unterschlupf, um nach einem angelaufenen, mit Gravuren geschmückten Silberpokal zu angeln. »Das macht dich wieder gesund, sodass du dich an Nimmerland erinnerst.«

Mit einem ermutigenden Ausdruck im Gesicht hält er ihn ihr hin. Ist es das, was er ihr schon einmal gegeben hat? Es sieht nicht nach Medizin aus und riecht süß. Trotz Peters Behauptung, sie würde sich danach besser fühlen, ist sie sich nicht sicher, ob sie es überhaupt trinken will. Wie kann ihr das helfen, sich an einen Ort zu erinnern, an dem sie noch nie war, an ein Land, das nicht einmal existiert?

Sie zögert es hinaus, mustert geflissentlich den Kelch, wobei ihr bewusst ist, dass Peter sie mit wachsender Ungeduld beobachtet. Sie erkennt das Emblem wieder, das die Seite ziert – das der königlichen Flotte. Ihr Papa hat sie einmal zum Hafen mitgenommen, um sich die Schiffe anzusehen, die strahlenden Segel, die so wunderschön und stolz an ihren hohen Masten flattern. Wie kommt es, dass sie das noch weiß, ihren eigenen Namen aber nicht?

»Trink.« Peter stupst ihre Finger an, und noch ehe sie merkt, dass sie ihn ihm aus der Hand genommen hat, ist der Pokal schon auf halbem Weg an ihre Lippen.

Er drückt gegen den Fuß des Kelchs, kippt ihn, sodass ihr nur die Wahl bleibt, die Flüssigkeit zu schlucken oder daran zu ersticken. Sie ist dickflüssig und süß. Sie schmeckt gut, und noch während sie davon trinkt, bekommt sie Durst nach mehr. Unter Peters anerkennendem Blick leert sie den Pokal. Es ist unklug, etwas von Leuten anzunehmen, die sie nicht kennt, das weiß sie, besonders Essen oder Trinken, aber danach fühlt sie sich besser. Vielleicht ist Peter am Ende doch nicht gefährlich. Womöglich will er ihr wirklich helfen. Das Kribbeln in ihrem Inneren legt sich, die Angst lässt nach. Obwohl sie auf dem kalten, nassen Sand sitzt, fühlt sie sich warm und geborgen, als läge sie in einem heißen Bad. Sie gähnt ausgiebig.

»Du kannst jetzt ruhig schlafen, wenn du willst«, sagt Peter. »Wenn du aufwachst, spielen wir ein Spiel. Ich wette, du kannst uns lauter neue Sachen beibringen.«

Bevor sie ihn fragen kann, was er damit meint, ist er fort, schnell wie der Blitz stiebt er durch eine Lücke zwischen den Ästen hinaus. Sie will ihm hinterherschreien, aber ihre Zunge kommt ihr noch schwerer vor als zuvor. Vielleicht legt sie sich doch ein bisschen hin. Das Getränk wärmt sie von innen, sogar noch besser als der Tee, den die Köchin macht. Es ist, als sei sie in eine Decke gehüllt, so eng wie in einen Kokon. Womöglich wacht sie ja als Schmetterling wieder auf. Während sie schon eindöst, bringt der Gedanke sie zum Lächeln. Hier ist sie sicher. Es gibt überhaupt keinen Grund, sich zu fürchten.

3

DER ZWEITE STERN VON RECHTS

Wendy zieht eine nach der anderen die Nadeln aus ihrem Haar und reiht sie fein säuberlich auf ihrer Kommode auf. Als sie fertig ist, flicht sie die gelösten Locken zu einem schlichten Zopf. Graue Strähnen durchziehen das Kupferbraun. Die ersten davon tauchten auf, als ihre Haare nachwuchsen, nachdem sie die Schwester in St. Bernadette bis auf die Kopfhaut abrasiert hatte, obwohl sie damals kaum dem Kindesalter entwachsen war.

Von ganz hinten aus dem Schrank holt Wendy die Hose mit den weiten Beinen, die sie sich letztes Jahr genäht hat. Sie hat Ned versprochen, sich nie außerhalb des Hauses darin sehen zu lassen. Wie ihr Mobiliar und ihre Übereinkunft, Mary als *die Köchin* zu bezeichnen, sobald noch jemand dabei ist, ist auch das ein Zugeständnis an ihren Schwiegervater. Hosen sind zu modern, zu unweiblich, sie schicken sich nicht für eine wahre Dame. Als sollte die Kleidung, die Wendy trägt, irgendwie den Geschmack ihres Mannes und seines Vaters widerspiegeln und nicht einfach ihren eigenen.

Sie zieht die Hose an, dann lässt sie ihre Nadeln, das Garn und die Schere in die geräumigen Taschen gleiten. Sie sind tiefer, als das Schnittmuster vorgab, und sie könnte einiges mehr darin unterbringen, aber was soll sie denn noch einstecken? Was nimmt man ins imaginäre Land seiner Kindheit mit, um seine Tochter vor einem Jungen zu retten, der nicht älter werden will?

Wendy presst die Lippen zusammen, sperrt ein bitteres Lachen hinter ihren Zähnen ein. Ein Anflug von Panik liegt darin, denn wenn sie es herauslässt, wird es womöglich für immer bleiben. Das Ganze ist so absurd und dennoch entsetzlich real. Ihr dreht sich der Magen um und so zwingt sie sich, sich auf ihren Schrank zu konzentrieren. Sie entscheidet sich für eine langärmelige Bluse, eigentlich völlig ungeeignet, aber sie wird genügen müssen. Danach kramt sie ein altes Paar flacher Stiefel hervor, abgetragen, doch gut in Schuss, und zuletzt eine Stola. Sie friert dauernd, seit ihr Peter ihre Tochter weggenommen hat.

Wendy stößt das Fenster auf, steigt auf den kleinen Nähtisch darunter, stützt ihre Hände auf den Sims und beugt sich in die Nacht hinaus. Obwohl sie weiß, dass nichts herausfallen wird, tastet sie reflexartig noch einmal ihre Taschen ab. Sie kauert sich aufs Fensterbrett und blickt auf das nächtliche London hinaus. Es ist an der Zeit, ihre Tochter heimzuholen.

LONDON 1917

Wie betäubt vor Müdigkeit sitzt Wendy im Gemeinschaftsraum am Fenster. Wie Dr. Harrington versprochen hat, ist die Tür zu ihrem Zimmer die ganze Nacht abgeschlossen geblieben, aber das hat ihr keineswegs das Gefühl von Sicherheit vermittelt. Sie hat die dunklen Stunden damit zugebracht, bei jedem Geräusch, jedem schlurfenden Schritt auf dem Flur erschrocken hochzufahren. Nun kann sie trotz der Anspannung, die in ihrem Inneren vibriert, kaum noch die Augen offen halten. Das Kinn sinkt ihr auf die Brust und zwischen einem überlangen Blinzeln und dem nächsten lässt sich das Mädchen, das nicht Tiger Lily ist, auf den Stuhl neben ihr fallen und hat sogleich den ersten Vorwurf auf den Lippen.

»Warum hast du mich angestarrt?« Das ungestüme Auftauchen des Mädchens erschreckt Wendy und sie rückt unwillkürlich mit ihrem Stuhl zur Seite. Seine Beine scharren über den Boden und eine der Schwestern wirft ihr einen strafenden Blick zu.

»Das habe ich nicht«, antwortet Wendy kaum hörbar, senkt den Kopf und starrt auf den Boden.

Das Mädchen beugt sich vor und schaut Wendy mit zusammengekniffenen Augen prüfend ins Gesicht.

»Nicht jetzt, gestern auf dem Flur.«

Wendy wagt einen Blick auf das Mädchen. Anstelle von Tiger Lilys glänzenden Zöpfen hängen ihm die schwarzen Haare lose in die Stirn. Sie sind nicht zerzaust, aber auch nicht gebürstet, obwohl die junge Frau eindeutig nach Seife riecht. Ihre Haut ist dunkler als Wendys, doch jetzt, da sie vor ihr sitzt, wird klar, dass die Ähnlichkeit mit Tiger Lily damit auch schon endet. Das Gesicht dieses Mädchens ist runder und mit Narben übersät wie mit den Geistern irgendeiner Kinderkrankheit. Als es mit etwas, das einer Kampfansage näher kommt als einem Lächeln, seine Schneidezähne entblößt, wird dazwischen eine Lücke sichtbar.

»Du hast mich an jemanden erinnert, das ist alles.« Als sie sich von ihrem ersten Schreck erholt hat, hebt Wendy den Kopf höher, ihr Kiefer verkrampft sich. Keine von ihnen kann sich aussuchen, ob sie hier sein will – warum also sollte sie sich von diesem Mädchen einschüchtern oder verjagen lassen?

»Hier gibt es niemanden, der so aussieht wie ich.« Trotzig schiebt ihr Gegenüber das Kinn vor. »Mein Volk gehört dem Kainai-Stamm an und jetzt, da meine Mutter tot ist, bin ich die Einzige in London.«

Das Mädchen spricht die Worte aus, als könnte deren schiere Wucht sie wahr werden lassen. Wendy ist bestürzt, doch hinter der Wut, die es wie ein Mantel umgibt, verbirgt sich Schmerz, und das ist etwas, das Wendy versteht. Nun erinnert sie das Mädchen weniger an Tiger Lily, sondern vielmehr an Peters Jungs, die so weit weg von zu Hause nicht zuzugeben wagten, dass sie ihre Betten und ihre Mütter vermissten.

»Entschuldige bitte. Ich weiß nicht, wovon du redest. Was ist der Kainai-Stamm?«

Wendy kann das Alter dieses Mädchens nicht schätzen. Im einen Augenblick wirkt es jünger als sie selbst, im nächsten viel älter.

»Das ist mein Volk.«

»Heißt das … Ich meine, du bist Indianerin, oder?«

»Kainai. Der Blutstamm. Teil der Blackfoot-Konföderation. Ich weiß nichts von Indien.« Das Mädchen zieht das letzte Wort in die Länge und funkelt sie aufsässig an. Wendy schießt das Blut in die Wangen.

»Verzeihung«, sagt sie hastig.

Zu ihrer Erleichterung läuft das Mädchen nicht weg. Es lehnt sich zurück und verschränkt die Arme, aber Wendy sieht unter seinem Unmut einen Funken Neugier aufblitzen und den nutzt sie.

»Ich wollte dich nicht verärgern und es tut mir ehrlich leid. Wie bist du hier gelandet, wenn ...« Wendy stolpert über die Wörter, sie kommt sich vor, als ob sie einen zugefrorenen See betritt, unsicher, ob das Eis sie trägt.

Das Mädchen schnaubt, fast klingt es wie ein Lachen.

»Meinst du hier?« Es deutet auf das Zimmer. »Oder in London?«

»Beides, nehme ich an.«

Wendy unterdrückt den Drang zu lächeln, sie befürchtet, dass das Mädchen dann störrisch und wütend wird. Es mag zwar nicht Tiger Lily sein, aber an diesem Ort der Schreie und finster dreinblickenden Schwestern und Aufseher kommt das Mädchen einem freundlichen Gesicht noch am nächsten. Dass es nicht aufgesprungen und davongestürmt ist, lässt Wendy glauben, es empfinde vielleicht genauso. Womöglich ist es unter all dem Gepolter und dem großspurigen Auftreten ebenso einsam.

Das Mädchen verdreht die Augen, als wäre es eine Zumutung, Wendy seine Geschichte zu erzählen. Doch in seiner Stimme liegt ein Unterton, der in Wendy den Gedanken weckt, es sei sehr lange her, dass ihm jemand zugehört hat.

»Mein Vater ist gestorben, als ich noch ein Baby war. Dann hat ein Engländer meine Mutter geheiratet, da war ich zehn. Er hat uns aus Kanada nach London geholt. Mich wollte er gar nicht mitnehmen, aber meine Mutter hätte mich auf keinen Fall zurückgelassen.«

Als das Mädchen über den Mann spricht, der seine Mutter geheiratet hat, nimmt sein Gesicht einen grimmigen Ausdruck an und Wendy kann es ihm nicht verdenken. Welcher Mann würde denn von einer Mutter verlangen, ihr Kind im Stich zu lassen?

»Ein Jahr nach unserer Ankunft in London ist meine Mutter bei der Geburt meiner kleinen Schwester gestorben. Das Baby ist auch gestorben, es hatte noch nicht mal einen Namen. Der Mann meiner Mutter hat mich noch eine Weile bei sich behalten. Ich habe bei den Dienstmädchen im Zimmer geschlafen, da konnte er so tun, als gäbe es mich nicht. Dann lernte er eine Engländerin kennen, die er heiraten wollte, und die wollte wohl nicht daran erinnert werden, dass sie da nicht die Erste war, also hat er mich hierhergeschickt. Da war ich fünfzehn. Das ist vier Jahre her.«

Wendy bleibt der Mund offen stehen, in ihrem Magen breitet sich Übelkeit aus. Sie kann sich gar nicht vorstellen, dass irgendjemand einen anderen Menschen so behandelt, von einem Kind ganz zu schweigen. Aber das Mädchen zuckt mit den Achseln, als es ausgeredet hat, als gehe ihm die Geschichte zumindest oberflächlich nicht mehr nahe.

»Das ist ja schrecklich.« Wendy streckt die Hand aus, um den Arm des Mädchens zu berühren, doch der verächtliche Blick, den es ihr zuwirft, lässt sie sofort innehalten.

Das Eis auf dem imaginären See verschiebt sich unter ihren Füßen und sie lässt ihre Hand in den Schoß sinken, wo sie prüfend ihre Nägel mustert, als wäre das alles, was sie vorgehabt hätte. Die Schwester, die ihr gestern beim Umziehen geholfen hat, hat auch ihre Fingernägel schmerzhaft kurz geschnitten, eine weitere Maßnahme zu ihrer vermeintlichen Sicherheit, genau wie die abgeschlossene Tür.

»Was ist mit dir? Wie bist du hier gelandet?«, fragt das Mädchen.

Diesmal gibt Wendy einen gar nicht damenhaften Laut von sich, beinah ein Lachen.

»Ich denke mir Geschichten aus. Lügen. Ich kann Realität und Fantasie nicht voneinander unterscheiden.« Wendy verzieht den Mund, weil das alles so absurd klingt, wenn sie es laut ausspricht. »Zumindest sagen mein Bruder und Dr. Harrington das.«

»Was für Geschichten?« Die junge Frau löst die verschränkten Arme, ihre Miene wirkt jetzt offen, doch Wendy kann nicht verhindern, dass sich die Wut, die sie an ihrer statt gespürt hat, zu einem Klumpen aus Angst zusammenballt. Sie hat geschworen, Nimmerland zu beschützen. Was, wenn das eine Falle ist? Was, wenn das Mädchen Dr. Harrington Bericht erstattet?

Als es jedoch ihre Hand berührt, reagiert Wendy überrascht, denn sie selbst ist eben genau davor zurückgeschreckt. Wendy würde seinen Blick nicht als warm bezeichnen, aber es liegt Aufrichtigkeit darin. Es wirkt wieder kindlich, jünger als seine neunzehn Jahre, und gleichzeitig irgendwie viel älter. Wendy kann sich nicht vorstellen, an diesem Ort erwachsen zu werden. St. Bernadette könnte einen Menschen so leicht hart und gehässig machen, doch Wendy erkennt nichts davon in den Augen, die ihren begegnen. Entschlossenheit. Stärke. Vielleicht ein wenig Schmerz und Verbitterung. Aber keine Grausamkeit. Das ist keine Petze, keine Spionin.

»Du musst es mir nicht sagen, wenn du nicht willst«, schiebt das Mädchen hinterher.

Bei diesen Worten löst sich die Furcht in Wendys Brust. Sie will diesem Mädchen vertrauen. Und darüber hinaus will sie St. Bernadette beweisen, dass es ihr keine Angst einjagen kann. Sie wird ihre Geschichte erzählen, nur entscheidet sie selbst, wann und wem.

»Da war – ist – ein Junge namens Peter. Als ich noch klein war, hat er meine Brüder und mich in ein anderes, weit entferntes Land mitgenommen. Dort gab es Meerjungfrauen und Piraten und Ind…«

Wendy bremst sich. Sie versucht sich zurückzuversetzen – hat Tiger Lily je einen Namen für ihr Volk benutzt? Oder waren sie und die anderen einfach Indianer, weil Peter sie so getauft hatte, und fertig?

»Weiter«, bittet das Mädchen, und in Wendy erwächst eine neue Art von Selbstzweifel, der sie plötzlich hemmt. Sie wünscht sich, dass diese junge Frau sie mag – womöglich wagt sie sogar zu hoffen, sie könnten Freundinnen werden.

»Lachst du mich auch nicht aus?«

»Nein. Ich will es hören. Aber hier, nimm.« Das Mädchen bückt sich und holt etwas aus einem Korb, der neben seinem Stuhl auf dem Boden steht. Es drückt Wendy einen Stickrahmen in die Hand, von dem bunte Fäden baumeln. »Normalerweise stören uns die Schwestern und Aufseher nicht, wenn wir so tun, als wären wir mit etwas beschäftigt, das sie billigen. Wenn wir nur dasitzen und reden, werden sie eher misstrauisch.«

»Ich verderbe es doch nur.« Als Wendy die Bemühungen ihrer Mutter einfallen, sie als Kind das Nähen zu lehren, versucht sie dem Mädchen den Stickring wieder aufzudrängen. Sie wusste, es war eine unerlässliche Fertigkeit für eine junge Dame, aber sie vermurkste es immer, weil sie zu ungeduldig war, stets darauf brannte, anderes zu tun wie zu lesen, sich eigene Geschichten auszudenken oder ihre Brüder zu überreden, im Kinderzimmer kleine Theaterstücke für ein Spielzeugpublikum aufzuführen. Infolgedessen fielen Wendys Nähte immer krumm aus, verhedderten sich ihre Fäden und rissen. Als einzigen Erfolg verbuchte sie, dass es ihr gelang, Peters Schatten wieder anzunähen, und selbst der löste sich auf und verging, sobald sie Nimmerland erreichten.

»Ich bringe es dir bei«, entgegnet die junge Frau.

»Ich glaube nicht, dass mir die Schwestern eine Nadel geben.« Wendy wirft einen Blick auf ihre kurz geschnittenen Fingernägel. Der Gedanke, man würde ihr auch nur einen winzigen Metallsplitter zugestehen, der spitz genug ist, um blutende Wunden zu verursachen, ist unvorstellbar.

Das Mädchen tut ihre Bedenken mit einer Handbewegung ab.

»Die Schwestern bringen ihre eigenen Stick- und Näharbeiten mit, damit sie was zu tun haben, aber sie verlieren oder verlegen ständig Sachen. Es sollte nicht allzu schwer sein, dir dein eigenes Handwerkszeug zu besorgen. Ich bin ausgesprochen gut darin, Geheimnisse zu hüten und

Sachen zu verstecken.« In ihrem Gesicht blitzt ein Grinsen auf. »Ich bin übrigens Mary. Mary White Dog. Den Namen Mary hat mir meine Mutter gegeben. Meine Großmutter hat mich White Dog getauft, aber die wollen nicht, dass ich den Namen benutze, deshalb steht hier auf allen Papieren Mary Smith.«

Der Redeschwall hinterlässt ein atemberaubendes, doch ebenso ausgelassenes Gefühl in Wendy. Sie sammelt sich und verrät im Gegenzug ihren Namen.

»Ich bin Wendy. Wendy Darling. Ich freue mich sehr, dich kennenzulernen.«

»Wendy.« Jetzt grinst Mary übers ganze Gesicht, schief und bezaubernd. »Erzähl mir eine Geschichte.«

LONDON 1931

Die Nachtluft zerrt an Wendys Haar, löst Strähnen aus ihrem Zopf und bläst sie über ihre Wangen. Sie sieht nach unten. Bis in den Innenhof unter ihrem Fenster ist es nicht so weit, aber weit genug. Wenn sie versagt, wenn sie fällt, wird sie sich vermutlich mehr als einen Knochen brechen.

Als sie und John und Michael vor all den Jahren aus Nimmerland zurückkehrten, wurde Wendy schrecklich krank. Wochenlang hütete sie mit Fieber das Bett, als hätte sie sich dort mit irgendetwas infiziert und könnte ihr Körper die Luft in London nicht mehr vertragen. Anfangs waren ihre Eltern geduldig, brachten ihr kalte Waschlappen, um sie ihr auf die Stirn zu legen, und heiße Brühe zum Trinken, hielten behutsam ihre Hand und fragten sie, wo sie gewesen seien. Sie waren fast zwei Wochen lang verschwunden gewesen und dann plötzlich wieder im Kinderzimmer aufgetaucht, als wären sie nie fort gewesen.

Sie versuchte, es ihnen zu erklären, aber es klang wie ein Märchen, und genau dafür hielten ihre Mutter und ihr Vater es auch. Sie glaubten, sie wäre verwirrt, würde im Fieberwahn fantasieren. Als das Fieber verging und sie hartnäckig an ihrer Geschichte festhielt, reagierten sie zunehmend frustriert, sogar wütend. Sie erinnert sich daran, wie John und Michael zwischen ihr und ihren Eltern hin- und herschauten, unsicher und ein wenig ängstlich, sie wünschten sich ihre Bestätigung, aber bald wussten sie nicht mehr, was sie glauben sollten.

In der Zeit, die sie krank im Bett lag, überzeugten ihre Eltern John und Michael schon halb, dass Nimmerland nicht real sein konnte. Wendy fand nie heraus, was sie glaubten, wo ihre Kinder tatsächlich gewesen seien, aber sie beharrten um jeden Preis auf ihrem Standpunkt, die Geschichten, die sie erzählte, könnten unmöglich wahr sein. Sie warfen ihr vor, ihren Brüdern Flausen in den Kopf zu setzen und sie damit zu verwirren. Schon da konnte Wendy erkennen, wie die Saat des Zweifels in Michael und John aufging, und sie versuchte verzweifelt, die beiden umzustimmen, sie wieder auf ihre Seite zu ziehen.

Sie war verängstigt, todunglücklich und auf eine Weise, die sie nicht erklären konnte, immer noch krank, obwohl das Fieber vergangen war. Wie viel einfacher es doch gewesen wäre, an Nimmerland festzuhalten, hätten auch ihre Brüder weiterhin daran geglaubt.

Wendy kletterte auf den hohen Kleiderschrank im Kinderzimmer und zögerte keine einzige Sekunde, bevor sie sprang. Sie war sich so sicher, sie würde eine Runde an der Decke entlangfliegen, genau wie sie es in jener ersten Nacht mit Peter getan hatten, dass sie keinen Moment Bedenken oder Angst verspürte, bis sie auf den Boden stürzte und sich den Arm brach.

Als könnte sie das Echo der alten Fraktur dort unter ihrer Haut fühlen, reibt sich Wendy den Arm. Damals war sie ein Kind. Wie soll sie es Ned und ihren Brüdern erklären, falls sie scheitert, wenn sie jetzt, als erwachsene Frau, dasselbe noch einmal versucht? *Hysterisch* – das Wort hallt dröhnend in ihren Ohren wider. Inzwischen vertraut ihr John und sogar Michael. Wäre sie bereit, all das wieder zunichtemachen? Ja. Für eine Chance darauf, Jane zu retten.

Sie könnte sich die Hintertreppe hinunterschleichen, doch was, wenn ihr Schwiegervater einen Wachposten dagelassen hat, einen der Männer von Scotland Yard, der in den Schatten lauert?

Nein. Bei ihrer ersten Reise ins Nimmerland hat sie das Haus durchs Fenster verlassen. Und Peter hat Jane durchs Fenster entführt, also wird sie denselben Weg nehmen. Ihr gesamter Glaube, an den sie sich über die Jahre geklammert hat – darauf muss sie sich nun konzentrieren, jeden Hauch eines Zweifels verbannen. Ihr Verstand und ihre Wahrheit gehören ihr. Kein Teil von ihr gehört Dr. Harrington oder ihren Brüdern. Sie ist allein, und nur sie allein kann Jane befreien.

Wendy richtet ihren Blick auf die Sterne, schiebt den Gedanken an das harte, Prellungen und Knochenbrüche verursachende Kopfsteinpflaster unter ihr beiseite. Jane. Sie muss an Jane denken. An etwas Schönes. Behutsam schiebt sie ihren Fuß vorwärts. An Glücksmomente.

Nur dass ihr glücklichster Gedanke auch der schrecklichste ist – die Erinnerung daran, wie sie Jane zum allerersten Mal in den Armen hielt. Wie ihr das süße Bündel hineingelegt wurde, klebrig vor Blut, mit knallrotem Gesicht und schreiend. Damals hatte Jane Neds Haare, nur ein paar dunkle Strähnen pappten an ihrem noch weichen Schädel. In jenem Moment brach die Liebe Wendys Panzer auf und machte Platz, sodass sich die Furcht hereinstehlen konnte. Jemanden zu lieben bedeutet jemanden zu haben, den man verlieren könnte.

Das ist eine Wahrheit, die Wendy erkannt hat, seit sie Nimmerland verloren hat, seit Michael in den Krieg zog und mit Gespenstern in den Augen nach Hause kam, seit ihre Eltern an Bord eines Schiffes gingen, das zum Untergang verdammt war. Und ach, um wie viel schmerzhafter diese Erkenntnis wurde, als sie Jane zum ersten Mal an ihre Brust drückte.

Wie fühlte sich wohl ihre eigene Mutter vor all den Jahren, als sie das Kinderzimmer betrat und merkte, dass nicht nur eins ihrer Kinder, sondern alle drei verschwunden waren? Wäre sie noch am Leben, hätte Wendy vielleicht den Mut aufgebracht, sie zu fragen und herauszufinden, ob sie auch solche Angst empfand, als Wendy geboren wurde. Doch sie hatte niemanden, den sie hätte fragen können, wie es ist, Mutter zu sein, niemanden, der sie vor all den Gelegenheiten gewarnt hätte, die ihr Herz im selben Atemzug öffnen und brechen konnten – mitzuerleben, wie ihre

Tochter ihre ersten Schritte machte, mit anzusehen, wie sie stolperte und hinfiel.

Dachten sie, John und Michael als Kinder überhaupt daran, was ihr grandioses Abenteuer in ihren Eltern auslösen würde? Nein, sie waren damals herzlos und grausam. Kein einziges Mal sahen sie sich um, als sie in Peters Schlepptau davonflogen. Und dann Wendys Beharren darauf, dass es ein großartiges Erlebnis gewesen war, als sie heimgekommen waren, ihre Sehnsucht, in jenes wunderbare Land zurückzukehren, das unmöglich existieren konnte. Was musste es in den Herzen ihrer Eltern angerichtet haben, nicht zu wissen, ob ihre Kinder womöglich verletzt, wohin sie verschwunden waren? Festzustellen, dass ihre Tochter zwar zu ihnen heimgekehrt war, sich aber plötzlich in eine Fremde verwandelt hatte.

Wendy selbst überlegte sich damals gar nicht, um wie viel schwerer sie ihren Eltern und Brüdern das Leben machte. Als sie in jener Nacht aus dem Kinderzimmerfenster gesprungen war, hatten ihre Gedanken nur der Freiheit gegolten, der Aussicht, ihren Brüdern vielleicht mehr zu sein als eine Ersatzmutter, und sei es auch nur für eine kurze Weile.

Dann kamen sie in Nimmerland an und sie stieß auf eine ganze Reihe neuer Regeln, die Peter nach Lust und Laune änderte. Obendrein wollte er, dass sie all seinen Jungs eine Mutter war, nicht nur Michael und John. Trotzdem verzehrte sie sich immer noch danach, dorthin zurückzukehren. Warum? Überwog das Gute das Schlechte oder lag es daran, dass sie ein Stück von sich dort zurückgelassen hatte? Etwas, das unerledigt geblieben war, ungetan?

Wendy löst ihre Finger vom Fensterrahmen, holt tief Luft, verbannt alles bis auf Jane aus ihrem Geist und lässt los.

Die Luft pfeift vorbei, durchdringend, schneidend. Ihre Kleider knattern wie die Segel und Flaggen auf einem Piratenschiff aus längst vergangenen Zeiten. Jane. Jane. Jane. Wendy denkt inbrünstig an ihre Tochter, Liebe und Schmerz verschmelzen. Glück. Zu Hause. Der Gedanke drängt sich ungebeten dazwischen. Sie ist auf dem Weg nach Hause.

Sie schießt nach oben, ihre Zehen streifen beinah das Kopfsteinpflaster im Innenhof, als sie abrupt aufsteigt und sich über das Tor erhebt, um in den Himmel über London einzutauchen. Hoch und höher schraubt sich Wendy, bis der Himmel unter ihr ist, und dann schwimmt sie in ihn hinab, fliegt hindurch zur anderen Seite der Nacht, wo Nimmerland auf sie wartet.

Der Wind klingt nicht mehr wie ein Kreischen, sondern wie ein Triumphschrei. Ihr Körper erinnert sich ans Fliegen, an den Schmerz in den angespannten Muskeln, die sich der Schwerkraft widersetzen, und die Jahre fallen von ihr ab. Wendy breitet die Arme aus, ihre Stola dazwischen gespannt wie Flügel, und begrüßt die glitzernde Dunkelheit. Sie legt sich in die Kurve, dreht sich, zieht eine Schleife, streift mit jeder Bewegung ihre Angst ab. Das Panorama von London, das unter ihr ausgebreitet liegt, wird zu bloßen Lichtpunkten, die verwischen, als sie schneller wird.

Ist das Westminster Abbey? Kew Gardens? Wieder fliegt sie dicht darüber hinweg, ehe sie sich ein weiteres

Mal hochschwingt – eine umgekehrte Sternschnuppe. Es ist herrlich. Der Schmerz in ihrem Inneren lässt nach und nur für einen Augenblick gestattet sich Wendy, laut zu lachen. Der Wind reißt ihr den Laut von den Lippen und weht ihn hinter ihr davon.

Nimmerland. Sie achtet auf die Sterne am samtenen Himmel. Das sind nicht mehr die Sterne über London. Sie hat die unsichtbare Barriere dorthin bereits passiert, wo sie fremd sind, anders und unvorstellbar. Jetzt ist es zu spät, um umzukehren. Nicht dass sie das wollte. Wendy findet den zweiten Stern von rechts, sie kennt ihn, als sei er eine Zuflucht für ihre Seele, und sie hält darauf zu, fliegt immer geradeaus, bis zum Morgen.

4

VERLORENE JUNGS

Ihr Mund schmeckt nach Beeren und einem Hauch Sandkörnchen. Sie hat der Köchin geholfen, Marmelade für die Scones zu machen, und den Löffel abgeleckt, nachdem das ganze Rühren erledigt war. Ihr muss vom Zucker und der Hitze des Ofens so schwindelig sein.

Sie schüttelt sich, als wolle sie ein Geräusch an der Grenze ihres Hörvermögens verschwinden lassen. Nein. Natürlich. Sie ist nicht in der Küche. Sie ist nicht mal zu Hause. Sie ist in N______. Der Name ist gleich dort, auf der anderen Seite des klebrigen Nebels, der ihren Kopf erfüllt. Ach, warum kann sie nur nicht klar denken? Marmelade und gebrannter Zucker und Karamellbonbons und der süße Nachgeschmack in ihrem Mund …

Nimmerland! Der Name fliegt ihr einfach so zu, wie ein Schmetterling, der sich in ihrem Netz verfängt. Sie muss es gut zuhalten, damit er nicht wieder davonflattert. Doch als sie ihren eigenen Namen fassen will, bleibt er verschwunden. Der Junge, Peter, hat sie Wendy genannt und diesen Ort nannte er Nimmerland.

Wendy. Der Name ihrer Mutter. Kennt Peter ihre Mama von irgendwoher? Sie hat sie nie über einen Peter oder ein Land wie dieses reden hören und an so eine seltsame Geschichte würde sie sich doch erinnern, oder nicht? Sie muss daran denken, Peter danach zu fragen, wenn er wiederkommt.

Sie setzt sich auf und es geht leichter als zuvor. War das irgendwann heute, als Peter ihr das süße Getränk gab, mit dem es ihr besser gehen sollte? Gestern? Sie erinnert sich daran, im Sand gelegen zu haben. Daran, dass sie Angst hatte, und dann nicht mehr, all ihre Gedanken und Sorgen wie von den Gezeiten fortgespült.

Die Gerüche von Salzwasser und feuchtem Holz dringen in ihre Nase. Draußen vor ihrem provisorischen Unterschlupf zanken sich Vögel. Ihr tut der Kopf weh, aber ihre Gliedmaßen fühlen sich stärker an als vorhin. Sie kniet sich hin und krabbelt nach vorn, um zwischen den Ästen durchzuspähen. Das Gekabbel der Vögel löst sich in Stimmen von Jungs auf und da hört sie Peter nach ihr rufen.

»Wendy! Wendy, wach auf! Ich habe alle mitgebracht, damit sie dich kennenlernen.«

»Ich bin nicht Wendy, ich bin ...«

Panik steigt in ihr auf, dann wird ihr bewusst, was Peter eben gesagt hat. Alle? Was meint er damit? Wer ist denn noch hier? Sie kriecht unter den Ästen hervor und blinzelt gegen die Helligkeit an. Peter steht barfuß im Sand, die Hände in die Hüften gestemmt, das Haar eine kupferfarbene Flamme. Hinter ihm haben sich im Halbkreis ein paar Jungs aufgestellt. Der Jüngste wirkt nicht älter als fünf, er kaut auf seinem ausgefransten Hemdzipfel herum. Seine

Augen sind aufgerissen, seine Wangen schmutzig und in seinen verfilzten Haaren haben sich Blätter verfangen. Tatsächlich sieht die Kleidung aller Jungs aus, als müsste sie geflickt werden, und keiner von ihnen trägt Schuhe.

Ihre Mutter und die Köchin haben ihr geholfen, nähen zu lernen. Die Köchin hat sogar gesagt, sie würde schneller lernen als ihre Mutter, als sie doppelt so alt war wie sie. Jedes Mal wenn sie übt, gibt sie ihr Bestes, um alles ordentlich und gleichmäßig zu machen, sie überlegt sich jeden ihrer Stiche, als würde sie wissenschaftliche Aufzeichnungen führen. Sie zwinkert. Warum denkt sie übers Nähen nach? Was hat dieser Ort nur an sich, das es ihr so schwer macht, ihre Gedanken länger als eine Sekunde beisammenzuhalten? Das ist unendlich frustrierend. Da war doch irgendetwas, das sie Peter fragen wollte, oder nicht?

Sämtliche Jungs starren sie an, manche schüchtern, einige mit neugierigem Staunen, andere mit misstrauisch zusammengekniffenen Augen. Sie funkelt sie wütend an – die haben kein Recht, sie so anzuschauen, wo sie doch gar keine andere Wahl hatte, als hierherzukommen. Der Kleinste, der mit dem Hemd im Mund, schiebt sich näher an Peter heran, sucht hinter ihm Schutz, und ihre Courage schwindet.

In der grellen Mittagssonne wandern die Schatten der Jungs von ihnen weg wie verschüttete Tinte. Bei allen außer Peter, der keinen wirft. Sie weiß mit unumstößlicher Sicherheit, dass alle Festkörper einen Schatten werfen. Entweder müssen ihr ihre Augen einen Streich spielen oder …

»Sag Hallo, Wendy. Gleich werden wir ein Spiel spielen, aber vorher müssen wir uns miteinander bekannt machen.«

»Ich …« Peter unterbricht sie, ehe sie protestieren kann, seine Stimme ist so hart wie eine Hand, die vor ihren Mund geschlagen wird, und sie merkt, dass sie kein Wort mehr herausbringt.

»Wir fangen mit dir an. Du bist Wendy und ich bin Peter.« Er schenkt ihr ein Lächeln so strahlend und genauso blendend wie das Licht, das sich im Wasser spiegelt.

Sie will widersprechen, doch beim Anblick von Peters Lächeln ist es auf einmal, als tauschten Himmel und Erde die Plätze, und ein Schwindel nimmt ihr den Atem. Als die Welt sich wieder zurechtruckelt, blinzelt sie die Jungs, die sie umringen, verwundert an.

So wie sie alle auf sie herunterstarren, fühlt sie sich ihnen ausgeliefert. Sie kommt auf die Beine und wischt den Sand von ihrem Nachthemd, so gut es geht. Peter hat gerade mit ihr geredet, oder nicht? Was hat er denn gesagt?

Sie richtet sich auf, stellt sich so aufrecht hin wie möglich und strafft zur Sicherheit die Schultern. Die Köchin, die kleiner ist als ihre Mama und ihr Papa, hat ihr erzählt, dass das der beste Weg ist, sich gegen jemanden zu behaupten, der einen einschüchtern will, das weiß sie noch. Genauso wie Tiere in freier Wildbahn, die sich größer machen, als sie sind, um Raubtiere zu verscheuchen. Sie kann sich nicht vorstellen, dass sich irgendwer mit der Köchin anlegt, wenn dieser gewisse Blick in ihre Augen tritt, nicht mal ihr Großvater. Obwohl sie gern Mäuschen spielen würde, falls er es je versuchen sollte.

Bei dem Gedanken muss sie beinah kichern und ihre Angst lässt nach. Nun, da sie sie der Reihe nach mustert, sieht sie, dass einige Jungs kleiner sind als sie, sogar die, die etwa in ihrem Alter oder älter zu sein scheinen.

»Ich heiße Arthur, genau wie der König.« Der größte der Jungs tritt vor und rennt dabei fast den jüngsten über den Haufen. Sein Gesichtsausdruck ist hart und er wirft ihr seinen Namen hin wie einen Fehdehandschuh.

Er trägt das Fell von irgendeinem Tier um die Schultern – sie kann nicht sagen, von welchem. Die Enden seiner Hosenbeine sind zerfetzt, den Bund hält ein Stück Seil an seinem Platz. Er schleppt einen Stock mit sich herum, fast so lang, wie er groß ist, und wo Zweige und Rinde abgehackt wurden, sind Spuren eines Messers erkennbar. Nun rammt er die Spitze in den Sand, stützt sich darauf und blickt auf sie herab.

»Heißt du überhaupt wirklich Wendy?«

Eine Möwe kreischt, ihr Schatten fällt auf ihn, dann auf den Sand, als sie über ihnen kreist. Arthur und ein paar der anderen Jungs gucken sie auf eine Art an, als würden sie sie kennen oder es wenigstens glauben, obwohl sie sicher ist, dass sie keinen einzigen von ihnen je zuvor gesehen hat.

»Ich bin …« Sie will verneinen, doch Peter schneidet ihr einmal mehr das Wort ab und verhindert, dass sie antwortet.

»Natürlich heißt sie Wendy. Sie ist hier, um unsere Mutter zu werden.« Sein Mund presst sich zu einem schmalen Strich zusammen. Dadurch wirkt er plötzlich weit älter, als sein schmächtiger Körper anmuten lässt, aber es dauert nur einen Augenblick, bis das schiefe Grinsen wieder durchbricht. »Stimmt's nicht, Wendy? Du bist unsere Mutter und wirst für uns kochen und uns Geschichten erzählen und uns pflegen, wenn wir krank sind.«

»Ich weiß nicht, wie man kocht«, platzt sie heraus und das ist nicht mal gelogen.

Sie steht mit ihrem Unterricht bei der Köchin wirklich noch ganz am Anfang und hat noch nie irgendetwas selbst gekocht. Die Hälfte der Zeit, die sie in der Küche verbringt, lässt sie sich von den Berichten der Köchin über Kanada ablenken, deren Heimat, bevor sie nach England kam. Sofern ihre Mutter nicht in der Nähe ist, um sie im Auge zu behalten – und manchmal sogar dann –, ist die Köchin leicht dazu zu bewegen, die Legenden von Star Boy und den Above People zum Besten zu geben, die im Himmel wohnen, oder all die verschiedenen Vögel und Tiere und Pflanzen zu beschreiben, die es in England nicht gibt.

Und wirklich wahr, was spielt es schon für eine Rolle, ob sie weiß, wie man kocht, oder nicht? Wie kommt Peter dazu, sie herumzukommandieren und ihr zu sagen, was sie ist und was sie tun wird? Sie hat kein Interesse daran, irgendjemandes Mutter zu werden, nicht jetzt und vielleicht niemals, und abgesehen davon ist die Hälfte dieser Jungs sowieso älter als sie. Gerade will sie den Mund aufmachen, um ihm genau das zu sagen, da redet Peter schon wieder über sie hinweg.

»Sei nicht albern.« Er packt ihre Hand, um die Diskussion zu beenden, bevor sie überhaupt begonnen hat.

Er zieht sie mit sich, sodass sie gezwungen ist, ihm zu folgen, damit sie nicht mit lauter Sand im Mund hinfällt.

Gleich darauf rennt er beinah und sie ist zu perplex und außer Atem, um zu protestieren. Die Jungs schließen sich ihnen an, laufen plappernd und einander schubsend hinter ihnen her.

Peter führt sie von der Helligkeit des Strandes weg. Sie dreht den Kopf, wirft einen Blick über die Schulter und sieht das Schiff zum ersten Mal genauer. In Wahrheit ist es nur ein halbes Schiff, das zerstört am Ufer liegt wie das verblichene Skelett eines unvorstellbar riesigen Wals. Ein Mast ist ganz geblieben, der andere in der Mitte abgebrochen. An der Spitze des unversehrten Mastes bewegt sich eine Flagge. Die Zeit und die Witterung haben das Schwarz zu Grau verblassen lassen, doch als der Wind sie auseinanderzieht, grinst sie ein Totenschädel über gekreuzten Knochen an.

Piraten. Ihr Vater hat Robert Louis Stevensons *Die Schatzinsel* mit ihr gelesen, nachdem sie sich im Hafen die Schiffe angesehen hatten. Sie liebte den Roman und bat ihre Mama, ihr auch eine Geschichte über Piraten zu erzählen. Die Fabeln ihrer Mutter stammten nicht aus Büchern, sie dachte sie sich immer selbst aus, aber sie fühlten sich genauso echt an wie alles, was irgendwer niedergeschrieben hatte, so als hätten sie schon immer existiert und ihre Mama würde sich nur darauf besinnen.

Früher bettelte sie sie immer an, ihr das Buch zu zeigen, aus dem sie die Erzählungen hatte, überzeugt, dass sie es irgendwo verstecken musste. Sie wusste einfach, es würde voll der wunderbarsten und Furcht einflößendsten Illustrationen sein. Die Geschichten hingen zusammen, in allen ging es um die Abenteuer eines kleinen weißen Vogels und einer pfiffigen Schneiderin. In Mamas Märchen konnte wirklich alles passieren.

Als sie erst einmal begriff, dass es kein Buch gab, dem ihre Mutter sie entnahm, sah sie nicht ein, wieso der kleine weiße Vogel oder die pfiffige Schneiderin in der nächsten Episode nicht einer Bande heimtückischer Piraten begegnen konnten. Doch kaum schlug sie das vor, ging im Gesicht ihrer Mutter eine Veränderung vor sich, ihre Augen verfinsterten sich und sie sagte, das seien für einen Abend genug Geschichten. Da scheute sie sich, sie je wieder um eine Piratengeschichte zu bitten.

Nun, da sie älter ist, gibt es nicht mehr so oft Gutenachtgeschichten, aber manchmal sagt sie etwas, das jenen umwölkten Ausdruck in die Augen ihrer Mutter zurückbringt. Allerdings weiß sie nie, welche Dinge das sein werden und wonach sie lieber nicht fragt. Ihre Mama schreit sie ja nicht an oder wird gar wütend auf sie, doch das Schweigen, das darauf folgt, ist schlimmer. In jenen Momenten ist es, als ginge ihre Mutter fort, irgendwohin, von wo sie vielleicht nie mehr zurückfinden kann.

»Komm schon.« Wieder zerrt Peter an ihrem Arm, schleift sie auf eine Baumreihe zu.

Hoch über ihnen hebt sich ein schwacher Fleck vom Blau des Himmels ab wie blasser Rauch. Gleich darauf löst von tausend Füßen festgestampftes Erdreich den Sand ab. Es ist, als beträte man eine völlig andere Welt, als hätte jemand eine klare Grenze zwischen dem Strand und dem Wald gezogen. Sie schaut zu dem dichten Blätterdach über ihr empor und sieht flüchtig etwas Rot-Blaues aufblitzen, das ein Vogel sein könnte. Sie versucht die Bäume anhand ihres Laubs und der Rinde zu identifizieren, doch nichts davon wirkt vertraut und Peter bewegt sich zu schnell, als dass sie sie richtig erkennen könnte.

»Hier wohnen wir.« Peter bleibt so abrupt stehen, dass sie in ihn hineinrennt.

Ihr fällt die Kinnlade herunter und für einen Augenblick vergisst sie sich zu fürchten oder auch nur zu ärgern. Zwischen den Bäumen erstreckt sich eine Burg mit Türmen, Leitern und Verteidigungsanlagen. Brücken und Stege und Plattformen ziehen sich auf irrwitzige Weise um Äste und Stämme, manche sehen uralt aus und manche brandneu.

Beinah wirkt es wie etwas, das gewachsen ist, nicht gebaut wurde, außer dass offensichtlich einiges an Holz von dem Schiff am Strand verwertet wurde. Andere Bereiche sind direkt in lebende Bäume eingearbeitet oder aus Ästen geflochten, die noch am Stamm hängen.

Kein Teil gleicht dem anderen, das ganze Gebilde sieht aus, als wäre es in unzähligen Jahren viele Male begonnen, aufgegeben und wieder angefangen worden. Das Einheitlichste, was sie entdecken kann, ist eine Barrikade aus langen Spießen, die die Bäume auf zwei Seiten umgibt und das Lager einfriedet. Inmitten des Wäldchens liegt eine Fläche, die komplett gerodet ist. Dort brennt ein Feuer mit einem gusseisernen Kessel darüber, der wohl ebenfalls von dem Schiff stammt, vermutet sie.

»Da wirst du für uns kochen«, sagt Peter.

Er strahlt, als wäre ihm ein raffiniertes Kunststück gelungen, und plötzlich wird ihr wieder schwindelig, aber ohne jene Benommenheit. Ihr Blut rauscht von den Füßen zum Kopf und bringt ihre Wangen zum Glühen.

»Ich hab dir doch gesagt, dass ich nicht weiß, wie man kocht!« Sie reißt sich los und stampft mit dem Fuß auf.

Er hat ihr immer noch nicht erklärt, wo Nimmerland liegt oder warum er sie ständig mit dem Namen ihrer Mutter anspricht, und er hat ihr kein einziges Mal zugehört. Nie sagt er Bitte, von ihm kommen nur Befehle, als wäre sein Wort das Gesetz, das den Laden zusammenhält und Dinge wahr werden lässt, und sie hat schlichtweg die Nase voll davon.

Die Jungs um sie herum verstummen und verfolgen mit aufgerissenen Augen, was sie macht und wie er darauf reagiert. Peters im Schatten sturmgraue Augen verfinstern sich noch mehr, der aufflackernde Schmerz verwandelt sich in Zorn. Etwas Gefährliches liegt darin – sie kann es nur leise erahnen – und sie ist heilfroh, dass sie ihn nicht geschubst hat, obwohl sie es nur zu gern getan hätte.

»Es reicht.« Wieder packt Peter ihren Arm, bohrt seine Fingernägel hinein und ihr entfährt ein erschrockener Laut.

Als er seinen Griff löst, hinterlässt er halbmondförmige rote Abdrücke in ihrer Haut. Sein Lächeln kehrt ebenso schnell zurück, wie es verschwunden ist, und es ist das süßeste auf der Welt, wie schmelzender Zucker in einem Kupfertopf. Sie spürt erneut, wie die Hitze in ihre Wangen steigt, und wünscht sich unbegreiflicherweise genauso brennend, ihm zu verzeihen, wie sie sich vor einer Sekunde noch gewünscht hat, ihn zu schubsen.

»Kochen ist kinderleicht«, sagt Peter. Sein Tonfall ist sanft, schmeichelnd, geduldig. »Guck, ich zeig's dir.«

Er wirft ihr einen spitzbübischen Blick zu, sein Grinsen kräuselt sich ermutigend in den Mundwinkeln. Wider

Willen wird sie neugierig und kommt näher. Wenn ihr die Köchin Unterricht gibt, sind exakte Vorschriften zu befolgen, doch was Peter nun macht, ist das Gegenteil von wissenschaftlicher Präzision: das reine Chaos. Wahllos rafft er händeweise Laub zusammen und wirft es in den Kessel. Sie versucht die Arten zu bestimmen, sich einen rettenden Strohhalm zu schaffen, an den sie sich klammern kann – Eiche, Vogelbeere, Esche. Die sind recht verbreitet, aber es sind auch Blätter darunter, die aussehen wie die des Korallenbaums und der Jambolanapflaume, Blätter, die sie nie mit eigenen Augen gesehen, aber stundenlang gemeinsam mit ihrem Vater in den Büchern aus seiner Bibliothek studiert hat. Das ist kein Laubwerk, das zusammen an derselben Stelle wachsen dürfte.

Peter gibt eine Handvoll Stachelbeeren dazu. Ihre Zunge klebt am Gaumen. Er hat auch glatte Steine in der Hand, vom Meerwasser mit Salz verkrustet. Sie will protestieren, bloß lässt sie ihre Stimme schon wieder im Stich. Peters Bewegungen wirken geradezu hypnotisch. Ihr Magen knurrt und ihr wird bewusst, wie lange es her ist, dass sie etwas gegessen hat. Als Peter das ganze Durcheinander mit einem Stock umrührt, steigt ein unfassbar köstlicher Duft aus dem Kessel auf.

»Siehst du?« Peters Augen blinzeln ihr zu, verschmitzt und fröhlich, doch es liegt ein hartes Glitzern wie von Feuerstein darin, als lege er es direkt darauf an, dass sie ihm widerspricht. »Ich hab doch gesagt, es ist leicht.«

»Aber das ist …« Sie verstummt und nickt statt einer Widerrede zustimmend. Das Essen riecht wirklich gut. Eine kleine Kostprobe kann ja nicht schaden, oder?

»Jetzt teilst du das Mittagessen aus und danach spielen wir alle was.«

Peters Worte klingen nicht nach einem Vorschlag, auch wenn ihr das ungerecht erscheint. Sie ist doch eher Gast als jeder andere hier und Gäste arbeiten zu lassen gehört sich nicht. Doch sie nickt wieder und holt von neben der Kochstelle ein paar übereinandergestapelte Schälchen. Es ist einfacher, sich zu fügen. Dann tut ihr Kopf weniger weh.

Die Schälchen sind ausgehöhlte Kokosnusshälften und irgendetwas daran kommt ihr plötzlich furchtbar lustig vor. Alles hier ist so absurd. Sie kann nicht anders, als zu lachen, während sie sie in den Kessel taucht, füllt und jedem Jungen eins reicht.

»Siehst du? Jetzt haben wir Spaß!« Peters Gelächter spiegelt ihr eigenes wider, hell und weich wie ein Blatt, das im Herunterfallen ihre Haut streift. Sie erbebt.

Als sie die das letzte Schälchen austeilt, wirft ihr der Junge, der es nimmt, einen gequälten Blick zu. Er hat einen blauen Fleck auf der Wange, direkt unter dem linken Auge, und die geschwollene Haut spannt. Ehe sie ihn fragen kann, was da passiert ist, schlürft Peter lautstark und leert sein Schälchen schmatzend in einem Zug.

»Alle Mann aufessen. Wendy erzählt uns solange eine Geschichte.«

»Ich kenne keine Geschichten.«

»Das musst du«, sagt Peter. »Alle Mütter kennen Geschichten. Wozu sind sie denn sonst gut?«

Er hat wieder dieses bedrohliche Glitzern in den Augen. Sie schluckt hart, weil sie einen Kloß im Hals spürt, und senkt den Blick.

»Darf ich vorher wenigstens meine Suppe probieren? Sie riecht so gut.« Sie will einsichtig wirken, so als wäre sie seiner Meinung. Wenn sie isst, vergisst Peter vielleicht, dass sie eine Geschichte erzählen soll.

Verstohlen mustert sie die anderen. Die Jungs essen, einige tüchtig, manche wirken ängstlich. Verwirrt widmet sie sich ihrem eigenen Schälchen. Der Inhalt sieht genauso aus wie die Mockturtlesuppe, die die Köchin zu Hause macht, nur weiß sie, dass es nichts weiter als Laub ist, das in schlammigem Wasser treibt. Sie hat Peter alles in den Kessel tun sehen, aber irgendwie kann sie das Bild gedanklich nicht festhalten. Es gibt zwei Wahrheiten, die eine schiebt sich über die andere wie der Mond bei einer Sonnenfinsternis.

Erneut knurrt ihr der Magen. Sie hebt das Schälchen an die Lippen und nippt zaghaft. Zu ihrer Überraschung ist die Brühe kräftig und warm. Vielleicht ist das ja der Trick dabei – zu glauben, dass die Suppe *wirklich* Suppe ist, und erst gar keine Zweifel aufkommen zu lassen.

Gerade will sie noch einen Schluck nehmen, als Peter nach ihrem Arm fasst und sie daran hindert, das Schälchen anzuheben. Seine Augen glänzen wachsam, als er sie mustert, auf eine Art, die sie an ein Tier erinnert – einen Fuchs vielleicht –, das sie aus dem Unterholz beobachtet. Auch wenn er keinen Schatten wirft, das Laub tut es und unterteilt sein Gesicht in helle und dunkle Bereiche. Unvermittelt hat sie das Gefühl, seine Haut würde sich stückchenweise ablösen, wie eine Maske, unter der sich etwas Schreckliches verbirgt.

»Du kannst später essen. Jetzt musst du eine Geschichte erzählen. Das ist die richtige Reihenfolge.« Peters Tonfall macht deutlich, dass er darauf besteht, obwohl seine

Stimme sanft klingt. Ein beruhigendes Summen schwingt darin mit, wie ein Flötenton, der zu tief ist, als dass sie ihn richtig hören könnte. Sie spürt es dennoch, es vibriert in ihrem Brustbein. Es ist wie der Wind, der durchs Schilf weht und in den Baumwipfeln tanzt. Es weckt den Wunsch in ihr, allem zuzustimmen, was er sagt, wenngleich sie keine Ahnung hat, warum.

Vielleicht erinnert sie sich ja an eine der Fabeln ihrer Mutter über die Schneiderin und den kleinen weißen Vogel. Eine kann schließlich nicht schaden, oder? Sie holt tief Luft, überlegt, wie sie anfangen soll, doch all die Märchen, die sie im Laufe der Jahre gehört hat, purzeln aus ihrem Kopf. Der kleine weiße Vogel legt ständig Leute herein, das weiß sie noch, von Kaisern und Königen bis hin zu Stallburschen und den anderen Vögeln, von denen er behauptet, sie seien seine Freunde. Aber darüber hinaus fällt ihr kein einziges konkretes Detail ein – keins seiner Abenteuer, keiner seiner Tricks, gar nichts.

Stattdessen denkt sie über die pfiffige Schneiderin nach. Vielleicht kann sie die Geschichte bei ihr beginnen lassen. Manchmal ist die Schneiderin eine Freundin des kleinen weißen Vogels, dann hilft sie ihm bei seinen Listen und Spielchen, doch in anderen Episoden ist sie diejenige, die zu verhindern versucht, dass der Vogel bekommt, was er will. Oder hat sie das falsch im Gedächtnis?

»Ich glaube …« Sie zögert. Der Gedanke ans Erzählen macht sie schläfrig, weckt die Erinnerung an ihre Mama, die sie zudeckt, und sie möchte sich am liebsten hinlegen. Sie gähnt, dass ihre Kiefer knacken. Peter rüttelt an ihrer Schulter und schon sitzt sie kerzengerade da.

»Es war einmal«, souffliert er.

»Es war einmal ...«, wiederholt sie pflichtschuldig, obwohl sich ihre Zunge geschwollen und schwerfällig anfühlt. »... ein Vogel, der zum Schloss des Königs wollte. Deshalb bat der Vogel die Schneiderin, ihm aus allen Federn, die er finden konnte, einen Anzug zu nähen. Der Vogel konnte nicht mehr fliegen, also half ihm die Schneiderin, einen Drachen zu bauen.«

Kopfschüttelnd hält sie inne. Sie bringt die Geschichten durcheinander. Diese Dinge sind in zwei verschiedenen Episoden passiert. Sie wünscht sich, sich in ihre Decken zu kuscheln und zuzuhören, wie ihre Mutter sie richtig erzählt. Draußen würde es regnen und ein gelegentlicher gewaltiger Donnerschlag das Erlebnis noch vergnüglicher machen. All das böse, Furcht einflößende Zeug draußen, wie der Sturm, und sie wohlbehütet drinnen bei ihrer Mama.

Als sie noch sehr klein war, machten ihr einige der Geschichten über den kleinen weißen Vogel Angst. Sie konnte nie genau herausfinden, was für eine Art Vogel er sein sollte. Manchmal wirkte er grimmig wie ein Habicht und bei anderen Gelegenheiten stolzierte er herum wie ein Pfau. Wieder ein anderes Mal war er so klein und sanft wie eine Taube und schien furchtbar traurig. Das ängstigte sie am meisten: dass sich der Vogel ständig veränderte, weshalb sie nie genau sagen konnte, was er war, sodass das, was er zu sein vorgab, jeden Augenblick gelogen sein konnte. Neben ihr klopft Peter ungeduldig mit dem Fuß auf den Boden.

»Du erzählst sie nicht richtig.« Es klingt bissig.

Unwillkürlich sacken ihre Schultern nach vorn, sie vergisst das Prinzip der Köchin und schrumpft regelrecht in sich zusammen. Wie hat sie es nur geschafft, alles so falsch zu verstehen? Es gibt noch andere, oder nicht? Episoden, in denen der kleine weiße Vogel herzallerliebst ist, das freundlichste, sanftmütigste Geschöpf auf der Welt.

Beinah kann sie das Gesicht ihrer Mama vor sich sehen, wie es vor Verwunderung und Wehmut leuchtet, als ob ihr übergroße Freude und zu viel Kummer gleichzeitig das Herz brechen, und pantomimisch die Hände um den kleinen weißen Vogel legt, so wie die pfiffige Schneiderin in ihrem Märchen den Vogel beschützt, als sie ihn aus einem Dornennest befreit. Das ist die Geschichte, wie sie sich kennenlernen, wie sie Freunde werden, als die Schneiderin dem Vogel das Leben rettet. Eine fröhliche Geschichte. Die würde Peter vielleicht besser gefallen.

»Mach schon.« Peter wippt wieder mit dem Fuß, bläst die Backen auf und stößt die Luft aus.

Seine Verärgerung schärft ihre Konzentration und ruft Unmut in ihr hervor. Wie könnte Peter ihre eigenen Märchen besser kennen als sie? Oder wissen, ob sie sie richtig erzählt oder nicht? Sie strafft ihre Schultern, räuspert sich und versucht es noch einmal. Selbst wenn sie alles durcheinanderbringt, eins weiß sie: Im Augenblick ist ihr überhaupt nicht danach, eins auszusuchen, in dem der kleine weiße Vogel freundlich und nett ist.

»Der Vogel ging auf den Markt, wo all die anderen Vögel ihre selbst gebackenen Kuchen oder selbst gebasteltes Holzspielzeug verkauften.« Ihre Stimme gewinnt an Klarheit und Kraft. »Er ging verkleidet hin, rieb sich mit Asche ein, damit er jedem Vogel auf dem Markt eine Feder stehlen und sich in den schönsten, stärksten und schnellsten von ihnen allen verwandeln konnte.«

Um sie herum stellen die Jungs ihre Schälchen ab und beobachten sie aufmerksam. Sie wirken neugierig. Nur Peter scheint ganz und gar nicht angetan. Er schaut finster drein, die Brauen über seinen seltsam gefärbten Augen ziehen sich zusammen.

Sie glaubt, sich an den nächsten Teil zu erinnern, in dem sich die Schneiderin ebenfalls verkleidet zu all den anderen Vögeln schleicht, um ihnen den Plan des kleinen weißen Vogels zu verraten. Sie schlagen ihm mit seiner eigenen List ein Schnippchen, und als er am Ende des Marktes ankommt, sind alle seine Federn ausgerupft. Er sieht so albern aus, dass er unmöglich das Königsschloss aufsuchen kann. Deshalb geht er fort, um sich auf einer Insel mitten im Ozean zu verstecken, bis sein Gefieder nachgewachsen ist.

Nur fällt ihr nicht mehr ein, wie der Trick genau funktioniert hat, obwohl ihr die Episoden, in denen sich die Schneiderin als stärker erweist als der kleine weiße Vogel, immer die liebsten waren. Sie hat das Gefühl, sie wären von Bedeutung, als habe ihre Mama versucht, ihr etwas zu vermitteln, ihr zugetraut, dass sie klug genug ist, es herauszufinden. Sie möchte gern pfiffig sein, wie die Schneiderin, aber im Augenblick kommt sie sich gar nicht so vor. Vor allem nicht, wenn Peter sie mit schmalen, unnachgiebig funkelnden Augen beobachtet.

»Diese Geschichte gefällt mir nicht. Die ist langweilig.« Er springt auf. »Wir spielen stattdessen ein Spiel.«

Die Worte treffen sie wie ein Schlag. Die Erzählungen ihrer Mutter sind doch nicht langweilig, sondern das Wunderbarste auf der Welt. Sie öffnet den Mund, um zu protestieren, doch etwas in Peters Miene hält sie davon ab. So ähnlich wie der verschlossene Ausdruck im Gesicht ihrer Mutter, wenn jene Gewitterwolken aufziehen, aber schlimmer. Ein Anflug von Schmerz liegt in seinen Augen, wenn auch tief verborgen.

Verstohlen sieht sie sich rund um das Feuer nach dem Jungen mit dem blauen Fleck auf der Wange um, als ein gewisser Verdacht, wie er dazu gekommen ist, sie erneut mit Angst erfüllt. Peter ist offenbar einer von der Sorte, die in ihrem Schmerz um sich schlägt, wie ein in die Ecke gedrängtes Tier, das allerdings immer noch über seine Zähne und Klauen verfügt.

»Ich will die Geschichte zu Ende hören.« Es ist der Jüngste, der sich zu Wort meldet, der, der am Strand an seinem Hemdzipfel genuckelt und sich hinter Peter versteckt hat.

Sein Gesichtsausdruck ist offen und unschuldig, seine Augen glänzen hoffnungsvoll, als er zwischen ihr und Peter hin- und herschaut. Prompt geht Peter auf den Jungen los, doch der Junge namens Arthur erwischt ihn zuerst und versetzt ihm eine so harte Ohrfeige, dass der Kleine von dem Baumstamm fällt, auf den er sich zum Mittagessen gesetzt hat.

Peter nickt anerkennend. Stolz richtet sich Arthur auf, obwohl der Junge am Boden mit den Tränen kämpft. Sein Gesicht bietet ein klägliches Bild, aber sie sieht ihm an, dass er nicht vor den anderen weinen will. Was sie mit ihm machen würden, wenn er sich das traut, kann sie nur erahnen. Sie möchte zu ihm gehen, ihn trösten, aber Peter klatscht hart in die Hände und zieht jede Aufmerksamkeit auf sich.

»Alle Mann aufstehen! Jetzt wird nicht mehr herumgesessen. Es ist Spielzeit.«

Wie eine Eule verdreht er den Kopf und sieht sie an. Die Jungs rappeln sich hoch, selbst der, den Arthur niedergeschlagen hat. Von nervösem Tatendrang erfüllt rennen sie herum, plötzlich ist das Lager von dem Gewitter namens Peter geladen. Sie ist als Einzige sitzen geblieben. Ihr Blick gilt Peter, doch dessen Zorn ist verflogen, der Enttäuschung gewichen, als hätte sie ihn tief verletzt.

Wie er nun nachdenklich die Mundwinkel nach unten zieht, hat dieselbe Wirkung wie die süße Art, auf die er sie zuvor angelächelt hat, bloß umgekehrt. Es nimmt ihr den Atem, schnürt ihr die Kehle zu. Sie schmeckt Salz, ihre Frustration kehrt zurück und droht sie zu überwältigen. Was erwartet er von ihr und warum ändert sich das von einem Moment zum anderen? Wieso kann sie sich nicht richtig an die Erzählungen ihrer Mutter erinnern? Was, wenn sie ihre Mama nie wiedersieht? Was, wenn es keine Geschichten mehr gibt und sie mit jedem Tag noch mehr vergisst? Wenn sie eines Tages feststellt, dass ihr ihre Mutter ganz verloren gegangen ist, nicht nur ihre Märchen, sondern alles von ihr, verschwunden wie ihr eigener Name?

Im Stillen schwört sie sich, die Geschichten – soweit sie sich daran erinnern kann – sich selbst zu erzählen, jede Nacht, bis sie wieder nach Hause findet. Sie wird nicht zulassen, dass Peter sie ihr wegnimmt, und mit ihnen wird sie auch ihre Mama bewahren. Im Aufstehen stößt sie mit dem Fuß gegen ihr stehen gelassenes Suppenschälchen. Sie hebt es auf, hält es schräg, schluckt alles in einem Zug hinunter und zuckt zusammen.

Die Brühe ist kalt geworden und schlimmer noch, irgendetwas bleibt ihr im Hals stecken und kratzt. Sie hustet, beugt sich vornüber und schlägt die Hand vor den Mund. Ein weiteres heftiges Husten schleudert ein winziges Steinchen in ihre Handfläche. Mit brennenden, tränenden Augen starrt sie es an. Peter flitzt an ihre Seite und klopft ihr auf den Rücken. Hastig schließt sie die Finger um den Kiesel, versteckt ihn, und schaut blinzelnd zu ihm auf. Aus diesem Blickwinkel wirkt er viel größer, die Schatten, die das Licht des Feuers wirft, graben sich in sein Gesicht und verändern seine Form.

Sie zwinkert. Schatten und Feuerschein. Wann ist es dunkel geworden? Sie kann sich nicht daran erinnern, dass die Sonne untergegangen ist.

»Geht schon wieder«, sagt er. »Komm mit, Wendy. Es ist Spielzeit.« Keine Spur von Verärgerung, auch keine Enttäuschung. Nichts als unschuldige Freude, als er auf dem Absatz herumwirbelt und davonspringt.

»Ich bin nicht Wendy, ich heiße …« Doch ihr Name bleibt ihr im Hals stecken wie der Stein, rau und kratzig, und sie hustet noch einmal.

Die Jungs folgen Peter, manche begeistert, andere eher zögerlich. Als er zwischen die Bäume tritt, scheint er zu flackern, in einem Augenblick greifbar und real, im nächsten der Welt entglitten. Sie drückt den Stein in ihrer Hand. Sie muss weiter versuchen, sich zu erinnern. Hier ist nichts, wie es scheint. Peter mag zwar aussehen wie ein gewöhnlicher Junge, doch in Wahrheit ist er ein gefährliches Wesen. Vielleicht ist er nicht mal ein Mensch.

5

IMMER GERADEAUS BIS ZUM MORGEN

Gleichzeitig bis ins Mark erschöpft und wacher und lebendiger als seit Jahren landet Wendy in der Dämmerung. Auch wenn sie weiß, dass in Nimmerland selbst die Zeit anderen Gesetzen folgt, schmerzt ihr Körper, als sei sie wahrhaftig die ganze Nacht durchgeflogen. Die Sonne geht nach Peters Gutdünken auf und unter; das Wetter wechselt mit seinen Launen. Tage mögen nur im sanften Licht des Mondes und der Sterne verstreichen oder die Sonne könnte wochenlang am Stück hoch am Himmel lodern. Und in London vergehen währenddessen womöglich nur ein, zwei Stunden.

Wie lange ist sie fort? Hat Ned ihre Abwesenheit schon bemerkt? Wie sieht es mit Mary aus? Und was ist mit Nimmerland? Für sie sind es 27 Jahre, aber wie viel Zeit ist hier vergangen?

Sie mustert den endlosen Strand. Er war das Erste, was sie je von Nimmerland sah, vor all den Jahren, als sie atemlos mit ihren Brüdern in den Sand fiel. Das Gelände wirkt unverändert und dennoch erkennt sie überall feine

Unterschiede. Jedes einzelne der Körnchen, die die Küste bilden, erscheint von Einsamkeit durchdrungen, von der unerbittlichen Flut zum Schweigen gebracht.

Bei ihrem ersten Besuch wartete eine Schar Jungs darauf, sie zu begrüßen, und jubelte Peter zu wie einem siegreichen Helden bei der Heimkehr. In der Ferne ragte Hooks Piratenschiff auf, eine zerklüftete finstere Drohung am Horizont. Der Strand, der Wald, die Flut – alles verhieß damals Gefahr und Abenteuer. Jetzt hingegen ist das Ufer wie ausgestorben. Ebenso gut könnte Wendy der letzte Mensch auf der ganzen Welt sein.

Sie schiebt eine mit Salz verklebte und vom Flug zerzauste Haarlocke hinters Ohr. Der Sonnenaufgang verleiht den Wellen eine sahnige orange-goldene Färbung, die zu perfekt ist, um real zu sein. Hier riecht die Luft süßer, wie reife Pfirsiche auf einem sonnenbeschienenen Fensterbrett oder heißer duftender Tee an einem kalten Tag. Sie atmet sie tief ein, das salzige Aroma wirkt belebend auf sie, kein Hauch von fauligem Fisch und Grünalgen liegt darin, so wie es zu Hause wäre.

Zuhause. Das Wort lässt sie innehalten. Als sie aus dem Fenster in den Himmel sprang, kam es ihr vor, als wäre sie auf dem Heimweg. Aber ist ihr Zuhause nicht das Leben, das sie sich mit Jane und Ned aufgebaut hat? Mit Mary? Es gab eine Zeit, da sie alles dafür geopfert hätte, hierher zurückzukehren, doch sie ist nicht mehr das Kind, das Peter entführt hat. Jene Zeit ist schon lange vorbei. Oder sollte es wenigstens sein.

Sie weiß um den Stolz, den sie verspürt hat, als sie miterlebte, wie Jane ihren ersten Schritt machte, zusah, wie sie aufwuchs und jeden Tag Neues lernte. Um die Wärme von Neds Hand in ihrer bei ihrer Trauung, das Gefühl, wenn Mary den Kopf an ihre Schulter legt. Sie weiß, was es bedeutet, Respekt zu erkennen anstelle von Angst, wenn ihr Bruder sie ansieht, nicht als sei sie ein Kind, das gleich irgendetwas kaputt macht, oder ein wildes Tier, das man in einen Käfig sperren muss. Sie hat hart um das Leben gekämpft, das sie nun führt. Wie könnte dieser Ort jemals ihr Zuhause sein?

Dennoch fließt ihr Blut ruhiger, als sich die Brandung glättet, der Rhythmus ihres Pulsschlags passt sich den Wellen an, die an das Ufer spülen. Sie kann nicht leugnen, dass ein Teil von ihr immer noch hierhergehört, der nämlich, der von Zorn auf John, Michael, St. Bernadette und Dr. Harrington erfüllt ist. Der Teil, der sich weigert, deren Wahrheiten anstelle ihrer eigenen zu akzeptieren. Nimmerland ist ebenso sehr mit dem Stoff ihres Wesens verwoben wie London. Sie kann nicht zum einen oder dem anderen gehören, sondern nur zu beiden gemeinsam, wie ein Faden, der sich zwischen den Welten erstreckt.

Wendy spürt ihn – eine Saite, die in ihrem Inneren schwingt, deren Spannung ihr hier wie dort Stabilität gibt. Sie war schon immer gespalten, seit dem Augenblick vor 27 Jahren, als sie an diesem Strand landete, seit dem Moment, in dem sie wieder im Kinderzimmer in ihrem Elternhaus ankam.

Wurde sie deshalb anfangs so krank, als sie heimkehrte? Ihr Körper rebellierte, als hätte man ein Stück aus ihr herausgeschnitten: Nistete sich ein fiebriger Infekt in der Lücke ein, die es hinterlassen hatte?

Was wäre gewesen, wenn sie hiergeblieben wäre? Sie kann nicht umhin, sich diese Frage zu stellen. Wenn sie sich wie Peter dem Erwachsenwerden entzogen hätte? Sie hätte ein ganzes Leben damit verbringen können, diese Luft zu atmen. Mit Rennen und Springen und Fliegen. Sie hätte nie die Schrecken von St. Bernadette kennengelernt. Und sie hätte nie die Erfahrung gemacht, die neugeborene Jane im Arm zu halten, sie in den Schlaf zu wiegen und ihr Lieder zuzuraunen.

Ihr Herzschlag gerät aus dem Gleichtakt mit dem Rauschen der Wellen, wird sprunghaft – halb Liebe, halb Angst. Wendy schnürt ihre Stiefel auf, streift die Strümpfe ab und steigt vorsichtig auf den Sand. Er fühlt sich an ihren Fußsohlen kühl an, seine Festigkeit ist genau richtig, um Sandburgen zu bauen. Dies ist der Ort, dem ihr Herz gehört, auch der Ort, der ihr ihre Tochter weggenommen hat.

Alles erschien so unkompliziert, als sie das erste Mal hier war. Und nun? Ist es das, was erwachsen bedeutet, was Peter in solchen Schrecken versetzt? Als Kind sah sie nur leuchtende Farben, reines Sonnenlicht oder tiefste Dunkelheit. Ganz Nimmerland beruht auf diesen extremen Gegensätzen – binnen eines Wimpernschlags wird die Sonne zum Mond, die scharfe Trennlinie zwischen Strand und Wald, Hook und seine Piraten gegen Peter und seine Jungs.

Ein Zittern durchfährt sie und einen Augenblick lang wünscht sich Wendy jene Gewissheit zurück, als die Welt auf Schwarz und Weiß reduziert war, auf Richtig und Falsch. Sie verspürt den Drang, im Sand ein Rad zu schlagen, durch die Brandung zu laufen und dabei die Jahre von sich abfallen zu lassen. Stattdessen wackelt sie mit den Zehen, bohrt sie tief hinein, breitet die Arme aus und wirbelt herum. Ihre Stola bläht sich, Bäume, Himmel, Meer und Strand verschwimmen und werden eins.

Als sie innehält, ist ihr schwindelig. Die Wellen brechen sich an glatt geschliffenem Gestein und lassen einen zarten Spitzensaum aus Gischt zurück. Nichts kann je wieder so einfach sein wie das schlichte Gut und Böse.

Sie denkt an den Strandurlaub zurück, den sie mit Ned und Jane in Brighton verbracht hat, als Jane sechs Jahre alt war. Wendy malt sich aus, wie ihre Tochter diesen Strand entlangläuft statt jenen, um Seevögel zu jagen, wie ihre Fußspuren wild durch den Sand führen. Sie stellt sich vor, wie sie stehen bleibt, um nach Muscheln zu graben und die verborgenen Behausungen winziger wuselnder Krabben freizulegen. Erinnerungen und Fantasie fließen ineinander und sie sieht Neds liebevolles Lächeln vor sich, seine Wangen, die nach einem Tag in Wind und Sonne Farbe angenommen haben, Janes Finger, klebrig von ihrem geschmolzenen Eis. Der Schmerz ist beinah überwältigend. Sie müsste diesen Augenblick mit ihnen teilen. Mit ihrer Familie. Oder vielmehr hätte sie ihn vor langer Zeit mit ihnen teilen müssen, an dem Tag, als sie Neds Heiratsantrag angenommen hat, an dem Tag, als ihre Tochter zur Welt kam.

Wenngleich sich der Schmerz in ihr ausbreitet wie ein Bluterguss, ist ihr bewusst, dass Nimmerland eine Lüge ist. Dies ist die Idealvorstellung von einem Strand, die Meeresflut zwar stark genug, um ein Abenteuer zu bieten, doch niemals so stürmisch, dass sie eine Bedrohung wäre, und das Wasser nie zu warm oder zu kalt. In Nimmerland ist jeder Baum perfekt, um hinaufzuklettern, und die Sterne am Nachthimmel formen stets fantastische Bilder. Es ist eine Welt, die ein Junge erschaffen hat, damit sie all seine Wünsche erfüllt. Sie ist nicht real.

Ihr wahres Zuhause sind Ned und Jane. Einst gehörte sie hierher, doch sie sind das Leben, das sie gewählt hat. Sie hat sich jeden Tag für sie entschieden, seit sie St. Bernadette verlassen hat, und jetzt entscheidet sie sich wieder für sie. Sosehr jener längst verloren geglaubte Teil von ihr sich auch danach sehnt, zu rennen, zu fliegen, vollkommen frei von jeder Verantwortung zu sein – inzwischen ist Jane der Stern, der ihr den Weg weist.

Wendy steckt ihre zusammengerollten Strümpfe in die Kappen ihrer Stiefel. Gemeinsam hätten sie Jane vielleicht beschützen können, hätte sie Ned vor langer Zeit die Wahrheit gesagt. Ihr Leben im Schatten ihres allgegenwärtigen Schwiegervaters mag nicht perfekt sein, aber es ist ein besseres Leben, als Wendy sich seit jenem Tag, an dem sie zum ersten Mal Neds Namen hörte, je zu erhoffen vermochte.

Sie weiß, es gibt Ehepaare, die kaum miteinander reden, die getrennte Bereiche des Hauses bewohnen. Sie und Ned haben gelernt, einander als Partner zu verstehen. Als Freunde. Ihr Schwiegervater wäre schockiert, wenn er erführe, dass einige der Geschäftsideen, die sein Sohn ihm vorschlägt, von Wendy stammen. Wüsste er, dass Ned auch Mary um Rat fragt, fiele er wahrscheinlich tot um. Wenn er erführe, dass sie alle gemeinsam essen, oder die vertraulichen Scherze zwischen Ned und Mary mitbekäme, die selbst Wendy verschlossen bleiben …

Bei diesem Gedanken fangen Wendys Augen an zu brennen und sie blinzelt heftig. Noch mehr Geheimnisse. Sie scheinen das Sinnbild ihres Lebens zu sein. Wahrheiten, die ihrem Schwiegervater verschwiegen werden – dass sie in ihren eigenen vier Wänden eng mit Mary zusammenarbeiten, während sie sie in Anwesenheit anderer als »die Köchin« bezeichnen und wie eine Dienstbotin behandeln. Dass sie auch Jane beigebracht haben, sie »die Köchin« zu nennen, damit ihr kein Fehler unterläuft, obschon Wendy das furchtbar schmerzt.

Und was ist mit Michael und John? Ist ihre Versöhnung mit ihnen auch so eine Halbwahrheit wie ihr Leben mit Ned? Unvermittelt bringt die Brise, die von dem cremefarbenen Ozean hereinweht, eine Kälte mit sich, die sie frösteln lässt, und Wendy wickelt ihre Stola fester um sich. Ob John und Michael glücklich wären, wenn sie hierher zurückkehren könnten? Lägen die Dinge zwischen ihnen dann anders, würde die ganze Last der Zeit dazwischen von ihren Schultern abfallen? Könnte Michael wieder lachen, würden die Gespenster aus seinen Augen verschwinden? Könnte womöglich sogar sein zerfetztes Bein heilen und ihm gestatten, wieder so zu rennen wie als Junge? Würde John vielleicht endlich lächeln, ohne dass sich in seinen Mundwinkeln und auf der Stirn Sorgenfalten bilden?

Wendy denkt an Elizabeth, Johns junge Frau, deren bevorstehende Mutterschaft sich gerade erst in der zarten Wölbung ihres Bauchs und dem Strahlen ihrer Haut zeigt. Sie hat die Verehrung in den Augen ihrer Schwägerin gesehen, wenn deren Blick auf John ruht, doch noch immer ist Johns Gesicht von Sorgen überschattet. Was, wenn er sein

Kind hierherbringen und an den Händen halten könnte, während sie gemeinsam in der Strömung planschen?

Die Vorstellung ist so unfassbar naiv, dass es wehtut. Nimmerland ist nicht das, wofür sie es einst gehalten hat, kein Ausweg, kein Allheilmittel. Als Kinder sind sie von hier geflohen und hatten nicht einmal irgendwelche Schwierigkeiten zu entkommen. Und war es nicht Nimmerland selbst, das so tiefe Narben in ihr hinterlassen hat? Hat die Erinnerung, die sie nicht loslassen konnte, das Zerwürfnis zwischen ihr und ihren Brüdern nicht überhaupt erst ausgelöst? Und jetzt bringt dieser Ort ihre Tochter in Gefahr.

Wendy schüttelt sich. Sie hat Zeit geschunden, ihre Suche hinausgezögert. Was, wenn sie Jane nicht finden kann? Wenn Nimmerland sie vor ihr versteckt? Oder wenn sie sie findet und es ist schon zu spät? Diese Insel verfügt über eine Anziehungskraft, einen Zauber, für den Wendy keine vollständige Erklärung hat. Das ist der Grund, aus dem sie sich danach sehnte, für immer hierzubleiben, obwohl sie unter Peters Herrschaft litt. Peter machte es einem leicht, so vieles zu vergessen – seine unfairen Regeln, die kleinen Gemeinheiten der Jungs untereinander, deren Zeugin sie wurde, sogar ihr richtiges Zuhause. Mit Peter fühlte sich London manchmal wie ein ferner Traum an, da ihr die Rückkehr zu ihren Eltern wie die Lüge vorkam und Nimmerland wie der Ort, an den sie wirklich gehörte. Selbst jetzt erkennt sie diesen unterschwelligen Einfluss in ihrem Wunsch von vorhin, über den Sand zu rennen und alles andere zu vergessen, sogar ihre Mission, Jane zu retten. Was wird Nimmerland mit ihrer Tochter machen? Was, wenn Jane sie vergisst, Ned, sich selbst? Was, wenn Wendy sie nach Hause bringt und

Jane ebenso krank wird wie sie als Kind, gegen London als ihre Heimat wütet, sich die Knochen bricht, weil sie darauf beharrt, dass sie fliegen kann?

Statt ihr als Märchen verbrämte Halbwahrheiten zu erzählen, hätte Wendy jeden Abend damit verbringen sollen, ihre Tochter für den Tag zu wappnen, an dem Nimmerland kommen würde, um sie zu holen.

Sie schirmt ihre Augen gegen die Sonne ab und späht die Bucht hinunter. Knapp vor der Stelle, wo das Land außer Sicht gerät, ragt in einem absurden Winkel der Bug eines Schiffes in die Luft. Hinter ihr erhebt sich eine Felsspitze über den Wald, eine wilde Mischung aus Laubbäumen, Koniferen und Tropengehölzen. Einen Moment lang scheint es, als hinge über ihren Wipfeln ein dunkler Streifen am Himmel. Wendy kneift die Augen zusammen, um ihn besser zu erkennen. Eine Schar Stare? Nein. Rauch. Als ob in der Mitte der Insel etwas brennt.

Das weckt eine vage Erinnerung an Peter, der versprach, ihr etwas zu zeigen, ein Geheimnis, und ihr dieses Versprechen hinhielt wie das süße, knackige Idealbild eines Apfels, immer gerade außerhalb ihrer Reichweite. Er würde es ihr zeigen, vorausgesetzt sie befolgte seine Regeln. Hat er das je getan oder war das Versprechen auch nur eine seiner Lügen gewesen?

Als sie wieder hinschaut, ist von dem, was Wendy zu sehen geglaubt hat, nichts mehr zu erkennen. Der Rauch ist mittlerweile verschwunden wie ein Schwarm vorbeiziehender Vögel. Wie etwas Lebendiges.

Wendy lässt die Hand sinken, schiebt den beunruhigenden Gedanken beiseite und konzentriert sich wieder auf den Wald. Wäre Jane jetzt bei ihr, würde sie sie auf die Unterschiede zwischen den Blättern und der Rinde aufmerksam machen, Sachverhalte darlegen, die Wendy ohne die Ausführungen ihrer Tochter nie kennen würde. Sie sehnt sich nach Janes Erklärungen, ihrer geordneten Welt, und reibt sich übers Gesicht, um sich zu sammeln.

Eigentlich müsste sie es schaffen, sich hier durch die Büsche zu schlagen und bei der geschützt gelegenen Lagune auf der anderen Seite der Insel wieder herauszukommen. Es sei denn, Peter hat die Karte von Nimmerland ausradiert und neu gezeichnet und alles hat sich verändert, seit sie fortgegangen ist.

Wendy holt die zusammengerollten Strümpfe aus den Stiefelkappen und zieht sie über die mit Sandkörnchen verklebten Fußsohlen. Sie steigt in die Stiefel und kehrt dem Wasser den Rücken. Vögel keckern, als sie unter die Bäume tritt, ihre Stimmen klingen bedrückt. Erkennen sie sie wieder? Die Wendy kehrt heim. Einst *war* sie hier zu Hause. Das darf sie nicht leugnen und tatsächlich könnte sie ihre Tochter womöglich noch mehr gefährden, wenn sie es täte. Sie muss ihre eigene Vergangenheit anerkennen und alles nutzen, was sie damals hier gelernt hat, um Jane zu befreien und sicher zurückzubringen.

LONDON 1918

Lautlos kullern Tränen über Wendys Wangen, während das Rasiermesser über ihre Kopfhaut schabt. Scham erfüllt sie, und deswegen zu weinen, ist albern und eitel, aber sie kann sich des Gefühls nicht erwehren, dass ihr ein wesentlicher Teil ihrer selbst weggenommen wird. Ihr Haar, ihre Wahlmöglichkeit, es lang oder kurz zu tragen, hochgesteckt oder offen über ihren Rücken fließend – nun hat sie gar keine Wahl mehr.

Die Strähnen liegen auf den Fliesen verstreut, gekringelt wie Fragezeichen. Läuse, hat die Schwester behauptet, die das Rasiermesser schwingt, doch Wendy erkennt an ihren verkniffenen Lippen, dass sie lügt. Gäbe es Läuse, wäre der Raum voller Patientinnen, die darauf warten, den Kopf rasiert zu bekommen, aber Wendy und die Schwester sind allein. Das hier dient nicht ihrem Schutz oder ihrer Gesundheit – es ist eine Strafmaßnahme.

Jamieson hat sie des Diebstahls bezichtigt. Was sie angeblich gestohlen haben soll, hat Wendy nicht einmal gesehen. Nur den Ausdruck auf seinem Gesicht, als er etwas in den hohlen Händen hielt und sich von ihr abwandte, um ihr den »Beweis« zu verheimlichen, den er Dr. Harrington zeigte.

»Was ist mit dem anderen Mädchen?«, fragte Dr. Harrington. »Sie sagen, es war auch daran beteiligt?«

Dass Jamieson versuchte, Mary da hineinzuziehen, überrascht sie nicht. Er hasst sie beide – wegen ihres Geschlechts, wegen Marys Hautfarbe, weil sie scherzen und lachen können, die Köpfe zusammenstecken und Geschichten und Geheimnisse miteinander teilen. Obwohl Wendy vermutet, dass Jamieson gar keinen Grund braucht, um sein Tun für gerechtfertigt zu halten: Die Misshandlungen sind Belohnung genug.

»Mary hat nichts damit zu tun«, hat Wendy hastig eingeworfen. »Das war ganz allein ich.«

Zweifel in Dr. Harringtons Augen, Verachtung in Jamiesons, aber welche Rolle spielt das? Die ganze Anschuldigung basiert auf einer Lüge. Wendy klaut zwar wirklich ständig, doch ihre Diebstähle wurden nie aufgedeckt. Was auch immer Jamieson als Beweis vorgelegt hat – er hat es ihr untergeschoben. Doch wem von ihnen beiden würde man glauben? Gewiss keinem Mädchen, das sich Geschichten über ein erfundenes Land ausdenkt.

Deshalb ist Wendy nun an einem Stuhl festgeschnallt und ihre Hand- und Fußgelenke sind mit straff gezogenen Ledermanschetten gefesselt, obwohl sie sich kein einziges Mal gewehrt hat. Die letzten Locken fallen herab wie ein Blatt von einem winterlichen Baum. In dem leeren gefliesten Raum fühlt sich ihre Kopfhaut kalt an. Unvermittelt taucht eine Erinnerung auf – Peter berührt ihr Haar, nennt sie eine Baumfee und verspricht, sie mit der Königin der Waldnymphen bekannt zu machen. Er hat es nie getan, eins seiner Spiele hat ihn davon abgelenkt.

Wendy lacht auf, ein verbitterter Laut, den sie sofort in ein Räuspern verwandelt. Ein Klappern sagt ihr, dass das Rasiermesser weggelegt wird. Wendy starrt stoisch geradeaus, während die Schwester die Riemen löst und sie zur Tür führt. Als sie am Gemeinschaftsraum vorbeigehen, zucken andere Patientinnen zusammen, schauen zu schnell weg oder tasten reflexartig nach ihren eigenen Haaren. Wendy lässt ihren Blick durchs Zimmer schweifen, aber Mary ist nicht da.

Sie hofft, ihre Freundin ist schlau genug, sich nicht blicken zu lassen. Trotz Wendys Beteuerungen, das angebliche Verbrechen allein begangen zu haben, traut sie

Jamieson durchaus zu, dass er eine andere Möglichkeit gefunden hat, Mary zu schikanieren, solange ihr selbst der Kopf rasiert wurde. Gemeinsam ist man stark, so viel hat Wendy gelernt, selbst wenn gemeinsam nur zu zweit bedeutet. Wenn sie zusammen sind, stellt Jamieson selten einer von ihnen nach und sucht deshalb auch stets nach Wegen, sie voneinander zu trennen.

Wendy ist gut darin geworden, dann einzugreifen, für Ablenkung zu sorgen und Jamiesons Aufmerksamkeit von Mary auf sich selbst zu lenken, wenn es nötig ist. Jamieson ist nicht gerade diskret. Wenn es ihr gelingt, ihn dabei zu ertappen, wie er mit den anderen Aufsehern tuschelt oder auch nur einen Blick in Marys Richtung wirft, weiß sie, es ist Zeit, sich ans Werk zu machen. Einmal versteckte Wendy in einer der vielen provisorischen Taschen, die in ihrer Kleidung eingenäht sind, ein wenig Scheuerpulver. Letztes Mal war es eine winzige Prise davon in Jamiesons Tee – nicht genug, um ihm ernsthaft zu schaden, wirklich, nur so viel, dass ihm schlecht wurde –, die Mary rettete. Besonders stolz ist Wendy auf eine andere Gelegenheit, bei der ein gut gezielter Steinwurf das Wespennest in einer Astgabel des Baums umstieß, unter dem Jamieson bevorzugt beim Rauchen stand, und er schreiend davonrannte.

Der Gedanke daran entlockt Wendy ein Lächeln, doch das Gefühl des Sieges währt nur kurz. Auch wenn Jamieson nicht beweisen konnte, dass sie die Schuld an seiner Übelkeit und der von den Wespen zerstochenen Haut trug, musste sie für diese Verfehlungen büßen – mit Blutergüssen an Stellen, wo Dr. Harrington sie nie zu Gesicht bekommen würde, mit Misshandlungen, die keine Spuren hinterließen. Einmal sperrte er sie fast zwei Tage in einem Vorratsschrank ein, bis Mary es fertigbrachte, sie da herauszuholen. Ihm genügte schon ein Verdacht. Oder er hätte es vielleicht sowieso getan, egal ob sie gegen ihn vorging oder nicht, wie all die anderen Male, als er beschlossen hatte, ihr etwas anzutun.

Nun, da die Schwester mit ihr den Flur hinuntermarschiert, kostet es sie ihre gesamte Willenskraft, nicht mit den Händen über ihre Kopfhaut zu fahren, aber diese Genugtuung gönnt sie der Frau nicht. Eine andere Erinnerung drängt sich ihr auf – eine der Nixen sitzt neben der Lagune in Nimmerland auf einem Felsen und flicht ihr Haar, webt duftende Blumen mit dichten weißen Blütenblättern hinein, die in der Sonne schimmern. Wendy blinzelt und reckt ihr Kinn ein wenig höher.

Erst als sie allein in ihrem Zimmer ist, gestattet sie es sich, über ihren Kopf zu streichen. Die Stoppeln unter ihrer Handfläche fühlen sich borstig an. Wendy setzt sich in die Mitte ihres schmalen Bettes und zieht die Füße unter den Körper. Sie schließt die Augen, ihre Hände ruhen auf den Knien und sie streckt die Wirbelsäule durch. Vierzehn Jahre ist es her, doch sie kann immer noch das Gefühl heraufbeschwören, wie der Wind beim Fliegen über ihre Haut pfeift und Strähnen ihrer Haare wie ein entfesseltes Schlangennest um ihren Kopf peitschen. Haare, die ihr nun wie so vieles andere auch noch genommen wurden.

Ein tiefer Schmerz breitet sich in ihr aus, wie von einem Bluterguss dicht am Knochen. Sie ist verschlissen, ein Stück Stoff, das so oft gewaschen wurde, dass allmählich die einzelnen Fäden durchscheinen. Sie wird Nimmerland nicht loslassen, sie kann es nicht, aber es erscheint ihr jeden Tag weiter entfernt. Hätte sie doch nur einen Anhaltspunkt, irgendetwas, woran sie sich klammern könnte, würde sie es ewig in dieser Anstalt aushalten, ohne zu zerbrechen.

Als ihren Eltern klar wurde, dass Wendy ihre Geschichte nicht ändern würde, schickten sie John und Michael fort, auf ein Internat, und behielten Wendy unter strenger Aufsicht zu Hause. Als glaubten sie, sie nicht nur von ihren Brüdern, sondern von allen anderen Kindern fernzuhalten würde sie zwingen, das aufzugeben, was sie als jugendliche Fantasien betrachteten. Allerdings führte das nur dazu, dass sich Nimmerland noch tiefer in ihr verwurzelte.

Jene Nächte ohne die leisen Atemgeräusche ihrer Brüder in dem zu leeren Kinderzimmer brachte Wendy damit zu, sich selbst noch einmal jedes Detail über Nimmerland zu erzählen, das ihr einfiel – wie sich die Rinde unter ihren Händen anfühlte, als sie auf der Jagd nach Peter auf Bäume kletterte, wie die Schuppen der Meerjungfrauen in der Sonne glitzerten, wie der Rauch von Tiger Lilys Lagerfeuer roch, wie das Deck unter ihren Füßen schwankte, als Hooks Piraten sie gefangen hielten, sogar wie die Ausdünstungen des schrecklichen Piratenkapitäns stanken.

Zum ersten Mal seit deren Geburt von ihren Brüdern getrennt zu sein lehrte Wendy, grundsätzlich zu schweigen und zu lügen. Sie lernte, ihre Wahrheit für sich zu behalten und ihren Eltern zu erzählen, was sie hören wollten. Aber sie hörte nie auf, daran zu glauben, und jene Erinnerungen, die Erfahrung, dass sie Nimmerland nachts in ihrem Zimmer herbeizaubern kann, kommt ihr jetzt zugute.

Wenn sie sich anstrengt, kann sie sich genau ins Gedächtnis rufen, wie es sich anfühlte, wie der Himmel über Nimmerland schmeckte, wenn sie flog, und welche Farbe das Sternenlicht hatte ... Es gab eine Zeit, da waren die Sterne so nah, dass sie nur die Hand auszustrecken brauchte, um nach einem davon zu greifen. Das tut Wendy jetzt, sie wölbt ihre Finger um die wartende Handfläche. Voller Sehnsucht hält sie den Atem an, richtet ihre gesamte Konzentration auf jene unsichtbare Verbindung zwischen ihr und Nimmerland. Doch ihre Hand bleibt leer, kein Stern nimmt den Platz darin ein. Frustriert ballt sie sie zur Faust und schlägt aufs Bett.

Sie ist eine Närrin. Hat sie wirklich erwartet, einen Stern in ihrer Hand zu fangen? In dieser Welt, der, in der sie festsitzt, sind derlei Dinge unmöglich. Sterne sind weit weg und unfassbar riesig, keine Lichtpunkte, die man sammeln und der Finsternis entgegensetzen kann. Sie weiß es und trotzdem tut es weh. Schlimmer, als sie es sich je hätte vorstellen können. Sie ist unglaublich erschöpft. Wütend. Und allmählich kommt ihr alles hoffnungslos vor.

Ein Jahr lang hat sie sich angehört, wie Dr. Harrington ihr erzählt, sie sei krank, und wie Jamieson sie eine Lügnerin nennt. Sie hat erlebt, wie John es müde wurde, mit ihr zu streiten, und sich von ihr abwandte, wie seine Schultern niedergeschlagen heruntersackten. Michael weigert sich meistens sogar, sie zu besuchen.

Da ist ein Sprung, ein Bruch, der sich durch ihr Innerstes zieht, und er wird mit jedem Tag breiter. Es gibt Momente, in denen sie sich John und Dr. Harrington beugen will. Wäre es denn so schlimm, ihnen etwas vorzugaukeln, so zu tun, als sei sie ein Mädchen, das nie geflogen ist, sein Zuhause nie verlassen hat?

Andererseits, warum *sollte* man von ihr verlangen dürfen zu vergessen, etwas vorzugeben, das sie nicht ist? Sie lernte, ihre Eltern zu belügen, aber inzwischen ist sie erwachsen, sie ist 25 Jahre alt. Sollte nicht sie es sein, die die Regeln bestimmt? Wieso sollte sie anderen gestatten, ihre Realität zu definieren?

Wendy sammelt sich, um ihren Körper mit schierer Willenskraft von der Matratze zu erheben. *Zu fliegen.* Früher war es so leicht. Selbst ein winziger Abstand zwischen ihr und dem Bett würde ihr schon genügen. Er würde den Schmerz lindern; sie für all die Wut, all ihr Leid entschädigen. Aber sie ist zu schwer, selbst ohne ihr Haar. Alles in St. Bernadette hält sie fest.

Bei ihrem Versuch als Kind, als sie vom Schrank sprang, ließ sie zu, dass Zweifel ihren Geist trübten. Sie war krank und geschwächt, stellte fest, dass man ihr nicht glaubte, sah, dass ihre Brüder bereits vergaßen. Wenn sie sich jetzt weigert, jene Zweifel noch einmal aufkommen zu lassen, jeden Winkel ihres Inneren mit Gedanken an Nimmerland füllt, kann sie gewiss nicht wieder scheitern.

Wendy beißt sich auf die Lippen, gräbt ihre kurz geschnittenen Fingernägel in die Handfläche. Sie will das Gefühl heraufbeschwören, wie Peter in jenem Moment nach ihrer Hand griff, als ihre Zehen den Boden des Kinderzimmers verließen, des schwindelerregenden Sturzes aus dem Fenster in den Himmel hinauf, nichts als atemberaubende Euphorie. Alles war strahlend und wundervoll, die Sterne leuchteten in so viel mehr Farben, als sie je für möglich gehalten hatte. Sie erinnert sich, dass sie lachte, das Licht fing sich in ihren Zähnen und es schmeckte nach Pflaumen und Honig. Und …

Rauch. Rohes Fleisch. Nasses Fell.

Wendy fällt. Ihr dreht sich der Magen um, und obwohl das Bett in St. Bernadette sie auffängt, stürzt sie in endlose Dunkelheit. Peters Hand liegt immer noch um ihre, aber sein Griff ist unerbittlich. Statt sie oben zu halten, zieht er sie mit sich, immer schneller, zwingt sie zu rennen, bis ihre Füße brennen.

Es ist ein Geheimnis, Wendy. Das beste Geheimnis überhaupt. Ich habe es noch nie jemandem gezeigt.

Ihrer Vorstellung nach muss es sich ähnlich anfühlen, wenn man vom Blitz getroffen wird. Dumpf, kribbelnd, taub. Ein Schmerz, der nicht wirklich wehtut. In ihrem Inneren ist ein Loch. Eine Stelle, an der etwas herausgerissen wurde. Instinktiv reagiert Wendy darauf, indem sie eine Tür davor zuschlägt. Jenseits des Holzes atmet etwas. Jenseits des Holzes klafft eine Wunde und sie flieht.

Sie reißt die Augen auf, ihr Atem geht schnell und schwer. Dort ist etwas. Etwas in Nimmerland, das sie vergessen hat, etwas Angsteinflößendes. Ein Fünkchen Dunkelheit, das sich in ihr eingenistet hat wie ein Splitter, das sich tiefer und tiefer bohrt und ihr Blut verseucht.

Zitternd steht Wendy auf und schleicht zur Tür. Trotz der Strafmaßnahme der Schwester und ihres geschorenen Kopfes ist sie nicht abgeschlossen. Vielleicht hat die Frau es vergessen oder sie rechnet damit, dass Wendy hinreichend niedergeschmettert und eingeschüchtert ist, so weit unter Kontrolle, dass man sie nicht einsperren muss. Behutsam öffnet sie die Tür und späht in beide Richtungen den Flur entlang. Keine Wärter oder Schwestern in Sicht.

Wendys Herzschlag gerät ins Stolpern. Ihre Backenzähne tun weh, eine namenlose Furcht steigt in ihr auf. Was auch immer sie gesehen hat ... Nein. Das muss eine Lüge sein. Nimmerland war ein wunderbares Abenteuer. Peter war und ist ihr Freund. Nichts Schreckliches ist geschehen und Monster gibt es nicht. Dürfte sie doch nur noch einmal die süße Luft schmecken, um sich daran zu erinnern, dürfte sie nur noch ein einziges Mal Peters Lächeln sehen, dann könnte sie ein ganzes Leben in St. Bernadette ertragen, ohne je ihren Glauben zu verlieren.

Beinah rennend hastet sie den Gang hinunter, ihre nackten Füße klatschen leise auf den Fliesen. Sie *kann* fliegen. Sie muss nur den Himmel sehen; sie braucht bloß ein wenig Höhe als Starthilfe.

In der Nähe des Gemeinschaftsbereichs senkt Wendy den Kopf und verlangsamt ihre Schritte. Sie hat Glück, denn gerade als sie vorbeigehen will, kommen drei Frauen aus dem großen Aufenthaltsraum. Wendy schließt sich ihnen auf ihrem Weg in den zweiten Stock an, wo die Zimmer schöner, größer und aufwendiger eingerichtet sind. Dort sind Patientinnen untergebracht, die sich freiwillig haben aufnehmen lassen oder deren Familien mehr Geld als Verstand besitzen.

Einmal haben sich Wendy und Mary hinaufgeschlichen, Stunden damit zugebracht, alles zu erkunden und die dortigen »Patientinnen« auszuspionieren, die ihr eigenes, fest zugeordnetes Personal haben und eher wie Hotelgäste behandelt werden. Sie waren sich so sicher, dass man sie erwischen würde, lachten die ganze Zeit hinter vorgehaltener Hand und stibitzten Teekuchen und Sandwiches von einem unbeaufsichtigt stehen gelassenen Tablett. Man entdeckte sie nicht, sie schlüpften hinein und heraus wie Geister. Jetzt wird Wendy noch einmal zum Geist.

Auf dem Treppenabsatz wendet sie sich von den Frauen ab. Am anderen Ende des Flurs gibt es Fenster, die zum Park hinausliegen, und dort geht sie hin. Durch die Scheiben sieht Wendy Zierbalkone, die eben genug Platz bieten, dass eine Person darauf stehen kann. Die Fenster sind abgeschlossen, aber anders als die unteren nicht vergittert.

Aus einem der vielen Geheimfächer ihrer Anstaltskleidung zieht Wendy eine Haarnadel. Sie hat sie einer der Schwestern gestohlen. Schnell ist das Schloss geknackt, sie stößt das Fenster auf und steigt auf den winzigen Balkon hinaus. Eine frische Brise begrüßt sie und sie breitet die Arme aus, weint fast vor Erleichterung. Sie ist so nahe dran. Direkt auf der anderen Seite des schmerzhaft blauen Himmels liegt Nimmerland.

Wendy legt die Hand auf das sonnenbeschienene steinerne Geländer und genießt einen Augenblick lang die Wärme, bevor sie sich hinaufzieht. Die Brüstung ist gerade so breit, um ihr zu gestatten, mit ihren bloßen Füßen darauf zu balancieren. Sie kauert sich hin, späht über den Rand. So weit ist es gar nicht nach unten und doch wirkt der smaragdgrüne Rasen unfassbar fern. Sie löst eine Hand vom Geländer, dann die andere, streckt die Arme seitlich aus und strafft sich.

Nur ein kurzer Abstecher, danach kommt sie gleich wieder. Selbst wenn sie Peter nicht zu Gesicht bekommt, sie muss den Wind auf ihrer Haut spüren, durch den Himmel fallen und die Sterne von der anderen Seite sehen. Bloß einmal die Luft von Nimmerland atmen, dann wird sie zurückkehren und so lange hierbleiben, wie John und Dr. Harrington wollen; sie wird sich nie wieder beklagen oder danebenbenehmen. Mit äußerster Behutsamkeit beugt sie sich vor, wartet auf den Moment, in dem sich ihr Gleichgewicht verlagert, der Himmel ihren Körper trägt, ihre Füße sich von dem Stein heben.

»Wendy.« Marys Stimme, leise und angespannt.

Kein Schrei, und vielleicht ist es das, was Wendy davor bewahrt, herumzuwirbeln und die Balance zu verlieren. Mit aufgerissenen Augen starrt Mary sie finster an. Wendy hat sich so darauf konzentriert, nicht gesehen zu werden, sie hat gar nicht bemerkt, dass ihr jemand gefolgt ist.

»Was tust du da?« Marys Miene wirkt anklagend, in ihrem ruhigen Tonfall schwingt eine gewisse Schärfe mit.

Ich verschwinde.

Wendy spricht es nicht laut aus, sie schluckt hart, hat plötzlich einen schmerzhaften Kloß im Hals. Ach, sie hat sich geschworen zurückzukommen, doch tief in ihrem Inneren weiß Wendy, dass sie nie mehr zurückgeblickt hätte, sobald ihre Füße erst einmal den Sand am Strand von Nimmerland berührt hätten. Wie lange hätte sie wohl gebraucht, um Mary zu vergessen? Ihre Brüder? Alles zu vergessen? Sie wäre losgerannt und immer weiter und hätte nie wieder an England gedacht.

Denn das ist es, wofür Nimmerland steht – feige davonzurennen, ohne sich auch nur zu verabschieden. Alles hinter sich zu lassen, was man zu lieben behauptet, um die pure selbstsüchtige Freude willkommen zu heißen. Keine Verantwortung, keine Konsequenzen, und nichts spielt eine Rolle oder verändert sich jemals.

Angesichts dieser Erkenntnis entfährt Wendy ein erstickter Laut, ein Mittelding zwischen Husten und Schluchzen. Der Riss in ihr breitet sich aus. Sie fühlt sich bloßgestellt. Da steht sie nun mit ihrem geschorenen Kopf, liefert den Beweis, dass Dr. Harrington recht hat. Sie ist krank, eine Gefahr für sich selbst; sie braucht Hilfe.

»Ich weiß es nicht.« Ein kaum hörbares Wispern.

Sie kann sich nicht dazu durchringen, sich zu bewegen, von dem Geländer herunterzusteigen, sich fallen zu lassen. Mary streckt ihr die Hand entgegen. Ein ganzes Leben vergeht, doch schließlich überwindet Wendy die unermesslich erscheinende Distanz und ihre Handflächen finden einander. Die Berührung erdet sie und sie klammert sich fest. Marys Haut ist warm; von ihren Näharbeiten und vom Backen in der Küche von St. Bernadette hat sie Schwielen.

»Es tut mir leid. Ich dachte …« Aber mehr bekommt sie nicht heraus. Die Worte stecken in ihrer Kehle fest wie Glasscherben. Was *hat* sie sich dabei gedacht? Mary gibt ihr Halt und schließt sie in die Arme, sobald Wendy heruntergestiegen ist.

»Ich dachte, ich könnte fliegen …«

»Dummerchen«, flüstert Mary und Wendy versteift sich in ihrer Umarmung, doch Mary lässt sie nicht los. Einen Moment später schmiegt sich ihr Körper sanft an Wendys und auch diese entspannt sich.

»Schht.« Mary streicht mit der Hand über Wendys kahle Kopfhaut. »Du musst niemandem irgendwas beweisen. Du *kannst* fliegen, aber wenn du zulässt, dass sie es herausfinden, werden sie nur versuchen, dich festzubinden und dir die Flügel zu brechen.«

Wendy entzieht sich ihrer Freundin und starrt sie an. Marys Blick bleibt hart, trotzig, dennoch funkelt leiser Schalk in ihren Augen.

»Glaubst du, ich weiß nicht, dass ich was Besseres verdient habe als diesen Ort? Denkst du, ich will die Schwestern nicht jedes Mal anschreien und in ihre grausamen Gesichter schlagen, wenn sie langsamer reden, mich für beschränkt halten, weil ich nicht auf englischem Boden oder als Weiße geboren wurde? Aber so dumm bin ich nicht und du solltest es auch nicht sein.«

Wendy schnappt nach Luft. Mary hat recht. Je heftiger sie sich dagegen wehrt, desto enger werden die Fesseln angezogen. Allerdings bedeutet das nicht, dass sie keinen Widerstand leisten kann – ihre kleinen Diebstähle, die in ihren Kleidern eingenähten provisorischen Taschen, Schlösser knacken und sich ihren Aufpassern entziehen, das sind die Mittel, mit denen sie zurückschlagen werden.

Wendy wischt sich mit dem Ärmel Wangen und Nase ab. Mary kennt sie besser als jeder andere Mensch und sie hat recht. Nimmerland gehört ihr, es ist kostbar und so wird sie es an niemanden verraten, der es als Waffe gegen sie einsetzen würde. Tief in ihrem Herzen zu wissen, dass der Himmel sie niemals hätte fallen lassen, wäre sie gesprungen, genügt Wendy. Und eines Tages werden sie und Mary gemeinsam fliegen.

Wendys Blick wandert über das Blätterdach, auf der Suche nach den leuchtend bunten Vögeln, an die sie sich aus ihrer Kindheit erinnert – die, die sie keckern gehört hat, als sie am Strand stand. Sie sind jetzt so gespenstisch still und sie kann keine Spur von ihnen entdecken, als wären sie alle geflohen, als sie den Wald betrat. Der Wind streicht sanft rauschend durch die Baumwipfel. Sie erhascht einen flüchtigen Blick auf etwas, das sich bewegt, aber es ist nicht rot oder blau. Es ist bräunlich-grau und verschwindet zu schnell zwischen den Ästen, als dass sie ihm folgen könnte. Bis sie die Stelle anvisiert hat, an der es war, ist es schon fort.

Sie zieht ihre Stola enger um sich, doch die Bewegung wiederholt sich nicht. Das Laub zeichnet Schattenmuster auf den Waldboden. Sie wechseln mit der Brise, doch ansonsten bleibt alles ruhig. Etwas Unheimliches scheint in der Luft zu liegen und Wendy fühlt sich beobachtet. Selbst die Bäume kommen ihr blasser vor, irgendwie ihrer Farbe beraubt, die Blätter beinah durchsichtig, wie Geister ihrer selbst. Sie beschleunigt ihre Schritte, bis sie aus dem Wald draußen ist und den Felskrater sieht, der die Lagune umgibt. Er liegt genau dort, wo sie ihn erwartet hat. Zumindest dieser Teil von Nimmerland hat sich nicht verändert.

Winzige Muschelschalen und Fossilien von Seesternen und Insekten bedecken das poröse Gestein, das das Wasser umschließt und vor Blicken schützt. Wendy streicht mit den Fingern darüber. Jane wäre hingerissen. Vermutlich könnte sie jede der in den Fels eingebetteten Spezies beim Namen nennen. Sie zieht die Hand zurück und braucht wegen des Schmerzes in ihrer Brust einen Augenblick, bis sie wieder atmen kann.

Sie nimmt die Stola ab und bindet sie sich um die Taille, dann knöpft sie ihre Manschetten auf, krempelt die Ärmel hoch und kontrolliert ihre Taschen. Alles ist sicher verstaut. Wendy streckt die Hand aus und im selben Moment passt sich der Fels ihrem Griff an – genau wie in ihrer Erinnerung. Sie stößt sich mit einem Fuß ab, zieht sich hinauf und sucht nach einem Spalt, in den sie ihre Stiefelkappe zwängen kann. Ihre Glieder sind nicht mehr so gelenkig wie früher, dennoch finden ihre Finger immer noch an den richtigen Stellen Halt. Wie die Bäume in Nimmerland haben auch die Felsen hier Verständnis für die Abenteuerlust, den Wunsch, höher zu stehen als alles andere. König des Hügels zu sein. Oder Königin.

Das Klettern löst ein angenehmes Brennen aus und Wendy genießt es zutiefst – die Spannung in ihren Muskeln, den Schweiß, der sich unter ihrer Kleidung sammelt. Dass sie schwerer atmet, bereitet ihr Freude. Es ist so völlig anders als alles, was sie zu Hause in London täte. Dort würde sich ihre größte Anstrengung auf einen Spaziergang im Park oder eine Partie Krocket beschränken, aber hier ist sie wieder die Wendy. Das fliegende Mädchen.

Ein Hochgefühl erfasst sie und ebenso schnell folgt die Furcht, die ihr einen eiskalten Schauder über den Rücken jagt. Es ist eine Erinnerung, die ihr keine Ruhe lässt – daran, einen Felsen hinaufgeklettert zu sein, zu einem geheimen Ort. An etwas, das Peter ihr gezeigt hat, aber was? Etwas, das ihr Angst machte.

Am Rand des Kraters legt Wendy eine Pause ein. Der Wind trägt einen fauligen Geruch zu ihr herauf, der schon an Verwesung grenzt. Eigentlich sollte sie das Geplauder von Nixenstimmen hören können, die herüberwehenden Melodien ihres Gesangs. Alles ist wieder nur totenstill, so wie am Strand. Auf der Oberfläche der Lagune glitzert das Licht, sodass Wendy die Augen zusammenkneifen muss, doch das Wasser selbst scheint leer. Verstecken sich die Meerjungfrauen vor ihr? Oder ist es etwas anderes, das sie fürchten und vor dem sie sich verbergen?

Ihre Instinkte schreien geradezu, dass sie umkehren soll, doch selbst wenn sie das wollte, nimmt ihr die Schwerkraft die Entscheidung aus der Hand. Ihr Griff verliert an Kraft und sie gleitet ab, rutscht sich überschlagend den Abhang zum blauen Auge der Lagune hinunter.

Wendy bleibt die Luft weg und sie kann nichts tun, als ihr Gesicht zu schützen und zu versuchen, ihren Sturz zu bremsen. Ihr Fuß bleibt an irgendetwas hängen, ein Stich schießt ihr durchs Bein und einen Augenblick lang bewegt sie sich durch die Luft – im freien Fall, nicht im Flug. Gleich darauf kracht sie durch die hohen Gräser und wilden Seerosen, die die Lagune säumen, und die schmerzhafte Wucht des Aufpralls presst den letzten Rest Luft aus ihrem Körper. Direkt am Rand des Wassers rollt sie aus.

Ein Wimmern entfährt ihr, hustend ringt sie nach Atem und ist einen Moment lang überzeugt, dass sie ersticken wird, auf festem Boden ertrinken. Von oben verspottet sie der blaue Himmel, klar und perfekt und strahlend, doch ihr tut alles weh. Es dauert eine Weile, bis sie sich herumwälzen und auf ihre Hand stützen kann, um sich hochzustemmen. Die glitschigen Algen und der faulige Schlamm – die Quelle des Gestanks – geben nach, ihr Arm landet im Wasser und sie sieht sich Auge in leerer

Augenhöhle dem Schädelknochen gegenüber, der vom Ufer zu ihr heraufstarrt.

Auf allen vieren weicht Wendy zurück, der Schmerz ist vorübergehend vergessen. Einen Arm nach außen gestreckt, das Kinn auf dem anderen ruhend liegt das Skelett da, den Kopf auf sonnengebleichte Gebeine gebettet. Die untere Körperhälfte hängt ins Wasser, das immer noch so quälend klar ist, dass sie unterhalb des Torsos die Knochen eines starken, seiner schimmernden Schuppen beraubten Schwanzes erkennen kann.

Wendy krabbelt vorwärts, hält erst inne, kurz bevor sie den Schädel berührt. Das ist unmöglich. Obwohl sie den Beweis vor Augen hat, kann nicht wahr sein, was sie sieht. In Nimmerland kann nichts sterben. Das hat Peter ihr gesagt.

Doch der Schädel ist unbestreitbar da, ihre Wahrheit gegen die von Peter, und sie hat es satt, sich von anderen Leuten erklären zu lassen, wie die Welt funktioniert. Ihre Finger schweben über der bleichen knöchernen Rundung in der Luft. Dort sollten dichte glänzende Locken mit eingeflochtenen Korallen und Seerosen sein, von Muschelschalen zusammengehalten. Sie lässt die Hand sinken. Wer war sie? Angestrengt versucht Wendy sich die Gesichter der einzelnen Nixen ins Gedächtnis zu rufen, beinah menschlich, aber gleichzeitig seltsam *anders* – ihre spitzen Kinne, die hohen, schrägen Wangenknochen und ihre Augen schimmernd wie Perlmutt.

Früher waren die Erinnerungen so klar, doch jetzt, da sie sie am dringendsten braucht, sind sie verblasst und entgleiten ihr, je heftiger sie sie festhalten will. Lieder hallen in ihrem Kopf wider, und mit ihnen ihre melodischen Namen, die sie ihr vom Wasser aus vorsangen, als sie ihnen zum ersten Mal begegnete – Sea Bloom, Salt Rose, Coral Bramble.

In den Tiefen der Lagune liegen weitere Skelette. Dutzende davon, manche ineinander verschlungen, andere einzeln, einige wirken, als wären sie beim Schwimmen einfach durch die Strömung gefallen. Eine Möwe schreit und Wendy fährt erschrocken zusammen. Als sie aufblickt, zieht der Scherenschnitt der Vogelschwingen am wolkenlosen Himmel vorbei und sie erschaudert bei dem Gedanken daran, was der gekrümmte Schnabel die ganze Zeit gefressen hat.

Die Trauer befeuert ihre Wut so sehr, dass ihre Arme zittern, aber sie nimmt den ersten Stein, den sie findet, und schleudert ihn nach dem Vogel. In hohem Bogen fliegt der Kiesel ins Wasser zurück, durchbricht die ruhige Oberfläche und kleine Wellen schwappen über die Gebeine zu ihren Füßen. Als die Möwe unbeeindruckt weitersegelt, bleibt Wendys ersticktes Schluchzen in ihrem Hals stecken.

Sie schließt die Augen, atmet gegen das klamme Gefühl in ihrer Brust an. Und nun, da sie die Erinnerung nicht mehr haben will, kehrt diese zurück und überschwemmt sie, beschwört die Empfindung von Fingern herauf, die durch ihr Haar streichen, geflüstertes Geplauder, das verklingt, denn blitzende Schwänze wühlen das Wasser auf. Die Nixen kannten jeden Zentimeter der verborgenen unterirdischen Tunnel, die das Wasser unter der Insel durchziehen. Sie konnten sie pfeilschnell durchqueren und Nachrichten von einer Küste zur anderen überbringen.

Einst waren die Vögel ihre Helfer, sie lieferten ihnen häppchenweise Neuigkeiten in einer Sprache, die Wendy nicht verstand. Jetzt, stellt sie sich vor, sind jene Tunnel von weiteren Knochen blockiert, unter ihren Füßen durchsetzt der Tod jeden Teil der Insel.

Es geht nicht nur um den Tod der Meerjungfrauen selbst: Auf durchaus egoistische Weise trauert sie auch um ihr Wissen, ihre Informationen. Sie hätten ihr sagen können, wo Jane ist, da ist sie sich sicher.

Sie schlägt die Augen auf. Die Erinnerung an ein Lied liegt über der Lagune, der letzte, nie gespielte Ton einer Flöte. Wendy wischt ihre Hose ab, aber ohne Erfolg, und sie erreicht lediglich, noch mehr Schlamm darauf zu verschmieren. Sie erinnert sich, wie sie und Mary am Salonfenster saßen, Änderungen am Schnittmuster planten und alles von Hand nähten, während Mary Wendy von ihren großartigen Ideen für die Bäckerei erzählte, die sie eines Tages eröffnen wollte. Wieder entschlüpft ihr ein erstickter Laut, halb Gelächter, er schmeckt salzig und Wendy reibt ihre Augen.

Was kann so viele getötet haben und so schnell? Und warum hat Peter es nicht verhindert?

Von einer irrationalen Wut auf sich selbst erfüllt, auf Peter, auf die Nixen, wendet sie sich vom Wasser ab. Sie hätte am Strand nicht so trödeln dürfen und jetzt hat sie noch mehr Zeit vergeudet. Nimmerland mag zwar nicht groß sein, doch es gibt so viele Orte, an denen sich ein gewiefter Junge verstecken kann. Obendrein könnte Peter aus einer Laune heraus alles umgestaltet haben. Jane könnte überall sein.

Also wohin als Nächstes? Zu den Piraten oder den Indianern? In ihrem Inneren fordern Erschöpfung und Angst lautstark Tribut und sie unterdrückt beides. Sie wird landeinwärts gehen, quer über die Insel zum Schiffswrack. Wären ihre Gedanken klarer gewesen, hätte sie dort angefangen – der Strand ist die Stelle, an die Peter sie als Erstes brachte. Warum sollte er es mit Jane nicht genauso machen?

Sie umrundet die Lagune und klettert die gegenüberliegende Kraterwand hinauf. Diesmal bereitet ihr das weniger Freude. Das Gestein passt sich immer noch ihrem Griff an, aber von den vorangegangenen Strapazen und dem Sturz tut ihr alles weh. Schon spürt sie, wie sich blaue Flecken bilden, und darüber hinaus ist sie kein Mädchen mehr. Sie ist zu alt, um Königin des Hügels zu spielen.

Oben angekommen bleibt Wendy stehen, um sich die schweißverklebten Haare aus dem Gesicht zu streichen, und schaut sich suchend nach dem merkwürdigen Rauch um, den sie vorhin gesehen hat. Von dieser Seite der Lagune aus kann sie die Baumkronen überblicken. Sie will sich gerade an den Abstieg machen, als der Bereich um einige Äste urplötzlich mit solcher Heftigkeit erzittert, dass es nichts mit dem Wind zu tun haben kann. Das Wogen der Blätter beweist, dass sich dort irgendetwas verborgen seinen Weg bahnt. Die Bewegung springt von Baum zu Baum, die Wipfel biegen sich unter einer unsichtbaren Last.

Wendys Puls gerät aus dem Takt. Was immer es ist, es ist zu groß für einen Vogel, ein Eichhörnchen oder gar die goldfarbenen Äffchen mit den weißen Gesichtern, bei denen Peter ihr gezeigt hat, wie sie an ihren versteckten Sitzplätzen nach ihnen Ausschau halten muss. Es entfernt sich von ihr, aber das ändert nichts daran, dass sie sich vor Angst nicht vom Fleck rühren kann.

Geister, schießt es ihr unwillkürlich durch den Kopf. Nie zuvor hat es in Nimmerland gespukt, aber hier gab es ja auch keinen Tod.

Gleich darauf folgt ein anderer Gedanke dem ersten, und dieser legt sich um ihr Herz wie eine Faust. *Keine Geister. Monster.*

Sie rennt Hand in Hand mit Peter und versucht atemlos, mit ihm Schritt zu halten. *Ich zeige dir ein Geheimnis, Wendy, etwas, das ich noch nie jemandem gezeigt habe.*

Im Herzen der Insel gibt es etwas Grauenerregendes. Etwas, das Peter ihr einmal gezeigt hat. Doch wenn sie danach greift, ist es, als würde in ihrem Verstand eine Tür derart abrupt zuschlagen, dass sie sich die Finger einklemmt und blinzelnd und verwirrt zurückbleibt.

Das Zittern in den Bäumen hört ebenso unvermittelt auf, wie es begonnen hat. Sie war ... Da war etwas ...

Wendy schüttelt den Kopf und lässt ein paar Herzschläge verstreichen. Was immer es auch war, es kann nicht so wichtig gewesen sein. Prüfend mustert sie den Wald, versucht zu erkennen, was die Bewegung verursacht hat, findet jedoch keinen Hinweis. Die Erschütterung tritt nicht mehr auf, aber es ist auch kein Vogelgesang zu hören. Kein leises Knarren von Ästen im Wind wie gewöhnlich.

Ein Phantom. In Nimmerland spukt es. An einem Ort, an dem nichts sterben sollte, füllen Skelette die Lagune und ihre Tochter ist irgendwo da draußen. Sie muss Jane finden. Demonstrativ kehrt Wendy dem Wald den Rücken zu und klettert zum Boden hinunter.

6

VERSTECKSPIEL

Überall um sie herum schlafen Jungs, die Bäuche voll mit einer weiteren Suppe aus Erde und Steinen. Sie hat dieses Mal nichts gegessen, und jetzt knurrt ihr leerer Magen und ihr ist übel. Wie will sie hier überleben? Wie schaffen es diese Jungs, sich von nichts weiter als Dreck und Rinde und Laub zu ernähren? Sie verdrängt den Gedanken, er beunruhigt sie auf eine Weise, für die sie keine Worte findet.

Reiste die pfiffige Schneiderin in einer der Geschichten ihrer Mutter nicht in ein Land voller Kindergeister? Die Jungs rings um sie wirken zwar real, aber womöglich sind sie wirklich Geister. Vielleicht ist das der Grund, aus dem sie anders als sie nicht essen müssen. Sie wünschte, sie könnte sich erinnern, wie die Schneiderin in jener Episode versucht hat, die Kinder zu befreien. Dann könnte sie den Jungs helfen, sie heimschicken. Bestimmt sehnen sie sich genauso nach ihren eigenen Eltern, wie sie ihre vermisst.

Peter erzählt ihr ständig, sie sei hier, um ihre Mutter zu werden. Das muss bedeuten, dass es hier keine anderen

Mütter gibt, nimmt sie an, keine Schwestern oder Väter und auch keine Tanten oder Onkel. Nur sie und die Jungs. Was wiederum heißt, dass sie hier weder Hilfe findet noch jemanden, der ihr sagen kann, wie sie nach Hause kommt.

Prüfend wandert ihr Blick über das Lager. Die letzten Glutreste des Feuers glimmen in dunklem Orange, von der Asche steigen feine Rauchfäden auf. Vorhin hat es gequalmt, oder nicht? Sie späht hoch, sieht aber über dem Wald nichts außer einem Mond, der unnatürlich hell leuchtet. Tatsächlich hat er gar nichts Natürliches an sich. Er ist eine glatte silbrige Scheibe, wie eine Münze, die am Himmel hängt, oder ein Loch in dunklem Papier, durch das eine grelle Lampe scheint, überhaupt nicht wie der echte Mond.

Die Vorstellung zerreißt sie innerlich und urplötzlich kommen ihr die Tränen. Sie ärgert sich über sich selbst – so was Albernes. Aber sie vermisst *ihren* Mond, den sie durch *ihr* Fenster betrachten will.

An ihrem letzten Geburtstag hat ihr Großvater sie auf einen Ausflug ins Königliche Observatorium mitgenommen. Sie war sich wie jemand ganz Besonderes und sehr erwachsen vorgekommen, vor allem da er mit einem seiner Freunde dort – einem richtigen Wissenschaftler, genau so einem, wie sie einmal werden würde – vereinbart hatte, dass sie sich den Mond durch ein Teleskop anschauen durfte. Ihr fällt wieder ein, wie groß und nah und unfassbar er ihr erschien – all die Schatten und Dellen und Krater, die ohne die speziellen Linsen des Teleskops nicht erkennbar waren.

Wie kommt es, dass sie sich so deutlich an jenen Moment erinnern kann, ihr eigener Name ihr aber immer wieder entschlüpft? Es ist, als hätte jemand vor einem

Teil ihres Verstandes einen Vorhang zugezogen; ihr ist bewusst, dass dort Dinge verborgen sind, aber sie bleiben vage und verzerrt. Wenn sie sich nicht darauf konzentriert, verschwinden sie allmählich. Schlimmer noch, sie hat festgestellt, dass ihr der Gedächtnisverlust zeitweise gar nichts ausmacht.

Nach der Mahlzeit, die Peter zum Mittagessen erklärte, hat er sie für ein kompliziertes Spiel, dessen Regeln zu begreifen ihr nicht recht gelungen war, allesamt wieder an den Strand hinuntergescheucht. Anfangs wurmte sie das, doch dann vergingen die Stunden wie im Flug, in denen sie und die Jungs herumrannten und marschierten, mit den Füßen auf den Sand stampften und einander zuriefen. Und obwohl die Dämmerung einsetzte, als sie aßen, stand die ganze Zeit die Sonne am Himmel, prall und lodernd, ohne sich auch nur einmal zu bewegen. Erst als Peter das Spiel langweilig wurde, merkte sie, wie erschöpft und wie schmutzig sie war – ihr Nachthemd war ganz steif vom Salz und ihr Haar verfilzt.

Was wohl ihr Großvater dazu sagen würde? Bei der Vorstellung muss sie kichern, aber dann wird ein Schluckauf daraus und sie wischt sich die Tränen aus den Augen. Wenn sie kerzengerade dasitzt, mit geschlossenen Knien und brav im Schoß gefalteten Händen, ist er schnell mit seinem Lob bei der Hand. Vergisst sie es und sitzt krumm oder zappelt und hüpft aufgeregt herum, weil sie ihm die neuesten Exemplare ihrer Sammlung zeigen will, verfällt er in Schweigen und presst missbilligend die Lippen zusammen. Er ist der Ansicht, Wissenschaft sei keine angemessene Beschäftigung für eine junge Dame. Aber später hat er sie ins Observatorium mitgenommen, also steckt vielleicht am Ende doch ein weicher Kern in ihm, obwohl ihre Mama nicht daran glaubt.

Wenn sie es schafft, ihre Mutter in genau der richtigen Stimmung zu erwischen, gibt diese manchmal die perfekte stirnrunzelnde Imitation ihres Großvaters zum Besten. Sie weiß, dass ihre Mama ihren Großvater nicht leiden kann, auch wenn diese nie etwas in der Richtung laut ausgesprochen hat. Bei ihrem Papa ist sie sich nicht ganz sicher. Mitunter wirken ihre Eltern nach einem seiner Besuche beide traurig, doch ihr Instinkt sagt ihr, dass das eins der Themen ist, nach denen sie lieber nicht fragen sollte.

Als sie über ihre Mutter nachdenkt, spürt sie aufs Neue einen so brennenden Stich in der Brust, dass ihr beinah die Luft wegbleibt. Vielleicht wird sie langsam zu alt für Märchen, aber in diesem Augenblick sind sie das Einzige auf der Welt, was sie sich wünscht. Diese Erkenntnis bringt sie nur noch heftiger zum Weinen.

Womöglich sieht sie ihre Mama und ihren Papa oder auch die Köchin nie wieder. Oder ihren Großvater, mit dem sie jetzt gerne reden würde, selbst wenn er sie finster anstarren oder enttäuscht seufzen würde, weil sie schrecklich undamenhaft aussieht. Es gibt so vieles, was sie noch nicht gesehen oder erlebt hat. Was, wenn sie nie die Chance bekommt, eine Universität zu besuchen und zu studieren, um Wissenschaftlerin zu werden oder die Welt zu bereisen?

Grob reibt sie sich die Tränen fort und wischt sich die Hände an ihrem Nachthemd ab. Obwohl sich ihre Augen heiß und wund anfühlen, bleiben sie zu ihrer

Erleichterung nun trocken. Sie hat genug davon, sich selbst zu bemitleiden. Wenn also niemand kommt, um sie zu retten: Was dann? Dann wird sie sich eben selbst retten müssen.

Sie steht auf und horcht, ob sich die Atemgeräusche um sie herum verändern. Wenigstens erleichtert der überhelle Mond die Sicht, sodass sie auf keinen der Jungs tritt, die um das heruntergebrannte Feuer verstreut liegen, als sie sich einen Weg zum Rand des Lagers sucht. Soll sie zum Strand zurückgehen? Es gibt doch auf allen Schiffen Rettungsboote, oder nicht? Vielleicht liegt ja eins in der Nähe der Stelle, an der sie aufgewacht ist. Ob sie imstande wäre, die ganze Strecke bis nach Hause allein zu rudern? Selbst wenn sie Nimmerland nicht auf einer Karte finden könnte, kann es doch nicht allzu weit von London entfernt liegen, wenn Peter sie ohne Pause hergeflogen hat, richtig?

An der Barrikade bleibt sie stehen und wirft einen Blick über die Schulter. Keiner der Jungs hat sich bewegt, ihre dunklen Umrisse liegen in zwischen den Bäumen gespannten Hängematten und auf Plattformen, die inmitten der Äste angebracht sind, am Boden. Sie strafft die Schultern und tritt über die unsichtbare Grenze, die Peters Lager vom Wald trennt. Sie spürt eine aufgeregte Anspannung, durch die sie sich mutig und gefährlich fühlt.

Mit ein bisschen Glück merken die Jungs nicht gleich, dass sie weg ist. Sie beschleunigt ihre Schritte. Wie sie gesehen hat, könnte jeden Moment die Sonne aufgehen, aber wenn sie schnell ist, kann sie vielleicht entkommen, solang die Dunkelheit anhält und bevor die Gefahr zu groß wird, dass ihr Fehlen jemandem auffällt.

Eine furchterregende Gestalt lässt sich vor ihr auf den Pfad fallen, woraufhin ihr fast das Herz aus der Brust springt und ihr ein erschrockener Aufschrei entfährt.

Sie kann sich keinen Reim darauf machen. Alles, was ihr dazu einfällt, ist eine gigantische Spinne oder Krabbe, deren Gliedmaßen in lauter falsche Richtungen ragen. Sie blockiert den ganzen Weg und es gibt keine Möglichkeit, an ihr vorbeizukommen. Gibt es in Nimmerland Monster?

Soll sie ins Lager zurücklaufen? Peter und die Jungs wecken? Im Augenblick kann sie gar nichts tun. Es ist, als säße sie in einem jener Träume fest, in denen man wegrennen will, aber die Beine nicht bewegen kann. Durch die Dunkelheit leuchten ihr Augen entgegen, darunter die Andeutung eines Lächelns, wie die allerdünnste Mondsichel.

Urplötzlich verwandelt sich die Gestalt in Peter, doch sie verspürt keine Erleichterung. Irgendetwas an ihm ist falsch, so wie er auf dem Pfad kauert, die Glieder angewinkelt wie eine Marionette, eine in einem wirren Haufen liegen gelassene Holzpuppe. Er wirft den Kopf in den Nacken und stößt einen krähenden Schrei aus, einen seltsamen trillernden Laut, der ihr eine Gänsehaut über den Rücken jagt.

Während der Weckruf für die Jungs durchs ganze Lager hallt, weicht sie einen Schritt zurück und Peter springt auf und packt sie am Handgelenk. Unvermittelt drängt sich ihr der Eindruck auf, dass sie vorhaben, sie zu fesseln, sie zu verbrennen wie eine Hexe. Vielleicht wollen sie sie essen.

»Wendy hat sich ein großartiges neues Spiel ausgedacht!«, johlt Peter, als die verschlafenen Jungs bei ihnen ankommen. Schlagartig ist alles Bedrohliche verschwunden, sein Gesicht von heller Freude erfüllt.

Ihre Angst lässt trotzdem nicht nach. Sie fühlt sich wackelig und hat Mühe, sich auf den Beinen zu halten.

»Ein Spiel?«, wiederholt sie dümmlich.

»Mondschein verstecken«, sagt Peter mit verschmitzter Miene. Ist ihm womöglich gar nicht klar, dass sie vorhatte, wegzulaufen? Oder weiß er es und hat ihr bereits verziehen?

Er flitzt los und tippt einen mittelgroßen Jungen mit Hamsterbacken und großen Händen an.

»Hab dich! Du bist!« Peter tänzelt davon, wirbelt außer Reichweite. »Lauft alle weg und versteckt euch, und Bertie kommt uns suchen.«

Dann ist er fort, pfeilschnell in die Dunkelheit abgetaucht. Schlagartig stieben die anderen Jungs auseinander, nur sie und Bertie bleiben zurück und blinzeln einander an. Bertie fährt sich mit der Hand durchs Gesicht, dann schüttelt er sich und sie fühlt sich an einen Bären erinnert, der gerade aus einem langen Winterschlaf erwacht.

Auf Berties Gesicht breitet sich ein Grinsen aus, das zögerlich wirkt und bei Weitem nicht so boshaft wie das von Peter, aber es hat etwas Berechnendes. Ihnen beiden wird gleichzeitig dasselbe bewusst – wenn er sie antippen kann, ehe sie losrennt, ist sie an seiner Stelle dran. Er schlägt nach ihr, doch die Bewegung ist schwerfällig und sie weicht aus. Seine Finger verfehlen sie knapp. Ein Teil von ihr weiß, dass dran zu sein ihre Fluchtchancen erhöhen würde, doch der Instinkt – die tief verwurzelten Spielregeln, die besagen, dass dran sein etwas Schlechtes ist – gewinnt die Oberhand und sie saust los. Die Angst davor, erwischt zu werden – die Vorstellung, dazu gezwungen zu sein, im Dunkeln die ganzen Jungs aufzustöbern, die sich auf dieser Insel erheblich besser auskennen müssen als sie –, fegt alles andere in ihrem Kopf hinweg.

In der Hoffnung, Bertie von ihrer Spur abzulenken, flitzt sie zwischen die Bäume und rennt im Zickzack weiter. Im Gegensatz zu den Jungs mag sie zwar nicht die besten Verstecke kennen, aber sie ist sich sicher, dass sie zumindest schneller laufen kann als er.

Sie hört Jungs Laub und Zweige durchbrechen – sie bemühen sich gar nicht, leise zu sein. Zwischen den Bäumen sind die Geräusche sonderbar verzerrt, daher kann sie nicht sagen, aus welcher Richtung sie kommen. Sie wünschte, Bertie würde aufgeben und einem der anderen nachjagen, aber er konzentriert sich weiterhin auf sie, trampelt hinter ihr durchs Unterholz – ein beängstigendes, lautes Rumpeln. Sie wagt es nicht, sich umzusehen, und spornt sich selbst zu noch höherer Geschwindigkeit an.

Endlich entfernen sich die Geräusche ihres Verfolgers von ihr. Sie verlangsamt ihre Schritte jedoch nicht, sondern vergrößert ihren Vorsprung noch. Statt müde zu werden, fühlt sie sich leichter, schneller und wendiger, je länger sie rennt. Es ist wieder genau wie am Strand. Es kümmert sie nicht mehr, wo sie hinläuft. Die Luft schmeckt süß, fast wie der Tee, den Peter ihr bei ihrer Ankunft zu trinken gegeben hat. Die Angst fällt von ihr ab und sie prescht aus reiner Freude weiter, vergisst die Suche nach einem Versteck, während sie über umgestürzte Baumstämme springt und Wurzeln und Steinen ausweicht.

Euphorisch rauscht das Blut durch ihren Körper und sie ergibt sich einem wundervollen Gefühl von Freiheit. Noch auf zu sein, wenn sie längst im Bett liegen sollte. Pfiffig zu sein. Und vielleicht am wichtigsten: nicht dran zu sein. Sich Peters Gesicht vorzustellen, wenn er sieht, dass sie es geschafft hat, nicht erwischt zu werden. Vielleicht erklärt er sie ja sogar zur Siegerin seines lächerlichen Spiels!

Mittlerweile muss sie quer über die Insel gelaufen sein und ihr kommt es vor, als könnte sie ewig so weiterrennen, aber sie wird langsamer. Ihr tun die Beine weh, bloß ist es ein angenehmer Schmerz. Da sie keinen der anderen hören kann, bietet sich ihr die perfekte Gelegenheit, sich allein umzuschauen, ohne dass Peter sie mal hierhin und mal dorthin hetzt.

Zu beiden Seiten eines kaum erkennbaren Pfades wachsen Pflanzen mit gewaltigen dunkelgrünen Blättern, die im Mondlicht glänzen. Sie erinnern sie an Zehrwurz, nur noch höher und mit Blüten, die beinah so groß sind wie ihr Kopf. Sie bleibt stehen, um sie genauer in Augenschein zu nehmen. Die Blütenblätter sind korallenrot mit orangen Rändern, zur Mitte hin vertieft sich die Farbe zu einem Purpurton.

In England gibt es nichts, was dem ähnelt. Womöglich ist es eine ganz neue Gattung und sie könnte diejenige sein, die sie entdeckt. Zitternd vor Aufregung berührt sie eins der zarten Staubgefäße. Hellgelber Blütenstaub bleibt an ihrem Finger haften und sie verspürt unvermittelt den Drang, ihn abzulecken. Sie stellt sich vor, dass er wie kristallisierter Honig schmeckt, wie das süße Getränk, das Peter ihr gegeben hat.

Da erschreckt sie eine Stimme. »Nicht.« Blätter rascheln, gleich darauf taucht ein kleines blasses Gesicht auf und sie weicht bestürzt zurück.

Der kleinste der Jungs, der, der an seinem Hemdzipfel genuckelt hat, blickt mit ängstlich aufgerissenen Augen zu ihr auf.

»Die Blumen sind böse.« Er hat eine Hand über Mund und Nase gelegt, als versuche er ganz still zu sein oder nicht zu laut zu atmen, und so klingen seine Worte dumpf.

Sie schaut auf ihren mit Pollen verschmierten Finger hinunter und wischt ihn hastig an ihrem Nachthemd ab. War sie wirklich drauf und dran, davon zu kosten? Was kann sie dazu gebracht haben, so etwas zu tun? Sie ist doch nicht so dumm, unbekannte Pflanzen in den Mund zu stecken. Sie könnten giftig sein. Nur vermittelt ihr der berauschende Duft der Blüten ein Gefühl von Wärme und Sicherheit und …

Um zu verhindern, dass sie den narkotischen Geruch weiter einatmet, zieht sie den Kragen ihres Nachthemds über den Mund. Wo ist sie? Diesen Teil der Insel hat sie bisher noch nicht gesehen. Sie war im Lager und … sie ist gerannt. Peter auf dem Pfad und dann das Spiel. Sie starrt den Jungen an, doch der macht keine Anstalten, sie anzutippen oder ihre Position zu verraten.

»Geht es dir gut, Wendy?«

»Das ist nicht mein Name. Ich heiße …«

Oh, sie möchte schreien vor Frustration, aber falls einer der anderen Jungs in der Nähe ist, liefert sie sie beide ans Messer. Vorhin hat sie den Stein aus ihrer Suppe, an dem sie beinah erstickt wäre, in ihren Ärmel gesteckt. Nun lässt sie ihn herausgleiten und drückt ihn, bis ihr die Hand wehtut und ihre Augen brennen.

»Hat sich Peter für dich auch einen neuen Namen ausgedacht?« Inzwischen sind die Augen des Jungen über den Fingern, die seine Nase und den Mund bedecken, vor Neugier geweitet, nicht mehr vor Furcht. »Früher hieß ich anders, aber jetzt heiße ich Timothy. Peter hat mir einen Namen gegeben, bloß hat der mir nicht gefallen, also hab ich mir einen neuen ausgesucht. Das dürfen wir manchmal, wenn ...«

Er erstarrt und späht den Pfad entlang. Sie folgt seinem Blick zu einem Schatten, der sich unter einem der Bäume bewegt.

»Was ...« Doch Timothy ist schon fort, flieht den Weg hinunter und lässt sie allein zurück.

Sie kneift die Augen zusammen, kann den Schatten allerdings nicht mehr sehen. Vielleicht hat sie ihn sich nur eingebildet. Irgendwo zirpt ein Insekt, das Geräusch klingt wie das einer Grille, aber auch wie wenn man mit dem Finger am Rand eines Glases entlangstreicht, um es zum Singen zu bringen. Hätte sie doch nur ihr Fangnetz und ihre Aufbewahrungsgläser dabei. Sie macht einen Schritt vorwärts. Das Geräusch bricht schlagartig ab und sie erschaudert. Noch während sie einen Fuß vor den anderen setzt, beschleicht sie das untrügliche Gefühl, dass sie beobachtet wird. Sie rechnet damit, Bertie oder sogar Peter gegenüberzustehen, die nur darauf warten, sie abzuklatschen, und wirbelt herum. Aber da ist niemand. Es ist, als hörte sie in einem leeren Zimmer jemanden ihren Namen rufen, nur noch schlimmer, weil sie ihren Namen im Moment nicht einmal weiß.

Sie strafft die Schultern und hebt das Kinn. Sie wird nicht wieder weinen und sie wird sich von der Bürde ihrer Unwissenheit nicht erdrücken lassen. Und selbstverständlich wird sie nicht zulassen, dass ihr irgendeiner der Jungs Streiche spielt, um ihr Angst zu machen, nur weil sie ein Mädchen ist.

»Hallo?«, ruft sie. Dabei hebt sie die Stimme und geht einen Schritt vorwärts. »Ist da jemand?«

Ein Zweig knackt. Sie dreht sich in Richtung des Geräuschs, kann aber in der Dunkelheit nichts erkennen. Weiter vorn verengt sich der Pfad, die Bäume neigen sich nach innen und formen eine Art Tunnel. Dass sie sich so unnatürlich dicht zueinanderkrümmen, hat etwas Bedrohliches an sich. Der Anblick weckt in ihr den Gedanken an ein tief in die Erde gegrabenes Loch oder ans Maul einer riesigen Bestie, die nur darauf wartet, sie zu verschlingen, wie in der Geschichte von Jonas und dem Wal. Nur was ist, wenn der Pfad zu einem Ausgang führt?

Sie macht noch einen Schritt. Etwas prallt auf ihren Fußrücken. Erschrocken weicht sie zurück und etwas anderes trifft sie an der Schulter, spitz wie der Stachel eines Insekts. Sie dreht sich im Kreis, doch sie kann immer noch niemanden sehen. Wut steigt in ihr auf und sie schreit: »Bist du das, Peter? Hör sofort damit auf! Das ist nicht lust…« Sie wird unterbrochen, als der nächste Versuch sie knapp verfehlt und das fliegende Etwas in dem Laub landet, das den Boden bedeckt.

Sie ist derart fassungslos, dass ihr der Mund offen stehen bleibt. Da hagelt es urplötzlich Attacken, die so dicht und so schnell wie heftiger Regen auf sie herunterprasseln und sie von dem tunnelartigen Pfad wegtreiben.

Sie duckt sich, schützt ihren Kopf mit den Armen und schafft es, ein paar der Wurfgeschosse aufzufangen, ohne getroffen zu werden. Schon hebt sie den Arm, will sie in den Wald zurückschleudern und damit beweisen, dass sie nicht wehrlos ist, aber sie kann ihre Angreifer ja nicht mal sehen, geschweige denn auf sie zielen.

Ohne sich umzudrehen, tritt sie den Rückzug an und kaum hört sie keine Geschosse mehr auf dem Boden aufschlagen, bleibt sie stehen, um sich anzusehen, was sie da in der Hand hält. Steine und mittendrin eine Pfeilspitze. So eine hat sie zu Hause in ihrer Sammlung. Die Köchin hat sie sich extra aus Kanada schicken lassen und ihr geschenkt. Ihr Volk fertigte solche vor langer Zeit für die Jagd an. Hergestellt werden sie heute noch, aber sie verwenden sie nicht mehr so oft zum Jagen.

Die in ihrer Hand ist nicht spitz geschliffen, trotzdem schätzt sie sich glücklich, dass sie nur Streifschüsse erwischt haben. Wer auch immer sie geworfen hat, wollte sie vielleicht nicht verletzen, sondern nur vertreiben.

Sie lässt die Steine fallen und dreht die Pfeilspitze zwischen den Fingern, studiert sie genauer und wünschte, sie wüsste mehr darüber. Möglicherweise könnte sie ihr irgendeinen Hinweis liefern. Sie hat versucht, die Köchin über die Pfeilspitze auszuquetschen, die sie ihr geschenkt hat, doch im Gegensatz zu den – von ihrer Mutter an sie weitergegebenen – Legenden, von denen die Köchin erzählte, schien es sie traurig zu machen, über echte historische Ereignisse zu reden. Zudem war sie überrascht, so als hätte sie gar nicht damit gerechnet, dass das irgendjemand wissen wollte. Erst als die Köchin keine Antworten auf ihre Fragen hatte und ihr gestand, dass sie nicht so viel über ihre eigene Geschichte wusste, wie sie sollte, weil sie

Kanada in so jungen Jahren verlassen hatte und seitdem nie wieder dort gewesen war, trat ein bekümmerter Ausdruck auf ihr Gesicht.

Dann kam ihre Mama in die Küche und sagte, sie solle aufhören, der Köchin dauernd in den Ohren zu liegen, und trotz deren Beteuerungen, es mache ihr nichts aus, scheuchte sie sie hinaus. Vor der Tür spähte sie noch einmal hinein und bekam mit, wie ihre Mutter und die Köchin flüsternd die Köpfe zusammensteckten. Da sahen sie beide traurig aus – sie hatte gar nicht gewusst, dass Erwachsene so traurig sein konnten – und sie machte sich eilig davon.

»Ha! Hab ich dich!« Eine Hand legt sich um ihren Arm und sie stößt vor Schreck einen Schrei aus. »Jetzt musst du mir helfen, die anderen zu suchen. So lauten die Regeln.«

»Bertie?« Schnell schließt sie ihre Faust um die Pfeilspitze, um sie vor ihm zu verstecken.

Berties Stirn ist schweißnass und er atmet schwer. Das und die Art, wie er ihrem Blick ausweicht, hält sie davon ab, ihn zu verbessern, zu sagen, dass sie jetzt dran ist und er weglaufen und sich verstecken muss. Er hat Angst; er würde es zwar nie zugeben, schon gar nicht einem Mädchen gegenüber, doch er will nicht allein durch die Dunkelheit rennen. Dann kommt ihr ein Gedanke: Wenn das Versteckspiel noch weitergeht, wer hat dann die Geschosse geworfen?

»Hast du schon einen von den anderen gefunden?«

»Nein.« Bertie wirkt ein klein wenig erleichtert, aber er reckt die Brust und ein herrischer Unterton stiehlt sich in seine Stimme. »Du bist die Erste. Jetzt musst du mir helfen.«

Seine Hand liegt immer noch um ihren Arm. Seine Finger sind feucht, unterdrückte Furcht sickert von seiner Haut in ihre. Sie schaut sich um, doch nichts deutet mehr auf denjenigen hin, der sie beworfen hat. Vielleicht war es weder ein Versuch, sie zu verletzen, noch, sie zu verjagen: Womöglich wollte er sie warnen. Bloß wovor? Könnte am Ende des Pfades etwas Gefährliches warten? Oder etwas, das man beschützen muss?

»Komm schon.« Bertie zerrt sie ungeduldig am Arm.

Ihr bleibt später noch Zeit, um das Rätsel zu lösen. Außerdem würde es nur alles verderben, wenn Bertie dabei wäre. Er ist zu laut und im Augenblick viel zu nervös. Sein Bedürfnis, hier wegzukommen, ist regelrecht mit Händen zu greifen. Sie spürt den Puls in seinen Fingerspitzen und er wirkt fast schon ansteckend auf sie. Er löst auch in ihr den Drang aus zu fliehen.

»In Ordnung, gehen wir die anderen suchen.«

Sie folgt ihm, ignoriert das Gefühl einer eiskalten Hand, die ihr über den Nacken streicht, und redet sich ein, dass sie Bertie zuliebe aufbrechen, nicht ihretwegen.

7

LASST UNS KRIEG SPIELEN

Im Herzen der Insel gibt es etwas Grauenerregendes.

Jäh schreckt Wendy hoch, ihr Verstand ist von derselben Gewissheit erfüllt, mit der sie wusste, dass ein Junge vorm Fenster ihrer Tochter war. Ihr Herz schlägt zu schnell und eine Sekunde lang ist sie ganz durcheinander. Sie wünscht sich, das Ganze wäre ein schrecklich-schöner Traum gewesen, aber nein – sie ist immer noch hier, in Nimmerland.

Sie hatte gar nicht vor zu schlafen. Sie ist hier nicht sicher und Jane genauso wenig. Sie wollte nichts, als sich einen Moment hinzusetzen, den Rücken an den glatten Baumstamm zu lehnen und ihre schmerzenden Augen auszuruhen. Doch ihr Kopf, dieser Verräter, hat sie mit Bildern von zu Hause eingelullt, von Jane und Ned und Mary, allesamt wohlbehütet und Peters Einfluss entzogen. Dann war sie inmitten von verschlungenen Wurzeln aufgewacht, mit rasendem Puls, und hatte ein entsetzliches Wesen gespürt, gerade außer Sichtweite.

Wendy hebt eine Hand ans Gesicht und wischt an den Abdrücken herum, die das Laub auf ihrer Haut hinterlassen hat. Sie versucht auch die Träume beiseitezuwischen, nur dass es gar keine Träume sind. Eher eine Erinnerung, allerdings eine, die sich auflöst wie Rauch und sich ihrem Zugriff entzieht.

Sie steht auf, streckt sich und ihre Gelenke knacken. Das kommt nicht nur davon, dass sie unbequem auf dem Boden lag und die Wurzeln auf ihren Rücken drückten. Sie ist älter geworden. Erwachsen. Und Peter ist immer noch der Junge, den sie zurückließ. In Gedanken sieht sie ihn am Fuß des Bettes ihrer Tochter stehen – das boshafte Grinsen, das feurig lodernde Haar.

Die schwer fassbare Erinnerung kommt zurück, gestochen scharf – Hand in Hand rennen sie durch den Wald. *Ich zeige dir ein Geheimnis. Ein richtig gutes. Etwas, das ich noch nie jemandem gezeigt habe.* Die Empfindung ist so real, dass Wendy laut keuchend nach Luft schnappt. Doch als sie versucht, sie festzuhalten, klafft an der Stelle, an der die Erinnerung sein sollte, ein ausgezacktes Loch, als hätte man ein Stück aus einem Stoff herausgerissen. *Komm schon, Wendy. Nicht nachlassen. Das ist das beste Geheimnis, das du je gesehen hast, versprochen.*

Wendy beißt die Zähne zusammen, bis sie wehtun. Was auch immer geschehen oder nicht geschehen ist, als sie das letzte Mal hier war, ist unwichtig. Was jetzt zählt, ist Jane.

Als sie sich hingesetzt hat, um sich auszuruhen, war der Himmel voller Sterne, aber mittlerweile ist die Sonne aufgegangen und wandert beständig höher. Unmöglich zu sagen, wie viel Zeit sie verloren hat. Sie bewegt sich blitzgeschwind, bis sie aus dem Wald wieder auf den Strand tritt. Überrascht stellt Wendy fest, dass das Schiff viel näher ist, als sie dachte. Hat sich die Landschaft verändert, während sie schlief, hat sich die Küstenlinie nach innen gekrümmt, weil Peter gerade der Sinn danach stand? Oder ist sie weiter gelaufen, als ihr bewusst war?

Wo die Flut nicht hinkommt, weist der Sand Vertiefungen auf, die Andenken von Füßen, die das Schiff umringten, ohne sich ihm zu sehr zu nähern. Sie erinnert sich an das Empfangskomitee der Jungs, das sie, Michael und John begrüßte, als Peter sie schließlich vom Himmel heruntergeholt hatte. Um die Überreste des Schiffsrumpfs liegen auch lange Äste verstreut, die als provisorischer Unterschlupf gedient haben mögen. War Jane hier? Hat Peter die Jungs zur selben Stelle gebracht, um sie kennenzulernen, an der ihnen Wendy selbst zum ersten Mal begegnet ist?

Beinah bückt sie sich, um die Fußabdrücke im Sand zu befühlen, als könnte sie erraten, welche von Jane stammen. Ihre Tochter, hier in Nimmerland. Es kommt ihr immer noch unmöglich vor. Die beiden Welten hätten nie miteinander in Berührung kommen dürfen. Jane ist das Leben, das sich Wendy aufgebaut hat, um sich vor Peter zu retten. Sie hätte ihrer Tochter alles erzählen müssen. Sie davor bewahren müssen.

Erschüttert holt Wendy Luft. Ihre kluge, neugierige Tochter. Wird sie klüger sein als ihre Mutter, weniger anfällig für Peters Zauber? Wendy kann es nur hoffen.

Sie geht näher an das Schiffswrack heran. Gestrandet und entzweigerissen, der Mast ragt in den Himmel auf. Doch das Innere könnte unbeschädigt geblieben sein und vielleicht lassen sich dort Waffen oder irgendetwas anderes finden, das sie gebrauchen kann. Falls es in Nimmerland jemals etwas gab, das Peter zum Nachdenken brachte, war es Hook. Sie kann sich sehr gut vorstellen, dass die Jungs das Schiff mit abergläubischer Scheu betrachten, selbst nach seiner Zerstörung, und sich weigern, das ehemalige Reich ihres ärgsten Feindes zu betreten.

Damals. Inzwischen steht sie so dicht davor, dass sie den Rumpf berühren kann, und legt die Finger auf die verwitterten Planken. Was kann stark genug gewesen sein, um ein Schiff so in zwei Hälften zu brechen? Waren die Piraten an Bord, als es geschah? Und wenn nicht, wo sind sie hingegangen?

NIMMERLAND – 27 JAHRE ZUVOR

»Warum muss ich hierbleiben? Das ist nicht fair.«

»Weil du ein Mädchen bist. Mädchen ziehen nicht in den Krieg.« Peters Fäuste ruhen auf seinen Hüften, die Ellbogen ragen nach außen wie seltsame Flügel. Sein Tonfall ist gebieterisch, als sollte ihr alles, was er sagt, völlig einleuchten und als wäre Wendy dumm, weil sie es nicht versteht.

»Du musst die Soldaten gesund machen, wenn sie verwundet werden, damit sie den Kampf wieder aufnehmen können. So lauten die Regeln.«

»Welche Regeln? Wer hat die Regeln gemacht?« Wendy ist größer als Peter – als sie ihm den Finger in die Brust bohrt, weicht er einen Schritt zurück und einen Augenblick lang verspürt sie Genugtuung, weil sie ihn überragt. Seine Miene wird noch finsterer, trotzig schiebt er die Unterlippe vor und funkelt sie zornig an, aber Wendy achtet gar nicht darauf. »Wenn Michael und John mitgehen dürfen, sollte ich es auch dürfen.«

»Nein. Du bleibst hier.« Peter verschränkt die Arme. Er geht zum Eingang des provisorischen Zeltes und irgendwie füllt seine schmächtige Gestalt den Raum derart aus, dass Wendy keine Möglichkeit sieht, an ihm vorbeizuschlüpfen.

»Na schön.« Sie kreuzt ihrerseits die Arme vor der Brust, wendet sich ab und würdigt ihn keines Blickes mehr. Im Stillen hofft sie, dass sein Gesichtsausdruck verletzt wirkt, doch sie wird ihm die Befriedigung nicht gönnen, dass sie hinsieht, um sich Gewissheit zu verschaffen. Sie zwingt sich, die Pose beizubehalten, und dreht sich nicht wieder um, bis er gegangen ist.

Das Triumphgefühl ist nur von kurzer Dauer. Kaum fällt die Zeltklappe hinter ihm zu, brüllt Peter schon Befehle, ihre Anwesenheit und ihr Streit sind wahrscheinlich ebenso schnell vergessen.

»Es ist Zeit, dass wir alle unsere Schwerter wählen«, ruft Peter.

Wendy streckt der Zeltwand die Zunge heraus, obwohl niemand mehr da ist, der sie sehen könnte. Natürlich meint Peter nicht sie, wenn er *alle* sagt. Seine Worte bedeuten nie das, was sie eigentlich sollten, und doch spricht er sie mit solcher Überzeugung aus. Das treibt sie zur Weißglut.

Dabei spielt es keine Rolle, dass die Schwerter nur lange Äste und Stöcke sind, von denen die Blätter entfernt wurden. Für die Jungs sind sie hinreichend real und die Tatsache, dass sie kein eigenes bekommt, schmerzt sie immer noch. Wendys Blick verharrt auf der Zeltwand, sie beobachtet, wie die Sonne die Schatten der Jungs über die

Außenhaut tanzen lässt, während sie ihre Waffen zusammentragen. Alle bis auf Peters.

Einmal mehr fällt ihr das Theater ein, das er veranstaltete, als sie den Schatten wieder an seinen Körper nähte, den er ihr gebracht hatte. Und nach dem ganzen Gezappel und Geschrei, nach all der Mühe, hat er sich beinah im Nu wieder gelöst. Wendy weiß, sie ist nicht die beste Schneiderin – laut ihrer Mutter könnte sie durchaus die schlechteste sein –, aber *so* mangelhaft sind ihre Nähte nicht. Schatten sind nicht dazu bestimmt, so auseinanderzufallen oder – jetzt, da sie darüber nachdenkt – gar von den Menschen getrennt zu werden, denen sie ursprünglich gehörten.

Aber wieso sollte es sie überraschen, dass Peter sie womöglich auch über seinen Schatten belogen hat, wenn keins von seinen anderen Worten das bedeutet, was es sollte? Dass er es irgendwie geschafft hat, seinen zu verlieren, sagt ohnehin genug, doch sie ist sich fast sicher, dass der, den er ihr gegeben hat, damit sie ihn ihm annähte, gar nicht ihm gehörte.

Als sich die Jungs vom Zelt entfernen, John und Michael eingeschlossen, sacken Wendys Schultern nach unten. Sie fragt sich, ob sich ihre Brüder für sie eingesetzt haben oder ob sie die Einzige war, die Peters lächerlichen Regeln widersprochen hat. Unruhig und gereizt schaut sie sich im Zelt um. Peter hat ihr nicht einmal eine andere Aufgabe dagelassen, als die Sachen der Jungs aufzuräumen, und das hat sie ohnehin satt. Von ihr aus kann einfach alles liegen bleiben, wo es ist, und dort verrotten.

Da sie nichts weiter zu tun hat, um sich zu beschäftigen, versucht Wendy an den Fingern abzuzählen, wie viele Tage sie schon hier sind, aber sie verliert sofort den Überblick. In Nimmerland ist die Zeit ebenso trügerisch wie alles andere. Tage und Nächte verschwimmen miteinander und es gibt so viel zu sehen und zu tun, da wird man leicht abgelenkt.

Ob sich ihre Eltern Sorgen machen? Zumindest müssen sie wissen, dass sie und Michael und John zusammen sind und dass sie sich wie immer um sie kümmern wird.

Geschrei hallt durch den Wald, überlagert vom Lärm aneinanderschlagender Stöcke. Sie ist versucht, nach draußen zu linsen, sich vielleicht sogar einen Baum zu suchen, hinter dem sie sich verstecken und den Krieg beobachten kann. Jedenfalls *klingt* es aufregend und sie kann sich vorstellen, wie Peter lachend blitzschnell über die Köpfe der anderen Jungs hinwegspringt. Gerade will sie sich hinausschleichen, als sich ein verlegenes Gesicht durch den Zelteingang schiebt. Sie rufen ihn Roger, erinnert sie sich. Er hat eine Lücke zwischen den Schneidezähnen und seine braunen Haare wollen einfach nicht glatt liegen bleiben, sie stehen in sämtliche Richtungen ab wie Zweige von einem Vogelnest. Als er hereinschlüpft, presst er einen Arm an die Brust.

»Peter sagt, ich bin tot und muss hier sitzen bleiben, bis du mich gesund gemacht hast, damit ich wieder rausgehen und weiterkämpfen darf.«

Wendy wünschte, sie könnte ihm böse sein, aber Roger kann ja nichts dafür.

»Oh, in Ordnung.« Sie deutet mit dem Finger. »Setz dich dorthin.«

Mit hängendem Kopf gehorcht Roger und sie findet ein Stück Stoff, das sie gestern Abend benutzt haben, um Blindekuh zu spielen.

»Wie wurdest du denn getötet?«, erkundigt sich Wendy und mustert Roger kritisch.

»Eine Stichwunde, genau hier.« Er tippt sich mit dem Finger an die Brust. »Peter hat mich mit seinem Schwert durchbohrt.«

»Dann lass mal sehen.« Behutsam zieht Wendy Rogers Hand von der imaginären Wunde. Sie bemüht sich, sanft vorzugehen, als sie den Stoffstreifen um die Stelle wickelt, auf die er gezeigt hat, und an seiner Schulter verknotet.

»Gefällt es dir hier?« Sie ist selbst überrascht, als die Frage aus ihrem Mund kommt, während sie damit beschäftigt ist. Sie kommt ihr gewagt vor.

»Oh ja! Es ist klasse!« Roger grinst und die Lücke zwischen seinen Zähnen wirkt noch breiter. »Nur spielen und nie ins Bett müssen und kein Gemüse.«

Der Knoten ist gebunden und Wendy lässt die Arme sinken.

»Wie war es denn vorher? Als du ... Als du noch bei deinen Eltern warst?«

»Ich hatte keine.«

»Keine Eltern?«

»Ich glaube nicht.« Roger zuckt mit den Achseln, doch seine Mundwinkel ziehen sich missmutig nach unten, als versuche er sich an etwas zu erinnern. Sie würde ihn gern fragen, wer ihn gezwungen hat, sein Gemüse zu essen, oder seine Schlafenszeit festgelegt hat, wenn er keine Eltern hatte, doch die Falte, die sich zwischen seinen Augenbrauen bildet, hält sie davon ab. In ihrer Vorstellung ist er wie eine Tasse, die genau auf der Tischkante steht. Wenn sie ihn zu weit treibt, wird er zerbrechen.

»Bin ich wieder ganz gesund?« Seine Stimme klingt gleichzeitig hoffnungsvoll und beunruhigt. Wendy denkt, dass er hauptsächlich einfach von ihr wegwill.

»Ja. Alles verheilt. Lauf ruhig.« Sie winkt ihn zum Eingang und sieht zu, wie er davonspringt, zurück in die Schlacht.

Im Verlauf des Krieges kommt jeder Junge mindestens einmal zu ihr, alle außer Peter, denn Peter gewinnt immer. Später, als wieder Frieden herrscht und sie zu Mittag gegessen haben, setzt er sich neben ihr auf einen der Baumstämme, die um das Feuer herumliegen, und stupst sie mit der Schulter an.

»Bist du arg böse auf mich, Wendy?«

»Das sollte ich wohl.« Wendy schaut ihn nicht an.

Das liegt überwiegend daran, dass sie hundemüde ist. Sie hat jedem Jungen, der ins Zelt kam, in etwa dieselben Fragen gestellt wie Roger, und die Antworten waren immer die gleichen. Die Einzigen, die sie nicht gefragt hat, waren John und Michael. Was, wenn sie das Vergessen schon in ihrem Blick gelesen hätte? Wenn John und Michael sich nicht mehr an ihre Eltern erinnern könnten? Ihr ist längst aufgefallen, dass sie ihr Zuhause allmählich vergisst, wenn sie sich nicht konzentriert, oder dass sie je irgendwo anders gelebt hat. Deshalb traute sie sich nicht zu fragen, sie hat Angst vor der Antwort.

»Komm mit.« Als Peter mir nichts, dir nichts nach ihrer Hand greift und sie auf die Beine zieht, erschrickt sie. Er grinst sie an, das Funkeln in seinen Augen verheißt ein Abenteuer, und hast du nicht gesehen, verzeiht sie ihm, brennt darauf, ihm zu folgen, wo auch immer er hingehen mag. »Ich hab dir ein Geheimnis versprochen, und weil du dich so toll darum gekümmert hast, all meine Soldaten gesund zu machen, zeige ich es dir jetzt. Es ist auch ein wirklich gutes Geheimnis. Ich habe es noch nie jemandem gezeigt.«

NIMMERLAND – HEUTE

Wendy wappnet sich und kriecht ins Innere des geborstenen Schiffes. Obwohl sie weiß, dass es auf dem Sand gestrandet ist, rechnet sie halb damit, dass das Deck unter ihren Füßen schwankt, die Planken knarren, wenn sich Hook in jener Haltung über ihr aufbaut, die einschüchternd wirken soll. Sie kann nicht anders, als angestrengt nach rufenden Stimmen, dem Knarzen der Taue und dem Knattern der Segel im Wind zu lauschen. Ihre andere Hälfte erwartet Skelette, wie die Gebeine, mit denen die Lagune übersät ist, doch das Schiff ist gespenstisch leer, hier herrscht eine unheimliche Stille.

Der Innenraum ist weitestgehend unversehrt, nur in Schieflage gekippt. So entsetzlich ihr Tod auch ist, die Ermordung der Nixen in der Lagune kann Wendy wenigstens noch nachvollziehen. Hier ist es, als spüre sie, wie sich die verschollene Mannschaft rings um sie bewegt, als würde jeden Moment einer von Hooks Piraten ihren Ärmel streifen, wenn er von einem Ende des Decks zum anderen eilt. Sie glaubt nicht an Geister, nicht von der Sorte, die in Häusern und auf Schiffen herumspuken. Dennoch, als kleines Mädchen hat sie erlebt, wie ein unvorstellbares Monster mit schwarz gesprenkelter Haut und geiferndem Maul aus den Wogen aufstieg, um nach Hooks verbliebener Hand zu schnappen. Sie ist Meerjungfrauen begegnet – sie kann fliegen. Also warum nicht auch Geister?

Wäre Hook in ihren Augen immer noch ein Schurke, wenn er jetzt hier wäre? Als Kind erkannte sie die Wahrheit über Peter nicht oder dachte auch nur darüber nach, dass mehr an ihm dran sein könnte als seine Spiele und das strahlende Lächeln. Schätzte sie seinen Erzfeind ebenfalls falsch ein? Könnte sie einen Anflug von Verzweiflung in Hooks Blick entdecken? Von Angst? Wendy kann nur erahnen, wie sein Leben in Nimmerland ausgesehen haben muss, den Flausen eines ungestümen Kindes ausgeliefert, ebenso Spielball von Peters sprunghaften Launen wie die Wellen, der Wind und das Wetter.

Wendy probiert aus, ob sie auf dem abschüssigen Deck Halt findet. Die Planken beschweren sich ächzend, aber ihr Fuß bricht nicht durch. Wie lange hat das Schiff in der glühenden Sonne gelegen, die sämtliche Feuchtigkeit heraussog, als hätte es schon immer in den Sand gehört und nie aufs Meer? Als sie das letzte Mal hier war, brachten sie, John und Michael die meiste Zeit an den Mast gefesselt zu, bis Peter sie befreite. Damals hat sie diesen Teil des Schiffs nicht betreten. Sie hat keine Ahnung, wie ein richtiges Piratenschiff aussehen sollte, aber nun, da sie hier ist, begreift sie Peters Vorstellung davon. In einer engen Kajüte hängen die Reste ineinander verhedderter Hängematten von der Decke. Wo die Kombüse gewesen sein muss, findet sie umgekippte Kisten und leere Fässer. Und in jedem Raum, durch den sie kriecht, bleibt das allgegenwärtige

Gefühl, beobachtet zu werden und doch mutterseelenallein zu sein.

Schließlich stößt sie im Bug auf eine große Kabine, die Hook gehört haben muss. Von dem Baldachin über einem schmalen Bett hängen Fetzen von schwerem Brokat, dunkel wie frisches Blut. Ein umgekippter Schreibtisch wurde gegen eine Wand geschleudert. Eine offene Seekiste, deren Inhalt im Zimmer verstreut liegt. Im Rahmen eines deckenhohen Spiegels stecken noch Splitter von Silberglas. Sie schimmern matt im schräg einfallenden Licht eines Fensters, das einst aufs Meer hinausblickte und jetzt zum Himmel zeigt.

Das schwere verzogene Glas verfälscht das Licht, verleiht ihm die fahlgelbe Farbe von dünnem Tee. Ein Schatten zieht vor dem Spiegel vorbei, tanzt über die Scherben zu ihren Füßen und zieht ihre Aufmerksamkeit auf sich. Aus dem zerbrochenen Glas starrt ihr ein Auge entgegen. Wendy schlägt die Hand vor den Mund, um einen Aufschrei zu unterdrücken. Es ist Hooks Auge, dunkel und glitzernd.

Mit hämmerndem Herzen weicht sie zurück, sucht Halt an der Wand. Aus diesem Blickwinkel reflektiert der Spiegel nur die leere Holzdecke. Sie schiebt einen Fuß vor, tastet sich an die Scherben heran. Sie hält den Atem an und zwingt sich hineinzusehen. Nichts. Es ist nur ein Spiegel und nichts außer ihrem eigenen Abbild erwidert ihren Blick.

Dennoch bleiben ihre Nerven aufs Äußerste angespannt, das Gefühl, verfolgt zu werden, lässt sie nicht los. Sie versucht sich einen Sturm auszumalen, so ungeheuerlich, dass er solch eine Zerstörung anrichten kann. War Peter der endlosen Schlachten gegen seinen alten Feind irgendwann müde und hat eine Welle erträumt, die hoch genug war, um Hooks Schiff zu erfassen und an die Küste zu schmettern?

Wendy mustert die Sachen, die durchs Zimmer geschleudert wurden – leere Flaschen, manche zerbrochen, andere noch heil; eine gläserne Christbaumkugel, gesprungen und trüb; ein paar Münzen. Sie sind abgegriffen, doch die Motive kann sie noch erkennen, auf der einen Seite ist ein grinsender Totenkopf eingeprägt, auf der anderen irgendein Vogel. Es gibt keine Angabe, anhand derer sie sich einem bestimmten Land zuordnen ließen, aber wie denn auch? Sie sind nur Peters Vorstellung von einem Piratenschatz.

Wendy lässt sich auf Hände und Knie nieder und späht unters Bett. In der dunklen Nische glänzt etwas und ihr stockt der Atem. Es könnte weiteres Spiegelglas sein und sie hat Angst vor dem, was ihr vielleicht daraus entgegenblickt, doch sie zwingt sich dazu, sich flach hinzulegen und zu strecken, um es hervorzuziehen. Käpt'n Hooks Schwert.

Sie geht wieder in die Hocke und starrt sekundenlang die Waffe an. Genau wie sie sie in Erinnerung hat – gebogen, das Heft mit rotem Leder umwickelt. Im Aufstehen lässt sie die Finger unter den Schutz aus angelaufenem filigranen Gold gleiten und prüft, wie das Schwert in der Hand liegt. Als sie es versuchsweise schwingt, sirrt die Klinge mit einem hohen Pfeifton durch die Luft. Sacht legt Wendy die Daumenkuppe an die Schneide, ohne Druck auszuüben. Sie ist immer noch scharf.

Als sie den Arm ausstreckt, stellt das Schwert von allein die Balance her. Es ist wie mit dem Schatz – kein Schwert, das ein echter Pirat benutzen würde. Es spielt keine Rolle, dass sie keine Erfahrung mit Waffen hat. In Nimmerland könnte ein ungeübtes Kind jedes Schwert mit derselben Leichtigkeit wie ein erfahrener Kämpfer schwingen. Wie das Schiff selbst, wie die Piraten ist das Schwert in ihrer Hand ein Spielzeug, das Fantasiebild eines Jungen davon, wie ein Schwert zu sein hat. Ein Spielzeug, aber scharf genug, um damit zu töten, weil Peter eben so ist.

Eine Scheide oder einen Waffengurt kann sie nicht finden, also bindet Wendy die Stola enger um ihre Taille und verstaut das Schwert darin. Einen Moment lang packt sie die Eitelkeit und sie wirft einen bedauernden Blick auf den Spiegel. Es ist albern, aber sie wünschte, sie könnte sich darin betrachten. Sieht sie ebenso grimmig und furchterregend aus wie der Käpt'n selbst?

Sie stellt sich Hooks höhnisches Grinsen vor, seinen roten Samtrock – wie Blut, wie Mohnblumen –, wie er flatterte, wenn er auf und ab ging und sich drehte, die breiten Aufschläge und glänzenden Knöpfe. Selbst in ihrer panischen Angst hätte sie gern jenen Samt zwischen Daumen und Zeigefinger gerieben, um zu sehen, wie er sich anfühlte. Um sie herum erzittert die Luft, die Planken unter ihren Füßen beben unter Schritten, die nicht da sind. Es scheint, als könne sie Hooks Geist umso mehr wieder aufleben lassen, je länger sie in seiner Kabine steht. Sie sieht seine majestätische Gestalt das Deck abschreiten, seine drohend erhobene Faust, wie er Peter herausfordert, Anspruch auf seine Beute zu erheben – Wendy und ihre Brüder. Sogar den Geruch des Öls kann sie wahrnehmen, mit dem die langen, schweren Locken eingerieben waren, die sich über Hooks Rücken ergossen, schwärzer als die Flügel eines Raben.

In den Märchen über die Schneiderin und den kleinen weißen Vogel, die Wendy Jane erzählte, hat sie Hook von einem Piraten in einen bösen verfluchten Prinzen verwandelt. Immer wenn er sich drehte, flatterten Blütenblätter aus dem Saum seines Mantels und unter den Absätzen seiner polierten Stiefel sprossen giftige Blumen. Deren Blüten benutzte er, um den kleinen weißen Vogel in einen Todesschlaf zu versetzen, bis die pfiffige Schneiderin ein Netz aus Garn in allen Farben wob, um den Prinzen zu fangen und den Vogel zu retten.

Wendy schüttelt den Kopf. Mittlerweile erscheinen ihr ihre Geschichten albern und die Zeit, die sie tatsächlich bei den Piraten verbracht hat, kommt ihr beinah wie eine davon vor. Schwebten sie je in echter Gefahr? Damals wirkte die Bedrohung real. Sie erinnert sich an den säuerlichen Geruch der Angst, daran, wie Michael zitterte und sich an sie presste, als Hook sie am Mast festband. John reckte forsch das Kinn, aber die Augen hinter seinen glänzenden Brillengläsern waren so weit aufgerissen wie die einer Eule. Doch trotz all seines Getöses war Hook nie wirklich grausam zu ihr oder ihren Brüdern.

Er fesselte sie an den Mast, aber die Stricke waren nicht festgezurrt, und stellte er nicht sicher, dass sie Tee zu trinken und Kekse aus den Schiffsbeständen bekamen? Sie hasste ihn, aber nur weil sie das sollte; er war Peters Feind und damit auch ihrer. Damals erkannte sie es nicht, doch jetzt kann sich Wendy Hooks hängende Schultern ins Gedächtnis rufen, die lustlosen Bewegungen seiner Hand und des Hakens, als er die Seile verknotete. Sie waren nur Köder, aber selbst Hook musste sich im Klaren darüber gewesen sein, dass ihm Peter unweigerlich entwischen würde, wenn er kam, um sie zu holen. Er nahm Wendy und ihre Brüder in dem Wissen gefangen, dass er nichts zu gewinnen hatte, ihnen nur Angst einjagte, die einzige Rolle spielte, die Peter ihm zugedacht hatte.

Sie fragt sich … War es so, dass ihnen Hook nichts antun *konnte*, oder entschied er sich dagegen? Wie leicht wäre es für ihn gewesen, von seinem Imponiergehabe zu echter Gewalt umzuschwenken, seine Ohnmacht gegenüber Peter an ihnen auszulassen? Sie waren damals in Nimmerland, aber nicht Teil davon, noch nicht. Galten dessen Regeln trotzdem oder hätte er sie wirklich an das Monster im Wasser verfüttern oder ihnen gar einfach den Hals brechen können?

Der Gedanke lässt Wendy erschaudern, sie ist hin- und hergerissen zwischen Entsetzen und Mitgefühl für den Mann, den sie einst so sehr hasste und fürchtete. Was, wenn jener berauschende Blumenduft, den sie immer dem Öl in Hooks Haar zuschrieb, etwas anderes war? Eine Droge, um die Qualen zu lindern, die es bedeutete, hier gefangen zu sein, in die Rolle eines Bösewichts gezwungen.

Wendy versucht, sich den Käpt'n allein in seiner Kajüte vorzustellen, mit schwerem Kopf und Rauch in die Luft blasend. Während er alles daransetzte, zu vergessen, zu träumen, zu schlafen, zitterte im Schein der flackernden Kerze sein Schatten. Wieder wandert Wendys Blick über die Kabinenwände. Der Raum wirkt kleiner als bei ihrem Eintreten, die Luft ist drückend, verpestet und stickig. Von Geistern umwittert. Hier kann sie nicht bleiben.

Als Wendy aus der Unterkunft des Käpt'n klettert, bewegt sie sich weniger vorsichtig. Was, wenn auch Hook nicht hierhergehörte, sondern Peters Gefangener war, wie sie und ihre Brüder? Konnte er einst ein echter Kapitän gewesen sein, ein Kaufmann, ein Soldat mit einem vollständigen Leben außerhalb von Nimmerland? Falls Hook von woanders gekommen war, von einem Ort wie ihrem England, mit realem Krieg und Tod – war ihm die Insel anfangs wie ein Paradies erschienen? Oder war sie ihm wie eine zynische Karikatur der wirklichen Welt voller Gewalt und militärischer Konflikte vorgekommen?

Aus Wendys eigener kindlicher Sicht war sie natürlich ein Paradies gewesen, obwohl sie vor gar nichts geflohen war. Die Schrecken kamen erst später – der Tod ihrer Eltern, St. Bernadette, der Krieg. Sollte Peter Jane die Wahl gelassen haben, statt einfach ihre Hand zu packen und sie mitzuziehen – ist es Jane dann vielleicht auch so leichtgefallen davonzufliegen wie einst ihr selbst, Michael und John?

Sogar jetzt erinnert sie sich noch deutlich – sie zögerte keinen Augenblick. Peter streckte die Hand aus und Wendy ergriff sie, Michael und John folgten ihr auf dem Fuß. Sie verschwendete keinen Gedanken an die Konsequenzen, daran, wie sich ihre Mutter fühlen würde oder ob ihre Brüder womöglich in Gefahr gerieten. Das Ganze war ein großartiges Abenteuer, ein Spiel, gerade so, wie Peter und seine Jungs Krieg spielten.

Ihr fällt der Tag ein, an dem Michael – eben achtzehn geworden, aber immer noch ein Junge – mit den Dokumenten in der Hand heimkam, um Wendy und John mitzuteilen, dass er sich freiwillig gemeldet habe und wirklich in den Krieg ziehen würde. Da lag ein Glanz in seinen Augen, etwas Fieberhaftes, das Wendy nicht nachvollziehen konnte. War ihm der Krieg auch als großartiges Abenteuer erschienen? Anfangs sprachen die meisten Leute so darüber: wie von einem Spaß – ein sicherer Sieg und der Krieg wäre gewiss bis Weihnachten vorbei.

Aber damals dauerte er schon fast ein Jahr und Michael beschloss trotzdem, sich daran zu beteiligen. Und dann holte die Realität sie alle ein, und am allermeisten Jungs wie Michael. Dachte er je an Peters Spiele, während er in jenen schlammigen Schützengräben lag, und daran, wie wenig man ihn auf die wahren Schrecken vorbereitet hatte, denen er hier begegnete? Einmal hörte sie Dr. Harrington John gegenüber eine Bemerkung darüber machen, wie viel Glück Michael gehabt hätte, überhaupt wieder nach Hause gekommen zu sein, wo es doch so viele nicht geschafft hatten. Allerdings genügt – selbst heute noch – ein Blick auf ihren kleinen Bruder, damit Wendy sich fragt, ob Michael selbst das genauso empfindet. Er war gebrochen heimgekehrt, auf eine Weise, die keine Verbände, Medikamente oder Nähte kurieren konnten.

In den ersten Tagen nach seiner Rückkehr verstand Wendy gar nicht, warum Michael Nimmerland nach wie vor so vehement verleugnete. Hätte er nicht den Wunsch verspüren müssen, sich daran zu klammern, als eine Art Zuflucht oder Schutzschild, wie sie später in der Anstalt? Mittlerweile kann sie das vollkommen nachvollziehen, eine Erkenntnis, zu der sie schon viel früher hätte gelangen müssen. Aus welchem Grund hätte Michael nicht weiterhin abstreiten sollen, dass Nimmerland existierte? Hier war nichts je von Bedeutung. Die Jungs, die von Stockschwertern durchbohrt wurden, standen gleich wieder auf und stürzten sich erneut in die Schlacht. Sie hatte nichts weiter zu tun, als Fantasieverbände um unsichtbare Verletzungen anzulegen, und schon waren sie so gut wie neu. Diese Wahrheit hochzuhalten, neben der Realität eines echten Kriegs, hätte geheißen, Salz in die Wunde zu streuen. Es wäre nicht nur eine Lüge gewesen, sondern eine Verhöhnung all dessen, was Michael erlebt hatte.

Natürlich wäre Nimmerland Michael kein Trost gewesen. Er ist tiefer in die wirkliche Welt eingetaucht als sie oder John und hat all das Böse gesehen, mit dem sie aufwarten kann. In seiner Welt waren die Jungs, die nie erwachsen werden würden, nicht von einem Zauber berührt, sie verfaulten schlicht in ihren Gräbern.

Es hat nichts mit dem Gefälle des Decks zu tun, dass Wendys Beine unter ihr nachgeben, und sie lehnt sich gegen die Bordwand. Die Erinnerungen zermürben sie, die Beklemmung vermittelt ihr das Gefühl, sie wäre seit Stunden in dem Schiff gefangen, würde ununterbrochen klettern und nie hinauskommen. Empfand Michael in den Schützengräben dasselbe, wenn er meilenweit durch den Schlamm marschierte und immer darauf wartete, dass der Feind ihn unter Beschuss nahm oder Bomben fielen?

Sie weiß so wenig von dem, was er dort erleiden musste, nur von den Auswirkungen, dem Leid, aber keine genauen Einzelheiten. Manchmal sprechen Ned und Michael über den Krieg, dann geben sie sich den Anschein, Karten zu spielen, doch sie würdigen ihr jeweiliges Blatt kaum eines

Blickes. Sie ist froh, dass ihr Bruder und ihr Mann einander haben. Früher tat es ihr weh – egoistischerweise –, dass Michael nicht auch mit ihr reden konnte.

Aber andererseits, was hat sie denn je dafür getan, damit er ihr genug vertraute, um über seinen Schmerz zu sprechen? All die Male, die sie ihm unter die Nase rieb, dass sie auf seine Wahrheit pfiff, von ihm verlangte, sich auf Nimmerland zu besinnen? Wieso sollte er ihr je sein Herz ausschütten wollen, nach allem, was er mit ihr durchgemacht hat?

Vor Kurzem hat er sie allerdings überrascht. Ned war mit seinem Vater und Jane außer Haus, und John, seine damalige Verlobte Elizabeth und Michael kamen gemeinsam zum Tee. Mary hatte sich an dem Tag freigenommen, die Küche aber glücklicherweise mit reichlich Scones bestückt hinterlassen, die Wendy mit Sicherheit verbrannt hätte. Hinterher überrumpelte Michael sie mit dem Vorschlag, ihr beim Abwasch zu helfen. Sie konnte sich gar nicht mehr erinnern, wann sie beide das letzte Mal miteinander allein gewesen waren, und fürchtete sich beinah ein wenig, doch sie nahm Michaels Angebot an.

Trotz der Geborgenheit der Küche kam ihr das Ganze steif und unbehaglich vor. Wendy war nervös, sie fühlte sich, als würde bei der geringsten falschen Bewegung alles um sie herum zusammenbrechen, erinnerte sich an die zerschmetterten Teller und Tassen von früher und an die Worte, die sie geschrien hatte. Dann sagte Michael etwas und seine Stimme kam so unerwartet, dass Wendy eine Untertasse aus der Hand fiel. Seifenwasser spritzte auf den Boden und Michael zuckte bei dem Klirren zusammen.

Wendy weiß noch, dass sie den Atem anhielt, den Tränen nahe war. Doch Michael schaute sie an und schenkte ihr ein gequältes Lächeln. Ihr Bruder, ein Fremder, beide in dieselbe Haut gehüllt. Fast wäre sie auf die Knie gefallen, hätte seine Hände in ihre triefend nassen genommen und ihn um Vergebung angefleht. Aber sie konnte sich vor Angst nicht rühren und blieb wie angewurzelt stehen, ließ ihre Hände weitertropfen und die Scherben von der zerbrochenen Untertasse liegen.

»Ich will mich erinnern«, sagte er und ihr stockte das Herz.

Absurderweise war ihr erster Gedanke, dass er Nimmerland meinte. Selbst da, nach alledem, nach St. Bernadette, nach dem Schmerz, den sie ihm zugefügt und der sie dorthin gebracht hatte, richteten sich ihre Überlegungen zuerst darauf. Er hingegen meinte den Krieg, die Narbe auf seiner eigenen Seele, wo Nimmerland die ihre war.

»Manche Männer wollen nichts weiter als vergessen, aber ich will mich erinnern.« Seine Hände bebten, eine umklammerte ein Geschirrtuch, die andere den Knauf des Stocks, den er immer noch benutzte.

Auch sein schlimmes Bein zitterte, ein Zeichen der Ermüdung, allerdings war ihr klar, dass sein Stolz ihm verbieten würde, einen angebotenen Stuhl anzunehmen. Sein verlorener Gesichtsausdruck war ein flehentlicher Appell, er wieder ein Kind, das in ihrem Zimmer aus einem bösen Traum erwacht war und sie anbettelte, alles zum Guten zu wenden.

»Ich will jedes Detail davon im Gedächtnis behalten«, fuhr er fort. »Aber je mehr ich mich anstrenge, alles zu behalten, desto mehr entgleiten mir die Dinge. Ich vergesse Gesichter, Namen, und es ist, als würde ich sie noch mal töten. Sie sterben und ich kann nichts tun, um sie davor zu bewahren. Dann gibt es wieder andere Tage, an denen ich zu nichts anderem fähig bin, als mich zu erinnern, und es wird mir zu viel. Das will ich nicht.«

Michael presste das Geschirrtuch an seine Stirn und Wendy konnte nur erahnen, welche Schrecken sich vor seinem geistigen Auge abspielten. Eine Explosion, die die Welt in Orange und Schwarz und Rot verwandelte, Schrapnelle und Flammen, die erblühten wie eine gewaltige grauenhafte Blume, schreiende, blutende, sterbende Menschen.

»Ich habe überlebt. Es ist meine Pflicht, mich zu erinnern. Ich bin es den Männern schuldig, die gestorben sind, aber sie rinnen mir förmlich durch die Finger und ich kann sie nicht festhalten.«

Er ließ die Hand sinken; Tränen standen ihm in den Augen, schwebten an seinen Wimpern, ohne zu fließen. Wendy hat ihn nie so alt und gleichzeitig so jung erlebt.

»Wie hältst du deine Erinnerungen wach, Wendy? Wie bewahrst du sie?« Noch nie war er so nahe daran gewesen, sie nach Nimmerland zu fragen, sie erkannte das einzige Mal ein Anzeichen, dass vielleicht ein Teil von ihm noch daran zurückdachte. Er blickte sie todunglücklich an und brach damit auch ihr das Herz; er war wieder ihr Bruder, der sich an sie wandte, doch sie hatte keine Antworten. Sie konnte nichts anderes tun, als ihn in die Arme zu schließen, ihre Hände auf seinen Rücken zu legen und auf seinem Hemd feuchte Flecken zu hinterlassen.

Er erschauderte in ihrer Umarmung und erstarrte gleich darauf. Als sie sich voneinander lösten, war es erneut, als wären sie Fremde. Er zog sich zurück, schottete sich ab, und sie gingen schweigend wieder dazu über, das Geschirr abzuwaschen. Nur dass ihr dabei Tränen übers Gesicht rannen.

Wendy stößt sich von der Wand ab, sie fühlt sich zerschlagen und schwach, sogar noch ausgelaugter als vorhin. Der Ansturm der Erinnerungen soll aufhören. Sie handeln von lauter falschen Dingen, nicht von dem Wesen, von dem ihr und Jane hier und jetzt Gefahr droht.

Während sie wieder ins Sonnenlicht hinaufklettert, schlägt das Schwert gegen ihre Hüfte. Die Himmelskuppel erstrahlt hellblau wie die Schale eines Rotkehlcheneis. Sie malt sich aus, wie Hook und seine Piraten in jenes endlose Blau stürzen. Wie sie aufsteigen. Verschwinden.

Eine neue Angst ergreift von ihr Besitz. An ihrem Schlafzimmerfenster war sie in der Lage, keine Zweifel aufkommen zu lassen, doch nun, da all der Kummer auf ihr lastet, fühlt sie sich vollkommen in der Erde von Nimmerland verwurzelt. Ihr Verstand lässt nicht das kleinste bisschen Raum für glückliche Gedanken. Könnte sie fliegen, wenn sie es jetzt versucht? Und falls nicht, wie um alles in der Welt soll sie mit Jane nach Hause kommen, wenn sie sie findet?

8

DIE JAGD

Immer wieder dreht sie die Pfeilspitze nach allen Seiten, versucht ihre Bedeutung zu entschlüsseln und kommt zu keinem Ergebnis. Irgendetwas daran lässt ihr keine Ruhe, wirkt bekannt und doch nicht richtig. Wie der Mond, der über Nimmerland scheint, ist auch dieser Fund ein bisschen zu perfekt, um echt zu sein. Der Feuerstein schimmert in ihrer Handfläche, jeder Splitter wurde akkurat und in exakt derselben Form und Größe von der Pfeilspitze abgeschlagen.

Ein Geräusch dringt an ihr Ohr, leise und vertraut, und es dauert einen Augenblick, bis sie erkennt, dass es nicht einfach ein weiteres Insekt oder ein Nachtvogel ist, sondern ein Weinen. Sie steckt die Pfeilspitze in den Ärmel ihres Nachthemds, in die Wärme zwischen dem Stoff und ihrer Haut, und schleicht zum Rand der Plattform, um herauszufinden, wo es herkommt. Es ist kurz vor Tagesanbruch. Die Welt ist perlgrau und überall um sie herum schlafen Jungs. So wie sie daliegen – manche am Boden zusammengerollt, einige in den Ästen wie große Rohrkatzen –, sehen sie jünger aus als in den harten Schatten, die das Mondlicht geworfen hat. Sogar Arthur. Der Einzige, den sie nicht entdecken kann, ist Peter. Sie kann sich vorstellen, dass er seinen Schlafplatz wie ein Sumpfluchs in einem Baumwipfel hat.

Der Anblick des Lagers erinnert sie an Bilder in den Büchern ihres Vaters, Schwarz-Weiß-Zeichnungen von uralten Ruinen in fernen Ländern. Sie hoffte immer, sie eines Tages zu besuchen, doch nun, da sie weiter davon entfernt ist als je zuvor, ist ihr Zuhause der einzige Ort, an dem sie sein will. Heimweh quält sie. Der anheimelnde Tabakgeruch der Pfeife, die sich ihr Papa zu besonderen Anlässen genehmigt. Die Backdüfte aus der Küche. Ihre Mama, die leise vor sich hin summt und gar nicht merkt, dass es jemand hört. Selbst das kehlige Miauen der Katze, die an die Küchentür kommt und um Tischabfälle bettelt. Die ebenso oft beißt, wie sie schnurrt, aber dennoch jedem um die Beine streicht, damit man ihr den Kopf krault.

Im Stillen zählt sie all die Kleinigkeiten auf, versucht sie sich einzuprägen. Ohne das werden sie wie eine Geschichte sein, die ihr jemand anderer erzählt hat, weit weg, als wäre sie nie dabei gewesen. Peter hat ihr nichts mehr von dem süßen Tee zu trinken gegeben, aber irgendetwas hindert sie noch immer daran, sich auf ihren Namen zu besinnen. Es ist dieser Ort, der die Einzelheiten ihres Zuhauses allmählich mit denen von Nimmerland überschreibt. Vorhin konnte sie sich nicht mehr an die Augenfarbe ihrer Mutter erinnern, sosehr sie es auch versuchte. Sie sieht das Gesicht ihrer Mama vor sich, doch es ist verschwommen, unscharf, die Augen von einem trüben Blau-Braun-Grün, und das macht ihr schreckliche Angst.

In der Dunkelheit vor der Dämmerung kann sie auf der Plattform neben ihrer gerade noch eine kauernde Gestalt zwischen den Blättern ausmachen. Vorsichtig schiebt sie sich auf den dicken Ast, der beide stützt, und klettert so leise hinüber, dass der Junge nicht einmal aufblickt. Es ist der, der sich dort, wo die süß duftenden Blumen wuchsen, im Gebüsch versteckt hat – Timothy. Der, der darum gebeten hat, sich ihre Geschichte zu Ende anhören zu dürfen.

Sie ist heilfroh, dass er es zurück ins Lager geschafft hat, aber ihre Erleichterung hält nicht lange an. Sein kleiner Körper bebt in dem Versuch, einen Kummer zu unterdrücken, der so viel größer ist als er. Sie kommt näher und setzt sich neben ihn, berührt seine Schulter und legt den Finger an die Lippen. Auf einmal hebt er erschrocken den Kopf.

»Was ist denn los?«, flüstert sie.

Sein tränenverschmiertes Gesicht ist blass und mit roten Flecken übersät, seine verweinten Augen sind geweitet. Er starrt sie an und nach kurzem Zögern hebt sie unbeholfen den Arm. Er schmiegt sich an sie, birgt den Kopf an ihrer Seite, sodass sie seinen schweren Atem spürt.

»Ein böser Traum.« Seine Stimme klingt dumpf.

»Du kannst ihn mir erzählen, wenn du möchtest.«

»Ich war irgendwo anders und dort hatte ich ein Bett, das war so groß wie ein Meer. Da war ein Fenster und davor standen zwei Leute, aber sie hatten keine Gesichter und ich konnte mich nicht erinnern, wer sie waren.«

»Haben sie dir was getan?«

Sie spürt an ihren Rippen, wie er den Kopf schüttelt.

»Sie standen nur da und haben mich angeguckt. Einer von ihnen hat gesungen und der andere hat die Hand ausgestreckt, um mir über den Kopf zu streichen, und dann bin ich aufgewacht.«

Er löst sich von ihr, nun kann sie sein Gesicht sehen. Die Tränen sind versiegt, aber seine Augen immer noch weit aufgerissen.

»Weißt du, wer sie sind?« Sein Blick fleht sie an und irgendwie hat sie plötzlich einen Kloß im Hals.

Ihr Herz hämmert schmerzhaft, als betrauere es einen Verlust. Das verschwommene Gesicht ihrer Mama schwebt vor ihrem geistigen Auge, die gesummte Melodie ist so leise, dass sie sie kaum noch hören kann. Einen Moment lang bringt sie kein Wort heraus und sie schluckt hart.

Eltern. Eltern, die ein Schlaflied gesungen und ihn abends ins Bett gebracht haben. Nur ist das für Timothy ein Albtraum. Er weiß schon fast nicht mehr, was er verloren hat, doch das grauenhafte Gefühl, dass in seinem Leben etwas Wichtiges fehlt, ist geblieben. Die fassungslose Furcht in seinem Gesicht zu sehen tut ihr weh. Es ist nicht nur sein Schmerz, sie teilt ihn.

Je länger sie hierbleibt, desto mehr von sich wird sie verlieren. Inzwischen ist sie sich sicher: Es hat bereits angefangen. Eines Tages wird sie aufwachen und nicht nur die Gesichtszüge ihrer Mutter werden verschwommen sein. Womöglich erinnert sie sich irgendwann nicht einmal mehr daran, dass sie überhaupt je Eltern hatte.

Timothy schaut sie unverwandt an, hoffnungsvoll, in gespannter Erwartung ihrer Antwort. Wäre es grausamer, es ihm zu sagen? Falls Timothy bewusst ist, dass die Leute in seinen Träumen seine Eltern sind ... Wird es so sein, als öffne man eine Schleuse, wenn man ihn an alles erinnert, was er verloren hat? Vielleicht ist es ja besser, wenn er nur weiß, dass er etwas verloren hat, und nicht genau, was. Wie erbärmlich muss Peter sein, einem so kleinen Kind Mutter und Vater wegzunehmen? Oder ist es ihm egal?

»Ich glaube ...« Vor lauter Wut auf Peter bricht ihre Stimme. Sie schluckt, versucht es noch einmal. »Ich glaube, die Leute in deinem Traum sind Menschen, die dich sehr lieb haben. Du musst dich nicht fürchten.«

Augenblicklich breitet sich in Timothys Gesicht Erleichterung aus. Sie beneidet ihn darum und hasst ihn dafür, doch als er sich wieder an sie kuschelt, wünscht sie sich unversehens, ihn zu beschützen. Sie weicht nicht zurück, sondern legt den Arm um ihn und spürt, wie die Anspannung in seinem Körper nachlässt. Mehr kann sie nicht tun.

Kaum hörbar murmelt er eine Bitte: »Magst du eine Geschichte erzählen? So wie vorhin?« Die Frage weckt den Gedanken an warme Milch in ihr, trotzdem erstarrt sie, ihre Muskeln verkrampfen sich und er zuckt zurück.

Angst steigt in ihr auf. Was, wenn ihr gar keine Geschichten mehr einfallen? Wenn sie sie wieder durcheinanderbringt?

Sie zwingt sich, sich zu entspannen, zieht ihn wieder an sich und versucht zu ignorieren, dass sich ihr Puls beschleunigt. Timothy legt den Kopf schief, um zu ihr aufzublicken. Er ist nicht wie Peter. Er ist ein kleiner Junge und seiner Familie schon so entfremdet, dass er sich nicht einmal mehr daran erinnern kann, was eine Familie ist.

Sie hat nie allzu viel über die Tatsache nachgedacht, dass sie keine Brüder oder Schwestern hat. Nun, da sie bald eine kleine Cousine oder einen kleinen Cousin bekommt – das heißt, falls sie es je nach Hause schafft –, hat sie angefangen, sich zu fragen, wie es wohl sein wird, jemandem alles beizubringen, was sie weiß. Hätte sie Geschwister, denkt sie gern, dann wäre sie eine gute große Schwester, sie würde helfen, auf sie aufzupassen und sie lieb haben, genau wie ihre Mutter bei Onkel Michael und Onkel John.

»Ich kann es versuchen«, sagt sie. Auch wenn sie ihren Namen nicht mehr weiß, an ihre Familie erinnert sie sich, noch zumindest. Sie hat nicht alles verloren, also kann sie Timothy doch dieses kleine Stückchen Trost schenken.

»Was für Geschichten magst du am liebsten?«

»Abenteuer.« Seine Stimme klingt schon schläfrig, eingelullt von den Worten, die sie noch gar nicht ausgesprochen hat.

»Also gut, dann eine Abenteuergeschichte.«

Timothy nickt, sie spürt die Bewegung an ihren Rippen, als sie tief Luft holt. Draußen unter den Laubkronen, an den tief gelegenen schattigen Stellen, wo die Luft undurchdringlich schwarzviolett ist, verbreiten Glühwürmchen in einem trägen Rhythmus ihr unstetes Licht. In der Spanne vor dem Morgen legt Nimmerland eine Pause ein, über ihren Köpfen funkeln noch immer die Sterne, heller als jene, die sie von zu Hause kennt. Insekten zirpen und ein Nachtvogel, den sie nicht genau bestimmen kann, trillert ein seltsames Lied.

»Es war einmal eine pfiffige Schneiderin …« Sie wird nervös.

Doch noch ehe sich der Zweifel vollends ausbreiten kann, kommt ihr die zündende Idee. Sie braucht gar nicht die Märchen ihrer Mutter zum Besten zu geben; sie kann sich ihre eigenen ausdenken. Schließlich tut ihre Mama das auch. Als der nächste Satz aus ihrem Mund kommt, merkt sie, dass sie grinst.

»Und die Schneiderin hatte eine Tochter, die auch sehr klug war, aber statt zu nähen und Zauber zu wirken, war sie Wissenschaftlerin.«

Als sie über die Worte nachdenkt, platzt sie beinah vor Stolz. Timothy löst sich von ihrer Seite und lugt zu ihr hinauf.

»Was ist eine Wissenschaftlerin?«

»Oh. Nun ja, das ist jemand, der Bücher studiert und alles darüber lernt, wie Pflanzen und Tiere wachsen und wie sich Planeten bewegen und wie man Menschen gesund macht, wenn sie krank sind.« Sie bemüht sich, Wörter zu benutzen, die er kennen müsste.

Timothy runzelt die Stirn. Auf der Seite, mit der er sich an sie gedrückt hat, stehen ihm die Haare vom Kopf ab, und sie streckt automatisch die Hand aus, um sie glatt zu streichen. Er lässt sich die Berührung gefallen, blickt aber weiter finster drein.

»Bücher anzuschauen, hört sich nicht nach einem Abenteuer an«, antwortet er. In seiner Stimme schwingt keine Ablehnung mit, nicht so wie vorhin bei Peter, nur aufkeimende Enttäuschung. Jedoch liegt auch Unschlüssigkeit darin, als warte Timothy nur darauf, dass sie ihn überzeugt. Sie überlegt hastig, dann greift sie den Faden wieder auf.

»Nun, die Tochter der Schneiderin war eine andere Art von Wissenschaftlerin. Alle ihre Instrumente waren ebenfalls verzaubert. Sie hatte ein Teleskop, mit dem man jeden

Stern am Himmel sehen konnte, egal wie weit er entfernt war. Und ... es konnte sie auch zu diesen Sternen bringen, um die Leute zu besuchen, die dort und auf anderen Planeten wohnten.«

Timothys Miene hellt sich auf.

»Dann ist es ja gut. Ich mag Zauberei.« Er lehnt sich wieder an sie. Ist es das, wo sie sich befinden, fragt sie sich, ein anderer Planet? Als sie weiterredet, klingt ihre Stimme heiser, aber Timothy scheint es nicht zu bemerken.

»Die Tochter der Schneiderin hatte außerdem einen magischen Kompass, der Norden anzeigen konnte wie jeder andere, aber er konnte ihr auch zeigen, wo es die besten Abenteuer gab ...« Timothy drückt sich weiter eng an sie, während sie die Worte aneinanderreiht. Es ist beinah, als erzählte ihre Mama die Geschichte durch sie, sogar noch besser: Es ist, als erzählten sie sie gemeinsam. Dadurch hat sie ein bisschen weniger Angst und sie fühlt sich nicht mehr ganz so allein. Obwohl sie ihre Mutter weder sehen noch spüren kann, weiß sie mit unumstößlicher Sicherheit, dass sie bald wieder zueinanderfinden werden.

Als die Sonne aufgeht, ist sie überrascht – urplötzlich bricht ein glitzernder Schein durch das Laub. Hat sie sich wirklich in der Geschichte verloren oder hat das Tageslicht einfach einen Satz gemacht wie ein Tiger, unvermittelt und ruppig, wie alles andere in Nimmerland? Die Stille im Lager wird von einem Geräusch zerrissen, das halb wie ein Hahnenschrei und halb wie Kriegsgeheul klingt – schlagartig fährt Timothy aus seinem Halbschlaf hoch und sitzt kerzengerade da, hellwach und ängstlich. Sie schaut von der Plattform ins Lager hinunter.

Peter steht neben der Asche des Feuers vom Vorabend, als wäre er bei Sonnenaufgang vom Himmel gefallen und genau dort gelandet. Selbst von hier aus kann sie sehen, dass seine Wangen gerötet sind, seine Augen leuchten und seine Haare wild abstehen. Im Gegensatz zu Timothys verworrenem Schopf wirken Peters Locken allerdings spitz und gefährlich. Sie erinnern sie an eine zerbrochene Krone, die auf seinem Kopf sitzt, und die Blätter, die sich darin verfangen haben, könnten beinah aus seiner Kopfhaut wachsen.

Seine Hände ruhen auf den Hüften, die Ellbogen ragen zur Seite, und während die Bewohner des Lagers aufwachen und sich um ihn versammeln, zeugt seine Miene von Ungeduld.

»Wir müssen los.« Timothy stupst sie an. Das ist kein Vorschlag. Ohne auf sie zu warten, klettert er hinunter und sie folgt ihm, ihr Puls beschleunigt auf eine Weise, die nichts mit dem Abstieg zu tun hat.

»Wir gehen jagen.« Peter wirft seine Stimme aus wie ein Netz und nimmt jeden damit gefangen, als sie und Timothy sich dem Kreis anschließen. »Wir müssen doch ein ordentliches Festmahl abhalten, um unsere neue Wendy willkommen zu heißen.«

Peters Blick wandert über die Jungs und bleibt an ihr hängen. Er fühlt sich an wie eine Nadel, die durch ihre Körpermitte getrieben wird, sie festnagelt, so wie sie zu Hause ihre Schmetterlinge befestigt. Sie öffnet den Mund, weil es ihr so vorkommt, als würde irgendetwas von ihr erwartet, doch im selben Moment ist ihr Kopf wie leer gefegt.

Es ist mehr als das klebrig-süße Getränk; Peter selbst ist es, der sie vergessen lässt, der sie allem entfremdet. Ihr bleibt nur ein Augenblick, um das zu denken, dann findet sie sich blinzelnd ein, zwei Schritte näher an der Stelle wieder, an der Peter steht, als wäre eine Sekunde verstrichen, ohne dass sie es gemerkt hat.

Sie schließt den Mund. Wann hat sie ihn aufgemacht? Hat sie jemand etwas gefragt? Peters Gesichtsausdruck provoziert sie, er sucht ihre Zustimmung und fordert sie gleichzeitig heraus, sich ihm zu widersetzen. Sie kämpft gegen den Drang an, sich zu winden, auch wenn sich alles in ihr verkriechen will. Wie bei jedem Spiel, das Peter angeregt hat, seit sie hier ist, versteht sie auch bei diesem die Regeln nicht; sie weiß nur, dass sie nicht die Erste sein darf, die wegschaut.

Erhobenen Hauptes sieht sie Peter weiter an. Kurz überschattet Verwirrung seinen Blick, wie eine Wolke, die vor der Sonne vorbeizieht, dann breitet sich langsam ein Lächeln auf seinem Gesicht aus und er nickt, als habe sie ihm ihr Einverständnis gegeben, obwohl sie nichts dergleichen getan hat. Am liebsten würde sie mit dem Fuß aufstampfen und ihn anschreien, aber dafür bleibt keine Zeit. Schon wendet sich Peter von ihr ab und richtet das Wort an den Kreis erwartungsvoller Jungs, die ihn allesamt gespannt beobachten. Bis auf Timothy, der sich weiter eng an ihre Seite drückt.

»Jäger, holt eure Waffen. Wir werden ein Wildschwein fangen.«

Die Jungs wuseln in sämtliche Richtungen davon, es geht zu wie in einem aufgebrochenen Ameisenhaufen. Es wirkt chaotisch, doch im Nullkommanichts haben sie sich wieder in einer nervösen, dienstbeflissenen Reihe versammelt, jeder mit einer Waffe in der Hand. Das weckt Gedanken an die Fotografien in ihr, die sie von ihrem Onkel Michael und ihrem Vater gesehen hat, in ihrer Soldatenuniform, in Reih und Glied mit anderen Männern, bereit, einen Krieg zu führen. Manche der Männer darauf sahen kaum älter aus als die Jungs, die nun neben ihr stehen. Sie darf sich die Bilder anschauen, sie sogar in die Hand nehmen, aber Onkel Michael nach dem Krieg zu fragen hat man ihr verboten.

Ihr Papa sieht hübsch aus in seiner Uniform, Onkel Michael hingegen wirkt verloren, ängstlich. Sie glaubt, ihr Vater würde ihr vielleicht vom Krieg erzählen, wenn sie ihn darum bäte, allerdings glaubt sie auch, dass ihrer Mama das nicht sonderlich gefallen würde. Außerdem ist es möglicherweise auch nicht richtig, ihren Vater zu fragen, wenn sie es bei Onkel Michael nicht darf.

Peters Jungs tragen keine Uniformen. Sie sind so zerlumpt wie immer und sie fragt sich, ob sie überhaupt andere Kleider besitzen als diese. Wie lange sind sie schon hier? Hat Peter sie alle entführt, so wie sie? Statt Gewehren halten die Jungs Speere, Pfeile und Bögen, Steinschleudern, Messer und Schwerter in den Händen. Einige der Waffen sehen aus, als hätten sie sie selbst gebastelt, andere scheinen sie von dem Schiffswrack gestohlen zu haben, wie den Pokal, aus dem Peter sie hat trinken lassen, und die Hängematten.

Im Grunde spielt es keine Rolle, welche Waffen die Jungs benutzen oder was sie anhaben. Auch wenn ihr verboten ist, nach dem Krieg zu fragen, versteht sie genug, um zu wissen, was er bedeutet. Krieg ist das, wo Männer hingehen, um einander zu töten. In den Augen dieser Jungs – manche von ihnen sind jünger als sie – lauert der Tod.

Als sie die Formation mustert, weichen einige der Jungs ihrem Blick aus. Andere, Arthur zum Beispiel, starren trotzig zurück. Denen, die sie ansehen, versucht sie stumm zu vermitteln, dass sie das nicht tun müssen. Sie will kein Begrüßungsfestessen; sie will überhaupt nicht hier sein.

Verzweiflung überkommt sie. Wie kann sie ihnen das nur begreiflich machen? Peter schreitet mit geblähter Brust die Reihe ab wie ein General, der seine Truppen inspiziert, und alle Augen wenden sich ihm zu. Erst da fällt ihr auf, dass Timothy fehlt. Sie lässt ihren Blick übers Lager schweifen und ist erleichtert, als sie ihn in der Nähe der aufgehäuften Waffen kauern sieht.

Sie versucht ihm ein Zeichen zu geben, ohne Peters Aufmerksamkeit auf sich zu ziehen. Timothy schaut nicht auf, er starrt auf die kümmerliche Auswahl an abgebrochenen Speeren und Bögen ohne Sehnen. Sie wirft noch einmal einen kurzen Blick auf Peter. Er wirkt hinreichend abgelenkt, sodass sie es riskiert, an Timothys Seite zu eilen und seine Schulter zu berühren. Sein Kopf schnellt hoch, Tränen kullern über seine Wangen und er reibt wütend daran herum.

»Was hast du denn?«, wispert sie und späht über ihre Schulter, doch Peter konzentriert sich darauf, Befehle zu erteilen.

»Ich will nicht mitgehen.« Timothy wischt sich mit dem Handrücken die Nase ab.

Er starrt auf den Boden zwischen seinen Füßen, die Schultern bis zu den Ohren hochgezogen. Sie muss sich anstrengen, um zu verstehen, was er sagt.

»Bei unserer letzten Jagd ist das Wildschwein entwischt. Ich bin aus Versehen auf einen Stock getreten und das hat solchen Krach gemacht, dass uns das Wildschwein kommen gehört hat, und es rannte weg. Rufus hat gesagt, es sei seine Schuld gewesen, weil er mich beschützen wollte, und Peter hat ihn so hart geboxt, dass er geweint hat.« Timothy schaut mit kläglicher Miene zu ihr hoch.

Sie denkt an den Jungen am Strand, den mit dem blauen Fleck auf der Wange. Im selben Moment legt jemand leicht die Hand auf ihre Schulter und sie zuckt erschrocken zusammen.

»Bitte sehr, Wendy.« Grinsend drückt ihr Peter einen langen entrindeten und an einem Ende angespitzten Stock in die Hand. »Du darfst meinen Speer benutzen.«

Sie ist zu verblüfft, um irgendetwas anderes zu tun, als die Waffe zu nehmen. Peter würdigt Timothy nicht einmal eines Blickes. Seine leuchtenden harten Augen sind auf sie gerichtet. Der Speer ist anderthalbmal so lang, wie sie groß ist, und sie kann sich keinen Grund vorstellen, aus dem Peter ihn ihr geben sollte. Wieso sollte er sie auf der Jagd dabeihaben wollen? Es sei denn, er will sie testen, oder er glaubt, dass sie flieht, wenn er sie allein zurücklässt. Und was geschieht, wenn sie sich weigert?

»Ich will nicht ...«, setzt sie an, aber Peter schneidet ihr das Wort ab, ungeduldig auf den Zehen wippend.

»Jeder muss das Wildschwein jagen. Keiner bleibt zurück.«

Da begreift sie, dass Peter in Wahrheit mit Timothy spricht, auch wenn er sie direkt ansieht. Obwohl er lächelt, hat sein Blick etwas Bedrohliches an sich.

»Und jetzt alle Mann mir nach.«

Er wendet sich ab und macht ein paar Sprünge, ehe er mit einem gellenden Schrei in den Wald stürmt. Der Nächste ist Arthur, der sich sofort an seine Fersen heftet, dann strömen ihm Bertie und die anderen nach. Sie und Timothy sind allein und sie greift nach seiner Hand.

»Wir müssen nicht mitgehen«, sagt sie, doch kaum spricht sie es aus, weiß sie, dass es eine Lüge ist.

Das ist eine kolossale Ungerechtigkeit. Wieso soll Peter die Regeln bestimmen und niemand anderer etwas dagegen sagen dürfen? Nur hat sie im Gefühl, dass das hier eine unangefochtene Wahrheit ist. Jeder jagt das Wildschwein; keiner bleibt zurück. Sie blickt Timothy an. Seine Augen sind groß und vertrauensvoll, aber die Angst leuchtet aus ihnen. Es tut weh, ihn anzusehen. Sie atmet tief durch, um sich zu beweisen, dass sie es kann, obwohl sich ihre Brust eng und komisch anfühlt.

»Alles wird gut gehen«, beteuert sie. »Ich beschütze dich. Ich werde nicht zulassen, dass etwas Schlimmes passiert, versprochen.«

Ein Ruf hallt durch den Wald. Eine Art Sprechgesang, nur kann sie die Worte nicht verstehen.

»Wahrscheinlich sollten wir lieber gehen«, meint sie und sie folgen den Stimmen.

Es dauert nur einen Augenblick, bis sie und Timothy den Rest eingeholt haben. Gemeinsam erzeugen ihre Füße einen Rhythmus auf dem Waldboden, wie Trommeln. Zwischen den Bäumen gleich links neben ihr blitzt gesträubtes Fell auf. Hätte sie sich nicht zurückfallen lassen, hätte sie es vielleicht gar nicht gesehen. Im ersten Augenblick versagt ihre Stimme, dann plärrt sie: »Da drüben! Ich sehe das Wildschwein!«

Der Schrei überrascht sie selbst. Was macht sie da? Und noch wichtiger: Warum? Ihr Blut kocht, Stolz und Schrecken durchfluten ihren Bauch. Sie will nichts jagen. Aber sie tut es. Ihre Hand umklammert den Speer fester und sie kann nicht anders, als sich auszumalen, wie man sich wohl fühlt, wenn man ihn in etwas Lebendiges bohrt. Mächtig. Stark.

Es wäre so leicht, als wenn sie mit der Daumenkuppe eine Stecknadel in einen Schmetterling drückt. Bei der Vorstellung muss sie lächeln. Durch irgendetwas am Stampfen ihrer Füße und den Anfeuerungsrufen, die zwischen den Bäumen widerhallen, erscheint ihr all das richtig. Das hier ist was Gutes. Jeder jagt das Wildschwein. Keiner bleibt zurück.

Sie wirbelt herum und rennt los und die Jungs schießen genauso hinter ihr her, wie sie einen Moment zuvor Peter gefolgt sind. Sie ist wichtig, würdig, gehört zu werden. Sie hält Timothy nicht mehr an der Hand und es kümmert sie nicht. Er ist ohnehin nur ein Baby.

Dieser Gedanke, von ihrer eigenen gemeinen, höhnischen Stimme ausgesprochen, trifft sie wie ein Schlag, verschlägt ihr den Atem. Jäh bringen die Schuldgefühle ihr wahres Ich wieder zum Vorschein. Ihre Handfläche rutscht über das Holz und sie will den Speer fallen lassen, ertappt sich jedoch dabei, dass sie ihn noch fester packt. Schweiß brennt in ihren Augen. Sie leckt sich über die Lippen und schmeckt Salz. Die Luft summt. Nein, das ist ihr Kopf, als wäre er voller Bienen. Sie will jagen. Dinge tun, die sie zu

Hause nie tun würde oder dürfte. Überhaupt, wen schert schon das blöde olle London mit seinen Vorschriften?

Sie stößt einen Freudenschrei aus, der abrupt abbricht, als Peter an ihr vorbeistürmen will und sie dabei so grob zur Seite stößt, dass sie aufs Knie fällt. Schlagartig ist ihre Mordlust verschwunden und sie starrt Peter benommen an.

»Hier lang. Ich hab das Wildschwein gefunden, es ist da drüben!«, schreit er und deutet in die entgegengesetzte Richtung.

Sie kann das Wildschwein deutlich sehen, doch Peter ignoriert es absichtlich, schlägt sich ins Gebüsch und sprengt damit den Rhythmus. Die Jungs drehen sich verwirrt im Kreis, sie sind verunsichert. Aber schließlich setzt sich Peters Realität gegen ihre durch und sie wenden sich ab, um ihm zu folgen. Lachend hüpft er über den Pfad, die Bewegung an sich wird zum Spiel und das Wildschwein ist fürs Erste vergessen. Der Rattenschwanz von Jungs verwandelt sich in eine hin- und herpeitschende Schlange.

Schwer durch den offenen Mund atmend rappelt sie sich auf und kommt auf die Beine. Noch immer liegt der Speer in ihrer Hand und sie schleudert ihn zitternd von sich, so weit sie kann. Nimmerland verändert sie bereits, doch das darf sie nicht zulassen.

Ein Schrei zieht ihre Aufmerksamkeit auf sich, als Bertie einen Jungen namens William umrennt. Aufeinander einprügelnd kugeln die beiden ins Gebüsch. Die anderen scharen sich um sie und spornen sie an. Jetzt sind sie keine Soldaten mehr, nur noch alberne Jungs, die mit Stöcken und Fantasieschwertern spielen. Bis Arthur einem von ihnen, dessen Namen sie nicht weiß, mit voller Absicht einen harten Schlag versetzt. Aus der Nase des Jungen schießt erschreckend helles Blut, strömt über seinen Mund und das Kinn und spritzt auf das Laub.

Ihr Puls beginnt zu rasen. Sie schaut zu Peter – er muss das beenden – und ist wie vom Donner gerührt. Während die Jungs kämpfen, grinst er anerkennend. Dabei sieht er so merkwürdig aus, gar nicht mehr wie ein Junge, überhaupt nicht mehr wie ein Mensch, mit dem man vernünftig reden kann. Er ist etwas anderes. Er ist …

Timothy taucht wieder auf und sie erinnert sich an ihr Versprechen, ihn zu beschützen.

»Guck nicht hin«, murmelt sie und birgt sein Gesicht an ihrer Seite.

Das Durcheinander aus Bertie und William prallt gegen Arthur. Der lässt den Jungen mit der blutenden Nase fallen, packt stattdessen Bertie und zerrt ihn auf die Beine.

»Oje! Pass auf!«

Arthur rammt Bertie die Faust in den Bauch. Bertie krümmt sich vor Schmerz und die Jungs verstummen. Ihr eigener Magen verkrampft sich vor Mitgefühl. Jemand pfeift; Fußgetrampel und Applaus hallen durch den Wald.

»Bravo, Arthur! Bravo!« Sie weiß nicht, wer das ruft, doch als der Jubel nachlässt, bilden die Jungs wieder eine Reihe, als wäre nichts geschehen. Selbst der mit der blutigen Nase. Sogar Bertie, vornübergebeugt und nach Luft ringend, auch wenn er sich langsamer bewegt als der Rest.

Diesmal hält sie Timothys Hand fest umklammert, als sie hinterhereilt, um zu Bertie aufzuschließen.

»Geht es dir gut?« Sie passt sich seinem Tempo an.

»Bestens.« Er versucht es fest und schneidig auszusprechen, doch es klingt gepresst, er hat seine Atmung immer noch nicht ganz unter Kontrolle.

»Aber ...«

Mit verzerrtem Gesicht fährt Bertie zu ihr herum und einen Moment lang glaubt sie, er wird sie auch schlagen, so wie Arthur ihn. Doch dann sieht sie seine feuchten Augen und welche Anstrengung es ihn kostet, nicht in Tränen auszubrechen.

»Ich hab gesagt, mir geht's bestens. Lass mich in Ruhe!«, brüllt er sie an.

Dann trottet er davon, ohne sich umzusehen. Weiter vorn stößt Peter einen triumphierenden Schrei aus.

»Das Wildschwein! Alle Mann sammeln.«

Nun gibt es Gelächter, die Jungs stolpern übereinander, drängeln und rempeln einander an und kommen sich gegenseitig in die Quere. Sie weiß nicht, wie der Keiler wieder vor sie gekommen ist, wo Peter sie doch eindeutig in die falsche Richtung geführt hat, aber da steht er – gesträubtes Fell, gefährlich gekrümmte Hauer, wachsame, tückisch glitzernde Augen. Sie hat vorher noch nie ein Wildschwein aus der Nähe gesehen und es wirkt so viel größer, als sie es sich je vorgestellt hat. Wie ist es möglich, dass sie es mit all dem Geschrei und Tumult nicht verscheucht haben? Jedes Tier, das nur einen Funken Verstand besitzt, würde doch fliehen, statt stehen zu bleiben und den Tod zu riskieren.

Die Flut von rennenden, krakeelenden Jungs ergießt sich auf eine Lichtung und selbst da rührt sich der Keiler nicht vom Fleck. Wider Willen neugierig geworden schließt sie sich der Menge an und stellt sich auf die Zehenspitzen, damit sie über die Köpfe der Jungs vor ihr hinwegschauen kann. Der ringsum von Bäumen umschlossene Boden ist in einem nahezu perfekten Kreis platt getreten. Die Jungs verteilen sich um den Rand, bilden mit ihren Körpern einen abgegrenzten Bereich, in dessen Zentrum sich Peter und das Wildschwein gegenüberstehen.

Ihr erscheint das wohldurchdacht, als säße sie im Publikum eines Theaters. Nur gibt es hier statt einer Bühne bloß diese Arena mit Peter in der Mitte, wo die Sonne wie ein Scheinwerfer auf ihn herabstrahlt.

Als Peter beginnt, den Keiler zu umkreisen, überläuft es sie heiß und kalt. Es ist beinah wie ein Tanz. Sie reckt sich, um eine bessere Sicht darauf zu bekommen, und will eigentlich gar nicht sehen, was als Nächstes geschieht.

Angst steigt in ihr auf. Peter wedelt mit einem kurzen Schwert herum, als wäre es ein Taktstock und dirigiere er ein Orchester. Durch die Art, wie die Klinge das Licht einfängt, wie sie glänzt, begreift sie zum ersten Mal, dass das ein echtes Schwert ist, kein kümmerlicher Ersatz, der aus Holz geschnitzt ist. Unter wildem Gebrüll macht Peter einen Satz vorwärts, es ist eine Finte, als erwarte er, dass der Keiler ihn angreift. Doch der bleibt vollkommen reglos, das Hinterteil hochgereckt und den Kopf gesenkt, fast als würde er sich verbeugen.

Sie dreht sich zu Timothy um und stößt mit zusammengebissenen Zähnen hervor: »Lauf.«

Der Junge starrt sie mit offenem Mund an. Etwas Entsetzliches ist im Anzug, wie ein Sturm, der nur darauf wartet, loszubrechen.

»Versteck dich. Ich komme zu dir, versprochen.«

Timothy dreht sich um und rennt davon. Sie schaut ihm nach und zwingt sich, den Blick erst dann wieder auf Peter zu richten. Die kreisrunde Lichtung, dass das Wildschwein perfekt stillhält, das ist nicht normal. Aber es betrifft nicht nur den Keiler, sondern alles – die schweigenden Jungs, ihre ernsten, abwartenden Mienen. Jetzt fühlt sie sich nicht an den Krieg erinnert, sondern an etwas, das den Gottesdienstbesuchen mit ihrem Großvater ähnelt – ein Ritual, feierlich und grausam und jahrhundertealt.

Die drohende Körperhaltung des Wildschweins strahlt Bösartigkeit aus, in seinen Augen steht blanker Hass, und trotz alledem bewegt es sich nicht. Das zeugt von Intelligenz, nicht von tierischer, sondern von etwas, das der menschlichen nahekommt. Der Keiler weiß, was gleich passieren wird, und er verabscheut Peter zutiefst dafür, doch es gibt absolut nichts, was er dagegen tun könnte. Er wartet. Mit einem gnadenlosen Hieb seiner Hauer könnte er Peter in Stücke reißen, doch er steht da wie versteinert, während der johlend und spottend um ihn herumhüpft. Da stürzt sich Peter urplötzlich auf ihn. Seine Klinge bohrt sich tief ins Fleisch und ein dampfender Blutstrahl spritzt auf seine Haut.

Das Tier brüllt nicht, es gibt überhaupt keinen Laut von sich, und das macht es nur noch schlimmer. Als sich Peter darauf wirft und immer wieder zusticht, bricht es einfach unter zusammen.

Ihre Augen brennen. *Weg hier.* Sie muss fliehen, und zwar unbedingt heute Nacht. Sie wird Timothy und Rufus und sogar Bertie mitnehmen. Sie wird so viele mitnehmen wie möglich und sie werden weit weggehen, irgendwohin, wo Peter sie nie finden kann.

Irgendwann hört die Flanke des Wildschweins auf, sich zu heben und zu senken, und Peter schaut auf, sein Blick sucht den ihren. Zu den Sommersprossen, mit denen sein Gesicht übersät ist, haben sich jetzt Blutspritzer gesellt, und sein Grinsen ist so breit und verschmitzt wie eh und je, ein Ausdruck heller Freude. Wie der Keiler ist sie wie hypnotisiert. Sie kann nicht wegsehen, als Peter aufsteht und die kurze Klinge an seiner blutverschmierten Kleidung abwischt. Er gibt den Jungs um ihn herum ein Zeichen und sie trotten gehorsam zu ihm. Zwei von ihnen bringen einen langen Pfahl, ein Dritter schleppt ein zusammengerolltes Seil herbei. Schweigend machen sie sich an die Arbeit.

Peter eilt zu ihr, seine Augen leuchten immer noch. Sie will ihn fragen, warum, doch aus ihrer Kehle dringt nur ein pfeifendes Keuchen und keine Worte. Seine Hand legt sich auf ihre Schulter. Unter seinen Fingernägeln kleben dunkelrote Krusten. Er hinterlässt einen Blutfleck auf dem Stoff ihres Nachthemds.

»So«, sagt er. »Jetzt bist du wirklich eine von uns. Wendy und Peter und die Verlorenen Jungs.«

9

DAS GEFRORENE MÄDCHEN

LONDON 1919

Bunte Fäden hängen von dem Stickrahmen und legen sich wie ein Gewirr frisch aus der Erde gezogener Wurzeln über das triste Grau von Wendys Kleid. Sie bewegt ihre Nadel und den Rahmen gerade oft genug, um den Eindruck zu erwecken, sie sticke, doch ihre Aufmerksamkeit gilt den beiden Männern, die im Raum Wache stehen. Die Schwestern zu überzeugen, dass man ihr eine Nadel anvertrauen darf, selbst unter Aufsicht, war ein hartes Stück Arbeit, wochenlang musste sie dafür die Vorzeigepatientin spielen. Die Wärter sind immer da, beobachten sie, und sie hat wiederum diese beobachtet. Inzwischen kennt sie deren Abläufe so genau wie ihre Stickarbeit – sie weiß, wann ihnen langweilig wird und ihre Aufmerksamkeit nachlässt. Jeden Augenblick wird Jamieson nach seiner Tabakdose und dem Zigarettenpapier greifen, die Tür zum Garten festhaken, damit sie offen bleibt, und einen Schritt hinausgehen, um eine zu rauchen.

Als seine Hand zur Seite wandert und seine Tasche abklopft, beißt sich Wendy auf die Wange. Das Drehpapier, das er sucht, steckt im Saum ihres Rocks, in einer eingenähten Aussparung, die von außen nicht zu sehen ist. Wendy senkt den Blick, tippt zweimal auf den Rand ihres Stickrahmens, und sobald ihr Jamieson den Rücken zukehrt, steht sie auf. Sie wagt Mary nicht anzuschauen, aus Angst, sie beide zu verraten. Stattdessen geht Wendy rasch Richtung Flur, als Jamieson Evans für seine Suche einspannt, den anderen Aufseher. Unter Jamiesons Flüchen nehmen sie den Schrank auseinander, in dem die Schwestern ihre Keks- und Teedosen und den gelegentlichen Schluck Brandy aufbewahren.

Kaum ist sie im Korridor, folgt ihr Mary mit ein paar Schritten Abstand. Weiter vorn gibt es noch eine Tür, in der die Wärter und Schwestern bei schönem Wetter oft etwas einklemmen, damit sie beim Rauchen den Sonnenschein genießen können. Mary war diejenige, die auf die Idee kam, ein Stückchen Stoff ins Schließblech zu stopfen, damit das Schloss nicht mehr richtig einrastet. Seitdem haben sie gelernt, die Tür so zuzudrücken, dass sie sich wieder öffnen lässt, und schleichen sich so regelmäßig nach draußen. Im Sommer, um wilde Erdbeeren zu pflücken, und einmal auch im Winter – da lieferten sie sich eine ausgiebige Schneeballschlacht.

Nun, da die Gänge leer sind, stemmt sich Wendy mit der Schulter gegen die Tür und sie stürmen hinaus, hinter vorgehaltener Hand lachend, damit niemand sie hört. Wendy nimmt Mary an der Hand und sie spurten über den Rasen.

»Erdbeeren?«, fragt Mary atemlos.

»Besser.« Wendy grinst Mary über ihre Schulter hinweg an. »Du kennst doch den alten Baum, der in der hinteren westlichen Ecke wächst, direkt an der Mauer?«

»Na klar.« Mary stolpert beinah und Wendy wird langsamer, um sie abzufangen.

»Ich habe Gerüchte gehört, dass den vor Jahren ein paar Patientinnen benutzt haben, um zu fliehen. Wir werden nachschauen, ob das stimmt.«

»Wir laufen weg?« Mary bleibt stehen und Wendy weicht ihr nicht von der Seite, sie hält noch immer ihre Hand.

Mary verzieht den Mund und kurz flackert in ihren Augen fast so etwas wie Furcht auf. Eigentlich kennt Mary keine Angst und Wendy öffnet schon den Mund, als sie diese Erkenntnis trifft. Mary hat die Mauern von St. Bernadette seit Jahren nicht verlassen. Bei ihrer Aufnahme war sie noch ein Kind und außer dem Haus des Mannes ihrer Mutter kennt sie kaum etwas von London. Mary hat ihr erzählt, dass er sie auch vor dem Tod ihrer Mutter selten auf Ausflüge mitnahm. Ihre Mutter war so hübsch, dass ihr Gatte stolz war, sich mit ihr zu schmücken, Mary mit ihrem rundlicheren Gesicht, der Lücke zwischen den Zähnen und der dunkleren Haut versteckte er jedoch lieber.

»Nicht unbedingt weglaufen«, sagt Wendy vorsichtig. »Vielleicht klettern wir nur hinauf und gucken über die Mauer.«

»Wenn du gehst, geh ich auch.« Trotzig reckt Mary das Kinn, ihr Blick ist wieder finster und hart.

Denkt sie an den Tag, an dem Wendy auf dem schmalen Balkon im zweiten Stock von St. Bernadette stand, als sie fliegen, alles hinter sich lassen wollte? Wendy drückt Marys Hand. Sie erschaudert unter einer Mischung aus Euphorie und Angst. Bis zu diesem Moment hat sie gar nicht richtig darüber nachgedacht, was sie tun werden.

Könnten sie wirklich über die Mauer klettern, weglaufen und nie zurückblicken? Wie würden sie ohne Geld überleben, zwei Frauen allein auf Londons Straßen? Könnten sie sich als Männer verkleiden und als blinde Passagiere auf einem Schiff in Marys kanadische Heimat reisen? Oder irgendwo anders hin? Sich vielleicht einem Wanderzirkus anschließen?

Wendy überlegt im Weitergehen und unversehens stehen sie vor dem Baum. Mit offenem Mund starrt Wendy daran hinauf. Mary drückt sich an ihre Seite, als verkörpere der Baum als solcher alles, wovor sie sich in der Welt jenseits der Mauer fürchten mag. Wendy ist überzeugt, dass Mary das gar nicht bewusst ist, und sie hat nicht die Absicht, sie darauf hinzuweisen, sie empfindet die Berührung ihres sonnengewärmten Körpers sogar als angenehm.

Mit dem Alter ist der Baum grau geworden, er scheint beinah mit der Steinmauer zu verschmelzen, die ebenso wie er selbst von Wein überwuchert ist. Andere Bereiche des Geländes sind mit in dichten Hecken verborgenen Eisenzäunen gesichert, doch hier gibt es nur die Mauer, hoch genug, dass Wendy nicht darüberschauen kann. Der Himmel wirkt verlockend nahe, die Äste des Baums berühren das Blau, sodass sich Wendy fast einbildet, auch sie könnte mit den Fingern daran kratzen wie an einer dicken Farbschicht, wenn sie hinaufklettert.

Wendy packt der Wagemut und sie kann sich ein Grinsen nicht verkneifen.

»Um die Wette.«

Angesichts der Herausforderung tritt ein verschmitzter, fröhlicher, geradezu spitzbübischer Ausdruck auf Marys

Gesicht, jede Spur von Bedenken oder Furcht ist verschwunden. Ihre Antwort besteht ebenfalls aus einem Grinsen, bei dem sie die Lücke zwischen ihren Schneidezähnen zeigt.

»Du bist doch eine tugendhafte Engländerin – ich wette, du weißt nicht mal, wie man auf einen Baum klettert.«

Obwohl sich ihre Stimmen kein bisschen ähneln, rufen Marys Worte Wendy wieder Peters Spott ins Gedächtnis. Sie sieht ihn vor sich, wie er auf unglaubliche Weise auf einem Ast balanciert, der eigentlich zu dünn sein müsste, um seinem Gewicht standzuhalten. Er streckt ihr die Zunge heraus und wedelt neben seinen Ohren mit den Fingern, als wären es groteske Hörner oder ein missgebildetes Geweih. *Du kannst mich nicht fangen, Wendy. Mädchen können gar nicht auf Bäume klettern. Das weiß doch jeder.*

»Dir werd ich's schon zeigen.« Wendys Erwiderung gilt sowohl Peter als auch Mary und sie rafft den groben Stoff ihres Kleids. »Ich wette, ich kann besser klettern als du.«

Wendy ihrerseits streckt Mary die Zunge heraus, dann ergreift sie eine der dicken Ranken, die sich um den Baum winden. Sie ist wieder in Nimmerland und kraxelt barfuß an einem Baumstamm hoch, über ihr schießt Peter durch die Luft wie eine zeternde Fliege, einerseits begeistert, andererseits erbost. Sie erinnert sich daran, wie sich die Äste ihren Händen anpassten, Knorren bildeten, an denen ihre Zehen Halt fanden. Nie zögerte sie auch nur eine Sekunde, nicht einmal beim ersten Versuch. Ihr kam gar nicht in den Sinn, daran zu zweifeln, dass der Baum sie tragen würde. Peter trug er schließlich auch und sie dachte an nichts anderes, als ihm zu beweisen, dass Mädchen mindestens genauso gut auf Bäume klettern können wie Jungs.

Prüfend mustert Wendy eine Verwachsung, die aus dem Fuß des Baums quillt wie geschmolzenes Kerzenwachs, fast so schön wie im Wald von Nimmerland. Sie stellt den Fuß darauf und will sich eben hochziehen, als sich eine grobe Hand auf ihre Schulter legt und sie wieder herunterreißt. Ihr Fuß rutscht ab und sie schlägt sich an der rauen Borke schmerzhaft das Knie an.

Jamieson. Wendy windet sich unter seinem Griff. Sie war so aufs Klettern konzentriert, auf Peter, dass sie den Aufseher nicht einmal gehört hat, als er hinter ihnen auftauchte. Evans ist auch da, er hält Mary fest und hat eine Hand über ihren Mund gelegt, damit sie sie nicht warnen konnte.

Im selben Moment, als Jamieson Wendy auf die Beine zerrt, beißt Mary zu. Evans schreit auf und schüttelt seine Hand, dann holt er aus, um Mary zu schlagen, doch die zuckt nicht einmal mit der Wimper. Er ist nicht annähernd so groß wie Jamieson, auch wenn er Mary natürlich überragt, aber das hält sie nicht davon ab, ihn wütend anzufunkeln.

Mary liegt Wendy sehr am Herzen und beinah kommt ihr ein Schrei über die Lippen – Peters triumphierendem Krähen so ähnlich –, den sie gerade noch unterdrücken kann. Evans zögert und wirft Jamieson einen Blick zu, woraufhin Wendy mit leiser Befriedigung feststellt, dass die Haut an der Stelle, wo Mary ihn gebissen hat, feuerrot angelaufen ist. Es sieht schmerzhaft aus.

Ehe einer der Wärter handeln kann, versucht sich Wendy aus Jamiesons Griff loszureißen. Er packt noch fester zu und verhindert damit, dass sie bei Evans und Mary dazwischengehen kann.

»Das war alles meine Idee.« Wendy spricht mit Evans, Jamieson und dessen Gezerre an ihrem Arm beachtet sie gar nicht. »Ich habe sie gezwungen mitzukommen.«

Prompt richtet Mary ihren zornigen Blick auf Wendy, die jedoch stur zurückstarrt, um Mary zu signalisieren, dass sie schweigen soll. Trotz ihrer gemeinsamen Eskapaden hat ihre Freundin das Vertrauen der meisten Aufseher und Schwestern gewonnen. Ihr hat man gestattet, in den Gartenanlagen und in der Küche zu arbeiten, Gemüse zu ernten und Backen zu lernen, während Wendy zum Putzen und zum Wäschedienst verdonnert ist. Allerdings würde sie schrubben, bis ihre Finger bluten, wenn Mary ihre Privilegien dadurch behalten darf. Sie hat miterlebt, welche Freude Mary am Backen hat, selbst bei ganz einfachen Sachen. Wendy kann sich vorstellen, dass Mary die faden Rezepte, die man sie zubereiten lässt, sogar verbessern würde, wenn sie dürfte.

Jamieson lacht nicht direkt, er schnaubt eher.

»Wenn es Ärger gibt, bist du immer die Erste, nicht wahr, Darling?« Er verdreht ihr so lange den Arm, bis ihr nichts anderes übrig bleibt, als ihm ins Gesicht zu schauen.

Aus dem Augenwinkel sieht sie, wie Evans mit mürrischer Miene die Hand sinken lässt. Jamieson bohrt seine Finger in ihre Armmuskeln und Wendy verbeißt sich einen Aufschrei. Diese Genugtuung gönnt sie ihm nicht.

»Schau mich an, wenn ich mit dir rede.« Er beugt sich dicht über sie und bleckt seine vom Tabak gelbbraun verfärbten Zähne.

Alles an seinem Gesicht ist widerlich. Irgendwie wird Wendy schlecht davon, doch sie hebt mit verkniffenem

Mund das Kinn. Jamiesons Haltung ruft ihr in Erinnerung, wie Hook auf der Brücke seines Schiffs über ihr stand. Falls Jamieson glaubt, er könne ihr Angst einjagen, hat er keine Ahnung.

»Ja«, sagt sie ruhig. »Immer die Erste. Genau wie das letzte Mal und das Mal davor.«

Ob er ihr glaubt oder nicht, spielt keine Rolle. Es ist, als könne er Peter auf ihrer Haut riechen, seine Wildheit, seine Magie, und das genügt, um den Wunsch in ihm zu wecken, sie zu brechen. Gelassen erwidert sie Jamiesons Blick, dessen Miene sich verhärtet und dem ein niederträchtiges Funkeln in die Augen tritt.

Sein ohnehin schon Übelkeit erregendes Grinsen verzerrt sich zu etwas ganz und gar Raubtierhaftem. Erst da erkennt Wendy, dass sie einen Fehler begangen hat. Dr. Harrison ist auf einem Ärztekongress in der Schweiz. Niemand kann Jamieson momentan Einhalt gebieten. Ihr Puls wird unregelmäßig, wie verrückt hämmert er gegen ihre Haut. Sie öffnet den Mund, doch es ist zu spät. Jamieson versetzt ihr einen derart heftigen Stoß, dass sie hinfällt. Da er noch immer ihren Arm festhält, verrenkt sie sich bei der Bewegung schmerzhaft die Schulter und nun entfährt ihr doch unwillkürlich ein gequälter Schrei.

»Lass sie in Ruhe«, brüllt Mary und wie der Blitz windet sie sich aus Evans' Griff.

»Schaff sie hier weg.« Jamiesons Tonfall erinnert gefährlich an ein Knurren, aber Evans sieht aus, als hätte er fast ebenso große Angst vor Mary wie vor seinem Kollegen.

»Was soll ich mit ihr machen?«

»Ist mir egal. Sperr sie in ihr Zimmer.« Damit dreht sich Jamieson um und wendet seine Aufmerksamkeit wieder Wendy zu.

»Hoch mit dir.« Selbst als er sie wieder in die Höhe reißt, tritt er noch nach ihren Beinen. Wendy beißt die Zähne zusammen und atmet ganz flach, sie ist fest entschlossen, keinen Laut mehr von sich zu geben.

Schwankend kommt sie hoch und will wieder in Marys Richtung ausscheren, die von Evans davongezerrt wird. Erneut tritt Jamieson ihre Beine unter ihr weg, nur zwingt sie sein sadistischer Klammergriff gleichzeitig, in einer aufrechten Haltung auszuharren. Wendys Haare hängen ihr ins Gesicht, sie sind noch nicht ganz auf ihre ursprüngliche Länge nachgewachsen, aber es genügt, dass sie ihr in die Augen fallen. Schwer atmend starrt sie Jamieson zwischen den Strähnen hindurch wütend an, bis er sie wieder hochzieht, und sie unterdrückt einen weiteren Aufschrei.

Er packt sie mit seiner freien Hand am Kinn und dreht ihren Kopf hin und her, als suche er nach einer Art Mal auf ihrer Haut. Hinter der Wut in seinem Blick liegt fast so etwas wie Verblüffung, als würde er selbst versuchen zu begreifen, weshalb er sie so hasst.

Sie weiß, sie bewegt sich auf dünnem Eis. Sie weiß, er hat unzählige Möglichkeiten, ihr etwas anzutun, ohne dass es ein Nachspiel hätte, weil man ihr niemals glauben würde. Sie hat Dinge gehört, sie hat Verletzungen gesehen und Patientinnen, die sich in jämmerlicher Angst zusammenrollten.

»Ich könnte dich in der Krankenstation lassen und sagen, du hättest dich selber dort reingeschlichen. Das sähe dir ähnlich, dich dort rumzutreiben, wo du nichts verloren hast. Ich wette, sogar Dr. Harrington würde denken, es geschieht dir ganz recht, wenn du durch deine eigene Dummheit krank werden und sterben würdest. Oder soll ich dich vielleicht der ollen Nettie überlassen?« Bei seinem Tonfall, schmierig und süßlich wie Sirup, wird Wendy eiskalt. Er beugt sich zu ihr herüber, als wäre er aufrichtig an ihrer Meinung interessiert.

Sie kennt die Frau, die Jamieson meint – sie ist nicht alt, nichtsdestotrotz sind ihre Haare grau, ihre Arme sehnig und mit Narben überzogen, die sie sich selbst zugefügt hat. Nicht vor Angst, sondern vor Zorn und Kummer dreht sich Wendy der Magen um. Nettie ist krank – sie kann nichts dafür, dass sie gegen sich und andere gewalttätig ist. Sie braucht Hilfe, und zwar Hilfe, die ihr Dr. Harrington nicht geben kann, und Jamieson will sie als Waffe benutzen, ihre Zündschnur anstecken und sie auf andere Patientinnen loslassen.

»Oder vielleicht sollte ich ihr deine kleine Freundin bringen und dich zwingen, das ganze Spektakel mit anzukucken.«

Unvermittelt erfüllt sie ein derart blanker Hass, dass er sie überwältigt. Leuchtende Sterne explodieren hinter ihren Lidern und es rauscht in ihren Ohren. Alles in Wendy lechzt danach zurückzuschlagen, sich auf Jamieson zu stürzen und ihm die Augen auszukratzen, ihm die Kehle durchzubeißen, doch wenn sie das tut, wird er Mary dafür büßen lassen.

»Machen Sie mit mir, was Sie wollen.« Wendy senkt den Kopf.

»Was war das? Ich hab dich nicht gehört.«

»Ich sagte ...« Gegen ihren Willen lässt sich Wendy dazu hinreißen, ihre Stimme zu heben, aber ehe sie den Satz beenden kann, schlägt ihr Jamieson hart auf den Mund.

Ihr Kopf wird nach hinten geschleudert und sie schmeckt Blut. Wutentbrannt starrt Wendy ihn an, bleckt die Zähne, zeigt ihm die roten Flecken. Jetzt begreift sie – sie darf gar nicht zu fügsam sein, zu unterlegen, noch nicht. Er will sie am Boden sehen, aber vorher soll sie kämpfen.

Grob zerrt er sie zum Eingang der Anstalt und schleift sie hinein. Wendy leistet gerade genug Widerstand. Auf den Parkettböden und Fliesen lassen Jamiesons schwere Schuhe seine Schritte wie Donner widerhallen. Als sie an den Gemeinschaftsräumen vorbeikommen, zieht alles die Köpfe ein, Schwestern und Patientinnen wenden sich ab und tun so, als sähen sie nicht, wie Jamieson Wendy den Flur entlang zu den Behandlungsräumen zerrt.

Sie setzt alles daran, ihre Atmung unter Kontrolle zu halten. Sie tut das hier für Mary. Falls es Wendy gelingt, seine Aufmerksamkeit auf sie zu konzentrieren, wird er gar nicht mehr daran denken, Mary Schmerzen zuzufügen.

Jamieson tritt eine der Türen auf und schiebt Wendy ins Zimmer. Erst als sie die mit Wasser und Eis gefüllte gusseiserne Badewanne sieht, gerät sie wirklich in Panik. Jamieson hat das die ganze Zeit geplant. Womöglich war er es sogar, der das Gerücht um den Baum überhaupt erst in die Welt gesetzt hat, weil er wusste, sie würde nicht widerstehen können. Wie konnte sie nur so dumm sein, ihm direkt in die Hände zu spielen?

»Lassen Sie mich los!« Wendy schlägt wild um sich, jegliche Etikette und Beherrschung sind vergessen.

Diesmal wird er ihr tatsächlich etwas antun und es mag ihn nicht einmal scheren, ob er dabei erwischt wird. Vielleicht bringt er sie sogar um. Unfälle passieren eben – und wer würde denn je davon erfahren? Wendy stemmt die Ferse, so fest sie kann, in den Boden und versucht Jamieson ein Bein zu stellen, doch er trägt Schuhe mit festen Sohlen und sie nur Pantoffeln. Er wird nicht einmal langsamer, schleift sie unerbittlich zu der eisgefüllten Badewanne. Wendy wirft sich mit ihrem ganzen Gewicht nach hinten, aber gegen Jamiesons Masse kommt sie nicht an.

Sie will tapfer sein, sich einreden, dass es bloß Wasser ist. Dr. Harrington hat ihr warme Bäder verordnet, die ihr beim Einschlafen helfen sollen, und einmal eine eiskalte Dusche, um ihren Blutdruck zu senken. Das hier ist etwas anderes. Ihre Eltern sind im eiskalten Wasser ertrunken. Nun hat Jamieson vor, auch sie zu ertränken.

»Hol die Augenbinde«, blafft Jamieson über ihren Kopf hinweg.

Wendy fährt herum und sieht Evans die Tür schließen. Sie malt sich aus, wie die in ihrem Zimmer eingeschlossene Mary dort gegen die Tür hämmert und die anderen Aufseher und Schwestern vorgeben, sie nicht zu hören. Wenigstens ist sie in Sicherheit. An diesen Gedanken klammert sich Wendy, so fest sie kann.

Evans kommt näher, Jamieson ist kurz abgelenkt und Wendy reißt mit aller Kraft, die sie aufbringen kann, den Kopf nach hinten. Sofort breitet sich in ihrem Schädel Schmerz aus, aber das Gefühl, Jamieson eins auf die Nase gegeben zu haben, war es wert. Statt sie loszulassen, versetzt er ihr einen Faustschlag gegen die Schläfe. Aschegraue Punkte tanzen vor ihren Augen und ihr klingeln erneut die Ohren. Ihre Knie werden weich, doch Jamieson hält sie aufrecht. Evans legt ihr eine Augenbinde um, zieht sie stramm, und Wendy beißt sich auf die Lippen, um nicht zu schreien, als sich der Stoff um die Stelle spannt, an der Jamieson sie getroffen hat.

Der hebt sie mit einer Leichtigkeit hoch, als wäre sie ein Kind, wobei er ihre Arme an den Seiten einklemmt. Sie keilt wild mit den Füßen aus, aber keiner ihrer Tritte findet sein Ziel.

Er lässt sie in das Eis fallen.

Wasser schwappt über die Wannenränder. Ihr Kopf geht unter. Keuchend und würgend kommt Wendy wieder hoch. Die Kälte brennt, als hätte man ihr die Haut abgezogen. Ihre Hände tasten nach den Seitenwänden der Wanne, mehr Wasser spritzt heraus, aber Jamieson drückt sie nach unten. Er taucht sie unter und die Zeit bleibt stehen.

Durch ihre Panik und das Wasser noch verstärkt, rauscht das Blut in ihrem Kopf lauter als alles, was sie je gehört hat. Ihre Lunge schreit verzweifelt danach, sich auszudehnen; sie wird nicht verhindern können, dass sie einen Mundvoll Wasser einatmet. Während sie darum kämpft, ihre Lippen geschlossen zu halten, wird der hämmernde Druck hinter ihren Augen immer quälender. Sie kann ihn nicht gewinnen lassen, sie darf nicht.

Triefend und prustend zerrt Jamieson sie hoch. Wendy hustet, sie schlottert am ganzen Leib und ihr Kiefer verkrampft sich vor Kälte. Sie wappnet sich, doch Jamieson zwingt sie nicht wieder unter Wasser. Er hält sie fest – seine Hände liegen auf ihren Schultern, um ihr zu zeigen, wie leicht er sie in Schach halten kann. Das ist fast noch schlimmer, die Kraft seiner Arme, die Anspannung in ihrem Körper, darauf zu warten, dass er sie hinunterdrückt. Sie versucht ihn zu treten, doch ihre Fersen rutschen ab, finden auf dem Wannenboden keinen Halt. Sie kann nicht aufstehen, sie kann ihm nicht entkommen. Sie kann gar nichts tun. Und unversehens hat Jamieson doch gewonnen.

Wendy wehrt sich nicht länger. Sie wünschte, sie könnte auch aufhören zu zittern, aber das liegt nicht in ihrer Macht. Tränen strömen unter der Augenbinde hervor und sie hasst sich dafür. Sie sind heiß, tragen jedoch mitnichten dazu bei, dass ihr wärmer wird; sie spürt sie kaum. Langsam zieht sie die Beine an und schlingt die Arme darum, versucht ihre Körpertemperatur zu halten, sich klein zu machen.

Sie weiß nicht, wann der Druck auf ihre Schultern verschwunden oder wie viel Zeit vergangen ist, bis sie gemerkt hat, dass er nicht mehr da ist. Mit tauben, schwerfälligen Händen umklammert sie die Wannenränder. Sie rechnet damit, dass Jamieson sie wegschlägt, oder womöglich brechen sie sogar, weil sie von der Kälte spröde geworden sind. Doch der Schlag kommt nicht.

Sie braucht mehrere Versuche, bis sie ihre zitternden Finger bewegen und sich von der Augenbinde befreien kann. Der Stoff hat sich durch das Wasser zusammengezogen und der Knoten ist dadurch noch widerspenstiger geworden. Als sie sie endlich wegzieht und sich dabei etliche Haarsträhnen ausreißt, ist sie allein. Das Knie, mit dem sie gegen den Baum geprallt ist, ist ohnehin empfindlich, und prompt rutscht sie aus, als sie aus der Badewanne steigen will, und stößt damit gegen deren Wand. Ihre Beine versagen ihr den Dienst und sie fällt hin, schlägt hart auf dem gefliesten Boden auf. Pfeifend wird die Luft aus ihr herausgepresst und sie wälzt sich auf die Seite, ergibt sich einige Sekunden lang ihrem Elend, ehe sie auch nur versucht, sich wieder zu bewegen.

Der triste graue Stoff ihres Kleides klebt an ihrer Haut wie eine erdrückende Last. Wendy kriecht zur Tür und schafft es, ihre Finger um die Klinke zu krümmen. Abgeschlossen. Sie rüttelt daran. Hämmert mit Händen gegen das Holz, die von der Kälte noch immer schmerzen. Unter ihrer durchgefrorenen weißen Haut zeichnet sich Blut ab. Sie kreischt, aber in St. Bernadette kreischen mehr als genug Leute. Niemand wird kommen. Sie ist so lange gefangen, bis es Jamieson beliebt, die Tür aufzuschließen. Um sie herum nichts als Fliesen und Metall und gnadenlos nackte Wände. Kein Winkel, in dem sie der Kälte entkommt. Mit geschlossenen Augen liegt Wendy eng zusammengerollt auf der Seite. *Peter.* Hier gibt es nicht einmal ein Fenster, durch das sie den Himmel sehen oder die Tageszeit erkennen könnte. Von hier, von alldem kann sie nicht davonfliegen. Vielleicht hat sie es nie gekonnt. *Wo bist du, Peter? Warum rettest du mich nicht?*

10

ILLUSIONEN

Der krähende Ruf schallt über die Insel, hallt durch den Wald, er scheint aus allen Richtungen gleichzeitig zu kommen. Eine Flamme schießt Wendys Rückgrat entlang, wie ein Blitz, wie eiskaltes Wasser – Freude und Angst in einem.

Sein Ruf. Weder wirklich menschlich noch animalisch und sie durchlebt einen Moment totaler innerer Zerrissenheit. Der Klang steht für Heimat und sie kennt ihn so gut wie die Augen ihres Ehemannes oder das Lächeln ihrer Tochter. Er ist ihr in Fleisch und Blut übergegangen. Er bedeutet, dass gleich etwas Schreckliches und Wunderbares geschieht, und sie verzehrt sich danach, Hals über Kopf auf jenen so verheißungsvollen und bedrohlichen Ruf zuzustürmen.

Selbst jetzt. Nach alldem. Peter. Sie will mit ihm rennen. An seiner Seite die Welt erobern.

Und in derselben Sekunde wünscht sie sich, ihre Hände um seinen Hals zu legen und zuzudrücken, bis der Glanz in seinen Augen erlischt. Er hat ihr Jane weggenommen. Er hat ihr ihre Tochter gestohlen und Wendy hat Welten durchquert, um sie sich zurückzuholen.

Ihre Stiefel versinken im Sand. Wieder ertönt der Ruf und sie dreht sich, versucht ihn genau zu lokalisieren. Die Jungs sind nahe genug, dass sie hören kann, wie sie einander etwas zuschreien, auch wenn sie die Worte nicht versteht.

Das wilde Durcheinander von Geräuschen springt trügerisch herum, erst ist es vor ihr, dann hinter ihr. Zwischen den Bäumen, gleich darauf weiter oben am Strand. Sie rennt ein paar Schritte, bleibt wieder stehen. Frustriert geht sie denselben Weg zurück, überschreibt ihre Fußspuren mit neuen. Als sie Peters Ruf das nächste Mal vernimmt, klingt er vage, weit entfernt, und die Jungs kann sie gar nicht mehr hören. Nimmerland gestaltet ihre Umgebung um, verwirrt sie und macht Peter für sie unerreichbar.

Hinter ihr liegt ein Dschungel. Vor ihr Birken, deren Rinde sich in papierartigen Löckchen ablöst und rosafarbene Stellen so zart wie die Morgenröte offenbart. Zu ihrer Rechten hängen die langen, silbrigen Blätter einer riesigen Weide ins klare Wasser eines Teichs.

Als Kind entzückte sie die stetige Veränderung in Nimmerland. Damals lief sie hinter Peter den Strand hinauf und landete letztlich am Fuß eines schneebedeckten Berges. Oder sie folgten dem Lauf eines unberührten Flusses durch einen Nadelwald und entdeckten den rauchenden Schlot eines Vulkans. Jetzt steigt angesichts der zusammengewürfelten Puzzleteile der Insel Wut in ihr auf.

Ehe sie sich für eine Richtung entscheiden kann, zieht eine Bewegung zwischen den Bäumen ihre Aufmerksamkeit auf sich. Es ist wieder dieses Flackern, das sie gesehen hat, als sie von der Lagune auf den Wald hinunterblickte, raschelndes Laub, Äste, die schwanken, obwohl kein Wind weht, und ihr stockt der Atem. Eine Silhouette huscht von einem schlanken Stamm zum anderen. Angst schnürt ihr die Brust ein, doch im nächsten Augenblick gewinnt der Zorn die Oberhand.

»Es hat keinen Zweck, da herumzuschleichen. Ich kann dich sehen.« Das ist gelogen, doch wundersamerweise zittert ihre Stimme kein bisschen.

Zwischen zwei Bäumen zeichnet sich eine schemenhafte Gestalt ab. Ein Mensch, zumindest glaubt sie das. Plötzlich lassen die Bäume nicht ausreichend Licht durch. Wendy kneift die Augen zusammen. Der Umriss ähnelt dem einer Frau, aber ihre Haut weist die Beschaffenheit eines Wespennests auf, pergamentartig und gräulich-braun. Sie wirkt wie eine Leiche, die Jahrhunderte lang in der Erde gelegen hat, dennoch erscheint sie ihr irgendwie vertraut, wie Hooks Schiff, wie die Lagune. Der Gedanke erfüllt sie mit Ekel, vertraut, ja, und doch vollkommen falsch, das Nimmerland, das sie kannte, auf perverse Weise ins Gegenteil verkehrt, aufgetrennt und notdürftig wieder zusammengeflickt. Sie kennt die Frau, dabei ist das unmöglich.

»Bist du …« Ihre Stimme versagt. Sie macht einen Schritt, dann bleibt sie stehen.

Sie ist kein Kind, das sich vor Geistern fürchtet. Sie ist eine erwachsene Frau und sie stand realen Monstern gegenüber, die Uniformen trugen und Spritzen und Fixiergurte schwenkten. Ihre Hand fährt zum Griff von Hooks Schwert, bereit es zu ziehen.

Blätter rascheln unter leichten Schritten, als sich die Frau auf sie zubewegt. Wendy schnappt nach Luft. In dieser Nähe kann sie sich nicht mehr verstellen. Wenn die

Gesetze von Nimmerland noch gelten, sollte die Frau vor ihr immer noch ein Mädchen sein, genau wie damals, als Wendy ihr zum letzten Mal begegnet ist. Doch das ist sie nicht, sie ist älter, wenn auch nicht so alt wie Wendy, nicht so alt, wie sie sein müsste – wäre Nimmerland ein Ort, der den Regeln der Realität entspräche. Kein Kind mehr, aber auch noch nicht ganz erwachsen. Vielleicht nicht einmal ein lebendiges Wesen, sondern etwas anderes, etwas, das zwischen den Welten gefangen ist.

»Tiger Lily.« Der Name springt in Wendys Kehle und bleibt dort stecken.

Die Frau zuckt zusammen, als wäre sie geschlagen worden. Sie ist ausgezehrt, ihre Haut wie getrockneter Schlamm, zusammengebacken und rissig. Ihr Haar, das ihr Gesicht in dicken schwarzen, glänzenden Zöpfen einrahmen sollte, hängt in schütteren, strähnigen Büscheln herab. Das Schlimmste von allem sind ihre Augen, ganz eingesunken über messerscharf vorspringenden Wangen und von Schmerz erfüllt.

Diese Augen sind Wendy so vertraut wie Peters Ruf. Die in dieser Hülle eingesperrte Tiger Lily, die vor ihr steht, schwankt kaum merklich, als könnte sie der nächste Windhauch umwerfen. Tiger Lily: ein Geist, der sich selbst heimsucht.

»Nein.« Auch das Wort ist nur eine leere Hülle, ein vertrocknetes Blatt, das der Wind am Boden entlangweht.

Gilt ihre Ablehnung dem Namen oder Wendy selbst? Beiden oder keinem davon? Aber durch den dumpfen, bohrenden Schmerz in ihrem Inneren weiß Wendy es. Dies ist ihre Freundin.

»Tiger Lily«, wiederholt Wendy, fester diesmal, und streckt ihr die Hand entgegen.

Tiger Lilys Schultern ziehen sich zusammen und sie senkt den Blick, sieht weg. Stoff- und Lederfetzen hängen an ihrer schmalen Gestalt. Wendy erinnert sich an aufwendige Perlenschnüre und wundervolle Stickereien, akkurater und perfekter als alles, was sie je zustande brachte, selbst unter Marys geduldiger Anleitung. Hinter Tiger Lily tauchen weitere Umrisse zwischen den Bäumen auf, doch sie kommen nicht näher, geben ihnen beiden Raum.

Peters Indianer. Wie Tiger Lily sind sie blutleer und ausgetrocknet. Verschrumpelt. Nur noch Schatten dessen, was sie einst waren.

»Bitte«, flüstert Wendy.

Tiger Lily schaut wieder auf, erwidert Wendys Blick. Ihre Augen weiten sich, aber ihre Haltung strafft sich, obschon die Bewegung schmerzhaft wirkt.

Das ist der Wink, den Wendy braucht. Sie läuft zu ihr und schließt ihre Freundin in die Arme. Tiger Lily fühlt sich an, als wäre sie hohl, und Wendy hat Angst, sie zu eng an sich zu drücken, als könnte sie entzweibrechen, wenn sie sie zu sehr festhält.

Wendy zwingt sich loszulassen, einen Schritt zurückzutreten und ihrer Freundin in die Augen zu sehen.

»Was hat er euch angetan?«

LONDON 1920

Wendy hält den Kopf gesenkt, schlurfend setzt sie einen Fuß vor den anderen. Sie muss es nur bis zur Tür am anderen Ende des Flurs schaffen. Im Garten wartet John auf sie; Dr. Harrington hat ihr erzählt, er hätte ihn vorgeschickt, um ihr zu sagen, dass er wichtige Neuigkeiten habe. Vielleicht wird sie ja entlassen. Seine Besuche waren selten, mit langen Abständen dazwischen, und alle ganz kurz. Es ist nicht zu übersehen, dass ihm dieser Ort Angst macht, ihn dazu bringt, sich wegen seines Handelns schuldig zu fühlen. Dass er nun wieder hier ist und keinen Zweifel an seinem Entschluss gelassen hat, länger zu bleiben, muss in der Tat eine wichtige Nachricht bedeuten. Möglicherweise sind John und Michael doch endlich zur Vernunft gekommen und erinnern sich an Nimmerland.

Noch drei Schritte. Zwei. In ihrer Brust flackert Hoffnung auf, ein zerbrechliches, Furcht einflößendes Gefühl. Sie sollte es nicht zulassen, aber sie kann nicht anders, selbst jetzt nicht. Ein weiterer Schritt und sie ist draußen. Das Sonnenlicht bringt sie zum Blinzeln und der Duft von frischem Gras kitzelt in ihrer Nase. Wendy hebt den Kopf. John sitzt an einem kleinen Tisch unter einer der wuchtigen Eichen, die über den Rasen verstreut sind. Es gibt sogar Tee.

Es wirkt so kultiviert, dieses Bild vom Familienglück. Wendy ringt das Etwas nieder, das an ihrer Kehle kratzt – ein Kreischen, Gelächter, ein Schrei. Sie zwingt sich, die Grünfläche in gleichbleibendem Tempo zu überqueren. Die gepflegten Beete überall um sie herum quellen über vor

Blumen, ausgelassene Farbexplosionen, als wäre das Gras von glänzenden Edelsteinen übersät. Wenn sie nicht allzu genau hinsieht, könnte sie beinah vergessen, dass sich in den dichten Hecken zu beiden Seiten des Tors ein Zaun mit dicken eisernen Gitterstäben verbirgt. Solang sie nicht hinter sich blickt, kann sie so tun, als gäbe es keine Mauer und als wäre sie nicht an dem Versuch gescheitert, sie zu erklimmen.

Wendy gönnt sich einen Augenblick, um den Kopf in den Nacken zu legen und den perfekten wolkenlosen Himmel zu betrachten. Das Blau ist umwerfend. Sie könnte hineinstürzen, immer weiter fallen. Zum Schluss fände sie sich am anderen Ende der Welt wieder und würde den Gesängen der Meerjungfrauen in der Lagune lauschen. Ihre Finger fahren über ihre Ärmel und das Kleid, wie um den Stoff glatt zu streichen, dabei tastet sie nach den Geheimfächern. Das hilft gegen das Zittern.

Direkt vor dem Tisch bleibt sie stehen und John erhebt sich, um sie zu begrüßen. Sein Gesichtsausdruck wirkt einstudiert, ein über die Nervosität geklebtes Furnier aus Gelassenheit. In Wahrheit ist er alles andere als unbefangen. Wendy führt eine rasche Bestandsaufnahme aller Dinge durch, die in ihrer Kleidung versteckt sind – Knöpfe, ein Stück Garn, eine einzelne Zeitungsseite, zu einem langen Streifen zusammengefaltet, der durch den Saum verläuft. Dieses Mantra beruhigt sie, doch sie erwidert Johns Lächeln nicht.

Er küsst ihre Wange und bedeutet ihr, Platz zu nehmen. Jahrelang hat er ihr vorgeworfen, sie lebe in einer Traumwelt, und nun steht er da und tut so, als wäre das ein gewöhnlicher Höflichkeitsbesuch und er nur ein Bruder, der bei seiner Schwester zum Tee vorbeikommt.

Wendy behält ihre steife Haltung bei, als sie sich setzt. Soll John doch derjenige sein, der das Schweigen bricht. Sie kann geradezu sehen, wie sich die Worte hinter seinem gequälten Lächeln aufgestaut haben. Das verschafft ihr ein leises Vergnügen, doch es ist nur ein kümmerlicher Trost. Die schreckliche Wahrheit ist, dass sie einfach mit ihm durchs Tor hinausspazieren könnte. Dafür muss sie nicht mehr tun, als zu lügen. John und Dr. Harrington zu erzählen, was sie hören wollen. Dass Nimmerland nicht existiert, dass es nur eine Geschichte ist, die sie sich ausgedacht hat. Sie muss nichts anderes tun, als zu sagen, dass es ihr leidtut, und zu versprechen, nie wieder davon zu reden.

»Tee?« John hebt die Kanne hoch, hält sie über ihrer Tasse bereit.

»Bitte.«

»Zwei Stück Zucker. Das weiß ich noch.« Seine Miene wird weicher.

Sie wünschte, sie könnte ihm böse sein, aber sein Lächeln entwaffnet sie. Das Licht fällt schräg durch das Laub, scheint auf sein Haar, lässt seine Brille glänzen, und er ist wieder nur ihr Bruder, keiner ihrer Geiselnehmer. Irgendwo hinter seinen Augen verbirgt sich der Geist des Jungen, der mit ihr flog, der an Peters Seite jubelte und schrie, der Krieg und »Folgt dem Anführer« spielte.

Wendy öffnet den Mund und schließt ihn wieder, durchforstet ihren Verstand nach etwas Unverfänglichem, das sie sagen könnte. Wenn sie ihn fragt, wo jener kleine Junge geblieben ist, ob sich ein Teil von ihm daran erinnert, wird das nur dazu führen, dass Enttäuschung sein Gesicht verfinstert.

Hinter den blitzenden Brillengläsern entdeckt sie zarte Krähenfüße auf seiner Haut und der Anblick überrascht sie. Wann ist er erwachsen geworden? Und sie? In ihrer Entschlossenheit, an dem Jungen festzuhalten, der John einst war – dem, der gemeinsam mit ihr zu den Sternen flog –, ist das völlig an ihr vorübergegangen.

Dieser John ist eines Tages einfach vor ihr aufgetaucht, kein Junge mehr, sondern ein Mann, mit einer Fülle von Anforderungen an ihr Verhalten. Plötzlich wird Wendy etwas bewusst: Obwohl John ihr Bruder ist, weiß sie kaum etwas über ihn. Sie könnte ihn rein gar nichts fragen, ohne wie ein Dummkopf dazustehen. Wer sind seine Freunde? Hat er eine Liebste? Hofft er, eines Tages zu heiraten?

Früher erwähnte er wichtige Termine, für gewöhnlich dienten sie ihm als Entschuldigung dafür, dass er nicht lange blieb. Bei seinem ersten Besuch, Monate nachdem er sie hier zurückgelassen hatte, deutete er eine Geschäftsmöglichkeit an, etwas, das damit zu tun hatte, Waren aus aller Welt zu importieren und in England zu verkaufen, aber er sprach nie wieder davon. Als sie sich danach erkundigte, machte er ein verkniffenes Gesicht, sein Blick verfinsterte sich und er teilte ihr kurz angebunden mit, geschäftliche Angelegenheiten hätten eine Frau nicht zu kümmern. Nun fragt sie sich, ob er eine Fehlinvestition getätigt hat. Ist er in Geldnöten, quält ihn die Sorge, wie er für ihre Pflege aufkommen und das Haus unterhalten soll, in dem sie aufgewachsen sind?

Die Schuldgefühle und die Angst setzen ihr zu. Wendy hat keine Ahnung, was sie sagen soll, und beschließt zu schweigen. Sie faltet die Hände im Schoß und sieht zu, wie John den Tee eingießt, Zucker hineingibt, umrührt und den Löffel akkurat neben der Tasse ablegt. All das tut er mit behutsamen Bewegungen, als wäre die ganze Welt um ihn herum zerbrechlich, nicht nur sie. An seinen Schläfen zeigen sich vereinzelt graue Haare, passend zu den Fältchen in seinen Augenwinkeln. Sie denkt daran, wie er die Arme um sie schlang, sie festhielt, während sie kreischend und kratzend versuchte, einen weiteren Teller in die Finger zu bekommen, um ihn zu zerschmettern. Damals war dort kein Grau, doch nun, da sie es entdeckt hat, ist es nicht mehr zu übersehen, obwohl er jünger ist als sie.

Sie hat gar nicht bemerkt, dass er derart schnell gealtert ist, wird ihr jäh bewusst. Es zerreißt ihr das Herz in der Brust. Seit sie aus Nimmerland zurückgekehrt sind, war sie ihm keine große Schwester mehr, nicht so, wie sie es hätte sein müssen. Der Tod ihrer Eltern hat ihm weit mehr aufgebürdet als ihr. Darüber hinaus haben auch noch die Strapazen mit *ihr* auf seinen Schultern gelastet. Er war gezwungen, erwachsen zu werden und sich Nimmerland aus dem Kopf zu schlagen. Ihm blieb sonst nichts übrig.

Und was war mit ihr? Sie hat sich anders als John nie mit geschäftlichen Belangen beschäftigen müssen. Im Gegensatz zu Michael durfte sie nicht in den Krieg ziehen. Welche Wahl hatte sie als Frau? Nur die Ehe, einzig ein Dasein als Mutter, und Mutter hat sie in Nimmerland lange genug gespielt. Allein der Gedanke an ein Leben als Ehefrau – er weckte eine Angst in ihr, für die sie keine Worte fand. Vor St. Bernadette machte John mehr als einmal Andeutungen in diese Richtung. Er hat sogar versucht, eine Zufallsbekanntschaft einzufädeln, indem er einen jungen Mann nach Hause einlud, als hätte er keine Ahnung, dass Wendy da wäre, und sie beide gemeinsam zum Tee bat.

Er meinte es nur gut, das weiß sie. Er handelte nicht nur aus dem Wunsch heraus, sich seiner lästigen Schwester zu entledigen; er dachte wirklich, dass eine solche Zukunft sie glücklich machen würde, davon ist sie überzeugt. Welche Frau würde sich schließlich nicht wünschen zu heiraten? Doch Wendy war schon angesichts der bloßen Vorstellung fassungslos, gleichermaßen von Furcht und Wut erfüllt. Sie sprach kaum ein Wort mit dem Besucher, immer wieder herrschte peinliches Schweigen im Zimmer, bis der junge Mann aussah wie ein verängstigtes Tier, das verzweifelt zu entkommen versucht, und John sich schließlich geschlagen gab.

Unter der Voraussetzung, dass erwachsen werden heiraten bedeutete, klammerte sie sich natürlich noch fester an Nimmerland, weigerte sich umso strikter loszulassen.

Jetzt erkennt sie, wie stark all das John belastet hat. Und mehr als das: Sie war grausam, rücksichtslos, hat Johns Wunden immer wieder aufgerissen und von ihm gefordert, sich das Blut anzusehen. Eine Entschuldigung will unbedingt heraus und sie öffnet den Mund, aber John ergreift als Erster das Wort.

»Ich habe gute Neuigkeiten.« John reicht ihr ihre Tasse. Sie klappert auf dem Unterteller. »Ich habe jemanden gefunden – das heißt, Michael und ich haben jemanden gefunden, der bereit ist …« Er räuspert sich. »Ich will damit sagen, dass jemand um deine Hand anhält, Wendy.«

Die Worte treffen sie wie ein Schlag und jeder Gedanke daran, ihn um Verzeihung zu bitten, verfliegt. Wendy hat kein Gefühl mehr in den Fingern, die die hauchdünne Untertasse halten. Die Tasse entgleitet ihr und zerschellt auf dem Tisch. Scherben fliegen herum, der heiße Tee spritzt in alle Richtungen. John springt auf und wirft dabei seinen Stuhl um. Die Wangen über seinem Schnurrbart laufen rot an. Er hat die Fassung verloren, gewinnt sie jedoch rasch zurück und winkt ab, als der Aufseher, der diskret Abstand hält, zu ihnen herüberschaut.

»Oje. Na ja, mach dir nichts draus, Darling.«

Er beseitigt die Unordnung und Wendy sieht ihm wie betäubt dabei zu. Sie ist ein Geschöpf, das unter seiner Haut aus einem toten Eisklotz besteht. Ein Mädchen in einer Badewanne. Sie ist nie herausgestiegen. Sie besteht ausschließlich aus Eis.

»Das ist ein bisschen viel auf einmal, ich weiß.« John sieht sie nicht an; die Röte schwindet nicht aus seinen Wangen. »Aber Ned ist ein guter Mensch. Sein Vater ist … Sein Vater war mir geschäftlich eine ziemlich große Hilfe. Ned stammt aus gutem Hause. Er wird gut zu dir passen.«

Ned. Der Name hallt in ihren Ohren wider, dröhnt dumpf gegen ihre Schädelknochen. Ob John merkt, wie oft er das Wort »gut« benutzt hat? Versucht er sie oder sich selbst zu überzeugen? Wie gut kann dieser Ned schon sein, wenn er einer Frau einen Heiratsantrag macht, der er nie begegnet ist? Und hat John vergessen, wie katastrophal sein letzter Versuch geendet hat, sie zu verkuppeln? Seitdem hat sich allerdings nichts geändert. Als Frau wird von ihr erwartet, dass sie heiratet, sich einen Mann sucht, der für sie sorgt, und mit 27 ist sie beinah schon zu alt dafür.

Sie sieht einen stiernackigen Hünen mit Jamiesons Gesicht und einem Lächeln vor sich, so dünn wie eine Messerklinge – die Sorte Mann, zu der ein Junge heranwächst, dem es Vergnügen bereitet, Fliegen die Flügel auszureißen. Gefolgt vom Bild eines Mannes wie Dr. Harrington, einem mit freundlichen Zügen, der sie jedoch mit scharfem Blick beobachtet. Eines Mannes, der es vielleicht gut mit ihr meint, aber genauso erpicht darauf ist, sie mit seiner vernichtenden Kritik in Stücke zu reißen.

Und was hat John dazu bewogen, Neds Vater zu erwähnen? Die Art, wie ihr Bruder ihrem Blick ausweicht, und seine hochroten Wangen machen sie stutzig. Hat sich John von diesem Mann Geld geliehen? Soll sie verkauft werden, um seine Schulden zu begleichen?

Wie konnte ihr John das antun? Gerade als sie glaubte, ihn zu verstehen, als sie dachte, der Bruch zwischen ihnen ließe sich vielleicht endlich kitten.

»Ich dachte, du würdest dich darüber freuen. Auch wenn … Selbst wenn du glaubst, dass du nicht heiraten willst, wäre es doch gewiss besser, als in dieser Einrichtung zu bleiben, oder nicht?« Johns Hände haben aufgehört zu zittern und er sieht sie mit flehender Miene an. »Möchtest du nicht irgendwas dazu sagen, Wendy?«

»Was soll ich denn sagen?« Sie erwidert seinen Blick ruhig und ungerührt. Unter dem Eis in ihrem Herzen begraben kreischt sich Wendy Darling, das Mädchen, das noch weiß, wie man fliegt, die Seele aus dem Leib.

»Sag, dass du dich freust. Oder wenigstens, dass du es in Erwägung ziehen wirst.« John zieht seinen Stuhl heran, setzt sich und ergreift ihre Hände. Der Tee hat auf seiner Hemdmanschette Flecken hinterlassen. »Michael und ich wünschen uns nur, dass für dich gesorgt ist, so wie du immer für uns gesorgt hast. All die Geschichten im Kinderzimmer, die Spiele. Wie du an unserem Bett gesessen hast, wenn wir krank waren. Wenn ich Albträume hatte, bist du meinetwegen wach geblieben. Du hast Schlaflieder gesungen.«

Er meint jedes Wort ernst, Wendy sieht es ihm an. Die Kluft in ihrem Inneren wird breiter – sie will ihm verzeihen und wird es niemals können.

»Weißt du …« John lächelt liebevoll. »Michael hat mir anvertraut, dass er nicht an Mutter oder Vater dachte, als er drüben war, in Europa, sondern an dich. Das hat ihm geholfen durchzuhalten, wenn die Bomben fielen. Wenn um ihn herum Menschen starben.«

Wendy würde ihm am liebsten ins Gesicht schlagen. Wie kann er hier sitzen und ihr das erzählen, als täte er ihr damit einen Gefallen? Hat er Michael nie in die Augen gesehen? Glaubt er, es ginge ihr besser, wenn er ihr die Bürde auferlegt, dass ihr kleiner Bruder ihren Namen flüsterte, als er einsam und verlassen im Schlamm lag?

John lässt ihre Hände los und zupft an den Ärmeln seines Jacketts, um den Teefleck zu verstecken. Sein Blick ist unstet, er weiß nicht, wo er hinschauen soll.

»Du wirst wohlbehütet und versorgt sein, Wendy. Bitte erlaube uns, das für dich zu tun.«

John und Michael könnten sie jederzeit aus dieser Anstalt holen. Eine Heirat stellt keine Voraussetzung für ihre Entlassung dar, außer John macht sie dazu. Eigentlich müsste sie eine Mordswut auf ihn haben. Die hat sie wirklich, aber sie ist auch erschöpft. Wendys Augen wandern noch einmal zum Himmel hinauf und dessen Blau fährt ihr wie ein Messer ins Herz. Diesen Antrag anzunehmen hieße, sie könnte durch das Tor gehen und nie zurückblicken. Sie könnte all das hier, Dr. Harrington und Jamieson hinter sich lassen. Endlich das Joch namens Nimmerland abwerfen und sich ein eigenes Leben aufbauen. Vielleicht könnte sie sogar Mary mitnehmen. Ein neues Leben. Eine neue Wendy Darling.

Sie wendet ihren Blick wieder John zu. Sein innerer Zwiespalt ist ihm deutlich anzusehen, der Kummer mit Michael und ihr und allem anderen, die Mühsal, sie zusammenzuhalten, hat ihn im Laufe der Jahre ausgelaugt. Welche Gründe er sonst auch immer noch haben mag, er glaubt aufrichtig, dass sie darüber glücklich sein sollte. Diese Ernsthaftigkeit in seiner Miene – sind denn Ehe und Mutterschaft nicht das, was sich jede Frau wünscht? In seinen Augen macht er ihr damit ein Geschenk und liefert sie mitnichten einer neuen Art von Gefangenschaft aus. Wendy holt tief Luft. Wenigstens dieses eine Mal wird sie sich für ein Entgegenkommen entscheiden. Ihre Brüder sollen nicht mit dem Kreuz geschlagen sein, bis ans Ende ihres Lebens für sie zu sorgen. Sie wird das für John tun. Für Michael.

»Ja«, sagt sie.

Das Wort schlüpft über ihre Lippen und es scheint von irgendwo hinter ihr zu kommen. Sie schaut an John vorbei zur Hecke, als könnte sie jenseits davon den Horizont erkennen. Vielleicht wäre ein Neuanfang ja doch das Beste, ein anderes Leben, das ihre Brüder vor ihr schützt, sie vor sich selbst beschützt.

»Ach, Wendy. Ich freue mich so. Ich werde sofort mit Dr. Harrington sprechen und alles für deine Entlassung in die Wege leiten.« John fasst sie an den Händen, zieht sie auf die Beine und küsst ihre Wange. »Und mit Ned natürlich. Du sollst Gelegenheit bekommen, Ned kennenzulernen, aber ich bin mir sicher, dass du sehr glücklich mit ihm wirst.«

Hat John etwa die Absicht, ihn hierher mitzubringen, ihm zu zeigen, dass sie in dieser Anstalt eingesperrt ist? Welcher Mann wäre denn willens, sie zu heiraten, wenn er nicht nur die Wahrheit über sie weiß, sondern sie mit eigenen Augen in ihrem Gefängnis sieht?

Ned. Wieder jener Name. Er klingt nicht gerade wie ein Glockenläuten, das den Morgen ankündigt, oder das Zwitschern eines Vogels in der Dämmerung. Eher glanzlos, wie ein Stein. *Ned.* Das Geräusch von Fensterläden, die geschlossen werden, um den Himmel auszusperren.

Ohne danach zu fragen, weiß sie, dass sein Haar nicht die Farbe von Kupfer und Feuer hat. Dass er nicht krähen kann wie ein Hahn. Dass er nicht fliegen kann. Johns Worte fließen über sie hinweg und Wendy hört gar nicht zu. Dann geht John unter nicht enden wollenden Beteuerungen, er käme bald wieder. Sie bleibt unter dem Baum zurück, allein mit einer zerbrochenen Tasse, die noch zur Hälfte unaufgeräumt daliegt, und der anderen, noch mit inzwischen kaltem Tee darin.

Sie hebt eine der Scherben auf und hält sie hoch, um zu sehen, wie das Sonnenlicht hindurchscheint. Wie leicht wäre es, den Splitter in ihre Haut zu bohren? In Dr. Harringtons Haut? Wäre sie dazu fähig?

Sie lässt sie fallen. Die alte Wendy hätte so gedacht, doch sie ist auf dem Weg, eine neue Wendy zu werden. Sollte sie sich angesichts dessen nicht freuen? Weshalb fühlt sich ihre Brust dann so eng an? Wieso fällt ihr das Atmen so schwer? Sie eilt über den Rasen, denn sie hat Mary versprochen, sich mit ihr zu treffen, sobald ihr Bruder gegangen ist. Mary springt auf, als Wendy näher kommt, und lässt die Stickarbeit, die sie auf ihrem Schoß ausgebreitet hatte, zu Boden fallen.

»Was ist passiert?«

»Ich … Ich werde heiraten.« Wendys Schultern zucken. Sie schlägt die Hände vors Gesicht. Ihre Wangen sind trocken, aber sie schüttelt fassungslos den Kopf.

Mary legt die Hand auf ihre Schulter, eine schlichte, tröstliche Geste. Sie erkundigt sich nicht, was denn an der Vorstellung einer Hochzeit so schrecklich ist, und dafür ist Wendy dankbar.

»Das bedeutet, ich verlasse diese Anstalt«, flüstert Wendy zwischen ihren Fingern hindurch. »Bloß …« Sie zuckt mit den Achseln. Ihre Schulterblätter fühlen sich an wie Flügel, die ihrer Federn beraubt wurden.

»Wenn du es dir aussuchen könntest«, meint Mary, »wohin würdest du gehen? Würdest du nach Nimmerland zurückkehren?«

Überrascht lässt Wendy die Hände sinken. Einst wäre ihr die Antwort so leichtgefallen, dass sich diese Frage wohl gar nicht erst gestellt hätte. Binnen eines Wimpernschlags liegt ihr ein *Ja* auf der Zunge, doch sie zögert. Mary wartet geduldig ihre Reaktion ab; ihre Augen erinnern Wendy an Kiefernrinde nach einem heftigen Regen.

Nimmerland ist nicht ihr Zuhause, aber trifft das denn wirklich auf London zu? Zu Michael und John gehört sie nicht, ganz abgesehen davon, dass die beiden ihr eigenes Leben führen sollten. Wohin dann? Am liebsten würde sie sagen: »Zu dir« – letzten Endes ist Mary die einzige andere Heimat, die Wendy je gekannt hat –, doch es erscheint ihr nicht fair, einen anderen Menschen so sehr zu brauchen. Ob sie wohl ebenfalls ein Zuhause für Mary sein könnte? Könnten sie unbedingt aufeinander angewiesen sein, um sich ein Leben außerhalb dieser Anstalt aufzubauen? Und selbst wenn sie es könnten, wer würde ihnen das gestatten? Die Welt ist voll von Männern, die ihre Erlaubnis erteilen oder verweigern, was Frauen wie Mary und sie selbst zu einem Leben verurteilt, in dem sie nur geduldet sind.

Auf einmal erscheint ihr alles so hoffnungslos. Wendy schüttelt den Kopf, gibt einen Laut von sich, der ein Lachen sein könnte.

»Nimmerland.« Sie lehnt ihren Kopf an den Baum und schließt die Augen. Je mehr sich Dr. Harrington und John anstrengten, sie davon abzubringen, desto grimmiger klammerte sie sich daran, bis es sich in etwas völlig anderes verwandelte. Doch es ist nicht perfekt und es ist kein Zuhause. Weil Zuhause Familie bedeutet und Konsequenzen, im Guten wie im Schlechten. Nimmerland ist einfach nur ein Ort, an den man flieht, um sich zu verstecken.

Wendy tastet an den Rändern des Lochs in ihrem Inneren herum, an dem Ding hinter der verschlossenen Tür. Sie ist seiner überdrüssig. Erschöpft bis ins Mark.

»Nimmerland ist eine Lüge.« Sie schlägt die Augen auf und sieht Mary an. »Ich meine damit nicht, dass es nicht real wäre, denn das ist es. Vielmehr sind die Dinge dort nicht das, was sie zu sein scheinen. Nimmerland ist ein Märchen, die Vorstellung eines kleinen Jungen von Piraten und Indianern und Meerjungfrauen. Außer dass Peter nicht wirklich ein Junge ist. Er ist etwas anderes. Was, weiß ich nicht, aber ich glaube, er hat sich in sein Idealbild dessen verwandelt, wie ein Junge sein sollte, und manchmal ist das ein sehr gefährliches Wesen.«

Wendy nimmt Marys Hand, sie verschränken ihre Finger und betrachten sie, hell und dunkel vereint.

»Wie ist das bei dir?« Ein Teil von Wendy fürchtet sich vor der Reaktion, nur weiß sie nicht, welche Antwort sie Mary auf deren Frage geben soll, also dreht sie stattdessen den Spieß um. »Was würdest du tun, wenn du morgen verschwinden dürftest? Wohin würdest du gehen?«

Nun ist es Mary, die überrascht dreinschaut, und Wendy stockt ein wenig der Atem, ihr Herz will schneller schlagen. Das hier fühlt sich anders an als die Geschichten, die sie einander im Laufe der Jahre darüber erzählt haben, was sie tun würden, wenn sie je entkämen. Es waren nur Fantasien, eine Überlebensstrategie. Das hier ist erschreckend nahe an der Wirklichkeit. Nicht mehr vor etwas davonzurennen, sondern *auf etwas zu*, ein reales Leben, ein neues Zuhause, eine andere Art von Familie.

»Würdest du …« Wendy zögert. Über die Möglichkeit nachzudenken, dass Mary nach Kanada zurückkehrt, an einen Ozean, der sie trennt, ist zu viel, und so stellt sie ihr eine andere Frage.

»Würdest du nach dem Mann suchen, der deine Mutter geheiratet hat?«

Rache. Sie spricht es nicht laut aus. Würde sie es Jamieson heimzahlen, wenn sie könnte? Und Peter? Falls Mary die Gelegenheit bekäme – würde sie den Mann, der sie in diese Anstalt gesteckt hat, dafür büßen lassen?

»Nein«, faucht Mary. Die Feuchte-Kiefer-Farbe ihrer Augen wirkt noch dunkler, die Schwärze in ihrem Zentrum reicht schon beinah bis zum Rand des braunen Rings und verschlingt ihn.

»Von dem will ich nichts und ich schulde ihm auch nichts. Wir waren nie eine Familie. Er bedeutet mir gar nichts und er ist es nicht wert, dass ich auch nur eine Sekunde meiner Zeit an ihn verschwende.«

Bei diesen aufbrausenden Worten wird auch Marys Griff fester. Der Zorn dahinter ist ein anderer als der, den sie sonst je bei Mary gesehen hat, und sie fragt sich, ob das ein Versuch ist, Mary selbst von ihren Aussagen zu überzeugen. Der Mann, der ihre Mutter heiratete, ist ihr gleichgültig, und doch steht er für eine Wunde, die noch nicht ganz verheilt ist.

»Ich würde auch nicht nach Kanada zurückgehen«, beantwortet Mary Wendys unausgesprochene Frage und heiße Tränen der Erleichterung treten in deren Augen. Sie schluckt hart, als Mary fortfährt: »Ich weiß nicht … Mein Volk lebt dort, aber ich kenne niemanden, nicht wirklich. Als ich fortging, war ich noch so klein. Ich weiß nicht, wo ich hingehöre.«

Hierher, zu mir, platzt Wendy beinah heraus, doch sie hält ihre Zunge gerade noch im Zaum. Es steht ihr nicht zu, sich das anzumaßen, ungeachtet dessen, wie sehr sie der Gedanke schmerzt, Mary hier zurückzulassen und in die Welt hinauszugehen, um einen Mann zu heiraten, den sie nicht einmal kennt.

»Ich würde gerne reisen«, fügt Mary hinzu. »Aber das ist nicht so einfach.«

Mary hebt ihre ineinander verschlungenen Hände; Sprenkel aus Sonnenlicht blitzen durch den Baum über ihren Köpfen und betonen den Kontrast zwischen ihrer beider Haut. Damit ist alles gesagt. Mary senkt den Kopf, als befürchte sie, ihre Hoffnung werde sich nie erfüllen, wenn sie sie zu laut ausspricht.

»Seitdem ich hier in der Küche arbeite, glaube ich allmählich, dass es mir gefallen würde, eine kleine Bäckerei zu führen, mein eigenes Geschäft, bloß ...«

Dieselbe Geste mit ihren Händen, dieselbe Antwort, und jäh begreift Wendy, dass Mary gar nicht erwartet, jemals hier wegzukommen; sie rechnet damit, alt zu werden und zu sterben, ohne die Welt außerhalb der Mauern von St. Bernadette je wiederzusehen. Das tut so weh, dass Wendys Herz einen Schlag aussetzt, und eine grimmige Wut steigt in ihr auf. Diese Welt der Männer und ihrer Gesetze, die in alle Ewigkeit darüber bestimmen, was Frauen – insbesondere Frauen mit Marys Aussehen – dürfen und was nicht.

Dass derart mit zweierlei Maß gemessen wird, macht Wendy schwer zu schaffen. Es fühlt sich an, als würde all die Ungerechtigkeit sie zerreißen.

»Wirst du es wirklich tun?«, fragt Mary nach einem Augenblick des Schweigens.

»Heiraten? Das sollte ich wohl.« Wendy zupft mit der freien Hand an ihrem Ärmel und versucht, sich selbst in einem Brautkleid vorzustellen. »In eine Rolle schlüpfen. Die Ehefrau und Mutter spielen.« Wendy bemüht sich krampfhaft zu lächeln und es bereitet ihr Qualen, ein tiefer, bohrender Schmerz ergreift von ihr Besitz. »Immerhin wäre es nicht das erste Mal.«

»Wendy.« Tiger Lily hebt die Hand an den Hals, als verursache ihr das Sprechen körperliche Schmerzen. Ihre Stimme gleicht einem kalten Windhauch, der von einem Ort der Einsamkeit herüberweht. Sie zu hören tut weh und aus ihrem Mund klingt Wendys Name entsetzlich.

Sekundenlang kann Wendy sie nur anstarren, sie wünschte, sie könnte ungeschehen machen, was Tiger Lily angetan wurde, und sie in das Mädchen aus ihrer Erinnerung zurückverwandeln. Tiger Lilys knorrige Finger streichen über Wendys Wange. Sie bestehen förmlich nur noch aus Knochen und Wendy muss gegen den Drang ankämpfen, unter ihrer Berührung zusammenzuzucken. Die Verwunderung in Tiger Lilys Augen – sie ist echt, sie ist menschlich, trotz ihres körperlichen Verfalls, und Wendy schaut unverwandt hinein, als könnte sie so vergessen, was ansonsten aus Tiger Lily geworden ist.

»Allmählich habe ich schon geglaubt, ich hätte dich nur geträumt.« Die Worte sind rau und unwillkürlich fasst sich Wendy an die Kehle. »Das Mädchen von jenseits der Sterne.«

Als Tiger Lily lächelt, platzen ihre Lippen auf, doch sie bluten nicht. In Wendys Hals ballt sich ein Kloß zusammen, den sie nicht mehr loswird. Während man sie selbst hinter den Mauern von St. Bernadette einsperrte, war Tiger Lily hier gefangen – hat der Rest von Nimmerland sie vergessen und Tiger Lilys Wort ebenso angezweifelt, ihr nicht geglaubt, ihr erzählt, Wendy sei nur ein Märchen oder ein Traum?

»Aber jetzt bist du hier«, sagt Tiger Lily.

»Ich bin da.« Wendy zwingt sich, Tiger Lily noch einmal in die Arme zu nehmen, und spürt wieder die Leere in ihr. Sie ist nur Haut und Knochen mit nichts weiter darin.

»Was ist geschehen?« Wendy löst sich von ihr und reibt unbewusst über ihre Wangen.

»Peter.« Begleitet von einem trockenen Rascheln hebt Tiger Lily mit grimmiger Miene die Hände und in ihren Lippen bilden sich weitere Risse.

Peter. Natürlich. Wendy wusste es schon, ehe sie gefragt hat. In ihrem Inneren tobt ein Krieg zwischen ihrer Wut und ihren Schuldgefühlen. Wäre sie geblieben, hätte sie das verhindern können. Sie hätte Tiger Lily und die Nixen retten können.

»Nicht.« Tiger Lily scheint ihre Gedanken zu lesen. »Mach dir seinetwegen keine Vorwürfe.«

Wendy atmet auf und ihre Anspannung lässt beinah unmerklich nach. Sie möchte so gern glauben, dass Tiger Lily recht hat, und doch erscheint es ihr als das einzig Sinnvolle, sich selbst die Schuld zu geben. Peter ist wie ein Sturm, der über einen hereinbricht, zu gewaltig, um ihren Zorn gegen ihn zu richten, so bleibt nur sie selbst.

»Komm mit«, sagt Tiger Lily und reißt Wendy damit aus ihrer Versenkung. »Lass uns reden.«

Sie neigt den Kopf, um Wendy zu bedeuten, dass sie ihr folgen soll. Diese gehorcht und mustert auf dem Weg den Wald, denn sie fragt sich plötzlich, ob es Augen und Ohren gibt, die sie von dort beobachten. Die Vögel könnten Peters Spione sein, nach allem, was sie weiß, sogar das Laub selbst. Das beunruhigende Gefühl, verfolgt zu werden, kehrt zurück, auch wenn die Ursache diesmal eine andere ist.

Tiger Lily führt sie zwischen Bäumen mit schmalen Stämmen hindurch, duckt sich vor Ästen und verschlungenen Kletterpflanzen, die riesigen Schlangen gleichen. Ihre Schritte sind nahezu lautlos. Als Wendy das Geäst zum ersten Mal so schwanken sah, drängte sich ihr der Gedanke an Geister auf. Bei Tiger Lilys Anblick fragt sie sich mittlerweile, ob sie damit wirklich so falschlag.

Tiger Lily bückt sich, um einen mächtigen Strang seilartiger Ranken hochzuheben, der den Eingang einer Höhle preisgibt. Nur eine der zahllosen Spalten und Sprünge und verborgenen Tunnel, die Nimmerland durchziehen. Wendy fällt ein, dass ihr Tiger Lily einst erzählt hat, es sei möglich, kreuz und quer über die ganze Insel zu reisen, ohne je die Sonne zu sehen, als gäbe es ein vollständiges zweites Nimmerland unter der Erde.

Wendy zieht den Kopf ein, und als sie eintritt, erbebt der Boden unter einem fernen Donnergrollen. Beim Blick über ihre Schulter sieht sie eine dünne Rauchfahne über dem Wald aufsteigen, eine Kratzspur aus Feuerdunst, die sich im Herzen der Insel über den Himmel zieht.

Sie ist deutlicher als vorhin am Strand, wo sie sie zuerst entdeckt hat, und auch dunkler. Jetzt wirkt sie weniger wie ein Vogelschwarm, sondern vielmehr wie ein lebender Schatten, der sich am Firmament ausbreitet.

Wendys Muskeln erstarren, ihre Beine weigern sich, sie ins Innere der Höhle zu tragen. Peter führt sie an der Hand in die Finsternis. *Hier drin, Wendy, das ist das beste Geheimnis aller Zeiten.* Ein Geruch wie von abgebrannten Streichhölzern, aber so viel stärker. Regennasses Fell, der Verwesung anheimgefallenes Fleisch.

Dort ist etwas. Etwas, woran sie sich erinnern müsste.

Ihre Finger gleiten über die Tür in ihrem Verstand und das Holz erzittert, als würde es von einem ungeheuerlichen Atemzug auf der anderen Seite erschüttert. Splitter bohren sich in ihre Fingerkuppen. In der Oberfläche der Tür bilden sich Risse. Panik kreischt sie an, sie solle fliehen, weglaufen, losrennen und nie wieder stehen bleiben.

Tiger Lily berührt ihre Hand und Wendy fährt zusammen, kann gerade noch einen erschrockenen Aufschrei unterdrücken. Sie verdrängt die Angst, zwingt die lähmende Anspannung mit schierer Willenskraft, sich zu lösen, und betritt die Höhle.

Der Schwefelgestank verschwindet. Was bleibt, ist nichts als die Erinnerung an Rauch, schemenhaft wie ein Geist. Kein Blut, keine Hitze, kein Eisen.

Wendys Augen gewöhnen sich an die Dunkelheit und zeigen ihr einen Kreis aus glatt geschliffenen Baumstämmen um eine erkaltete Feuerstelle. Über ihnen bildet der Fels einen natürlichen Kamin, durch den ein blasser, regenverwaschener Lichtstrahl hereinfällt – die Farbe des

Himmels direkt nach einem Gewitter. Die Höhlenwände sind vom Ruß früherer Feuer geschwärzt, aber sie weisen auch detaillierte Zeichnungen in roter und schwarzer Farbe auf.

Wendy tritt näher heran und studiert sie eingehend. Sie denkt an die Tage zurück, die sie und Mary in vergessenen Winkeln der Flure von St. Bernadette damit verbrachten, sich Geschichten zu erzählen. Wendy erzählte ihr von Nimmerland und im Gegenzug weihte Mary Wendy in die Legenden der Kainai ein, die ihre Mutter an sie weitergegeben hatte, als sie ein Kind gewesen war.

Sie entsinnt sich, wie Jane vor dem Büfett in ihrer Küche stand, kaum groß genug, um über den Rand zu spähen, und zusah, wie Mary Brotteig knetete. Ihr hat Mary dieselben Mythen überliefert und in das Mehl auf der Arbeitsfläche Bilder gezeichnet. Von Blood-Clot Boy und Napi, dem alten Mann, der die Menschen erschuf und versuchte, der Sonne die Hose zu stehlen.

Ein ersticktes Schluchzen dringt aus Wendys Kehle. Die Erinnerung ist so deutlich, dass sie die Hitze in der Küche spüren und das Brot im Ofen riechen kann. Sie hat Jane ihre eigenen Geschichten erzählt, Märchen vom kleinen weißen Vogel und der pfiffigen Schneiderin, allerdings hätte sie dabei näher an der Wahrheit bleiben sollen.

In dieser Form über ihre Erlebnisse zu sprechen, diente ihrem eigenen Schutz, nicht dem von Jane, sie arbeitete darin Teile von Nimmerland auf und stückelte sie zu harmlosen Märchen zusammen, die ihrer Tochter abends helfen sollten einzuschlafen. Die Schneiderin fertigte dem kleinen weißen Vogel aus gestohlenen Federn einen sagenhaften

Mantel an, um ihm zu helfen, schneller und höher zu fliegen als alle anderen Vögel und dadurch einen Wettkampf zu gewinnen. Und insgeheim stand Wendy die ganze Zeit das Bild vor Augen, wie sie als Kind Peters Schatten wieder annähte.

Wendy stößt die Luft aus, damit der Schmerz in ihrer Lunge aufhört. Sie blinzelt die Tränen weg und legt die Finger auf die Wandmalereien. Ein Schiff mit vollen geblähten Segeln, die Nixen in ihrer Lagune, ein Junge, um den sich eine Horde anderer schart – er wirft als Einziger keinen Schatten. Ihre Hand wandert wieder zu dem Piratenschiff und sie wirft Tiger Lily über die Schulter einen Blick zu.

»Was ist mit ihnen geschehen?«

»Sie sind davongeflogen.« Tiger Lily kommt näher.

»Was?« Die Antwort bestürzt sie und verscheucht jeden anderen Gedanken aus ihrem Kopf. »Wie? Wo sind sie hin?«

Tiger Lily zuckt mit den Achseln und ihr Körper gibt ein trockenes Knacken von sich, wie Holzscheite im Feuer.

»Es gab einen Sturm und am Himmel tat sich ein Riss auf. Hook ist mit seinem Schiff durchgesegelt.«

»Aber ich habe das Wrack doch am Strand gesehen. Ich bin hineingeklettert.« Wendys Finger gleiten zu dem Schwert an ihrer Hüfte.

Fast kommt es ihr vor, als würde das Heft unter ihrer Berührung erbeben. Sie hat es doch selbst gespürt, die gespenstische Luft auf dem Schiff, die Empfindung, dass die Piraten immer noch hier und doch fort sind. Hat sie sich nicht sogar ausgemalt, wie sie in den Himmel stürzten?

Sie versucht sich ins Gedächtnis zu rufen, was mit Hook passierte, als Peter sie befreite. Die Erinnerung ist da, aber nur bruchstückhaft, als würden zwei widersprüchliche Wahrheiten einander überlagern. Jene monströse Bestie mit ihren furchterregenden Zähnen und dem schnappenden Maul – sie hat gesehen, wie sie Hook verschlang, oder nicht? Das entsetzte sie zutiefst. Er war ein Schurke, aber deshalb verdiente er doch gewiss nicht, bei lebendigem Leib gefressen zu werden? Flehte sie Peter an, ihm zu helfen? Sie weiß es nicht mehr, ihr Kopf ist leer bis auf Peters schallendes Gelächter, das darin widerhallt, seine unschuldige und doch verächtliche, fast schon unmenschliche Stimme.

Niemand stirbt je in Nimmerland, Dummchen.

Hat sie mit angesehen, wie er in jenem Schlund verschwand, nur um wiederaufzuerstehen, aus dem scheinbaren Tod zurückzukehren, damit er weiter als Peters ewiger Feind dienen konnte? Der Gedanke jagt Wendy einen Schauder über den Rücken. Hat Peter wirklich solche Macht über Leben und Tod?

Die Meerjungfrauen in der Lagune fallen ihr ein. Sie sieht Tiger Lily an, ihr mumienhaftes Gesicht, ihre eingesunkenen Augen, und sie kennt die Antwort.

Tiger Lily schüttelt den Kopf.

»Ich habe mich im Wald versteckt und alles beobachtet. Ich kann dir nur sagen, was ich gesehen habe, nicht, was es bedeutet. Es gab zwei Schiffe und beide waren dasselbe Schiff. Eins fiel herunter und eins flog zum Himmel. Dort war ein Loch, und als ich durchguckte, sah ich fremde Sterne.«

Wendy schnappt nach Luft, ihre Angst ist vorübergehend vergessen. Fremde Sterne. Ihre Sterne? London?

»Manche der Piraten sind schreiend vom Himmel gestürzt und ertrunken«, fährt Tiger Lily fort. »Aber Hook nicht. Hook hat überlebt.«

»Woher weißt du das?«

Zum ersten Mal verziehen sich Tiger Lilys Lippen zu einem Lächeln. Ihre Stimme ist immer noch rau, klingt aber einen Augenblick lang nicht mehr so gequält.

»Sein Sturkopf. Er würde niemals eine Niederlage akzeptieren oder zulassen, dass Peter ihn endgültig besiegt. Also muss er seine Haut irgendwie gerettet haben.«

Unwillkürlich ertappt sich Wendy selbst dabei, wie sie lächelt. Es fühlt sich seltsam an und sie ruft sich noch einmal das Bild ins Gedächtnis, das sie sich auf dem Schiff von Hook machte – ein gebrochener Mann, ein Gefangener, ein bedauernswerter Mensch.

Wie viel schlimmer wäre es, wenn er nicht nur wehrlos Peters endlosen Spielchen ausgeliefert wäre, sondern einem Kreislauf von Ermordetwerden und Rückkehr ins Leben unterworfen, ganz nach Lust und Laune eines kleinen Jungen?

Tiger Lily geht hinüber und lässt sich auf einem der Baumstämme nieder, die das erloschene Feuer umgeben. Sie zieht die Beine hoch und schlingt die Arme darum, ihr Gesicht nimmt einen wehmütigen Ausdruck an. Beim Anblick von Tiger Lilys gebeugten Schultern, ihrem spindeldürren Körper, muss Wendy an ofenfertige Reisigbündel denken. Tiger Lily schmiegt ihre Wange an die Knie und schaut Wendy an.

»Ich wünschte, ich wüsste, wie er das gemacht hat, dann könnte ich auch von hier weg.«

Wendy löst sich von der Wand und setzt sich neben sie. Einen Moment später legt sie den Arm um die Schultern ihrer Freundin und zieht sie an sich. Mittlerweile fällt es ihr leichter, sie zu berühren, ohne vor Angst zu erschaudern. Tiger Lily lehnt ihren Kopf an Wendy; er wiegt praktisch nichts.

»Bevor das mit den Piraten passierte, dachte ich immer, in Nimmerland könnte nichts jemals sterben, aber …« Tiger Lily streckt ihre Arme aus, lässt ihre von Rissen durchzogene Haut für sich sprechen.

»Du bist doch nicht …«, setzt Wendy an, schluckt den Rest des Satzes jedoch hinunter und er ballt sich in ihrem Hals zu einem schmerzhaften Kloß zusammen. Was auch immer sie sagen könnte, wäre gelogen. Tiger Lily ist nicht tot, aber sie ist auch nicht lebendig. Sie waren im selben Alter, als Wendy zum ersten Mal hierherkam. Diese Tiger Lily ist nicht das Mädchen, das Wendy zurückgelassen hat, doch sie ist ebenso wenig eine erwachsene Frau. Sie ist etwas anderes.

»Und die Nixen?«, fragt Wendy stattdessen.

»Peter.«

Tiger Lily verkrampft sich und Wendy nimmt die Veränderung in ihrer ohnehin gequälten Stimme wahr. Es ist, als bereite es ihr mehr Schmerzen, seinen Namen auszusprechen, als bei jedem anderen Wort. Wie standen er und Tiger Lily vor Wendys Ankunft zueinander? Und nachdem sie fortgegangen war? Peter muss früher einmal sehr viel für Tiger Lily empfunden haben, um sie derart zu verletzen.

»Peter hat die Nixen vergessen, deshalb sind sie eingegangen«, sagt Tiger Lily und hebt den Kopf von Wendys Schulter.

»Er hat sie vergessen?« Wendy kann es gar nicht fassen, aber irgendwie doch.

Es geschah nicht einmal aus böser Absicht, sondern aus schlichter Nachlässigkeit. Ein Junge, der seine Spielsachen draußen im Regen liegen lässt, ohne sich darum zu scheren, ob sie vermodern oder kaputtgehen. Auch aus Gleichgültigkeit, er ist unberechenbar, jeder Windhauch könnte ihn in eine andere Richtung verschlagen, ohne dass er auch nur einen Blick darauf verschwendet, was er zurücklässt.

Trotz Tiger Lilys Worten kreisen Wendys Gedanken erneut um die Schuldfrage. Hätte sie verhindern können, dass Peter von solcher Wut und Langeweile erfüllt wurde, wenn sie geblieben wäre? Wäre es ihr gelungen, die ausfransenden Fäden von Nimmerland an sich zu raffen, sie zusammenzuhalten und ihre leuchtenden Farben zu bewahren? Und selbst wenn, hätte sie sich dem Joch von Peters Launen beugen sollen? Er wollte sie zu seiner Mutter machen, sich jeglicher Verantwortung entziehen, damit er sich um nichts zu kümmern brauchte, darauf vertrauen konnte, dass sie ihn auffangen würde, sollte er je fallen.

Es ist die Aufgabe der Mütter, ihre Kinder zu behüten, aber ebenso, sie aufs Leben vorzubereiten. Ihnen dabei zu helfen, erwachsen zu werden. Was kann eine Mutter für einen Jungen sein, der entschlossen ist, für immer Kind zu bleiben? Nur ein Schatten, ein bis in alle Ewigkeit an ihn gekettetes Anhängsel, das all seinen Schmerz erträgt, damit er ihm erspart bleibt.

Nun zieht auch Wendy die Beine hoch, nimmt dieselbe Haltung ein wie Tiger Lily. Sie legt ihre Wange auf die Knie und plötzlich macht sich jede Sekunde ihrer Reise hierher bemerkbar, die Zeit, die sie von damals trennt, als sie das letzte Mal in Nimmerland war. Sie spürt ihr Alter, die kleinen und großen Zeichen der Jahre. Die feinen Fältchen in ihren Augenwinkeln, die grauen Strähnen in ihrem Haar, mehr Speck auf den Rippen. All das hat sie sich erarbeitet. Seit ihrem letzten Besuch hat sie einen Aufenthalt in einer Irrenanstalt überlebt und ein Kind zur Welt gebracht. Peter hingegen hat sich kein bisschen verändert.

Er hat sich gar nichts erarbeitet, also nimmt er sich, was man ihm nicht freiwillig gibt.

Sie denkt daran, wie er am Fußende von Janes Bett stand, die Hände in den Hüften, sein überhebliches Grinsen. Er hat sie nicht einmal erkannt – eine erwachsene Frau, mittlerweile tatsächlich Mutter. Sie stellt sich vor, dass in seiner Wahrnehmung nur Augenblicke verflossen waren, seit er von ihr fortging, als hätte er sie bloß kurz beiseitegelegt und nicht jahrelang vergessen. Er hat Jane für sie gehalten, denn er war nicht älter geworden – weshalb sollte es also bei ihr so sein? Und als sie nicht mehr in Peters Geschichte gepasst hat, weigerte er sich schlicht, sie überhaupt zu sehen. In einer Welt, die einzig nach seinen Vorstellungen erschaffen wurde, ist sie die zerbrochene Spielfigur, die von ihrem Platz gerutscht ist.

»Was war mit euch?«, fragt Wendy.

Wieder wirft sie einen verstohlenen Blick auf Tiger Lily. Sie hat einen wunden Punkt getroffen. In Tiger Lilys Augen geht eine Veränderung vor, sie verfinstern sich und fangen gleichzeitig an zu leuchten. Sie erinnern Wendy an flackernde Kerzen.

»Er ist wütend geworden«, sagt Tiger Lily. Ihre Stimme klingt so scharf und zugleich abwesend, dass Wendy an Mary denken muss, wenn sie in der Anstalt über den Mann sprach, der ihre Mutter geheiratet hatte.

»Als die Piraten abgehauen sind. Er hat uns dafür bestraft. Uns in Brand gesteckt, aber wir sind nicht gestorben. Da hat er uns verwandelt. Er hat das Schlimmste aus mir gemacht, was er sich vorstellen konnte: eine Erwachsene. Er wollte uns beweisen ...« Tiger Lilys Stimme bricht, und als sie weitersprechen kann, klingt sie leiser, irgendwie schwächer. Wie Glutreste, Holzscheite, die im ersterbenden Feuer knacken und verlöschen.

»Er wollte uns damit beweisen, dass wir ihm gehören. Dass er uns ebenso erschaffen und vernichten konnte wie die Nixen und wir ihm niemals entkommen konnten.«

»Nein. Du bist keine ...«

Wendy kann nicht weitersprechen. In ihrem Kopf hallen Tiger Lilys Worte wider ... *Er hat das Schlimmste aus mir gemacht, was er sich vorstellen konnte: eine Erwachsene.* Wütend auf sich selbst reibt sich Wendy über ihre Wangen. Ihre ganze Aufmerksamkeit müsste Tiger Lily gelten, doch sie nimmt bloß Peters Gesicht wahr, als er am Fußende von Janes Bett stand und nur Augen für ihre Tochter hatte, nicht für sie. Kein Wunder, dass Peter sie nicht sehen konnte. Sie ist zur Verkörperung all dessen geworden, was er hasst.

Wieder betrachtet sie Tiger Lily. Ist es das, was Erwachsenwerden in Peters Vorstellung bedeutet? Zu einer leeren

Hülle zu werden, in der der Geist des Kindes gefangen ist, das man einst war?

Aus Tiger Lilys Augen leuchtet ihr Verzweiflung entgegen. Ihr Gesicht fleht Wendy an, sie zu widerlegen, ihr zu erklären, dass das, was sie gesagt hat, nicht wahr ist. Es *ist* nicht wahr. Wendy überkommt die Wut, jäh und lodernd, und sie hilft ihr, klarer zu denken.

»Ihr gehört Peter nicht. Ein Teil der Piraten hat sich abgesetzt, das beweist es. Sosehr er es auch will, er kann nicht alles in Nimmerland beeinflussen. Bäume und Pflanzen sind eine Sache, Menschen hingegen etwas völlig anderes. Sag mal ...« Wendy hält inne, als sie sich an Marys erste Reaktion auf ihre Frage erinnert, ob sie Indianerin sei. »Ihr müsst doch einen Namen für euer Volk haben. Keinen, den euch Peter gegeben hat, sondern einen, der euch ganz allein gehört.«

All das bricht atemlos aus Wendy heraus und hinterlässt sie in einem benommenen und doch euphorischen Zustand. Tiger Lily starrt sie an, Verblüffung hat die Verzweiflung in ihren eingesunkenen Augen abgelöst. Wendy bohrt weiter.

»Es muss doch Geschichten geben, die ihr einander erzählt. Nicht die da ...« Wendy deutet auf die Wandmalereien. »Eigene Mythen, nur für euch.«

In Wendys Brust keimt ein verwegener Hoffnungsschimmer auf. Ihre Märchen. Marys Legenden. Jedes und jede einzelne eine Möglichkeit, die Wahrheit in die Welt hinauszutragen, sie in dem Bemühen, sie zu untersuchen und zu verstehen, neu zu gestalten. Selbst Peters Lügen sind ein solcher Versuch, gerade seine vielleicht am allermeisten, aber was, wenn Nimmerland seine eigenen Geschichten hat? Ältere Sagen, näher an der Wahrheit.

»Meistens waren wir bloß Peters Indianer.« Der Schmerz, der Tiger Lilys Stimme verzerrt, erreicht ein neues Ausmaß. »Aber …«

Tiger Lily strafft sich kaum merklich und ihre Augen verändern sich, es liegt ein Funkeln darin, das vorher nicht da war. Es befeuert auch Wendys Hoffnung und sie beugt sich zu ihrer Freundin hinüber. Tiger Lilys Blick schweift ab, heftet sich auf etwas in der Mitte der Höhle, das Wendy nicht sehen kann.

»Manchmal erinnere ich mich an Geschichten, die erzählt wurden, wenn wir um ein Feuer saßen. Andere als die von Peter.« Tiger Lily macht eine Handbewegung zu den Wänden hin.

Sie spricht zögernd, trotzdem beschwört sie in Wendys Kopf ein hoch aufgetürmtes Feuer herauf, darüber die Sterne, das Ganze von Kiefern umgeben. Den sanften Ruf einer Eule. Tiger Lily und die anderen haben sich darum versammelt, ihre Schultern berühren sich, ein schützender Kreis, der Peter ausschließt. Auch die Nixen mussten ihre eigenen Legenden gehabt haben. Vielleicht selbst Hook und seine Piraten. Sie will verzweifelt daran glauben. Noch wichtiger, sie wünscht sich, dass auch Tiger Lily daran glaubt.

»Ihr wart nie nur Peters Indianer.« Wendys Stimme bebt. Sie will mit aller Macht verhindern, dass sie sich bockig anhört wie ein Kind, das sich mit Peter über seine willkürlichen, unfairen Regeln streitet.

Tiger Lily zuliebe wäre sie hiergeblieben, hätte bleiben *müssen.* Als Peters Mutter hätte sich ihr Leben nicht nur darum gedreht, ihn vor der Welt zu beschützen, sondern auch darum, die Welt vor ihm zu bewahren.

Tiger Lilys Schatten breitet sich über den Grund der Höhle aus, klarer und dunkler, als es das fahle Licht rechtfertigen würde, das durch den Rauchabzug hereinfällt. Er ist entstellt, ein Bann, der Tiger Lily an den Boden fesselt. Wendy blinzelt und das Bild verschwindet.

»Ich habe nicht vergessen, wie es sich anfühlt, wenn man brennt«, flüstert Tiger Lily.

So sanft sie die Worte auch ausspricht, sie schockieren Wendy, jagen ihr einen Schauder über den Rücken. Wieder streckt Tiger Lily ihre Arme aus und eine Sekunde lang bildet sich Wendy geradezu ein, sie könne unter ihrer Haut Feuerströme fließen sehen.

»Wenn Peter wollte, könnte er mich jederzeit umbringen.«

»Nein.« Mit mehr Nachdruck diesmal, fester.

Wendy denkt an die Momente, die sie und Tiger Lily vor Jahren gemeinsam verbrachten – ohne Peter, ohne die Verlorenen Jungs, nur sie beide, wie sie bäuchlings im sonnenwarmen, platt gedrückten Gras lagen, das an den Ufern eines von Nimmerlands zahllosen, stetig mäandernden Flüssen wuchs. Daran, wie sie und Tiger Lily mit den Fingern durch das kristallklare Wasser fuhren, und an Fische mit silbernen und goldenen Schuppen, die neugierig daran knabberten und dann pfeilschnell davonschwammen. Jene Momente waren real. Tiger Lily ist real, nicht nur ein von Peter erschaffener Schatten.

Es gibt so vieles, was sie Tiger Lily gern erzählen würde, über St. Bernadette und alles, was sie dort erleiden musste und gelernt hat. Sie möchte auch von Tiger Lily erfahren, wie ihr Leben in Nimmerland verlaufen ist, seit Wendy sie zum letzten Mal gesehen hat. Und sie will ihr sagen, wie schmerzlich sie sich in jener Zeit nach Peter gesehnt hat, dass sie sich nie von ihm lösen konnte und ein Teil von ihr sich immer noch nach ihm verzehrt, und wie sehr sie sich dafür schämt.

Wendy sucht Tiger Lilys Blick und bittet stattdessen: »Erzähl mir eine von euren Legenden. Eine von den Lagerfeuergeschichten, an die du dich erinnerst.«

Tiger Lily soll sich das Bild von Geborgenheit und Familie ins Gedächtnis rufen, das sie vor Augen hatte, einen Ort, der für Peter tabu ist. Sie wünscht sich, sie in ihren Wurzeln zu verankern, sie daran zu erinnern, dass sie real ist und weder verbrennen noch sich in eine Rauchwolke auflösen wird, nur weil Peter es so will.

»Na gut.« In Tiger Lilys Stimme schwingt Unsicherheit mit, die sich in ihrer zweifelnden Miene widerspiegelt, und Wendy bekommt eine Gänsehaut. »Aber von den schönen weiß ich keine einzige mehr, nur die über Monster.«

11

DER VERBOTENE PFAD

Der Duft von brutzelndem, fast schon angebranntem Fleisch erfüllt die Luft; nie zuvor hat sie so etwas Köstliches gerochen. Zischend trieft das Fett von dem aufgespießten Keiler ins Feuer, wo die Tropfen knallend explodieren. Ihr knurrt der Magen und gleichzeitig ist ihr schlecht. Sie war Zeugin, als Peter das Wildschwein niedermetzelte, hat den Hass in den Augen des Tiers wahrgenommen und miterlebt, wie es durch Peters Willenskraft gebannt wie angewurzelt stehen blieb. Sie hat mit angesehen, wie der Keiler geschlachtet wurde. Den Geruch seiner Eingeweide noch in der Nase, dürfte sie ihn gar nicht essen wollen, aber seit Peters scheußlicher Suppe hat sie nichts mehr zu sich genommen. Und das hier ist echt – gegrilltes Fleisch, schmurgelnd und fett.

Sie drückt den Stein in ihrer Hand, versucht die Erinnerung zu bewahren, dass sie fast daran erstickt wäre. Hier ist nichts, wie es scheint. Nichts ist harmlos. Was wird passieren, wenn sie von dem Wildschwein isst? Vergisst sie dann noch mehr? Es gibt alle möglichen Sagen und Märchen über verfluchte Speisen und das, was denen widerfährt, die sie essen, wie die von Persephone und ihren Granatapfelkernen. Ihr läuft das Wasser im Mund zusammen, ein leicht säuerlicher Geschmack, und sie hasst sich dafür.

Peter beobachtet sie über das tanzende Feuer hinweg. In seinen Augen liegt ein tiefgründiges Glitzern. Die Flammen verleihen seinen Zügen etwas Scharfes, Boshaftes.

»Wendy?« Er spricht den Namen sanft aus, doch er bohrt sich in ihr Fleisch wie ein Widerhaken, zerrt an ihr. Er ist so vertraut, legt sich um sie wie Wärme, wie ein Zuhause. So wie er sich an ihre Haut schmiegt, muss er zu ihr gehören, auch wenn sie sich nicht richtig daran erinnern kann.

»Ja, Peter?« Ihre Stimme klingt, als käme sie von ganz weit weg.

Peters Lippen verziehen sich zu einem Lächeln, seine Augen funkeln vor Freude.

»Da du unser Ehrengast bist, sollst du das erste Stück bekommen.«

Er hält ihr ein breites Blatt hin, auf dem sich ein Haufen Fleisch türmt. Sie hat nicht mitbekommen, wie er es abgeschnitten hat, aber da ist es, der Dampf steigt in die Nacht auf und ihr Magen fängt wieder an zu grummeln.

»Nur zu. Nimm.«

Obwohl alles in ihr danach schreit, sich umzudrehen und wegzulaufen, steht sie auf und geht um das Feuer herum. Peter wirft ihr ein freundliches, ermutigendes Lächeln zu. Sie nimmt das Blatt und die Hitze, die von dem gegrillten Wildschwein ausgeht, wärmt ihre Handflächen.

»Das ist nicht fair«, ruft Arthur unvermittelt, springt auf und schaut verärgert zwischen ihr und Peter hin und her. »Sie hat uns kein bisschen geholfen, das Wildschwein zu töten. Wieso soll sie das erste Stück kriegen?«

Das frisch abgebalgte Fell des Keilers liegt um Arthurs Schultern.

»Du hast auch nicht geholfen«, meldet sich Bertie zu Wort. »Das war alles Peter.«

Peter dreht sich um und strahlt Bertie an, der unter seinem erfreuten Blick ein Stückchen zu wachsen scheint, während sich Arthurs Gesicht verfinstert.

»Das stimmt«, meint Peter. »Ich hab das Wildschwein getötet, also darf ich entscheiden, wer als Erster dran ist. Und ich sage, es ist Wendy.«

Eigentlich will sie ablehnen. Ihre Augen brennen und ihr schmerzhaft leerer Magen setzt ihr zu. Sie hat solchen Hunger, dass es wehtut, und der Blick, mit dem Peter sie ansieht, seine leuchtenden Augen – sie darf ihm das nicht abschlagen.

Ohne weiteres Zögern macht sie sich über das Fleisch her, stopft es sich mit bloßen Händen in den Mund. Sie verbrennt sich Lippen und Finger daran, doch es kümmert sie nicht. Sie kaut und schluckt und es weckt nur die Gier nach mehr in ihr.

»Siehst du?« Peter klatscht vor Freude in die Hände. »Langt zu!«

Die Jungs tun es ihr nach, stürzen sich auf das Fleisch wie ausgehungerte Wölfe, wie die Aasgeier. Sie findet sich mitten im Getümmel wieder, balgt sich mit ihnen, um mehr abzubekommen. Ihre Fingernägel krallen sich in einen Arm, den von Bertie, glaubt sie, und stoßen ihn weg. Um sie herum nichts als Schmatzen, Mampfen, Schlürfen.

Nur Peter bedient sich nicht, er verfolgt den Tumult mit einem heiteren Lächeln. Als es ihr gelingt, sich so weit zu bremsen, dass sie Luft holen und sich genauer umschauen kann, stellt sie fest, dass Peter doch nicht der Einzige ist, der nicht mitisst. Timothy ist nirgends zu entdecken und Rufus sitzt wie ein Häufchen Elend am Rand des Feuerscheins, die Arme um die Brust geschlungen. Sein Oberkörper ist nackt, unter der Haut zeichnen sich die Rippen ab. Er sieht regelrecht ausgemergelt aus und angesichts seiner Haltung drängt sich ihr der Gedanke auf, dass er krampfhaft versucht, seinen Hunger zu unterdrücken, dagegen ankämpft, sich an dem Festmahl zu beteiligen.

Als zöge ihre Aufmerksamkeit die seine nach sich, dreht sich Peter ebenfalls zu Rufus um. In seiner Miene geht eine jähe Veränderung vor, die nichts mit dem unbeständigen, trügerischen Licht des Lagerfeuers zu tun hat – Schadenfreude, dann Berechnung.

»Was ist denn los, Rufus? Warum isst du nichts?«, erkundigt sich Peter mit zuckersüßer, schmeichelnder Stimme, als lägen ihm Rufus und dessen Wohlergehen aufrichtig am Herzen.

»Keinen Hunger.« Rufus schüttelt vehement den Kopf. Immer noch seine Brust umklammernd schaukelt er vor und zurück und weigert sich, Peter anzuschauen.

Unvermittelt rebelliert ihr Magen gegen das Fleisch und sie erschrickt, befürchtet schon, dass ihr alles wieder hochkommt.

»Das darf doch nicht wahr sein«, sagt Peter. Sein Lächeln ist ebenso honigsüß wie sein Tonfall, doch das unheildrohende Glitzern in seinen Augen spricht Bände. »Dabei riecht es so gut.«

Eigentlich müsste er sich die Finger verbrennen, als er direkt von dem Keiler ein Stück Fleisch abreißt, aber ihm scheint es nichts auszumachen. Er geht zu Rufus und wedelt damit vor seiner Nase herum. Rufus wendet den Kopf ab und im Schein des Feuers sieht sie die Tränen in seinen Augen. Er wehrt sich mit aller Kraft dagegen, ihnen freien Lauf zu lassen.

»Ich glaube fast, Rufus tut es leid um das Wildschwein!«, kräht Peter und wirbelt grinsend zu den im Kreis versammelten Jungs herum, die sich prompt unschlüssig um ihn scharen.

Spannung liegt in der Luft. Sie spürt sie. Gleich bricht ein Sturm los, etwas Schreckliches wird passieren. Obwohl sie es so hinuntergeschlungen hat, fühlt es sich an, als wäre ihr das Fleisch im Hals stecken geblieben, ein Klumpen, der Sprechen unmöglich macht, ihr die Luft abschnürt.

»Kommt mir fast so vor, als hätte Rufus die Viecher so gern, dass er vielleicht lieber ein Wildschwein wäre als ein Junge. Was meint ihr?«

Peter lächelt triumphierend. Seine Augen leuchten, als er die Reaktion seines Publikums abwartet.

»Ich denke …« Arthur zögert. Sosehr er sich vorhin auch aufgeplustert hat, jetzt sieht sie ihm an, dass er verstört ist. Für dieses Spiel gelten Regeln, die außer Peter keiner von ihnen versteht, und sämtliche Jungs spüren, dass sie sich auf gefährliches Terrain begeben.

»Ich finde …« Arthur räuspert sich, seine Stimme wird lauter, Peters ermunternder Blick stimmt ihn zuversichtlich und er strafft den Rücken. »Ich finde, dann sollte Rufus ein Wildschwein sein und wir sollten ihn jagen.«

Arthur wirft Peter einen zaghaften, Zustimmung heischenden Blick zu.

»Ja!« Wieder klatscht Peter in die Hände. »Großartige Idee!«

Mit einem blitzschnellen Satz ist er bei Rufus, packt ihn am Arm und zerrt ihn hoch. Er dreht ihn herum und versetzt ihm einen Stoß, sodass seine Hände und Knie hart auf dem Boden aufschlagen. Jetzt strömen die Tränen ungehindert über Rufus' Gesicht – mittlerweile nicht mehr nur vor Kummer, sondern vor Angst.

Der Schrei kommt nicht aus ihrer Kehle. Sie will zu Rufus rennen und ihm helfen, aber sie steht da wie angewurzelt, ebenso versteinert, wie der Keiler Peter gegenüberstand, dem Geschehen hilflos ausgeliefert. Verzweifelt starrt sie die Jungs an, die ihn umringt haben, auch sie sind wie gelähmt. Irgendwer muss Rufus zu Hilfe kommen, doch keiner rührt sich. Sie sind allesamt nur Spielzeug, schießt es ihr durch den Kopf, bloß Marionetten, und Peter hält sämtliche Fäden in der Hand.

»Grunz wie ein Wildschwein, Rufus. Du musst davonlaufen und wir versuchen dich zu fangen!« Peter tänzelt auf der Stelle, hüpft vergnügt von einem Fuß auf den anderen.

Beim nächsten Hopser schießt Peter vorwärts und verpasst Rufus einen Klaps auf die Flanke. Dem entfährt ein verängstigtes Quieken, das unerträgliche Ähnlichkeit mit dem eines Tiers hat. Immer noch auf allen vieren versucht Rufus zu entkommen, doch Füße und Beine versperren ihm den Weg. Nach anfänglichem Zögern kommt allmählich

Bewegung in die Jungs, keiner von ihnen schlägt nach Rufus, sie hindern ihn nur an der Flucht. Allerdings werden sie zunehmend kühner, bald folgen Tritte und Versuche, nach ihm zu grapschen. Er ist in ihrer Mitte eingeschlossen, krabbelt fieberhaft kreuz und quer und fleht sie an, ihn laufen zu lassen.

Das Sprechen fällt ihm zunehmend schwer, er fängt an zu lallen und sie weiß nicht, ob es daran liegt, dass er weint, oder an etwas anderem. Als stimme etwas mit der Form seiner Kiefer oder der Zunge nicht, so als habe er plötzlich Hauer anstelle seiner Zähne. Ihr kommen selbst die Tränen, nur vermag sie keinen Finger zu rühren, um ihm zu helfen. Es ist, als würde sie von einer physikalischen Kraft daran gehindert, wie eine Wand, die sie ausschließt, von dem Kreis der Jungs auf der anderen Seite fernhält.

Schon kann sie ihn zwischen den vielen Beinen kaum noch erkennen, nur hier und da erhascht sie einen flüchtigen Blick auf Haare oder Haut. Als einer der Jungs Rufus' Kopf packt und brutal nach hinten zieht, verbiegt sich seine Wirbelsäule auf grauenhafte Weise und ihr bleibt das Herz stehen. Sie ist sich sicher, dass es in diesem Augenblick geschehen wird, eine Klinge ihr Ziel trifft, ein Messer seine Kehle aufschlitzt. Die Tränen blenden sie, zwischen erstickten, abgehackten Schluchzern bekommt sie kaum noch Luft. Als Rufus seine Qual diesmal hinausschreit, so gellend, dass er den Lärm der Jungs übertönt, besteht kein Zweifel mehr. Der Laut stammt von einem Tier. Geheul. In nackter Todesangst.

Zu ihm rennen darf sie nicht, aber sie kann weglaufen. Das tut sie und hasst sich dafür. Inzwischen ist sie endgültig überzeugt, dass Peter Rufus oder jeden anderen von ihnen dazu bringen könnte, alles zu tun. Er könnte Rufus einreden, er *sei* ein Wildschwein, absolut und unwiderruflich, ihn zwingen, so fest daran zu glauben, dass er sich in eins verwandeln würde.

Ihr Fuß verfängt sich in einer Wurzel und sie wird zu Boden geschleudert. Die Luft wird aus ihrer Lunge gepresst, sie schlittert über den Pfad, und als sie vergeblich versucht, Halt zu finden, schießt unvermittelt ein Schmerz durch ihren Körper. Einen Moment will sie nichts weiter als liegen bleiben, sich zusammenrollen und heulen. Soll Peter sie doch suchen. Was kümmert es sie noch?

Doch im nächsten Augenblick erfüllt sie dieser Gedanke mit Furcht. Sie darf nicht hierbleiben. Auf keinen Fall darf sie zulassen, dass Peter sie ihr selbst entfremdet. Sie gehört nicht nach Nimmerland. Sie ist kein verlorenes Mädchen. Sie hat ein Zuhause. Eltern. Sie hat einen Namen, und der lautet nicht Wendy ... Sie heißt – *Jane*!

Urplötzlich ist der Name wieder da, hat sich trotzig hinter dem Vorhang in ihrem Verstand hervorgekämpft. Jane schlägt eine aufgeschrammte, dreckverschmierte Hand vor den Mund und erstickt einen Laut, der halb Freudenschrei und halb Schluchzen ist. Mit einem Mal bricht alles über sie herein – das entsetzte Gesicht ihrer Mama, als sie durchs Fenster gezogen wurde, die vorbeirasenden Sterne, die Kälte, während sie flogen, Peters Griff um ihr Handgelenk und wie sie sich die ganze Zeit davor fürchtete herunterzufallen.

Sie erinnert sich an den Moment, in dem sie *durchbrachen*. Ein besserer Begriff fällt ihr nicht dafür ein. Der

Himmel um sie herum veränderte sich auf eine Weise, die gar nicht möglich sein dürfte, und doch geschah es. Es war, als bewegten sie sich durch Wasser, kämen durch eine Pfütze wieder an die Oberfläche und befänden sich auf einmal auf der Rückseite all dessen, was sie je gekannt hat. Danach waren die vorbeiwirbelnden Sterne nicht mehr diejenigen, die sie zu Hause von ihrem Fenster aus sehen konnte. Sie ist sich nicht einmal sicher, woran sie das erkannte, nur dass sie es wusste, tief in ihrem Inneren spürte, dass sie irgendwo anders war, am falschen Ort.

Sie hat nach ihrer Mama geschrien, kommt ihr in den Sinn. Dann hat sie Peter angefaucht, er solle sie loslassen, auch wenn sie damals seinen Namen noch nicht kannte. Noch im selben Moment bekam sie schreckliche Angst, er würde ihre Forderung erfüllen und sie wie ein Stein vom Himmel stürzen. Da brachte sie keinen Ton mehr heraus und kniff die Augen fest zu, entsprechend überrascht war sie, als sie irgendwann landeten und hart auf dem Sand aufschlugen.

Als sie es wagte, die Augen wieder aufzumachen, blendete sie grelles Sonnenlicht, auch so ein Ding der Unmöglichkeit, denn einen Moment zuvor flogen sie noch durch die Dunkelheit. Von dem Aufprall tat ihr alles weh, aber sie rappelte sich, so schnell sie konnte, hoch, trat nach Peter, kratzte ihn und versuchte, ihn zu beißen, warf ihm Sand in die Augen. Sie beschimpfte ihn, brüllte ihn an, tat ganz und gar undamenhafte Dinge, über die ihr Großvater schockiert gewesen wäre, hätte er sie mit angesehen, aber vielleicht, nur vielleicht, hätte sie ihre Mutter damit stolz auf sie gemacht, auch wenn sie es nie zugegeben hätte.

Peter lachte sie die ganze Zeit bloß aus, als wäre alles Teil eines Spiels. Er wich jedes Mal geschickt aus, wenn Jane auf ihn losging, oder sprang in die Luft, flog im Kreis um sie herum und stieß krähend auf sie herab. Sie erinnert sich daran, wie gedemütigt sie sich fühlte, Tränen der Frustration in ihren Augen brannten und sie sich hilflos und schwach vorkam. Als sie sich am Ende völlig verausgabt hinsetzte, um durchzuatmen, landete Peter und kauerte sich neben sie. Obwohl sie gleich groß sind – als sie versuchte, gegen ihn zu kämpfen, war er ihr so viel größer erschienen, überragte sie auf eine Weise, die sie nicht verstehen konnte.

»Jetzt ist aber gut, Wendy. Warum bist du denn so aufgebracht? Du solltest dich freuen. Du bist wieder in Nimmerland, zu Hause, wo du hingehörst.«

»Ich bin nicht Wendy. Ich heiße Jane!« Sie stieß ihn weg, so fest sie konnte, sprang auf und versuchte all ihrer Erschöpfung, Schmerzen und Angst zum Trotz erneut ihn zu treten.

Das Grinsen, mit dem er auf sie herunterblickte, verschwand, seine Miene verfinsterte sich, als schöben sich Gewitterwolken vor die Sonne. Er packte sie am Kinn, sein Gesicht nur Zentimeter von ihrem entfernt, und hielt sie so fest, dass es ihr unmöglich war, den Blick von ihm abzuwenden. Nicht einmal die Augen konnte sie schließen, sosehr sie sich auch anstrengte: als wären ihre Lider festgenäht.

»Schluss mit dem Gezanke. Das ist nicht mehr lustig. Du bist Wendy und du bist hier, um Spaß zu haben. Aber das gilt nur, solange du dich an meine Regeln hältst.«

Er war wütend, aber gleichzeitig hatte seine Stimme etwas Beruhigendes an sich. Sie denkt an die Widersprüchlichkeit des Ganzen zurück. Selbst als er sie anschrie, flüsterte er nur, und er klang vernünftig, geradezu nett. Trotz allem wollte sie ihm weiter zuhören. Sie wollte tun, was er sagte, und ihr Herz hämmerte gegen die Rippen.

Sie versuchte sich aus seinem Griff zu winden, ihm ins Gesicht zu spucken, ihn anzuschreien, aber ihr ganzer Körper fühlte sich so schwer an. Im Geiste schlug sie wie eine Wilde um sich, und doch war sie unfähig, sich auch nur einen Millimeter zu bewegen. Peters Augen, unverwandt auf die ihren geheftet, nahmen eine Farbe an – nie zuvor sah sie Augen so etwas tun. Es war, als starre man in ein Feuer oder schaue direkt in die Sonne. Licht floss um seine Regenbogenhäute, wie sich ein Ring aus Flammen um ein Holzscheit legt.

»Sei brav«, sagte er und ließ sie so unvermittelt los, dass sie unsanft auf ihren vier Buchstaben landete.

Ihr fällt der brennende Stich wieder ein, der durch ihr Kreuzbein schoss, als sie am Boden aufprallte, und dass sie sich in die Zunge biss, weil ihre Zähne aufeinanderschlugen. Da gab es einen Moment, in dem sie weißglühend wie ein Blitz der Gedanke durchfuhr, dass sie ihren Namen nicht mehr wusste. Als hätte Peter ihn so flink aus ihr herausgeschnitten, dass sie den Schmerz nicht einmal spürte, nicht einmal glaubte, er würde ihr fehlen – das kam erst später. Dann das Schiff, das schwere aufgerollte Tau und der süße, klebrige Tee, der es ihr noch schwerer machte, sich zu erinnern. Und alles andere danach. Das Versteckspiel, das Wildschwein. Jetzt bricht all das mit voller Wucht über sie herein, wie eine Flutwelle, die einen von den Beinen reißt und dann versucht, ihn mit ihrem Sog ins offene Meer hinauszuziehen.

Peter hat ihr ihren Namen gestohlen.

Ihr tut der Magen weh, er fühlt sich leer an und gleichzeitig voll. Peter hat ihr ihren Namen weggenommen. Er wollte sie dazu bringen zu vergessen, wer sie ist. Jane beißt die Zähne so fest zusammen, dass sie wehtun. Er hat sie so weit getrieben, dass sie jagen wollte. Sogar die Begierde in ihr geweckt, das Tier zu essen, das sie getötet haben.

Sie schleppt sich an den Wegrand und würgt all das heiße knusprige Fleisch wieder heraus, das sie Minuten zuvor hinuntergeschlungen hat. Hinter ihr geht das wilde Treiben der Jungs weiter, sie sind immer noch damit beschäftigt, aufeinander einzuprügeln und Rufus in Angst und Schrecken zu versetzen. Sie stemmt sich hoch und probiert vorsichtig aus, ob sie den Fuß belasten kann. Nichts gebrochen, nur verstaucht. Sie humpelt davon, so schnell sie kann. Die Schmerzen kommen ihr sogar ganz gelegen. Sie helfen ihr, sich zu konzentrieren, sich daran zu erinnern, wer sie ist, und sie wird es nicht noch einmal vergessen.

Sie ist Jane. Jane. Jane. Jane.

Ihr Name ist ein Rhythmus, der ihrem Herzen und ihrem keuchenden Atem den Takt vorgibt. Jäh durchzuckt ein heißer Stich ihre Seite und zwingt sie, abrupt stehen zu bleiben.

»Geht's dir gut?«, ertönt Timothys leise, ängstliche Stimme aus der Dunkelheit und Jane schaut erschrocken auf. Die Schatten der Bäume malen Tupfen auf seine Haut, als er zwischen ihnen auftaucht. Im Licht des Mondes sieht er aus wie ein Geist.

Sie schüttelt den Kopf, nickt gleich darauf, wischt sich die Tränen ab und verschmiert sie dabei auf ihrem ganzen Gesicht. Ein Lachen entfährt ihr, ein schnaubender, urtümlicher Laut, von dem ihr wieder der Magen wehtut, und sie braucht einen Augenblick, bis sie ihre Beherrschung zurückgewinnt.

»Noch nicht, aber gleich.« Sie strafft sich, ringt sich Timothy zuliebe ein Lächeln ab und nimmt ihm dadurch einen Teil seiner Bedenken und der Angst, seine Schultern entspannen sich.

Als sie sich umsieht, wird ihr klar, wo sie ist. Auf dem Haufen der von dem Schiff geborgenen Sachen hat sie eine Hängematte gefunden und sie außerhalb des Lagers befestigt, abseits des Bereichs, in dem die Jungs schlafen. Nun lässt sie sich erschöpft hineinsinken und eine Sekunde später sitzt Timothy neben ihr. Sie ist froh, dass er hier ist und nicht inmitten des lautstarken Getümmels, das die Jungs veranstalten.

Eigentlich sollten sie um Rufus' willen zurückgehen, versuchen, ihm zu helfen. Allerdings genügt allein der Gedanke, um ihren Puls zum Rasen zu bringen und ihr die Tränen in die Augen zu treiben. Was können sie und Timothy schon gegen die vereinten Kräfte von Peters Jägern ausrichten? Da ist es besser abzuwarten, bis ihnen langweilig wird und sie das Ganze vergessen. Früher oder später wird das zwangsläufig passieren. Daran muss sie glauben.

So klein Timothy auch ist, sein zusätzliches Gewicht bringt die Hängematte zum Schaukeln. Er lässt die Füße über den Rand baumeln und sie kommen nicht einmal ansatzweise in die Nähe des Bodens.

Zwischen Timothys Augenbrauen kräuseln sich feine Fältchen. Er macht den Eindruck, als versuche er krampfhaft, sich an etwas zu erinnern, während sie schweigend so dasitzen – während Jane sich sammelt und überlegt, was sie jetzt tun soll. Sie kann nicht davonrennen, um einen Weg nach Hause zu suchen, und ihn hier zurücklassen. Sie muss nicht nur ihm helfen, sondern auch Rufus und allen anderen, die sie davon überzeugen kann, dass Peter Böses im Schilde führt.

»Warum bist du weggelaufen?«, fragt Timothy gleich darauf und seine bedrückte Miene weicht einem Ausdruck kindlicher Neugier. »Vielleicht weil du ein Monster gesehen hast?«

Die Frage trifft sie unvorbereitet und sie muss beinah loslachen, aber Timothy macht ein so ernstes Gesicht, dass sie es sich verkneift.

»Nein, ich bin nicht vor einem Monster weggelaufen.« Nur dass sie glaubt, genau das getan zu haben, wenn auch vor einem von anderer Art, als Timothy meint. »Hier gibt es keine Monster.«

Sie sagt es mit fester Stimme, als könnte sie die Worte durch schiere Willenskraft wahr werden lassen.

»Liegt das daran, dass du jetzt hier bist, um unsere Mutter zu sein? Das hat Peter nämlich gesagt.« Timothy schaut zu ihr auf.

»Ich bin nicht …« Als sie die Hoffnung in Timothys Blick sieht, verwandelt sich die Überraschung über das, was er sagt, in etwas anderes.

»Peter sagt, dafür sind Mütter da«, fährt Timothy fort. Er spricht das Wort »Mütter« aus, als wären es seltsame Fabelwesen, die er nur vom Hörensagen kennt, doch nicht wirklich begreifen kann. »Mütter kochen und erzählen Geschichten, aber das Beste an Müttern ist, dass sie Monster verjagen.«

»Ich …« Jane hält inne. So wie Timothy sie anschaut, denkt sie einen Moment, es könnte womöglich wahr sein, sie *könnte* stark und verlässlich genug sein, um ihn zu beschützen. Keine Mutter, aber eine große Schwester. Gleichzeitig fühlt sie sich entsetzlich schwach. Sie vermisst ihre Mama, will nichts weiter als wieder nach Hause.

»Nein.« Sie seufzt und es tut weh; vielleicht hätte sie lieber lügen sollen. »Das glaube ich nicht. Tut mir leid.«

»Oh.« Die Enttäuschung in Timothys Stimme ist nicht zu überhören, doch genau wie eben schlägt seine Stimmung blitzschnell um und er hebt den Kopf und grinst sie an. »Das macht nichts. Wir können ja trotzdem Freunde sein.«

»Ich gehöre nicht hierher.« Das hat sie gar nicht laut sagen wollen, aber die Wahrheit will aus ihr heraus und sie kann sie nicht zum Schweigen bringen. »Ich muss nach Hause.«

Timothy sieht aus, als würde er jeden Moment in Tränen ausbrechen.

»Du könntest ja mitkommen«, schiebt Jane hastig hinterher. Die Worte dehnen sich in ihrem Inneren aus, sie fühlen sich wild und gefährlich an und sie stellt fest, dass sie sie absolut ernst meint. »Und Bertie und Rufus auch. Wir können alle gemeinsam an einen Ort gehen, an dem wir in Sicherheit sind.«

Peter hat sie entführt, hat *ihr* alles gestohlen; dafür wird sie ihm auch etwas wegnehmen.

»Bertie und Rufus kommen bestimmt nicht mit dir mit.« Timothy zupft am Seil der Hängematte herum und nimmt ihrer aufkeimenden Hoffnung ein wenig den Wind aus den Segeln.

»Warum denn nicht?« Jane kann sich gar nicht vorstellen, dass Rufus nach allem, was er durchgemacht hat, noch hierbleiben will.

»Die erinnern sich nicht mehr.« Timothys resignierter Gesichtsausdruck vermittelt plötzlich den Eindruck, er wäre der Ältere von ihnen beiden. »Ich wollte Rufus sagen, wie nett es von ihm war, dass er sich für mich gegen Peter starkgemacht hat und wie leid es mir tut, dass Peter ihn geschlagen hat, aber er wusste es nicht mal mehr.«

»Wie konnte er diesen Schlag vergessen?« Jane fällt die Schramme auf seiner Wange wieder ein. Sie denkt an den auf allen vieren quiekenden Rufus und wirft einen flüchtigen Blick hinter sich, zum Lager hin. Ob er auch das vergessen wird?

Vielleicht wäre es besser, er täte es, um seinetwillen.

»Das kommt von dem Tee, den Peter macht. Wir müssen ihn alle trinken, aber ich spucke ihn aus, wenn gerade keiner guckt. Rufus macht das auch manchmal, denke ich, aber früher oder später trinkt er ihn doch wieder. Ich glaube, es gefällt ihm nicht, wenn er sich erinnert.«

Jane sieht wieder Rufus vor sich, todunglücklich neben dem Feuer zusammengekauert, im Kampf mit sich selbst, wie er sich treu bleiben wollte und sich gleichzeitig wünschte, sich zu vergessen. Sie hat ja erlebt, was mit

Leuten geschieht, die sich Peter widersetzen. Und ein Teil von ihr versteht das – zu vergessen ist so viel ungefährlicher, so viel einfacher.

Timothys Stirnrunzeln vertieft sich, er schiebt die Unterlippe vor. Janes Blick trifft ihn im selben Moment, als sich der besorgte Ausdruck in seinen Augen in etwas anderes verwandelt. Es ist Furcht, die wie die Spitze der Mondsichel hinter den Wolken daraus hervorspäht.

»Manchmal erinnere ich mich an gruselige, schlimme Sachen, wenn ich meinen Tee nicht trinke.« Timothys Stimme ist nur ein Hauch, nicht einmal ein Wispern, und Jane muss sich anstrengen, um zu hören, was er sagt.

»Aber außer mir weiß keiner mehr was davon, also sind es vielleicht bloß Geschichten, die ich mir ausgedacht habe.« Timothy sieht sie an, im Mondlicht erscheinen seine Augen noch größer. Und eine Sekunde lang sind es gar keine Augen, nur Finsternis, und Jane denkt wieder an Geister und ein furchtbarer Ruck durchfährt ihr Herz.

Er blinzelt und seine Augen wirken wieder normal. Nur ein kleiner Junge.

»Erzähl sie mir«, bittet Jane. Sie zwingt sich, nach Timothys Handgelenk zu greifen, sowohl um ihm Mut zu machen als auch um sich selbst zu beweisen, dass sie keine Angst hat.

»Es war einmal ...«, fängt Timothy an, als habe er wirklich vor, ihr ein Märchen zu erzählen. »... da gab es hier andere Jungs, die nicht mehr da sind.«

Janes Puls gerät ins Stolpern, Unbehagen legt sich über sie wie ein Umhang, doch sie hält ihre Zunge im Zaum und lässt Timothy weiterreden.

»Einer von ihnen hieß Edmund. Er hat sich manchmal für mich eingesetzt, so wie jetzt Rufus. Nur gibt uns Peter hin und wieder mal andere Namen, also ist Edmund vielleicht noch hier und ich hab's bloß vergessen, aber das glaube ich nicht.«

Timothy starrt auf seine Hände, schlingt die Finger ineinander und löst sie wieder, um seine Nägel in die Seile der Hängematte zu graben, als wolle er das ganze Ding in Fetzen reißen. Jane beobachtet ihn. Soll sie den Arm um ihn legen? Was würde eine gute große Schwester jetzt tun? Er wirkt so zerbrechlich, dass sie befürchtet, ihn zu zerdrücken.

»Vor langer Zeit, als Edmund noch da war, sagte er, dass Peter nicht den Anführer machen darf, weil er gar kein richtiger Junge ist. Er hat keinen Schatten, meinte er, das ist der Beweis. Die beiden haben sich deshalb ganz schrecklich in die Haare gekriegt, aber Peter ist nie müde geworden oder wurde getroffen. Er ist in die Luft gesprungen, wo Edmund nicht an ihn rankommen konnte, und um ihn herumgeflogen, hat ihm die Zunge rausgestreckt und ihn ausgelacht und ihm alle möglichen Schimpfwörter zugebrüllt. Keiner hat auch nur versucht, Edmund zu helfen.«

Timothy blinzelt heftig und wischt sich mit dem Handrücken die Nase ab.

»Dann hat Peter Edmund auf einmal auf den Rücken geklopft, als wären sie wieder gute Freunde, und gesagt, er wär nicht mehr sauer auf ihn. Mir war trotzdem nicht wohl, weil Peter da genauso aussah, wie wenn ihm ein wirklich tolles Spiel einfällt. Er sagte, er und Edmund würden zu irgendeinem Geheimversteck gehen und kein anderer dürfe ihnen folgen.«

»Was ist passiert?«, flüstert Jane.

Sie kann Timothy vom Gesicht ablesen, wie sehr ihn das quält. Es ist, als schleppe er etwas ungeheuer Grauenhaftes in seinem Inneren herum, das ihn zu zerreißen droht.

Das lässt sie befürchten, er könnte jeden Moment aufheulen und damit die Aufmerksamkeit der anderen auf sich ziehen. Gut möglich, dass Peter sich auf die Suche nach ihr macht, sobald es ihm zu langweilig wird, Rufus zu schikanieren.

»Ist schon gut«, sagt sie, wobei sie sich bemüht, ihre Stimme beruhigend klingen zu lassen, sich anzuhören, als glaube sie selbst daran und gäbe es nichts, wovor man sich fürchten müsste.

»Ich hab was wirklich Schlimmes angestellt.« Timothys Augen füllen sich mit Tränen, sie schweben an seinen Wimpern. »Ich bin ihnen nachgeschlichen, obwohl Peter es verboten hat, weil ich das Geheimnis sehen und mich vergewissern wollte, dass es Edmund gut geht. Ich hab versucht, richtig tapfer zu sein und ganz leise und …«

Timothys Unterlippe bebt. Jane schließt ihn fest in die Arme, drückt ihre Nase an seinen Scheitel und spürt, wie er am ganzen Leib zittert. Der Aufschrei, den sie befürchtet, kommt jedoch nicht und Timothy schnappt nach Luft, entwindet sich ihrer Umarmung, sodass er sie anschauen kann. Jetzt liegt Entschlossenheit in seinem Blick und sie sieht ihm an, dass er sich wieder genauso anstrengt, richtig tapfer und ganz leise zu sein, und es bricht ihr das Herz.

»Peter hat Edmund zu einer Stelle gebracht, wo es einen kleinen Fluss gibt, der aus einer Höhle ins Meer fließt. Ich bin auf einen Baum geklettert, um heimlich zuzugucken.

Peter hat Edmund draußen warten lassen, dann ist er in die Höhle gegangen, und als er wieder rauskam, hatte er irgendein Ding in der Hand. Vielleicht war's ein Stein oder ein Messer. Ich weiß nicht.« Timothy zupft wieder an der Hängematte herum. »Ich mochte es gar nicht anschauen, weil ich mich dann so schlecht gefühlt hab, als ob mit meiner Brust was nicht stimmt. Peter hat Edmund die ganze Zeit direkt ins Gesicht gestarrt und ich glaube, er hat mit ihm geredet, aber so leise, dass ich es nicht hören konnte …«

Jane sieht vor sich, wie sich Peter auf den Keiler stürzte, das Blut, das seine Sommersprossen verband, als würde man Sternbilder nachziehen, und malt sich das Allerschlimmste aus.

»Hat er … Hat er Edmund getötet, so wie das Wildschwein?«

Timothy schüttelt den Kopf, Tränen stieben in sämtliche Richtungen und jetzt wirkt sein Gesicht gleichermaßen frustriert und verängstigt. Als gäbe es so vieles, was er ihr sagen will, aber es ist zu schwierig zu erklären. Es ist derselbe Ausdruck wie in der Nacht, als Jane ihn nach seinen Eltern gefragt hat, als versuche er, sich eine schmerzhafte Erinnerung ins Gedächtnis zu rufen.

»Peter hat Edmund mit dem Stein – oder Messer – berührt, und dann war Edmund nicht mehr da.« Timothys Stirn legt sich in tiefe Falten, er packt das Seil mit der Faust und wickelt es darum, bis es tief in seine Haut schneidet.

»Ich meine, er war immer noch hier, aber innen ganz leer. Er war nicht mehr Edmund. Peter hat irgendwas aus ihm herausgezogen. Es war dunkel und glänzend wie Rauch und Wasser, aber wie lebendig und …« Seine Stimme wird schrill und Jane zieht ihn an sich, unterbricht ihn, ehe er sie verrät.

»Schht. Schon gut.«

Gleich darauf, als sie sicher ist, dass er nicht schreien wird, lockert sie ihre Umklammerung.

»Ich bin weggerannt. Ich hab Edmund nicht geholfen, wo er doch mir geholfen hat.« Timothys Worte klingen erstickt, seine Tränen durchnässen Janes Nachthemd.

»Du hättest nichts tun können«, beteuert sie. »Es war nicht deine Schuld.«

Timothy löst sich von ihr. Sie merkt ihm an, wie gern er ihr glauben möchte, doch sein gequälter Blick sagt ihr auch, dass er es nicht kann. Wie lange ist Timothy schon hier? Er sieht aus wie ein kleiner Junge, aber wenn das, was er sagt, wahr ist, könnte er älter sein als ihre Eltern, womöglich sogar als ihr Großvater, und all das ist vor langer Zeit geschehen.

»Danach kam Peter ins Lager zurück und Edmund war nicht bei ihm«, erzählt Timothy. »Er hatte einen Sack dabei und ich wusste einfach irgendwie, dass da das dunkle Ding drin war, das Peter Edmund weggenommen hatte.« Timothy lehnt sich wieder zurück, vergrößert den Abstand zwischen ihnen. Jetzt wirkt er selbst innerlich leer, als ob seine Schilderung alles Leben aus ihm herausgesogen hätte. »Peter hat ein Gesicht gemacht, als wäre er sehr stolz auf sich, und er erzählte jedem, er würde gleich aufbrechen und uns eine Mutter mitbringen, und die würde dafür sorgen, dass er wieder einen Schatten hätte, und dann könnte keiner mehr behaupten, er wäre nicht echt.«

Jane reibt sich die Arme. Die Haut über ihren Knochen fühlt sich zu eng an, irgendwie falsch, und sie will die Empfindung abwischen, vermag es aber nicht. Timothys Augen erinnern sie an die einer Eule, zu rund und zu leuchtend, so viel Raum nehmen sie in seinem Gesicht ein.

»Außer mir schien nicht mal einer zu merken, dass Edmund weg war, und nach einer Weile war es, als wäre er nie hier gewesen. Und noch mehr Jungs sind verschwunden, Roger und Tootles zum Beispiel, und ich weiß bei keinem, was mit ihm passiert ist. Manchmal habe ich Angst, dass Peter mich auch verschwinden lässt.«

Timothys Schultern sacken nach vorn, sodass er noch kleiner wirkt, uralt und gleichzeitig blutjung.

»Das lasse ich nicht zu«, bringt Jane keuchend hervor. »Wir können aufeinander aufpassen, du und ich. So machen Freunde das, sie beschützen sich gegenseitig.«

»Du wirst mich doch nicht verpetzen, oder?«, fragt Timothy. »Wegen dem Tee oder Edmund oder Roger oder irgendwas anderem?«

»Natürlich nicht.« Jane spürt den Herzschlag in ihrer Brust, seinen unregelmäßigen, rasenden Rhythmus. Sie hat das Gefühl, als bekäme sie nicht genug Luft, und sie kann sich nicht entscheiden, ob sie davonrennen will oder lachen oder weinen oder alles auf einmal.

»Wie lange bist du schon hier, Timothy?« Sie findet es schrecklich, ihn danach zu fragen, aber irgendetwas sagt ihr, dass sie es unbedingt wissen muss. In ihrem Kopf schwirren all diese Puzzleteile herum, doch sie schafft es einfach nicht, sie zusammenzusetzen. Es ist ihr unmöglich, das Bild zu erkennen, das sie ergeben, nur kleine Fragmente davon, vereinzelte Bruchstücke.

»Schon immer, schätze ich.« Timothys Achselzucken hat etwas Hoffnungsloses an sich.

Jane kann verstehen, warum Rufus lieber vergessen möchte, wieso all die anderen Jungs vergessen wollen. Es ist so viel leichter, so viel sicherer für sie, sich an Peter zu halten und in einem Land zu leben, in dem Spiel und Spaß nie enden. Sie hingegen ist entschlossen, sich ihre Erinnerungen zu bewahren. Peter hat ihr ihren Namen gestohlen. Er hat sie entführt. Menschen Leid zugefügt. Das ist die Wahrheit und sie wird nicht zulassen, dass sie sie je vergisst.

»Weißt du noch ...« Jane stockt. Es gibt noch einen anderen Teil des Puzzles, den sie förmlich schon erkennen kann, aber sie fürchtet sich davor, ihn zu betrachten. Peter spricht sie immer noch mit dem Namen ihrer Mutter an. Timothys Antwort könnte möglicherweise bedeuten, dass sie nicht das kleinste bisschen über ihre Mama weiß. »Hat Peter eine Mutter mitgebracht, so wie er sagte?«

»Oh! Ja!« Timothy nickt, er strahlt übers ganze Gesicht, als hätte er das bis zu der Sekunde vergessen, in der ihn Jane danach gefragt hat, eine glückliche Erinnerung, die die schlimmen vertreibt.

»Du ...« Ihre Stimme versagt und Jane schluckt, ihre Kehle ist plötzlich wie zugeschnürt. »Wie war sie denn so?«

Wieder zieht Timothy nachdenklich die Stirn kraus, dann hellt sich seine Miene auf und er sieht jünger aus als je zuvor, er lächelt auf eine Art, die Jane das Herz zerreißt.

»Hübsch. Sie war nett. Sie hat uns Geschichten erzählt, so wie du, aber bessere.«

Timothys Augen weiten sich, als werde ihm jetzt erst bewusst, dass seine Worte sie womöglich verletzt haben. Er öffnet den Mund, doch Jane schüttelt den Kopf, fährt sich mit dem Handrücken über die Wangen und seufzt tief.

»Das macht nichts«, sagt sie. »Hör zu. Wenn Peter weggegangen ist und von irgendwo anders ... eine Mutter mitgebracht hat, dann muss es einen anderen Ort geben, den man erreichen kann, einen Weg, die Insel zu verlassen.«

Verständnislosigkeit breitet sich auf Timothys Gesicht aus, als könne er gar nicht begreifen, dass es noch mehr auf der Welt gibt als nur Nimmerland. Ohne Rücksicht auf seine Verwirrung springt Jane auf. Keine Sekunde länger kann sie hier herumsitzen und über die Möglichkeit nachdenken, dass ihre Mutter und Peter sich kennen, dass ihre Mutter *hier war* und ihr kein Sterbenswörtchen davon erzählt hat. Sie darf gar nicht daran denken, dass Timothy ihrer Mutter vor ihr begegnet ist, dass Timothy älter ist als sie, egal wie jung er aussieht. Die Hängematte gerät so heftig ins Schaukeln, dass Timothy beinah herausfällt, doch er klettert hinter ihr her.

»Ich helf dir suchen.«

»Aber ...« Es ist eine Sache, die Verantwortung für sie selbst zu übernehmen – die Verantwortung für Timothy zu übernehmen, ist eine ganz andere, auch wenn sie bereits vorgeschlagen hat, dass er sie nach Hause begleiten kann.

»Ich hab keine Angst«, fällt ihr Timothy mit geschwellter Brust und gerecktem Kinn ins Wort.

Das ist so tapfer und irrwitzig und wundervoll, dass Jane lachen muss. Wieder wischt sie sich über die Wangen. Eine gute große Schwester würde vielleicht darauf bestehen, dass Timothy hierbleibt, aber wäre er denn bei Peter wirklich sicherer als bei ihr? Tief im Herzen ist sie froh, Timothy dabeizuhaben, denn sie würde das lieber nicht allein machen.

»Tja, dann verschwinden wir am besten sofort, ehe uns die anderen finden.«

Schwindelerregende Aufregung erfasst sie und Jane unterdrückt ein nervöses Kichern. Tut sie das hier gerade wirklich? Läuft sie tatsächlich vor Peter weg und nimmt Timothy mit? Wie sollen sie nach Hause kommen und was soll sie mit Timothy machen, wenn sie erst einmal dort sind? Darüber kann sie jetzt nicht nachdenken. Sie wird später noch Zeit haben, sich das zu überlegen. Jetzt müssen sie fliehen.

Sie bedeutet Timothy, ihr zu folgen, und läuft, so schnell sie kann, ohne irgendwelche Geräusche zu machen. An der Baumgrenze bleibt Timothy abrupt stehen. Sein Gesicht ist ernst, im hereinfallenden Mondlicht wirken seine Augen riesig und unversehens bekommt Jane Angst, dass er umkehren will.

»Das heißt, dass wir Freunde sind, oder?« Mit dieser Frage hat sie nicht gerechnet und in ihrem Hals steigt etwas auf, das ein Lachen oder ein Schluchzen sein könnte. Doch sie macht ein Husten daraus, damit sie eine Ausrede für ihre feuchten Augen hat. Wenn Timothy mutig und entschlossen und lieb sein kann, schafft sie das auch. Was auch immer sie tun, um von hier wegzukommen, sie werden es zusammen tun.

»Natürlich sind wir das.« Jane besinnt sich einen Moment, dann strafft sie sich und streckt ihm die Hand entgegen, wie es sich bei so einem feierlichen Anlass gehört, das erscheint ihr ausgesprochen erwachsen. »Ich bin Jane und es ist mir eine große Freude, dass wir Freunde sind.«

Timothy strahlt und schüttelt ihr überschwänglich die Hand.

»Hallo, Jane«, sagt er. »Es ist wirklich schön, dich zu kennen und dein Freund zu sein.«

LONDON 1920

Wendy steht auf der Treppe von St. Bernadette und versucht, nicht nervös zu werden. Nach Jahren in der Einheitskleidung, die nichts von ihrer Figur erkennen ließ, ist ihr das Kleid, das sie nun trägt, zu schwer und in der Taille zu eng. Es ist ihr eigenes, allerdings fühlt es sich nicht mehr so an. Es könnte ebenso gut einer Fremden gehören.

Sie muss sich zwingen, die Hände stillzuhalten und nicht an ihren Ärmeln herumzuzupfen oder ihren Rock glatt zu streichen, um verstohlen nach den beruhigenden Verstecken zu tasten, die nicht mehr da sind. Sobald sie aus dieser Anstalt entlassen ist, wird sie sich als Erstes eine vollständige neue Garderobe schneidern, mit richtigen, tiefen Taschen überall dort, wo sie sie unterbringen kann.

Bei dieser Vorstellung entspannt sie sich ein wenig, aber nur flüchtig. Heute holen Michael und John sie nach Hause. Drei Jahre lang hat sie nach ihrer Freiheit gelechzt und nun, da sie sie schon greifen kann, ist sie nicht bereit dafür. Was soll sie bloß ohne Mary tun? Was wird sie mit dem Mann anfangen, den ihre Brüder zu ihrem Aufseher erkoren haben?

John hat keinen Zweifel daran gelassen, dass sie sich in eine mustergültige Frau im heiratsfähigen Alter verwandeln muss. Das Ganze ist nicht nur für sie eine Chance auf ein normales Leben, sondern auch für ihn. Wendy weiß, welche Last sie für ihn war, doch sie wünschte, sie könnten sich als Bruder und Schwester offen aussprechen, bevor sie ihr neues Leben antritt. Seit John seine Neuigkeit überbracht hat, ist alles so schnell gegangen. Sie weiß immer noch nicht genau, weshalb John Ned anderen Kandidaten vorgezogen hat. Vielleicht stand aber auch nur er zur Auswahl und ihr Bruder will sie verzweifelt loswerden.

Und Michael? Kann er Ned leiden? Betrachtet er ihn als Freund? Wenn John Ned eine gute Kinderstube bescheinigt, vertraut sie darauf, doch Michael sagt ihr vielleicht ehrlich, ob Ned ein netter Kerl ist, ob er gern lacht oder ein sehr ernster Mensch ist. Zumindest hätte er das früher vermutlich getan. Jetzt ist sie sich nicht sicher, ob Michael überhaupt mit ihr reden will. John hat ihr zwar mitgeteilt, sie kämen sie zu zweit abholen, aber ist das Michaels Wunsch oder schleppt John ihn nur mit?

Wendy denkt an den Tag zurück, an dem sie ihren jüngsten Bruder zum letzten Mal außerhalb von St. Bernadette gesehen hat. Dass sie darauf beharrte, er müsse sich an Nimmerland erinnern, führte damals dazu, dass er weinend zusammenbrach. Wollte sie damit ihm helfen oder sich selbst? Sie ist sich noch immer unschlüssig. Damals glaubte sie, es täte ihm vielleicht gut, sich schöne Erlebnisse ins Gedächtnis zu rufen, und flehte ihn regelrecht an, die Welt aus ihrem Blickwinkel zu betrachten. Sie indessen versuchte kein einziges Mal, sie aus seiner Perspektive zu sehen.

Was es ihn gekostet haben muss, das Vergessen zu erzwingen, nur um zu überleben, wie viel ihm doch der Krieg genommen hat. Aber damals ließ sie nicht locker. Sie bedrängte ihn selbst dann noch, wenn seine Hände zitterten, wenn die Wut in seine Augen trat, wenn er schluchzte. Er brüllte sie an, sie solle aufhören, und sie schrie bloß zurück.

Wäre sie zur Einsicht gekommen, hätte John sie vielleicht nie in diese Einrichtung gebracht. Der Anblick hat sich ihr ins Gedächtnis gebrannt, selbst jetzt sieht sie ihn noch vor sich – John stellt sich zwischen sie und Michael, das Licht spiegelt sich in seinen Brillengläsern und löscht seine Augen aus. Dennoch hat sie seinen gequälten Gesichtsausdruck gesehen. Er hatte Angst – vor ihr, um sie –, und sie ließ ihm gar keine andere Wahl. Er war gezwungen, sie in die Anstalt zu stecken, um ihren kleinen Bruder zu schützen, was eigentlich sie selbst hätte tun müssen, aber sie war so verbohrt gewesen und zutiefst überzeugt, dass sie im Recht war.

Wendys Blick wandert zu dem gusseisernen Tor. Der Weg, der dorthin führt, hebt sich von dem Grün ab wie eine verblasste Narbe. Bei ihrer Ankunft in St. Bernadette gab sie Peter die Schuld dafür, wie sie mit ihren Brüdern umgegangen war. Hätte er sie nicht im Stich gelassen, hätte er sie von vornherein gar nicht erst entführt ... Doch nein. Es ist an der Zeit, dass sie selbst die Verantwortung für sich übernimmt und ihre Brüder so beschützt, wie sie es schon immer hätte tun sollen.

Dr. Harringtons Stimme reißt Wendy aus ihren Gedanken. »Mary ist hier, um sich von Ihnen zu verabschieden.«

Er hat ihrer Entlassung bereitwillig zugestimmt und Wendy ist sich sicher, dass er froh ist, wenn er sich ihrer entledigen kann. Die Missbilligung im Blick des Doktors entgeht ihr nicht, doch sie muss ihm zugutehalten, dass er sich immerhin ein paar Schritte entfernt, um ihnen wenigstens die Illusion zu gönnen, ihr Gespräch sei vertraulich. Dies ist der Moment, vor dem sie sich am meisten gefürchtet hat, und als sie sich umdreht, schlägt Wendy das Herz bis zum Hals. Vor dem Flur, der ins Innere der Irrenanstalt führt, sieht Mary geradezu winzig aus. Seit Wendy Mary kennt, hat sie niemals klein gewirkt. Sie ist groß genug, um ganze Welten in sich zu tragen, so viel Courage und Liebe, dass es Wendys Fassungsvermögen übersteigt. Panik erfasst sie. Sie kann das nicht. Beinah packt sie Dr. Harrington an den Aufschlägen seines makellosen Anzugs, um ihm zu sagen, dass sie es sich anders überlegt hat und gar nicht nach Hause will.

Marys unerbittlicher, fast schon zorniger Blick, bringt sie am Ende zur Vernunft. *Wag es ja nicht*, besagt er. *Du darfst jetzt auf keinen Fall kneifen.*

Fast entfährt Wendy ein Kichern, bei dem sie schier zusammenbrechen würde, und so verschließt sie es hinter ihren Zähnen. Sie ergreift Marys Hände und sie lehnen sich aneinander.

»Ich verspreche dir, ich finde einen Weg, um dich auch hier herauszuholen.« Wendy wechselt ihren Standort, stellt sich zwischen Mary und Dr. Harrington, denn so kann sie sich einreden, sie wären allein. »Auch wenn es nicht mit einem Fingerschnippen geht, hier lasse ich dich nicht.«

»Versprich nichts, was du nicht halten kannst.« Marys Augen strahlen. In ihrer Stimme schwingt keinerlei Zweifel mit, eher eine leise, als Scherz verbrämte Drohung. Wider Willen muss Wendy lächeln und schmeckt Salz. Sie hatte noch nie eine Freundin, keine wie Mary. Wie soll sie die Zeit überstehen, in der sie voneinander getrennt sind?

»Ich werde es halten, das schwöre ich.« Wendy wischt sich die Tränen von den Wangen.

»Hier.« So schnell, dass Dr. Harrington es nicht mitbekommt, zieht Wendy eine in ihrem Blusenärmel versteckte, kostbare gestohlene Nadel hervor und drückt sie Mary in die Hand. Diese öffnet den Mund, sagt aber kein Wort. Ein winziger Metallsplitter, der ihre gesamte gemeinsame Geschichte in sich birgt; Wendy schließt Marys Finger darum. Mary hat sie gelehrt, wie man überlebt, dass man nie die Hoffnung verlieren darf. Jetzt wünscht sich Wendy nichts mehr auf der Welt, als dasselbe für sie zu tun.

»Die soll dich an mich erinnern.« Ihre Lippen streifen Marys Wange, nehmen die Wärme ihrer Haut in sich auf. »Wir werden uns wiedersehen.«

Wendy löst sich von ihr und schon ist von der Nadel nichts mehr zu sehen. Sie verkneift sich ein Lächeln und setzt eine ausdruckslose Miene auf. Darin hat sie mittlerweile Übung.

»Nun kommen Sie, wir wollen Ihre Brüder doch nicht warten lassen.« Dr. Harrington nimmt Wendys Arm, sein Griff ist energisch und fest.

Einen Moment lang spielt Wendy mit dem Gedanken, ihm ins Gesicht zu schlagen, doch Marys Blick bringt sie zur Räson. Sie muss ihr Versprechen halten. Wendy nickt ihr kaum merklich zu, und selbst das tut ihr weh. Sie sollte ihr noch ein paar Worte mitgeben, aber was kann sie denn sagen? Es gibt zu vieles, was sie verbindet, und Worte allein reichen nicht aus, um zu beschreiben, was Mary ihr bedeutet. Wendy kann nur hoffen, darauf vertrauen, dass Mary das weiß.

Als Wendy sich abwendet, ist ihre Kehle so eng, dass das Schlucken schmerzt. Sie lässt sich von Dr. Harrington den Weg entlangführen, seine Finger umklammern ihren Arm, als könnte sie womöglich selbst jetzt noch Fluchtgedanken hegen. Vor ihrem geistigen Auge taucht ein absurdes Bild auf: sie selbst als Braut, Dr. Harrington schreitet an ihrer Seite zum Altar, um sie ihrem Zukünftigen zu überantworten. Wendy wirft Mary noch einen letzten kurzen Blick über die Schulter zu. Wenn sie sie auch nur eine Sekunde länger ansieht, wird der Mut sie verlassen und sie selbst mit wehenden Fahnen in die Finsternis zurückrennen. Sie weiß, dass sie in St. Bernadette alles andere als sicher ist, aber wenigstens kennt sie die hier geltenden Regeln.

Sie dreht den Kopf wieder nach vorn und sieht John und Michael am Fuß des Weges stehen, sie warten gleich innen vor dem Tor. Sie wirken ungeheuer klein, wie die Jungen aus ihren Kindertagen. Dann schmilzt der Abstand zwischen ihnen und Wendy steht vor den beiden und sie sind größer als sie, gar keine Jungen mehr, sondern ausgewachsene Männer. John mit seinem vornehmen Schnurrbart und Michael, dessen Haar zu einem blassen

Rotblond verblichen ist, stützt sich auf seinen Stock, seine blaugrauen Augen Heimat einer Sammlung von Gespenstern. John küsst sie auf die Wange. Michael drückt sie mit einem Arm an sich, doch die Gebärde wirkt steif, förmlich, als wären sie Fremde.

Wendy ist versucht, ihn darauf anzusprechen, aber John drängt sich dazwischen.

»Komm jetzt, Darling.« John greift nach ihrem Arm, seine Finger nehmen den Platz von Dr. Harringtons ein. Angesichts der Geste und seiner Worte zuckt Wendy unwillkürlich zusammen. »Ein Wagen wartet.«

Seine Stimme klingt leicht gezwungen und sein Blick wirkt angespannt, als John sie flüchtig ansieht und ebenso schnell wieder wegschaut. Er verfrachtet sie eilig auf den Rücksitz, gönnt ihr kaum einen Moment, um sich zu sammeln, als hätte auch er Angst, sie könnte ihm davonfliegen. Sein Tonfall, sein Gesichtsausdruck, irgendetwas stimmt nicht und Wendy macht sich auf alles gefasst, doch nichts könnte sie auf das vorbereiten, was John sagt, als er neben ihr einsteigt und die Tür schließt.

»Ich hoffe, es macht dir nicht allzu viel aus, aber wir sind im Club zum Mittagessen verabredet. Neds Vater hat das Ganze arrangiert. Er kann es gar nicht erwarten, dich kennenzulernen.«

»Ned?« Wendy läuft ein eisiger Schauder über den Rücken und der Name dröhnt in ihren Ohren, als der Wagen losfährt. *Jetzt* soll sie ihren zukünftigen Ehemann kennenlernen? Wo sie noch nicht einmal Gelegenheit hatte, sich wieder an das Leben außerhalb der Mauern von St. Bernadette zu gewöhnen?

John hat wenigstens den Anstand, ihr mit hochroten Wangen einen verlegenen Blick zuzuwerfen. Michael schaut sie gar nicht an.

»Bitte, Wendy. Du musst dir Mühe geben.« Hinter der hauchdünnen Fassade der Besorgnis gleicht Johns Tonfall dem eines Kindes, das um ein Bonbon bettelt.

Schon will Wendys Hand zum Türgriff fliegen, gegen das Wagenfenster hämmern. Am liebsten würde sie sich auf die Straße hinauswerfen – alles, nur das nicht. Da fällt ihr Mary ein, ihr Versprechen und die Zukunft. Sie denkt an John und Michael, ihre gemeinsame Vergangenheit, und zwingt sich, ihrem Bruder in die Augen zu blicken. Ihn so zu sehen, wie er wirklich ist. Sie liegt John am Herzen. Er will nur das Beste für sie. Sie darf ihm nicht die Schuld daran geben, dass er sie nicht versteht, wo sie es doch war, die es ihm unmöglich gemacht hat, ihr Verhalten nachzuvollziehen.

»Ich gebe mir ja Mühe«, sagt Wendy so ruhig wie möglich. »Ich will es versuchen, aber ich brauche Zeit. Es ist noch zu früh.«

Unter dem Schnurrbart zupft John mit den Zähnen an seiner Lippe, eine alte Angewohnheit, die nun wieder durchbricht.

»Dein Schwiegervater in spe besteht partout darauf. Er kann ein ziemlich ... ungeduldiger Mensch sein.« John räuspert sich, er schaut sie nicht an.

»Du verschweigst mir doch etwas.« Wendy verspürt den Drang, John am Ohr zu packen, als wäre er wieder ein Junge und sie würde stellvertretend für ihre Mutter versuchen, ihn beim Flunkern zu ertappen. Stattdessen ballt sie die Fäuste in ihrem Schoß, um zu beweisen, dass sie sich beherrschen kann, dass sie sich geändert hat.

»Das ist kein Thema, das ...« John schüttelt den Kopf. »Es ist nichts, worüber du dir Sorgen machen musst«, erwidert er scharf, doch Wendy hat den Eindruck, dass es ihm möglicherweise insgeheim peinlich ist. Sie wirft Michael einen Hilfe suchenden Blick zu, aber der ignoriert sie, er starrt aus dem Fenster auf die vorbeiziehende Stadt. Es kommt Wendy vor, als schnüre ihr das Korsett die Luft ab. Mittlerweile ist schwer oder bedrückend gar kein Ausdruck mehr dafür. Die Haut unter dem Stoff brennt, am liebsten würde sie sich die Kleider vom Leib reißen. Jetzt weiß sie auch, weshalb John so hartnäckig war, als es um die Frage ging, was sie anziehen, wie sie ihr Haar frisieren sollte. Wie kann er ihr das nur antun? Wie kann er sich so schäbig benehmen?

Viel zu schnell ist der Wagen am Ziel und erneut steigt Panik in Wendy auf. Ihr Blick schweift die Straße entlang, sie fragt sich, ob ihr die Flucht gelingen könnte. Wie weit sie wohl käme, bis sie sie zur Strecke brächten? Als könnte er ihre Gedanken lesen, packt John ihren Arm, sobald sie die Hand nach der Tür ausstreckt. Allerdings muss noch mehr dahinterstecken – der Ausdruck in seinen Augen ist insgesamt ein völlig anderer.

»Ned und sein Vater wissen nur, dass du ... krank warst, sonst nichts.« Um Johns Mund liegt ein besorgter Zug, doch seine Miene ist aufrichtig. »Du könntest ihnen ja erzählen, es sei die Spanische Grippe gewesen oder was dir eben recht ist. Die Entscheidung, wie viel du ihnen verrätst, liegt bei dir.«

Entscheidung. Das Wort lässt sie innehalten. So lange durfte sie gar nichts entscheiden – weder, wo sie hinging, noch, was sie sagen durfte, und nun gibt John Wendy die Chance, sich völlig neu zu erfinden. Eine schwindelerregende Vorstellung und Wendy sucht den Blick ihres Bruders, sieht alles darin, was er ihr zu vermitteln versucht, ohne es laut auszusprechen. Er will ihr einen Gefallen erweisen. So eingeschränkt die Möglichkeiten auch sein mögen, er bietet ihr an, von diesem Augenblick an selbst über ihr Leben zu bestimmen. Vor allem aber wünscht er sich, dass sie glücklich wird, und das mit einer Inbrunst, die Wendy überrascht.

Urplötzlich versetzt sie die Vorstellung so vieler Alternativen in Panik. *Könnte* sie sagen, es sei die Grippe gewesen? In dieser Hinsicht hatte St. Bernadette Glück; es wurden nur so wenige Soldaten nach ihrer Rückkehr aus Europa in die Männerstation eingewiesen, dass sie dort weitestgehend von der Krankheit verschont blieben, der andernorts ganze Anstalten zum Opfer gefallen sind. Werden Ned und sein Vater nachhaken, Beweise von ihr fordern, und was wird sie dann sagen? Nach so vielen Jahren voller Lügen verschlägt ihr der Gedanke an eine weitere Lüge, eine ihrer Wahl, die – falls John recht hat – ihr zukünftiger Mann bereitwillig glauben wird, schier den Atem.

John hält sie noch einen Moment am Arm fest, dann lässt er los. Vertrauen. Es ist ein Geschenk und sie schöpft Kraft daraus, zwingt sich weiterzuatmen. Sie kann das schaffen. Mit steifen Bewegungen steigt sie aus. Ihr Körper fühlt sich an wie betäubt, weit entfernt, als gehöre er ihr nicht. Die wahre Wendy Darling fliegt hoch über dem Kopf der Frau, die die Stufen zum Club hinaufgeht und sich darauf vorbereitet, ihren zukünftigen Gatten kennenzulernen.

Aus Gewohnheit streicht Wendy ihren Rock glatt und zupft ihre Ärmel zurecht. Es gibt nirgends Geheimfächer, trotzdem beruhigt es sie, ihre Hände über den Stoff gleiten zu lassen. Angesichts ihrer Lage darf sie sich diesen kleinen Trost wohl gestatten.

»Ich bin bereit.« Wendy hebt das Kinn.

John beglückt sie dafür mit einem Lächeln – er wirkt erleichtert und vielleicht ein klein wenig gerührt. Als er ihr die Tür aufhält, liegt sogar ein Hauch von Bedauern in seinen Augen. Sie will eben eintreten, da schaut Michael sie endlich offen an. Es ist nur ein kurzes Aufflackern, doch Wendy erhascht einen flüchtigen Blick auf den Jungen, den sie in den Tagen ihres gemeinsamen Kinderzimmers kannte. Er berührt sanft ihren Arm, seine Finger ruhen kaum spürbar auf ihrem Ärmel.

»Keine Sorge, Windy.« Michaels schiefes Lächeln und sein alter Spitzname für sie zerreißen ihr fast das Herz. »Ned wird dir gefallen.«

So kurz das Gespräch auch ausfällt, es verleiht Wendy den Mut weiterzugehen. Sie wird das für Michael tun, für John. Für Mary.

Während sich Wendys Augen an die veränderten Lichtverhältnisse gewöhnen, kommt ein hochgewachsener, hagerer Herr auf sie zu. Sein Haar ist adrett gescheitelt, sein Schnurrbart dunkel und sorgfältig gestutzt. Der Mann trägt einen erstklassigen Anzug – dunkelgrau, langes Jackett, mit einer rosenfarbenen Krawatte, darin perfekt platziert eine Diamantnadel. Angesichts der langen Zeit, die sie von der Welt ausgeschlossen war, hat sie keine Ahnung, ob er der aktuellen Mode entspricht, aber dessen völlig ungeachtet erscheinen ihr ihre eigenen Sachen schäbig. Ruckartig bleibt sie stehen und der Mann tut es ihr gleich, er strahlt eine Nervosität aus, die sie an ein schreckhaftes Pferd denken lässt.

Direkt hinter dem Mann, der Ned sein muss, steht ein zweiter, in dem Wendy ihren zukünftigen Schwiegervater vermutet. Die Ähnlichkeit ist unverkennbar. Ebenso gut könnte sie zweimal denselben Menschen vor sich sehen, nur dass der eine mehrere Jahre älter ist. Ihre äußere Erscheinung unterscheidet sich allein darin, dass Haare und Schnurrbart ihres Schwiegervater eisengrau sind.

Ned streckt ihr die Hand entgegen, doch sein Vater drängt sich an ihm vorbei, stößt Ned regelrecht aus dem Weg, als er nach Johns Hand greift und sie mit festem Griff schüttelt. Danach begrüßt er Michael und erst dann würdigt er Wendy eines Blickes. Die Art, wie er sie anstarrt, erinnert sie an Dr. Harrington, er inspiziert sie wie eine außergewöhnlich widerwärtige Laborprobe. John legt die Hand auf ihr Kreuz, um ihr Halt zu geben, ihr Mut zu machen.

»Ich darf Ihnen meine Schwester vorstellen, Miss Wendy Darling.«

Ob sie einen Knicks machen soll? Nein, das wäre albern. Sie neigt den Kopf, bemüht sich nach Kräften zu lächeln. Die Frage, wohin mit ihren Händen, wo sie hinschauen soll, beschäftigt sie dermaßen, dass sie überhört, wie Ned und sein Vater mit Nachnamen heißen. Hat John es ihr bereits gesagt? Sie kann sich nicht daran erinnern. Dabei soll er doch auch ihr Name werden: Müsste sie so etwas nicht wissen? Am liebsten möchte sie lauthals lachen, sie spürt den Klang der Hysterie schon in ihrer Kehle und unterdrückt ihn mit aller Macht.

Schließlich begegnet sie eher versehentlich Neds Blick. Dem steigt sofort die Röte in die Wangen. Diese Reaktion trifft sie unvorbereitet und amüsiert sie aus völlig anderen Gründen. Die Vorstellung, dass er Angst vor ihr haben soll, hat einen seltsamen Charme. Irgendwie hat sie mit allem gerechnet, aber nicht damit.

»Auf uns wartet ein Tisch«, ertönt die schroffe Stimme von Neds Vater und Wendy begreift, was ihr Bruder meinte, als er sagte, er sei ein ungeduldiger Mann. In diesem Moment erkennt sie, dass er die ganze Sache wie einen Geschäftsabschluss behandelt, einen, den er am liebsten schon hinter sich hätte.

Als Neds Vater zum Speisesaal vorangeht, versucht Wendy, Neds Blick noch einmal aufzufangen, doch der schaut geflissentlich überallhin, nur nicht zu ihr. Daher begnügt sie sich damit, ihn so dezent wie möglich zu beobachten, ohne die wichtigen Dinge zu vernachlässigen – welche Gabel sie benutzen muss, den Rücken gerade zu halten, lächelnd zu nicken, als folge sie den Tischgesprächen. Was einfach genug ist. Kaum haben sie Platz genommen, reißt Neds Vater die Konversation an sich. John trägt hin und wieder etwas dazu bei, wenn es ihm gestattet ist. Michael sagt kein einziges Wort und Ned ebenso wenig. Wendy wird gar nicht erst miteinbezogen, als wäre sie nur ein Möbelstück oder diente den Herren als Tischdekoration.

Das gibt ihr Zeit, alles aufmerksam zu verfolgen, sich ihr eigenes Bild von der Welt zu machen, in der sie leben soll. Mittlerweile versteht sie, warum John auf alldem bestand und sich gleichzeitig dafür schämte. Ihr zukünftiger Schwiegervater kommt einer Naturgewalt gleich, er ist ein Tyrann – ein Mann von Jamiesons Schlag, auch wenn er mit weit subtileren Methoden arbeitet. Ein Mensch, der daran gewöhnt ist, dass alle Welt sich ihm unterordnet. Trotz der äußerlichen Ähnlichkeit scheint Ned das Gegenteil seines Vaters zu sein, schweigsam, geradezu scheu. Unvermittelt empfindet Wendy Mitleid mit ihm. Alles, was sie von dem Gespräch aufnimmt, dreht sich um Neds Bruder Allan. Nicht ein einziges Mal hört sie ihren Schwiegervater in spe Neds Namen auch nur erwähnen. Wie sie gehört er bei Tisch zum Inventar, zum Mobiliar, man kann sie beide nach Belieben herumschieben.

Während er seinem Sohn keinerlei Beachtung schenkt, ruht der Blick des Vaters häufig auf Wendy, er taxiert sie, wirkt zufrieden, wenn sie kleine Häppchen ihres Essens zu sich nimmt und ansonsten die Hände im Schoß faltet und sich weiterhin in Schweigen hüllt. Sie hasst ihn, auf Anhieb und aus tiefstem Herzen, Ned hingegen findet sie unwillkürlich faszinierend.

»Gesellen Sie sich bei einem Brandy und einer Zigarre zu mir, Mr. Darling? Wir müssen die Einzelheiten besprechen«, wendet sich Neds Vater an John, als die Teller leer sind, und Wendy erschrickt, ihr Magen verkrampft sich. Beinah hätte sie sich gestattet, den Anlass für dieses Mittagessen zu vergessen.

»Natürlich.« John erhebt sich, er wirkt schüchtern und nervös. Sie hat ihn zeit seines Lebens nie eine Zigarre rauchen sehen.

»Könnten wir wohl draußen ein wenig frische Luft schnappen, während ihr euch unterhaltet?« Nachdem sie so lange keinen Ton von sich gegeben hat, klingt Wendys Stimme in dem großen Raum kleinlaut, verliert sich inmitten des leisen Klirrens von edlem Porzellan, poliertem Tafelsilber und filigran geschliffenen Kristallgläsern.

Die Blicke der vier Männer richten sich auf sie. Neds Vater runzelt die Stirn. In ihrer Fantasie trägt er eben etwas auf der Sollseite eines imaginären Hauptbuchs ein. Statt sich davon abschrecken zu lassen, widmet sie ihre ganze Aufmerksamkeit Ned, wirft ihm ein Lächeln zu, das ihn hoffentlich nicht einschüchtern wird.

»Es wäre mir ein Vergnügen, den Anstandswauwau für euch zu spielen«, wirft Michael ein.

Überrascht dreht sich Wendy zu ihm um, gerade noch rechtzeitig, um den Schalk in seinen Augen aufblitzen zu sehen. Seine Belustigung ist auch nicht zu überhören und in Wendy keimt Hoffnung auf.

»Natürlich, der Garten ist ganz reizend.« In seiner Eile, aufzustehen und ihrer Bitte nachzukommen, wirft Ned fast seinen Stuhl um. Sein Vater fängt ihn auf, ehe er zu Boden fällt, und stellt ihn mit finsterer Miene wieder aufrecht hin.

Wäre Wendy mutiger, würde sie vielleicht Neds Arm nehmen, und sei es nur, um seinen Vater zu ärgern, aber sie zügelt sich. Immerhin ist dieser Mann nun Teil ihres Lebens; auch wenn sie sich nicht dazu durchringen muss, ihn zu mögen, muss sie doch zumindest versuchen, mit ihm auszukommen.

Er und John ziehen sich in ein anderes Zimmer zurück und Wendy folgt Ned und Michael durch eine doppelflügelige Glastür auf eine Steinterrasse, die Aussicht auf einen eingezäunten Garten bietet. Als sie über die Schwelle tritt, nimmt sich Wendy einen Moment Zeit, um das Novum zu genießen, nach eigenem Belieben hinauszugehen, nicht mehr unter der Aufsicht von Dr. Harrington, Jamieson oder einer der Schwestern zu stehen. Sie nimmt einen tiefen Atemzug und nicht einmal ihr kneifendes Korsett kann ihre Freude schmälern.

Michael geht zu einer der Bänke auf der anderen Seite der Terrasse. Zu ihrer eigenen Überraschung spürt Wendy leise Enttäuschung – er will nur den Anschein erwecken, als ihr Aufpasser zu fungieren. Nicht dass sie sich davor fürchtet, mit Ned allein zu sein. Ein flüchtiger Blick in sein Gesicht genügt, um zu erkennen, dass sie ihm immer noch bei Weitem mehr Angst einjagt als er ihr. Vielmehr stimmt es sie traurig, ihren Bruder erneut verloren zu haben. Als er sie Windy nannte, sich lächelnd als Anstandswauwau anbot, konnte sie einen Atemzug lang sehen, wie der alte Michael zum Vorschein kam.

Möglicherweise ist es schrecklich unhöflich von ihr, doch sie beobachtet ihren Bruder noch ein wenig länger, ohne auf Ned zu achten. Es ist so lange her, das wird er ihr doch gewiss gönnen. Ein leuchtender Sonnenstrahl setzt goldene Glanzlichter in Michaels weizenfarbenes Haar. Es ist schütterer als in ihrer Erinnerung. Alles an ihm ist dünner. Das Anzugjackett, bei dem sie sich sicher ist, dass John es für ihn ausgesucht hat, schlottert um seine Schultern wie bei einer Vogelscheuche. Sie sieht Michael geradezu auf einem Feld vor sich, inmitten hoher Getreidehalme, in alle Ewigkeit den Horizont anstarrend. Selbst wenn sich eine ganze Wolke schwarzer Vögel auf ihm niederließe, er würde sich nicht rühren. Sein Anblick tut Wendy im Herzen weh.

Michael lehnt seinen Stock neben sich gegen die Bank, greift in die Tasche und holt eine Tabakdose und Papier hervor. Ihr entgeht nicht, wie stark seine Hände zittern, als er sich die Zigarette rollt. Er dreht sich ein Stückchen in ihre Richtung und ihr Puls wird schneller, doch er scheint sie gar nicht richtig wahrzunehmen. Sein Gesicht verliert sich im Sonnenlicht wie eine Geistererscheinung, als er Ned wortlos die Dose anbietet. Der schüttelt den Kopf und Michael wendet sich ab, zieht die Schultern hoch, als wären sie ein Schutzwall, der Wendy und Ned ausschließt.

Wie ein Pfeil aus einer Armbrust bohrt sich der Schmerz über ihren Verlust erneut in Wendy. Wird ihr kleiner Bruder jemals zu ihr zurückkehren? Könnten sie jetzt wieder so miteinander reden und lachen wie früher, wenn sie ihn nicht angeschrien hätte, einen Weg gefunden hätte, ihm mit Freundlichkeit zu begegnen? Oder hätte der Krieg unabhängig von ihrem Verhalten eine Wunde in sein Herz gerissen, die nie verheilen würde?

Trotz der quälenden Gedanken an Michael in ihrem Hinterkopf wappnet sich Wendy und wendet ihre Aufmerksamkeit Ned zu. »Ich hoffe doch, Sie halten sich nicht aus Rücksicht auf mich zurück.« Wendy deutet auf Michaels Zigarette. Sie bemüht sich um einen beiläufigen

Tonfall, will unbekümmert und liebenswürdig klingen. Ist es nicht das, was von Frauen erwartet wird? Nun, da sie so weit unter sich sind, wie es die Etikette erlaubt, steigt Nervosität in ihr auf. Früher oder später wird sie trotz bester Absichten unweigerlich das Falsche sagen.

»Ich habe seit dem Krieg keine Zigarette mehr angefasst.«

In Anbetracht von Neds Alter sollte sie das nicht wundern, aber irgendwie tut es das doch. Er kommt ihr wie das exakte Gegenteil ihres Bruders vor. Schüchtern, ja. Voller Ängste, aber nicht wegen seiner Vergangenheit, sondern vor dem, was direkt vor ihm liegt. Sie kann ihn sich gar nicht mit einem Gewehr in der Hand oder durch Schlamm kriechend vorstellen. Vielleicht war er Offizier und hat aus der Sicherheit weit hinter den feindlichen Linien Befehle erteilt? Der Verdacht, dass Michael in Lebensgefahr schwebte, während Ned wohlbehütet in irgendeinem Bunker oder Lager saß, weckt Verbitterung in ihr.

»Ich dachte, alle Soldaten würden rauchen.« Ein verzweifelter Versuch, das Schweigen zwischen ihnen zu brechen, und die Worte purzeln aus ihrem Mund, ehe sie es verhindern kann.

Ned wirkt verdutzt, doch zu Wendys Erleichterung scheint er ihr die unbedachte Äußerung nicht krummzunehmen. Es war ungerecht von ihr, sich – wenn auch nur insgeheim – ein Urteil über ihn anzumaßen, ohne das Geringste über ihn zu wissen.

»Ich rauche gelegentlich Pfeife, wenn auch sehr selten, aber niemals Zigaretten. Damit sind zu viele Erinnerungen verbunden.«

Nun ist es Wendy, die ein verblüfftes Gesicht macht. Wieder wirft sie einen Blick auf ihren Bruder. Michael hängt immer noch geistesabwesend seinen Gedanken nach, er zeigt keinerlei Interesse an ihnen. Er ist in eine Rauchwolke gehüllt, sodass sie ihn wie durch einen Nebelschleier wahrnimmt, gleichzeitig älter und jünger, als er wirklich ist.

»Wieso sollte dann …« Den Rest lässt sie offen.

Als Ned antwortet, tut er es sanft, mit so viel Mitgefühl in der Stimme, dass Wendy erneut überrascht aufhorcht.

»Vielleicht bevorzugt Ihr Bruder gerade deshalb Zigaretten. Viele Männer wollen nicht vergessen.«

Wendy fährt herum und starrt ihn an, diesen Mann, der sie heiraten wird. Ihre Lippen öffnen sich leicht, doch sie ist sprachlos. Ned errötet unter ihrem eindringlichen Blick. Er senkt den Kopf und räuspert sich verhalten. Hat sie ihre Grenzen überschritten oder ist er es, der zu weit gegangen ist? Die Stille dehnt sich aus, bis sie schier unerträglich wird. Wendy ringt nach Worten, sucht nach irgendeinem Thema, bei dem sie sich wieder auf sicherem Terrain bewegen, aber Ned rettet sie, indem er zu den üblichen Floskeln zurückkehrt.

»Ich muss schon sagen, ich freue mich sehr, endlich Ihre Bekanntschaft zu machen, Miss Darling. Michael und John haben mir viel von Ihnen erzählt.«

Ein kaum merkliches Stottern stiehlt sich in seine Sätze und er bekommt einmal mehr hochrote Wangen, als er sich bemüht, es zu unterdrücken. Das und die Sorgfalt, mit der er darauf achtet, einen angemessenen Abstand zwischen ihnen zu wahren, bringt Wendy dazu, sich die scharfe

Erwiderung zu verkneifen, die ihr auf der Zunge liegt: *Und mir haben sie rein gar nichts über Sie erzählt.* Angesichts der Situation erscheint sie ihr unangebracht.

»Vor allem John war mir stets ein guter Freund, seit er angefangen hat, für meinen Vater zu arbeiten.« Ned sieht sie nicht an, während er spricht, er lässt seinen Blick über den Garten wandern.

»Ich hoffe, Sie nehmen mir die Frage nicht übel …« Wendy versucht sich vorsichtig auszudrücken, sie will Ned weder verschrecken noch unhöflich klingen. Ned weiß, dass sie krank war, aber nicht, wo sie war. Was er wohl glaubt, weshalb John und Michael sie die ganzen Jahre versteckt hielten? »Woher kennen Sie meine Brüder eigentlich? Waren Sie mit Michael in …«

Wieder lässt sie den Satz im Raum stehen, aus Angst, ihn zu verstimmen. Nach allem, was sie weiß, hat Ned ebenso tiefe, dem bloßen Auge verborgene Narben davongetragen wie Michael. Neds Mund unter dem Schnurrbart zuckt, allerdings fasst er sich rasch wieder.

Er wirft einen Blick über die Schulter, dem Wendy zu Michael folgt.

»Ich habe zur selben Zeit in Europa gedient wie Michael, aber begegnet sind wir uns erst nach meiner Rückkehr. John hat uns miteinander bekannt gemacht.«

»Da bin ich aber froh, dass Michael jemanden hat, mit dem er reden kann. Jemanden, der ihn versteht.« Das ist wahr. Sie ist sich sicher, dass John und Michael nicht miteinander sprechen, jedenfalls nicht über den Krieg, und ansonsten wird Michael wohl nicht allzu viele Freunde haben, befürchtet sie.

Sie verfallen erneut in Schweigen, doch diesmal hat es eher etwas Tröstliches. Es gelingt Wendy beinah, sich ein wenig zu entspannen, bis ihr wieder einfällt, dass John und Neds Vater in diesem Moment um ihre Zukunft schachern. Ihre gemeinsame Zukunft. Einen Augenblick später nimmt Ned all seinen Mut zusammen, ein hastiger Redeschwall ergießt sich aus seinem Mund. Das Stottern kehrt zurück, nun deutlicher, und Wendy kann nicht umhin, verstohlen zum Speisesaal zu spähen, halb in der Erwartung, Neds Vater dort drohend im Türrahmen aufragen zu sehen. Einen Schemen, der sich hinter den Gardinen abzeichnet, der Neds ganzes Leben überschattet.

»Mir ist bewusst, dass das alles ziemlich unerwartet kommt, Miss Darling, und ich würde Ihnen keinerlei Vorwürfe machen, falls Sie Bedenken hätten.« Ned unterbricht sich und zupft an den Manschetten seines Jacketts herum. »Um ganz ehrlich zu sein, hatte ich gar nicht damit gerechnet, jemals zu heiraten. Womöglich hätte ich es vorgezogen ... ich meine, ich nahm an, ich würde Junggeselle bleiben.«

Ned senkt den Blick und Wendy spürt, dass er versucht, ihr damit etwas Bestimmtes zu sagen. Worte zwischen den Zeilen, die er nicht auszusprechen wagt, aber sie vermag sie beim besten Willen nicht zu entschlüsseln. Sie unterdrückt ihre aufkeimende Frustration. Wieso sprechen die Leute nur immer in Rätseln und zwingen andere zu erraten, was sie meinen? Weshalb ist niemand in der Lage, das offen zu sagen?

Da finden Neds warme dunkelbraune Augen die ihren. Es ist das erste Mal, dass er sie geradewegs ansieht, seit das gemeinsame Mittagessen begonnen hat. Seine Augen sind gütig und zumindest in dieser Hinsicht ist Ned seinem Vater überhaupt nicht ähnlich.

»Miss Darling, ich möchte Ihnen gegenüber gerne aufrichtig sein.« Ned richtet sich auf. Sie nimmt den Moment wahr, in dem er wegschauen will, es aber nicht tut. Dennoch verrät ihr seine Haltung, dass er sich innerlich krümmt, am liebsten im Boden versinken würde, um sich nicht nur ihrem Blick zu entziehen, sondern dem der ganzen Welt.

»Es hat den Anschein, als ließe man keinem von uns die Wahl, was unsere Hochzeit anbelangt. Mein Vater ist regelrecht besessen von dem Gedanken, mich schleunigst zu verheiraten, und ich befürchte, als Arbeitgeber Ihres Bruders und angesichts Ihrer gesundheitlichen Probleme hat er bereits entschieden, dass Sie eine gute Partie sind. Er rechnet fest damit, dass Sie sich ... seinem Willen fügen, weil es Ihnen anderweitig an Zukunftsperspektiven mangelt.«

Ned hüstelt verlegen, die Röte auf seinen Wangen hat sich noch vertieft. Wendy kann ihn nur anstarren, denn angesichts seiner Offenheit weiß sie nicht, was sie sagen soll.

»In Anbetracht der Tatsache, dass wir uns diese Situation beide nicht ausgesucht haben, würde ich mich durchaus damit begnügen, die Ehe nur auf dem Papier zu führen, falls das Ihr Wunsch ist. Ich werde keinerlei Forderungen an Sie stellen, auch wenn ich inständig hoffe, dass wir wenigstens Freunde werden können.«

Sie kann in seinen Augen sehen, dass er das ernst meint. Es liegt auch Unsicherheit darin, und obschon sie sich gerade erst begegnet sind, hält sie es für denkbar, dass er an einem Nein zerbricht. Sie hatte zeit ihres Lebens nur wenige Freunde und sie spürt, dass sie und Ned in dieser Hinsicht vielleicht etwas gemeinsam haben.

Verstört durch Neds Verletzlichkeit, noch wie betäubt von seinem Vorschlag, öffnet Wendy den Mund. »Ich …«

Sie weiß nicht, was sie von dem Mann halten soll, der ihr gegenübersteht, und das allein genügt schon, um ihr Interesse zu wecken. Er strahlt eine Sanftmut aus, die ihn grundlegend von seinem Vater unterscheidet, ebenso wie von Peter, ihrem ersten richtigen Freund. Ihr Blick streift Michael. Er hat ihr versichert, dass Ned ihr gefallen würde, und vielleicht hat er das damit gemeint.

»Ich werde mich bemühen, Ihnen gegenüber genauso ehrlich zu sein.« Um sich zu sammeln, streicht Wendy ihren Rock glatt und begräbt ihre Nervosität in den Falten des Stoffs. »In meinem Leben gab es nicht viele Freunde. Ich bin tatsächlich kein Mensch, der leicht Freundschaften schließt, aber wenn Sie bereit sind, es zu versuchen, dann bin ich es auch.«

Ihre Worte mögen gefährlich leichtfertig klingen, doch in diesem Moment entsprechen sie absolut der Wahrheit. Es ist wie damals, als sie zum ersten Mal an Peters Hand flog, als sie durchs Fenster traten und in die Nacht fielen. Nur dass sie eben nicht abstürzten. Sie schwangen sich in ungeahnte Höhen auf.

Noch ist sie zu keiner Entscheidung darüber gelangt, wie viel sie Ned von ihrem Leben erzählen will, und sie weiß auch nicht, inwieweit er bereit ist, seins mit ihr zu teilen. Sie weiß lediglich, dass sie gern mehr über ihn erfahren möchte. Es wäre schön, außer Mary noch einen

Menschen auf dieser Welt zu haben, den sie mit Fug und Recht als ihren Freund bezeichnen darf.

Wendy gestattet sich ein kleines Lächeln und ein Hoffnungsschimmer stiehlt sich in ihr Herz. Es kommt ihr vor, als könnte sie zum ersten Mal wieder richtig atmen, seit sie Stunden zuvor das Tor von St. Bernadette durchschritten hat.

»Ich danke Ihnen, Miss Darling.« Ned erwidert ihr Lächeln und seins zeugt von Erleichterung und aufrichtiger Freude.

»Bitte«, entgegnet Wendy, »wenn wir Freunde werden wollen, müssen Sie mich Wendy nennen.«

Jane führt Timothy wieder an die Stelle, an der Pfeilspitzen und Steine auf sie einprasselten, wobei sie wachsam nach weiteren versteckten Angreifern Ausschau hält. Sie späht in die blau schimmernde Schwärze zwischen den Stämmen. An der Weggabelung, wo die krummen Bäume einen natürlichen Tunnel bilden und das Mondlicht weitestgehend aussperren, wirkt die Luft beinah so undurchdringlich wie eine Mauer.

Schon die bloße Vorstellung, unter jenem Blätterdach durchzugehen, wirkt so abstoßend auf sie, dass sie fast glaubt, Hände auf ihren Schultern zu spüren, die sie umdrehen, sie wegschicken, sie zurückdrängen. Es ist, als ertöne Peters Stimme in ihrem Verstand, als wären seine Augen unverwandt auf ihre gerichtet. *Wäre es nicht viel schöner, ins Lager zurückzugehen?* Dort gibt es noch mehr

Fleisch, mit dem sie sich den Bauch vollschlagen kann, noch mehr Spiele. Sie können sich am Feuer aufwärmen und es gibt keinen Grund, durch die Dunkelheit zu irren, wo ihnen alles Mögliche zustoßen könnte, wo sie vielleicht von Monstern gefressen werden.

Sie spürt förmlich, wie sich ihr Name wieder davonstehlen will, während ihr diese Gedanken durch den Kopf gehen, und Jane beißt die Zähne so fest zusammen, dass ihr der Kiefer wehtut. Der Schmerz hilft ihr, sich zu konzentrieren. Schon seit sie etwa in Timothys Alter war, weiß sie, dass es nichts gibt, wovor man sich in der Dunkelheit fürchten muss. Sie ist bloß wie Schatten, etwas, das das Licht fernhält, doch die Sonne und der helle Tag kehren immer wieder zurück. Trotzdem hat sie Angst.

Zu Hause mag das ja alles stimmen, aber hier ... Eine nie gekannte, ihr selbst unerklärliche Furcht ergreift plötzlich von ihr Besitz, als hätte die krummschwänzige Katze ihre Waden gestreift und sie erschreckt. Und schlagartig kommt die Gewissheit. So wenig sie dorthin will – gerade *weil* sie nicht dort hinwill –, der Pfad zwischen jenen Bäumen ist der, den sie nehmen müssen.

Sie tastet nach der Pfeilspitze, die immer noch in ihrem Ärmel steckt. Irgendwie hat sie das Gefühl, dass sie ihr Glück bringt. Sie kann nicht sagen, warum, aber sie ist überzeugter denn je, dass jemand oder etwas sie warnen wollte, sie vor etwas bewahren und ihr nicht einfach nur Angst einjagen. Im Stillen entschuldigt sie sich bei jenem unsichtbaren Beschützer dafür, dass sie den Hinweis, den er ihr auf so ungewöhnliche Weise übermittelte, in den Wind geschlagen hat.

Timothy steht stocksteif neben ihr und starrt mit seltsam leeren Augen in die Lücke zwischen den Bäumen.

»Weißt du, wo der hinführt?«, fragt Jane. Sie spricht ganz leise und doch fährt Timothy erschrocken zusammen.

»Peter hat gesagt, da dürfen wir niemals reingehen.« Er nagt an seiner Unterlippe und Wendy befürchtet kurz, er würde anfangen zu weinen. Er steht wahre Todesängste aus und schließlich, ermahnt sie sich, ist er nur ein kleiner Junge.

»Aber weißt du denn, wo er hinführt, warum er verboten ist?«

Timothy schrumpft regelrecht in sich zusammen. Jane setzt ihn nur äußerst ungern so unter Druck, doch sie muss es erfahren.

Er verzieht den Mund und runzelt wieder die Stirn, wie um sich an etwas zu erinnern. Unbewusst wandert seine Hand zu seinem Hemdzipfel, aber er ertappt sich dabei, bevor er ihn in den Mund steckt.

»Das ist ein böser Ort.«

Er deutet mit dem Finger auf etwas und Wendys Blick folgt der gedachten Linie über den Wald, wo ein undeutlicher Fleck vor den Sternen hängt, als steige dort Rauch auf. Sie erschaudert, zwingt sich aber, die Schultern zu straffen und tapfer zu sein.

»Es tut mir leid, aber ich glaube, wir müssen diesen Weg nehmen. Schon gut«, schiebt sie hastig hinterher. »Ich pass auf uns auf. Versprochen.«

Daran will sie glauben. Was würde ihre Mama wohl tun, wenn sie jetzt hier wäre? Jane war gerade mal in Timothys

Alter, fällt ihr ein, als ihr im Park ein anderes Mädchen wehgetan hat. Es machte sich über Jane lustig, weil sie sich Käfer anguckte, nannte sie schmutzig, und als sie sagte, das wäre sie nicht, schubste das Mädchen sie. Sie landete mit dem Gesicht voran im Dreck und riss sich die Lippe an ihren Zähnen blutig.

Sie kämpfte mit den Tränen und verlangte von dem Mädchen, sich zu entschuldigen, doch das lächelte nur süß und behauptete, Jane müsse gestolpert sein. Jane rannte zu ihrer Mama, beschimpfte das Mädchen als Lügnerin und Monster, aber statt sie fest an sich zu drücken, wie Jane erwartete, nahm ihre Mutter sie an den Schultern und schaute ihr in die Augen.

»Sie ist kein Monster, Jane.«

»Aber Mama ...«

»Nein, Jane. Es mag schon sein, dass sie sich dir gegenüber wie ein Monster benommen hat, aber das ist etwas anderes. Weißt du denn, warum sie das getan hat?«

Jane schüttelte den Kopf, sie begriff weder den Unterschied noch, was ihre Mama eigentlich von ihr wollte. Sie wollte einfach in den Arm genommen und getröstet werden. Doch in den Augen ihrer Mutter lag jener Ausdruck, den sie jedes Mal aufsetzte, wenn Jane die falschen Fragen stellte. Schon damals, als sie noch so klein war, kam es Jane so vor, als führten sie zwei verschiedene Gespräche. Jane sah den Park und das Mädchen, das sie geschubst hatte, und ihre Mama sah eine völlig andere Welt. Allerdings war ihr Tonfall so ernst, dass Jane nicht wagte, mit ihr darüber zu streiten. Diesen Ton schlug ihre Mutter an, wenn sie wollte, dass Jane eine wichtige Lektion lernte.

»Es liegt daran, dass sie Angst hat.« Sie zog Jane an sich, doch die ersehnte Umarmung blieb aus. Ihre Mama drückte sie an ihre Seite und drehte sie um, sodass Janes Blick auf das andere Mädchen fiel. Es sah überhaupt nicht so aus, als hätte es Angst. Janes Mutter strich ihr die Haare glatt, was kein großer Trost für sie war, und war mit ihrem Gesicht ganz nah an das ihrer Tochter herangekommen, als wolle sie ihr ein Geheimnis verraten.

»Sie sieht dir an, wie mutig und stark du bist, und das macht ihr Angst. Es ist wie bei dem kleinen weißen Vogel in unseren Geschichten. Wenn er Leuten gemeine Streiche spielt, tut er das, weil er sich tief in seinem Herzen ganz klein fühlt. Verstehst du?«

Damals hat Jane es nicht verstanden, jetzt glaubt sie allerdings zu wissen, was ihre Mama ihr damit zu sagen versuchte. Später am selben Abend fragte sie sie, ob es wirklich so etwas wie Monster gebe.

»Ich fürchte schon«, erwiderte ihre Mutter postwendend und Jane zuckte erschrocken zusammen, denn das war ganz und gar nicht die Antwort, die sie erwartet hatte. Sie saßen in dem großen Schaukelstuhl neben dem Fenster und sie versuchte sich umzudrehen, schaffte es aber nicht, sich in eine Position zu bringen, aus der sie das Gesicht ihrer Mama richtig sehen konnte, um festzustellen, ob sie sie aufziehen wollte. Die strich ihr wieder übers Haar, schaukelte sie sanft und Jane fühlte sich so warm und geborgen, wie sie es sich zuvor gewünscht hatte.

»Was geschieht denn, wenn ich mal einem echten Monster begegne?«, wollte Jane wissen.

»Nun.« Ihre Mutter gab ihr einen Kuss auf den Scheitel. »Dann musst du dich ihm entgegenstellen, selbst wenn du dich fürchtest, denn wenn du zulässt, dass dir die Monster Angst einjagen und dir all das wegnehmen, was du liebst, dann gewinnen sie.«

Jane spürte, wie ihre Mutter den Kopf drehte und durchs Fenster auf den Sternenhimmel hinausblickte, während sie weitersprach.

»Und wenn Monster gewinnen, ist das ein Problem, Jane, denn sobald es ihnen einmal gelungen ist, wollen sie ständig gewinnen. Sie wollen immer weiter gewinnen, weil sie gierig sind, und das dürfen wir ihnen natürlich nicht erlauben, stimmt's?«

»Nein, Mama.«

Da kitzelte sie ihre Mutter und Jane vergaß die Monster vor lauter Lachen ganz und bettelte sie an, ihr vor dem Zubettgehen noch eine Geschichte zu erzählen.

Als sie jetzt daran zurückdenkt, fragt sich Jane, ob ihre Mama von dem Mädchen gesprochen hat, das sie geschubst hat, oder von solchen Monstern, die sich unter Betten verstecken, oder vielleicht sogar von jenen, gegen die ihr Onkel Michael und ihr Vater im Krieg gekämpft haben. Möglicherweise meinte sie alle drei damit. Oder etwas völlig anderes.

Sie weiß nur eins, nämlich dass ihre Mutter recht hatte – sie muss standhaft bleiben, selbst wenn sie sich fürchtet. Weil die Monster sonst gewinnen.

»Na komm.« Jane nimmt Timothy an der Hand und schaut auf ihn hinunter. Das Vertrauen in seinen Augen macht ihr noch mehr Angst als das, was am Ende des

Weges liegt, aber er zählt auf sie. Sie darf ihn nicht im Stich lassen. »Zeigen wir den Monstern, dass wir uns nicht Bange machen lassen.«

LONDON 1921

Wendy holt tief Luft und streicht mit den Händen über die Vorderseite ihres Kleides, dann verschränkt sie sie vor dem Bauch, die Finger um das jeweils andere Handgelenk geschlossen. Sie muss lediglich einen Fuß vor den anderen setzen und laufen. Vor fast einem Jahr ist sie denselben Weg in die entgegengesetzte Richtung gegangen. Schritt. Atemzug. Schritt. Sie ist aus St. Bernadette entkommen, dann gelangt sie doch gewiss auch wieder hinein. So schwer kann das nicht sein. Diesmal ist sie Gast, eine Besucherin. Niemand darf sie aufnehmen oder hierbehalten.

Und dennoch juckt es sie am ganzen Leib, überall kribbelt es vor Schweiß. Kein offener Schweißausbruch, sondern einer im Verborgenen, wie ein blauer Fleck auf der Innenseite ihrer Haut. Die Backsteinfassade von St. Bernadette neigt sich nach außen, auf sie zu, und es scheint nur einen Wimpernschlag her zu sein, seit sie zum letzten Mal hier war. Sie war nie fort und im Nu ist die Tür ein Maul, das die Zunge ausstreckt, um sie in einem Stück zu verschlingen.

Sie schüttelt den Kopf, verscheucht den Gedanken und macht einen entschlossenen Schritt vorwärts. Weißer Kies knirscht unter den Absätzen ihrer Stiefel. Sie hat gehört, dass Jamieson nicht einmal mehr hier arbeitet. Irgendeine Krankheit, seine linke Körperhälfte soll gelähmt sein, vielleicht ist es ja das gleiche äußerlich nicht erkennbare Leiden, das ihn vor dem Krieg bewahrt hat. Sie wünschte, sie könnte Schadenfreude oder boshafte Genugtuung empfinden, aber sie hat weder Hass noch Mitgefühl für ihn übrig, nur Gleichgültigkeit. Jamieson hat mittlerweile nichts mehr mit ihr zu tun; das hier ist nicht mehr ihr Leben.

Die Sonne brennt herunter und taucht den narbengleichen Pfad in blendendes Weiß. Durch einen Windstoß über ihr schwanken die entlaubten Äste und auf ihrem Weg zur Tür steigen Dampfwölkchen vor Wendys Lippen auf. Sie gehört nicht an diesen Ort und hier gibt es nichts mehr, wovor sie sich fürchten müsste.

Als sie über die Schwelle tritt, kommen ihr ihre Schritte extrem laut vor. Der abrupte Übergang von strahlendem Sonnenschein zu relativer Dunkelheit im Inneren bringt sie einen Augenblick aus dem Konzept. Ihr wird schwindelig und sie streckt die Hand aus, um sich abzustützen.

»Miss?«, ertönt eine Stimme neben ihr und Wendy zuckt erschrocken zusammen.

Eine Schwester. Jung. Keine, die Wendy kennt.

»Mrs.«, antwortet sie automatisch. Sie hat es sich so viele Male vorgesagt, wohl ein Versuch, sie selbst oder auch die Welt davon zu überzeugen, und es fühlt sich trotzdem nicht so an, als stünde es ihr zu.

»Ich möchte zu Mary …« Wendys Stimme bricht und sie findet das furchtbar, wünschte, es läge mehr Kraft darin. »Mary White Dog.«

Es bereitet ihr ein diebisches Vergnügen, Marys vollen Namen auszusprechen, ihren richtigen Namen, nicht den, den man ihr hier gegeben hat. Stirnrunzelnd macht die

Schwester kehrt, lässt Wendy allein im Eingang stehen, und die lächelt in sich hinein. Sie überwindet sich, den Blick zu heben, schaut zu dem Geländer im zweiten Stock hinauf, wo die Privatzimmer liegen. So oft hat sie sich mit Mary dort hingeschlichen, dass sie ihre Wege beinah mit geschlossenen Augen zurückverfolgen könnte, ohne sich zu verlaufen. Sie lässt die Augen offen und zwingt ihre Hände, ruhig an den Seiten herabzuhängen.

»Wenn Sie mir bitte folgen wollen.« Die Schwester kommt mit einer auffordernden Geste wieder auf sie zu und Wendy gehorcht.

Ihr Gang fühlt sich seltsam steif an, so als habe sie urplötzlich vergessen, wie man geht. Sie weiß, er ist nicht hier, und doch rechnet sie ständig halb damit, dass sich Jamieson aus einem der Türrahmen beugt und sie mit einer groben Hand festhält. Ned hat ihr angeboten, als moralische Unterstützung mitzukommen, aber sie hat darauf bestanden, allein herzufahren.

»Wenn ich mich dem jetzt nicht stelle«, entgegnete sie ihm, »dann tue ich es nie. Es ist wichtig.«

Er wirkte besorgt, hat ihre Entscheidung aber akzeptiert und einen Wagen gemietet, um hierherzufahren. Bei mehreren Gelegenheiten hätte Wendy den Fahrer fast angewiesen umzukehren und am Tor ist sie wieder nahezu in Panik geraten und geflohen. Nun, da sie hinter der Schwester hergeht, weicht Wendys Angst etwas anderem. Einem Gefühl, als hätte sie den Boden unter den Füßen verloren, als würde sie schweben. Sie fürchtet sich nicht; sie empfindet eine regelrechte Euphorie, und das erscheint ihr absurd.

Ihr Blick wandert über die Gesichter der Patientinnen, an denen sie vorbeikommen. Die meisten halten den Kopf gesenkt, sehen nicht einmal auf, wenn sie vorübergeht. Dasselbe hat sie auch getan, fällt ihr ein, die Außenwelt auszublenden, war eine Frage des Überlebens. Würde eine von ihnen sie wiedererkennen, wenn sie sie anschauten? Und würde ihr Leben dadurch besser oder schlimmer? Gäbe ihnen ihre Anwesenheit hier Hoffnung, sie dürften eines Tages vielleicht auch gehen. Oder würden sie sie schlicht und ergreifend dafür hassen, dass sie die Freiheit genießt, die sie nicht haben?

Pures Glück – sie versucht stets im Hinterkopf zu behalten, welches Glück sie hatte, wie wenig sie von den Patientinnen um sie herum trennt. Immerhin hat John sie niemals aufgegeben. Wie viele dieser Frauen mögen wohl Brüder, Schwestern oder Ehemänner haben, die noch auf ihre Heilung hoffen?

Die Schwester öffnet die Tür zu einem der kleinen Aufenthaltsräume und Wendys Herz vergisst für einen Augenblick weiterzuschlagen. Das Zimmer ist verlassen, bis auf Mary, die auf einem der beiden Stühle am Fenster sitzt, ihre Silhouette zeichnet sich vor dem hellen winterlichen Himmel ab. Wie soll sich Wendy verhalten? Was soll sie sagen? Ihr Verstand kann die innige Vertrautheit zwischen ihnen nicht wieder heraufbeschwören, es ist, als begegneten sie sich zum ersten Mal. Wird Mary sie zurückweisen? Worüber sollen sie reden, nun, da sie ihren jeweiligen Alltag nicht mehr bis ins kleinste Detail kennen?

In diesem Moment schaut Mary von dem Stickrahmen in ihrem Schoß auf und ein Lächeln breitet sich auf ihrem

Gesicht aus – als würde die Sonne durch die Wolken brechen –, das die Lücke zwischen ihren Schneidezähnen zeigt, und die Angst fällt von Wendy ab. Die Schwester im Türrahmen ist vergessen, alles andere ebenfalls, und sie rennt auf Mary zu. Auf halber Strecke prallen sie aufeinander, stürzen sich atemlos und lachend in eine Umarmung, fangen beide gleichzeitig an zu reden.

»Ich bin so froh, dass du …«

»Ich wusste nicht, ob …«

Die zwei halten inne, starren einander verblüfft an und brechen abermals in Gelächter aus. Als Wendy sich umschaut, ist die Schwester gegangen und sie sind allein. Sie drückt Marys Hand, die Schwielen und die warme Haut sind ihren Fingerspitzen noch vertraut, und begleitet sie zu den Stühlen zurück. Sie setzen sich, sodass sich ihre Knie fast berühren, und Wendy hält weiterhin Marys Hände. Nun, da sie hier ist, will sie sie am liebsten nie mehr loslassen.

»Erzähl mir alles. Wie behandeln sie dich? Geht es dir gut?« Ihre Worte überschlagen sich nahezu; es ist ihr unmöglich, den Blick von Mary abzuwenden, denn sie kann kaum glauben, dass sie wirklich da ist.

»Alles beim Alten geblieben.« Wendy spürt einen Stich im Herzen, doch da huscht ein spitzbübisches Lächeln über Marys Lippen und ihre Augen funkeln. Das weckt gemischte Gefühle in Wendy und schon schlägt ihr Herz wieder Purzelbäume. Sie malt sich aus, wie Mary durch die Flure schleicht, kleine Diebstähle begeht, all die Schwierigkeiten, in die sie bei dem Versuch geraten könnte, zu verhindern, dass sie erwischt wird. Sie sollte hier sein und Mary zur Seite stehen.

»Aber sieh dich nur an, du bist jetzt eine verheiratete Frau.« Damit reißt Mary Wendy aus ihren Gedanken und es ist, als greife eine kalte Hand in ihre Brust. Sie blinzelt heftig und Marys Finger beginnen zu wandern, bis sie es ist, die Wendy festhält. Der sanfte Druck ihrer Daumen wirkt beruhigend auf Wendy und sie stößt einen zittrigen Seufzer aus.

Mary beugt sich vor, sodass ihre Stirnen einander berühren, und die Welt ist wieder in Ordnung. Wendy lässt ihren Kopf einen Moment dort ruhen, schließt die Augen, genießt Marys körperliche Nähe. Aufatmend hebt sie die Lider und lehnt sich zurück, jetzt fühlt sie sich nur noch leicht benommen.

Eine verheiratete Frau. Die letzten paar Monate sind wie im Flug vergangen. Wendy hat sich selbst noch gar nicht richtig daran gewöhnt. Anfangs fürchtete sie sich davor, dann glaubte sie allmählich, das könnte etwas sein, das sie sich wünscht – eine Familie, nicht so wie mit Michael und John, sondern eine, die nur ihr gehört, aus eigener Entscheidung, nicht durch Blutsbande geschaffen. Doch obwohl sie und Ned zunehmend mehr übereinander erfahren, kann sie das Gefühl nicht abschütteln, dass in ihrem Leben etwas fehlt. Bis jetzt, da sie hier ist.

Es ist das hier. Marys Hände in ihren. Der Gedanke erschreckt sie zutiefst, er ist zu ungeheuerlich, um ihn zu Ende zu denken. Sie wünscht sich etwas, aber sie ist sich nicht sicher, was genau das ist, und so unterdrückt sie das Gefühl, das in ihr aufbrandet wie eine alles verschlingende Flut.

»Erzähl mir, wie es bei dir aussieht«, bittet Mary. »Geht es *dir* gut? Wie geht dein Ehemann mit dir um? Liebst du ihn?«

»Ich kenne ihn ja kaum.« Wendy zieht ihre Hände weg, faltet sie in ihrem Schoß. All die quälenden Zweifel, die Ungewissheit, die vor einer Sekunde ausgeräumt waren, kehren zurück. Hinter ihren Lippen türmen sich Sätze auf, aber Wendy weiß nicht, wie sie sie aussprechen soll. Das ist Mary, sie hatten nie Geheimnisse voreinander, doch nun darf sie nicht mehr alle Geheimnisse mit ihr teilen, die sie hütet.

Mann und Frau. Ein Fleisch werden. Ist es das, was der Bund der Ehe in Wahrheit bedeutet? Von nun an muss sie auch Neds Last tragen, ebenso wie ihre eigene. Wäre Mary wirklich Teil ihrer Familie, dann könnte sie vielleicht ... Nein. Sie verdrängt den Gedanken wieder. Es wäre zu viel, zu früh.

Stattdessen konzentriert sie sich auf Marys Frage, überlegt, welche Antwort sie ihr geben soll. Ned. Wendy ruft sich sein Gesicht ins Bewusstsein, seine gütigen Augen, wie er beim Stottern errötet. Zeitweise macht es sich kaum bemerkbar, wenn er spricht. Bei anderen Gelegenheiten, für gewöhnlich dann, wenn sein Vater in der Nähe ist oder einer seiner Besuche ansteht, bringt er kaum ein Wort heraus.

Wendy denkt an den Tag zurück, an dem sie sich kennenlernten, daran, wie unglaublich schwer es ihm fiel, sie anzusehen. Und sie selbst, frisch aus dieser Anstalt entlassen, buchstäblich in eine neue Welt. Kann es wirklich sein, dass seither nicht einmal ein Jahr verstrichen ist? Ihr kommt es vor, als wäre es eine Ewigkeit her.

Als Wendy schließlich aufschaut, stellt sie fest, dass Mary geduldig wartet. Das schmerzt sie, in ihr tobt ein

Kampf zwischen ihrem Bedürfnis, sich mitzuteilen, und den Gründen für ihr Schweigen. Es wäre so viel einfacher, wenn sie Mary mit einem Blick alles begreiflich machen könnte, was sie bewegt, was sie und Ned als Ehepaar ausmacht.

»Ich ... Ich denke, ich kann vielleicht mit der Zeit lernen, ihn zu lieben, aber es ist ...« Wendy stockt; das auszusprechen fällt ihr nicht leicht. Sie versteht Ned, zumindest in mancher Hinsicht. Mittlerweile ist es ihr eigener Anteil an dem Puzzle, auf den sie sich so schwer einen Reim machen kann.

Statt sein Recht als Ehemann einzufordern, reichte ihr Ned in ihrer Hochzeitsnacht wortlos ein Bündel Briefe. Manche davon waren an den Rändern angesengt, das Papier war so brüchig, dass es zerfiel, und roch nach Asche.

»Ich konnte sie nur mit Müh und Not retten«, erklärte er ihr. Sie sah ihn fragend an, doch er sagte nur: »Du musst das wissen und erfahren, wen du da geheiratet hast.«

Er ging ans Fenster und sie blieb mit den Briefen im Schoß auf ihrem Ehebett sitzen. Einen Moment lang empfand sie Erleichterung, denn sie war unsicher, wie sich die Dinge zwischen ihnen entwickeln würden, wenn sie erst einmal verheiratet waren, unschlüssig, ob sie ihren sogenannten ehelichen Pflichten nachkommen wollte, wo sie doch gerade erst anfing, ihn als Freund kennenzulernen. Ihre eigenen Gefühle lagen ihr wie ein komplizierter Knoten im Magen, während Ned seine deutlich ins Gesicht geschrieben standen – ein Geflecht aus Kummer und Schmerz, Hoffnung und der Bereitschaft, ihr zu vertrauen.

Sie nahm den ersten Brief zur Hand und faltete ihn vorsichtig auf. Dann begann sie zu lesen und Ned beobachtete sie, ging gelegentlich auf und ab und blieb erschaudernd wieder stehen, so sehr trieben ihn seine Befürchtungen um. Ned hatte die Briefe in den Schützengräben von Verdun geschrieben, sie waren an jemanden namens Henry gerichtet. Aus gemeinsamen Erinnerungen, die darin erwähnt wurden, schloss Wendy, dass es sich bei Henry um einen Schulfreund von Ned handelte. Und als sie erstaunt weiterlas, erfuhr sie, dass sich die Beziehung zwischen Henry und Ned mit der Zeit in etwas anderes verwandelt hatte, etwas, das weit über eine Freundschaft hinausging.

Von Zeit zu Zeit blickte Wendy auf und sah Ned stumm die Lippen bewegen, als wären die Worte in seinem Herzen eingebrannt und läse er sie gemeinsam mit ihr.

Als sie den letzten Brief zur Seite legte, sagte Ned: »Mein Vater wollte sie verbrennen.«

Nach der Lektüre fühlte sich Wendy ausgelaugt. Sie hatten sich erst spät ins Schlafzimmer zurückgezogen und mittlerweile tauchte die Morgendämmerung die Ränder des Himmels draußen vor den Fenstern allmählich schon in ein sanftes Rot. Sie hatte die ganze Nacht gelesen.

»Hast du die nie abgeschickt?« Der Gedanke, dass Ned – ein Mann, den sie da noch kaum kannte – so verliebt gewesen war, ging Wendy schwer zu Herzen. Sie konnte sich gar nicht vorstellen, wie es erst für ihn gewesen sein musste, dass jemand seine Liebe zu einem Schandfleck pervertiert hatte, ihn hatte zwingen wollen, sein Geheimnis mit ins Grab zu nehmen, einfach weil es nicht sein durfte.

»Doch. Henry hat mir zurückgeschrieben.« Neds Stimme klang brüchig, nicht weil er wie gewohnt stotterte, sondern weil etwas Schmerzhaftes und Gequältes daraus sprach. Er sah sie nicht an, sondern beobachtete, wie draußen die Sonne aufging. »Diese Briefe – seine – habe ich selbst verbrannt. Damit sie niemandem in die Hände fallen konnten. Henry … ist kürzlich verstorben. Komplikationen nach einer Lungenentzündung. Seine Schwester hat mir die Briefe hier zurückgeschickt. Ich weiß nicht, ob sie sie je gelesen hat, aber mein Vater fand das Päckchen und …«

Ned zuckte mit den Achseln, eine unbeholfene, schmerzliche Gebärde, zog die Schultern hoch wie eine knöcherne Verteidigungslinie gegen die Welt. Allerdings stotterte er kein einziges Mal, als er Wendy die Wahrheit über ihn erzählte und dabei Henrys Namen aussprach.

In jenem Augenblick begriff Wendy, weshalb Neds Vater ihn so verzweifelt hatte verheiraten wollen, warum Ned zugestimmt hatte, eine Frau wie sie zu ehelichen, ohne sie je gesehen zu haben. Sie dankte Ned, dass er sein Geheimnis mit ihr geteilt hatte, und schwor ihm, es zu bewahren. Im Gegenzug erzählte sie ihm im Laufe der nächsten paar Tage von St. Bernadette und all dem, was ihr dort widerfahren war. Während sie seinem Vater gegenüber bei der erfundenen Geschichte von der Spanischen Grippe blieb, vertraute sie Ned so viel von der Wahrheit an, wie sie konnte – Jamieson und Dr. Harrington, die mit Eiswasser gefüllte Wanne und ihre kahl geschorene Kopfhaut. Bis auf den ursprünglichen Grund für ihre Einweisung verriet sie ihm alles. Alles bis auf Nimmerland und Peter: Sie sagte ihm nur, es habe eine Zeit in ihrem Leben gegeben, in der sie Wahrheit und Fantasie nicht auseinanderhalten konnte, aber all das läge jetzt hinter ihr.

In den Tagen, die darauf folgten, führten sie Gespräche, anfangs verlegen und dann immer offener. Beim Frühstück, beim Tee und als Ned ihr gestand, dass er sich irgendwann ein Kind wünsche, spürte Wendy, wie ein Zittern durch ihr Herz ging. Sie hatte vorher nie ernsthaft über die Möglichkeit nachgedacht, wirklich Mutter zu werden, doch in jenem Moment erwachte in ihr ein Hoffnungsschimmer. Das Versprechen, das sie sich bei ihrer ersten Begegnung gaben, haben sie seit dem Tag ihrer Hochzeit gehalten – sie sind Freunde geworden. Sie sind auch Mann und Frau, allerdings auf eine Art, die der Rest der Welt wohl nicht verstehen würde.

»Wärst du denn glücklicher, wenn du stattdessen selbst eine Ehefrau hättest?« Mary stellt die Frage arglos, einfach so; die Art, wie sie den Kopf schieflegt, und ihr gespannter Blick zeugen von unvoreingenommener Neugier, als sie Wendy damit überrumpelt.

Die Frage kommt Wendys Gedanken so nahe und ist doch meilenweit davon entfernt. Liebe und Familie sind ebenso festgefahrene Klischees wie die Begriffe Ehemann und Ehefrau. Die schmerzhafte Sehnsucht, das Gefühl, dass ihr etwas fehlt, was Wendy in den Monaten zwischen ihrer Hochzeit und diesem Augenblick gespürt hat, verrät ihr, was sie sich wünscht, aber sie kann es nicht in Worte fassen.

Versehentlich stößt sie mit der Hand gegen das Tischchen zwischen ihren Stühlen. Es wackelt, fällt aber nicht um, und in der Stille klingt das Geräusch übermäßig laut. Wendy weiß, dass es in St. Bernadette Frauen gibt, die nur aus einem einzigen Grund hier sind: weil sie einander lieben, so wie Henry und Ned einander liebten. Es macht sie krank, dass die Welt so grausam sein kann, aber sie weiß auch, dass viele von ebendiesen Frauen hier – den strengen Blicken der Welt entzogen – insgeheim ihre Freiheit gefunden haben. In ihren Herzen, ihren Köpfen, in jeder Hinsicht, die zählt, sind sie miteinander verheiratet.

Wendy sucht in Marys Gesicht nach Anzeichen von Hoffnung – sie schwankt ja selbst zwischen Hoffnung und Furcht –, findet jedoch keine Spur von Erwartung darin. Erleichterung durchflutet sie und sie fühlt sich genauso an wie das Herzflattern, das sie spürte, als Ned sagte, er wünsche sich ein Kind. Sie liebt Mary, dessen ist sie gewiss. Und in ihr wächst die Liebe zu Ned heran. Doch jemandes Ehefrau kann sie nur insofern sein, als die Etikette es erlaubt.

Angesichts dieser Erkenntnis fügen sich mit einem dumpfen Schlag sämtliche Puzzleteile ineinander. Wird sie Mary verlieren, wenn sie ihr offen sagt, was in ihrem Herzen vorgeht? Wird sie Ned verlieren? Andererseits ist es unvorstellbar für sie, weiter zu schweigen. Sie darf Mary nicht in Neds Geheimnis einweihen, aber ihr eigenes darf sie ihr verraten.

»Ich glaube nicht …« Wieder zögert Wendy.

Ihr fehlen die Worte für das, was sie ausdrücken will. Sie weiß, es gibt viele Männer wie Ned, viele Frauen wie die in St. Bernadette, man nennt sie Perverse und Sodomisten, geisteskrank und abartig. Draußen in der Welt hingegen sieht sie Männer und Frauen stets nur als Pärchen, als glückliche Eheleute oder zumindest verheiratete Paare, die den Anschein erwecken, als wären sie glücklich. Familien. Kinder. Wie ihre eigene – Mutter, Vater, sie selbst, Michael und John.

Nur sind ihre Eltern mittlerweile schon lange tot und Michael ist gleichzeitig abwesend und da – sein Körper ist aus dem Krieg heimgekehrt, aber als eine Heimstatt für Geister. Sie will das, was sie hatten, bevor all das geschah. Eine Familie, ein Haus, das von Freude und Lachen erfüllt ist, Menschen, die einander am Herzen liegen. Falls Mary die Vorstellung akzeptieren kann, dass sich Wendy wohl eigentlich eine Lebensgefährtin wünscht, und falls Ned in irgendeiner Form Liebe für sie empfinden kann, obwohl sein Herz einem anderen gehört, dann ist vielleicht auch das möglich.

Wendy schließt die Augen. Sie ist wieder ein Kind, sie steht Hand in Hand mit Peter auf dem Fensterbrett. Vor ihr erstreckt sich der Himmel, gleich wird sie einen Schritt machen und entweder fliegen oder fallen. Ihr Herz ist so übervoll, dass es schier platzt. Sämtliche Instinkte brüllen sie an, sie solle still sein, aber wenn sie es nicht sagt, wird sie nie wieder auch nur einen einzigen glücklichen Moment erleben.

»Ich denke, für diese Art Liebe bin ich nicht geschaffen.« Wendy öffnet die Lider und schluckt. Ihre Kehle brennt. Es fällt ihr schwer, das laut auszusprechen. »Nicht für die Liebe, die den meisten Leuten beim Gedanken an eine Ehe vorschwebt.«

Die Worte bleiben ihr im Hals stecken und Wendy schluckt noch einmal.

»Aber.« Ihre Stimme klingt immer noch zaghaft und unsicher, doch sie zwingt sich fortzufahren. »Ich glaube daran … das heißt … Ich denke, es gibt mehr Arten von Liebe auf der Welt, als die meisten Leute offen zu sagen wagen. Ich liebe dich.« Sie schaut Mary in die Augen, hofft verzweifelt, dass sie sie verstehen wird. »Und mit der Zeit könnte ich Ned lieben. Ich will … Ich möchte, dass wir alle zusammen sind, wie eine Familie.«

Krampfhaft sucht sie in Marys Gesicht nach irgendeinem Hinweis darauf, was ihre Freundin denkt. Sie hat den Boden unter den Füßen verloren. Wendy befindet sich im freien Fall und sie hat vergessen, wie man fliegt.

»Ich möchte dich bei uns haben, aber noch mehr wünsche ich mir, dass du glücklich wirst. Ich will, dass du alles bekommst, was auch immer du willst, selbst wenn es ein Leben ohne mich ist.« Jetzt fehlen Wendy endgültig die Worte.

Sie ist den Tränen nahe und fühlt sich gleichzeitig vollkommen leer, wie ausgehöhlt. Vielleicht gehört sie doch hierher. Möglicherweise ist sie verrückt, aber nicht aus den Gründen, die John und Dr. Harrington vermuteten. Es ist schon merkwürdig, entspricht eigentlich auch nicht dem Geist, in dem sie erzogen wurde, aber sie kann verstehen, dass Männer Männer lieben und Frauen Frauen. Doch niemals irgendjemanden zu lieben? Sich zumindest nie in irgendjemanden zu verlieben? Nie jenes aufregende Flattern zu spüren, den sprunghaften, rasenden Herzschlag, den so viele Dichter besingen?

Sie fürchtet sich davor, Mary jetzt anzuschauen, und wendet ihre Aufmerksamkeit stattdessen dem Fenster zu.

Frost liegt in der Luft und deshalb hält sich draußen niemand auf, doch wenn sie zulässt, dass sich ihr Blick in der Leere verliert, kann sie mühelos das Bild heraufbeschwören, wie sie und Mary über den Rasen rennen. In ihrer Fantasie lösen sich die Mauer und die Hecke und der Zaun dank ihrer Willenskraft auf und die beiden Gestalten können in alle Ewigkeit weiterlaufen, bis sie als winzige schwarze Kleckse in einem endlosen Horizont verschwinden.

»Du hast deinem Mann von mir erzählt?«, fragt Mary.

Wendy riskiert einen scheuen Blick.

»Ein wenig. Nicht …« Sie wedelt vage mit der Hand. »Nicht alles, was ich dir gerade gesagt habe. Ich nehme an, mir war bis zu diesem Moment gar nicht bewusst, was ich eigentlich genau will. Ich bin mir immer noch nicht ganz sicher, ob ich es wirklich weiß.«

Heißes Rot färbt Wendys Wangen und sie widersteht dem Drang, die Hände darüberzulegen, um sie zu verstecken. Wieso ist das so schwierig?

»Ich möchte immer noch einen Laden eröffnen«, sagt Mary. Ihre Worte sind bedächtig, wohlüberlegt. Wendy sieht das Leuchten in ihren Augen. Es erinnert sie so sehr an den Ausdruck, der früher auf Marys Gesicht trat, wenn sie ihre Eskapaden ausheckten, dass es ihr schier das Herz bricht. Nur dass sie jetzt keine Pläne für einen Diebstahl oder eine unmögliche Flucht schmieden, sondern für ihrer beider reale Zukunft.

»Glaubst du, du und Ned würdet mir vielleicht dabei helfen?«

»Ich …« Wendy öffnet den Mund, doch bis auf diese eine kommt keine Silbe heraus.

Die Frage überrumpelt sie, es ist beinah, als hätte Mary nicht ein Wort von dem gehört, was sie gesagt hat. Aber Mary hat sie selbstverständlich gehört und das Ganze völlig gelassen hingenommen, sie findet Wendys Wünsche überhaupt nicht ungewöhnlich.

»Alles andere können wir zu gegebener Zeit klären.« Mary grinst, die Lücke zwischen ihren Schneidezähnen wird sichtbar und Wendys Herz macht einen Freudensprung.

Wieder drohen die Tränen zu fließen, heiß und prall lauern sie hinter ihren Augen, sodass sie jucken. Allerdings sind sie diesmal nicht der Angst geschuldet, sondern der Hoffnung, dass sie letztlich vielleicht doch alle zusammen sein werden. Eine Familie. Sie blinzelt heftig, um die Tränen unter Kontrolle zu bringen.

»Ich kann mit Ned reden. Er ist bestimmt einverstanden, dass wir dir helfen, aber wir werden einen Weg finden müssen, es vor seinem Vater geheim zu halten. Vielleicht könnten ja auch meine Brüder …«

Mary hebt die Hand, um Wendy zu unterbrechen. Die verstummt überrascht.

»Ich nehme keine Almosen an.«

Wendy läuft feuerrot an, ihre Wangen brennen, als hätte Mary sie geschlagen. Wieder tritt dieses Funkeln in Marys Augen und der eine Mundwinkel kräuselt sich nach oben, als sie weiterspricht.

»Aber«, sagt sie, »wenn ihr mich gerecht bezahlt, werde ich für euch arbeiten.«

Einmal mehr starrt Wendy sie fassungslos an. Mary hätte viele Dinge sagen können, mit denen sie gerechnet hat, doch das war nicht darunter. So wie Marys Augen glitzern scheint sie Wendy förmlich auszulachen, aber es liegt kein Fünkchen Bosheit darin.

»Wenn du so schlecht kochst, wie du genäht hast, als wir uns das erste Mal begegnet sind, kann ich mir gut vorstellen, dass du jemanden gebrauchen könntest, der dir bei sämtlichen Mahlzeiten hilft. Jemanden, der bei euch wohnt und nicht nur hin und wieder zum Kochen vorbeikommt.« Marys Schmunzeln verwandelt sich in ein breites Grinsen und Wendy kann gar nicht anders, als zurückzulächeln.

»Wenn Kost und Logis im Lohn enthalten sind, kann ich sparen und habe eines Tages genug Geld, um den Laden allein aufzumachen.«

Wendy ergreift Marys Hände und drückt sie mit aller Kraft.

»Ich bin überzeugt, Ned wird diesen Bedingungen zustimmen. Ich kann es gar nicht erwarten, dass du ihn kennenlernst.«

»Ich freue mich schon darauf.« Mary hält einen Moment inne, um Wendy prüfend zu mustern. »Habe ich recht?«

»Womit?«

»Deinen Kochkünsten?«

Erleichterung steigt in Wendy auf und endet in Gelächter. Jetzt kullern die Tränen endgültig und sie wischt sie ab.

»Absolut. Ich bin eine grauenhafte Köchin.«

»Dein Glück, dass ich ein Genie bin und eine ausgezeichnete Lehrerin obendrein.«

12

PETERS GEHEIMNIS

Tiger Lily steht auf und winkt Wendy wieder zu der Höhlenwand mit den schwarz-roten Malereien. Sie streicht mit den Fingern darüber – Pirat, Nixe, Schiff, Junge –, kauert sich hin, als sich die Decke tiefer wölbt, und krabbelt weiter. Wendy folgt ihr, ihr Unbehagen wächst, je abstrakter die Bilder werden, und drückt buchstäblich auf ihre Haut. Tiger Lily hält inne und legt die Hand auf den Fels.

»Hier«, sagt sie, aber ihr Körper versperrt Wendy die Sicht auf die Zeichnung, die sie meint.

Tiger Lily wirft einen Blick über die Schulter, dann macht sie ihr Platz. Wendy muss sich hinknien, um näher heranzukommen. Als Tiger Lily ihre Hand wegzieht, ist es, als würde der Höhlenboden unter Wendy verschwinden, und ihr Magen stürzt in einen endlos tiefen Abgrund.

Ich zeige dir ein Geheimnis, Wendy. Ein richtig gutes.

Sie wird nicht schlau aus dem, was sie sieht. Hörner. Klauen. Eine zottige Gestalt, bei deren Anblick sich ihr die Nackenhaare aufstellen. Sie scheint sich selbst ohne flackernden Feuerschein zu bewegen und fühlt sich warm an.

»Was ist das?«, hört sich Wendy mit atemloser, gepresster Stimme fragen.

Tiger Lily schüttelt den Kopf. In der engen Nische berühren sich ihre Schultern.

»Ein alter Mythos. Ein uralter.«

»Erzähl mir davon.« Wendy packt Tiger Lily so heftig am Handgelenk, dass sie zusammenzuckt. »Bitte.«

Wendy bemüht sich um einen sanfteren Tonfall, doch sie steht kurz davor, die Beherrschung zu verlieren. Dieses ... was auch immer es ist, sie hat es schon einmal gesehen. Sie erkennt es wieder. Oder jedenfalls praktisch. Wo ihre Erinnerung daran sein sollte, klafft ein Loch in ihrem Gedächtnis, mit einer Tür davor, die vor langer Zeit zugeschlagen wurde. In diesem Augenblick erzittert die Tür unter dem Ansturm eines heftigen Windes. Nein, kein Wind. Ein Atemzug.

»Über das Monster im Herzen von Nimmerland.«

Wendy lässt Tiger Lily so abrupt los, als stünde deren Handgelenk in Flammen. In der Erwartung, wieder Feuer durch Lilys Körper fließen zu sehen, huscht ihr Blick nach unten, doch in der Dunkelheit ist nur aschfarbene Haut zu erkennen.

»Das Monster«, wiederholt Wendy und das Wort schmeckt nach Hitze, schwelender Holzkohle und Rauch.

Tiger Lily dreht sich so, dass sie sich hinsetzen kann. Wendy lässt sich neben sie sinken, aber der Raum ist selbst im Sitzen klaustrophobisch eng und ihr Atem hallt übermäßig laut in ihren Ohren wider. Tiger Lily zieht die Beine an die Brust, schlingt die Arme darum und legt die Wange auf ihre spitzen, knochigen Knie. Ihr Gesicht ist von Schatten verhüllt, dennoch wirken ihre Augen unnatürlich hell, als glühe der Abglanz des Feuers darin, mit dem Peter sie verbrannt und das Wendy unter ihrer Haut wahrgenommen hat. Ihre Stimme ist leise, fast scheint Trauer darin zu liegen, und ihr Blick richtet sich in eine unbestimmte Ferne. Wendy zieht ebenfalls die Beine an und hört aufmerksam zu.

»Es gibt viele Geschichten über das Monster, aber alle beginnen vor sehr langer Zeit, noch bevor ein Nimmerland existierte. Es geht schon damit los, dass aus keiner davon eindeutig hervorgeht, um was für eine Kreatur es sich genau handelt – weder ein Tier noch ein Mensch oder eine Feuersbrunst, sondern all das in einem Mischwesen mit stumpfen Zähnen, spitzen Hörnern, Hufen und gefährlichen Krallen vereint. Allerdings kamen diese Dinge vielleicht auch erst später dazu. Solche alten Legenden verändern sich oft im Laufe der Zeit.

In einem Punkt stimmen sämtliche Geschichten überein, nämlich darin, dass es schon uralt war, als Nimmerland entstand. Manche behaupten, das Monster sei der Samen, dem Nimmerland entsprang, andere wiederum, es sei einfach das erste Geschöpf gewesen, das die Insel betrat, und habe sie dadurch ins Dasein gerufen.

Wie es auf die Insel kam – oder sie erschuf –, soll darauf zurückgehen, dass es eine unaussprechliche Gräueltat beging und dafür verbannt wurde. Zur Strafe für sein Verbrechen wurde das Wesen gespalten. Der eine Teil lebte tief unter der Erde verborgen, der andere an der Oberfläche im Licht. Die beiden Hälften sollten nie erfahren, dass die jeweils andere existierte.«

Tiger Lily wendet ihren Blick Wendy zu, ihre Augen leuchten in der Finsternis. Wendy bleibt die Luft weg; sie kann das Ungeheuer förmlich neben ihnen in der Höhle spüren, sein heißer Atem streicht über sie hinweg, über ihren Köpfen schrammen Klauen und Hörner über den Fels, dass die Funken sprühen. Es ist zu groß für die Nische und dadurch wirkt die Höhle noch kleiner, das abschüssige Gestein kommt bedrohlich näher, als wolle es sie zerquetschen. Sekundenlang kämpft Wendy gegen die aufsteigende Panik an, zwingt sich weiterzuatmen.

Da fährt Tiger Lily fort: »Manchmal wird die Geschichte vollkommen anders erzählt. Dann war es gar kein Monster, sondern ein bedauernswertes Wesen, das mit der Fähigkeit geschlagen war, in die Zukunft zu blicken. Es sah voraus, dass es eines Tages etwas Schreckliches tun würde, etwas Unverzeihliches, und um zu verhindern, dass die Prophezeiung jemals eintraf, riss es sich selbst entzwei und begrub alles Böse, das in ihm steckte, tief im Boden. Den Rest verbarg es in einem gestohlenen Körper. Es erkannte sich selbst nicht wieder, so gut versteckte es sich, und es vergaß, dass es je etwas anderes gewesen war als das, was zu werden es sich entschieden hatte.«

Tiger Lily erschaudert wie von einem kalten Lufthauch gestreift. Wendy spürt ihn auch, doch gleichzeitig fühlt sie eine seltsame Hitze und prickelnden Schweiß auf ihrer Haut, als ob neben ihr jemand atmet. Das Leuchten in Tiger Lilys Augen erlischt, jetzt liegt nur noch Schmerz darin. Denselben Ausdruck hat Wendy in Michaels Gesicht gesehen, den Widerstreit zwischen dem Wunsch, sich zu erinnern, und der Sehnsucht nach dem Vergessen.

»Sonst weiß ich nichts mehr.« Tiger Lily hebt den Kopf und sucht Wendys Blick.

»Das macht n…«, setzt Wendy an, doch die Worte bleiben ihr im Hals stecken, setzen sich fest wie schmerzhafte Stacheln. *Sie* weiß es noch. Eigentlich dürfte sie, kann sie sich unmöglich daran erinnern, aber sie tut es. Eine grauenerregende, vom eigenen Ich getrennte Kreatur, die sich von all der Finsternis abschottet, die sie in sich trägt, als streife sie ihre Haut ab. Nein, nicht die Haut – ihren Schatten.

Wendy legt die Hände an den Kopf und gräbt die kurz geschnittenen Fingernägel in die Kopfhaut unter den üppigen Locken, als könne sie die Information mit Gewalt herauszerren. Die Tür in ihrem Verstand erbebt. Das Holz ächzt, weil sich auf der anderen Seite etwas Schweres dagegenlehnt. Sie lauscht. Etwas atmet, ein fürchterliches pfeifendes Keuchen wie von einem Blasebalg.

Vornübergebeugt ringt Wendy nach Luft. Ihr Kopf hämmert im Einklang mit dem Ding hinter der Tür, das fordert, freigelassen zu werden, und ihre Ängste drücken mit aller Macht von der anderen Seite dagegen, um sie geschlossen zu halten. Tiger Lily legt ihre Hand auf Wendys Schulter, die Besorgnis in ihrer Stimme geht im Rauschen des Blutes in Wendys Ohren unter. Wendy schüttelt kaum merklich den Kopf, nur eine winzige Bewegung, und schon die sorgt dafür, dass ein bohrender Schmerz durch ihren Schädel schießt. Sie ahnt, dass das noch gar nichts ist im Vergleich zu den Qualen, die sie erwarten, falls sie die Tür öffnet, und doch muss sie es tun.

Was auch immer dahinterliegt, es könnte das fehlende Puzzleteil sein, das ihr hilft, Jane zu beschützen, das es ihr ermöglicht, Peters Treiben ein für alle Mal ein Ende zu setzen. Sie richtet sich so weit auf, wie die niedrige Decke es zulässt, und schenkt Tiger Lily ein gezwungenes Lächeln.

»Ist schon gut.« Aber ihre Stimme klingt ebenso hohl wie die von Tiger Lily.

In St. Bernadette gab es kein Schloss, das sie und Mary nicht hätten knacken können, keinen Raum innerhalb seiner Mauern, zu dem ihnen der Zugang verwehrt blieb. Ihre Schnüffelei und die Diebstähle zogen Konsequenzen nach sich, doch davon ließen sie sich nie Einhalt gebieten. Sie ließen nie zu, dass ihnen die Angst im Weg stand. Und von etwas so Simplem wie einer Tür ließen sie sich schon gar nicht aufhalten.

Jahrelang wurde Wendy die Wahrheit verschwiegen, doch plötzlich scheint alles so einfach. Dieses Schloss, diese Tür, sie sind wie alle anderen. Nach allem, was man ihr genommen hat, allem, was sie sich sämtlichen Widrigkeiten zum Trotz zurückgeholt hat, wird sie sich doch ihre eigenen Erinnerungen nicht vorenthalten lassen. Sie wird diesen Teil ihrer selbst zurückerobern. Peter hält ihn schon viel zu lange in seinen Fängen.

Sie spürt, dass Tiger Lily sie beobachtet, doch Wendy richtet all ihre Aufmerksamkeit auf die Zeichnung an der Höhlenwand, auf jenes gehörnte, krallenbewehrte Wesen. Und als sich die Tür diesmal vor ihr erhebt, um ihre Pläne zu durchkreuzen, als ihr sämtliche Instinkte sagen, sie solle sich zurückziehen, wirft sie sich mit ihrem ganzen Gewicht dagegen. Sie ist nicht mehr das Kind, das damals aus Nimmerland fortging, oder das verängstigte Mädchen, das darauf wartete, dass Peter kam, um es zu retten. Sie ist jetzt erwachsen; ihr sind Schrecken begegnet, die sich Peter nicht einmal vorstellen könnte. Sie ist stark genug, sich auch dem zu stellen.

Wendy wirft sich mit aller Willenskraft gegen die Tür. Das Holz zittert. Es knackt. Es splittert, kann sie nicht mehr zurückhalten und Wendy stürzt hindurch.

NIMMERLAND – 27 JAHRE ZUVOR

»Komm schon, Wendy, nicht nachlassen!« Peter zerrt sie in einem solchen Tempo den Waldweg entlang, dass es ihr vorkommt, als würden sie fliegen.

»Warum willst du mir denn nicht sagen, wo wir hinlaufen?« Wendy ist ganz außer Atem, weil sie sich so abstrampeln muss, um nicht hinzufallen. Sie wäre gern böse auf Peter, aber ihre Aufregung straft sie Lügen. Er nimmt sie an einen ganz besonderen Ort mit, nur sie, wo John und Michael nicht hindürfen. Das macht die Tatsache, dass sie nicht mit in den Krieg ziehen darf, fast wieder wett.

»Das hab ich dir doch gesagt. Es ist ein Geheimnis.« Peter schaut über die Schulter und wirft ihr ein Grinsen zu.

Während sie so laufen, tanzen Schatten über seine Haut. Von Federn oder herabfallendem Laub. Sie verändern seine Gesichtszüge, machen eine Fuchsschnauze daraus, den Schnabel eines Vogels. Wendy bleibt vor Staunen die Luft weg, bis das Unterholz dichter wird und sie sich wieder auf ihre Füße konzentrieren muss, damit sie nicht stolpert.

»Da rauf.« Peter lässt ihre Hand los, springt hoch und bekommt eine gewundene Wurzel zu fassen. Sie ragt aus einer Klippe, die so unvermittelt vor ihnen auftaucht, dass sie ebenso gut vom Himmel gefallen sein könnte.

Er schaut sich einmal kurz nach ihr um, dann hüpft er weiter, ohne auf sie zu warten – behände wie eine Bergziege –, wobei er sich an verkümmerten Bäumen und verborgenen Spalten festhält. Wendy sieht ihm beim Klettern zu. Die steile Felswand erscheint ihr sehr hoch.

»Los, komm!« Statt hinaufzufliegen, gibt Peter mit einem neuen Kunststück an, seine Füße landen immer genau dort, wo er sie haben will, und seine Hände finden unweigerlich überall Halt.

»Warte auf mich.« Wendy greift nach einem dicken, vorstehenden Ast und probiert aus, ob er ihr Gewicht aushält.

Auf Bäume zu klettern ist eine Sache, das hier allerdings etwas vollkommen anderes. Sie reckt den Hals, kann Peter aber nirgends mehr entdecken. Sie konzentriert sich auf die Klippe, zieht sich hoch und ihr Fuß findet den ersten sicheren Halt. Noch keinen halben Meter über dem Boden wird ihr schwindelig, die Abenteuerlust versetzt sie in einen Rausch, die Angst zerrt an ihren Nerven. Was, wenn Peter sie irgendwohin bringt, wo es gefährlich ist, wo sie lieber nicht hingehen sollten?

Für ihren nächsten Zug muss sie sich strecken, mit den Fingern nach einer geeigneten Stelle tasten, ohne die Augen von der Steilwand abzuwenden. Sie gerät ins Schwitzen, eine Haarsträhne klebt an ihrer Stirn. Bei Peter sieht das so leicht aus, weil ihm Nimmerland bei jedem

Schritt zu Hilfe kommt. Ihre Haut ist wegen der Zweige mit Kratzern übersät und ihre Muskeln zittern, aber sie ist entschlossen, sich nicht abhängen zu lassen.

»Beeil dich, Wendy!«, trällert Peter lachend. Wendy ist versucht, etwas äußerst Undamenhaftes zu erwidern, doch sie muss sich ihren Atem für den Aufstieg sparen. Unter ihren Füßen rieseln lose Erde und Kiesel nach unten. Als sie nach der nächsten Felsspalte greift, packt Peter sie am Handgelenk und sie erschrickt. Ihre Füße rutschen ab, sie hängt frei in der Luft, aber Peter zieht sie mit einer Leichtigkeit hoch, als wäre sie eine Stoffpuppe.

Sie plumpst unbeholfen zu Boden und schnappt nach Luft wie ein Fisch an der Angel. Als sie wieder in der Lage ist, sich aufzusetzen, entdeckt sie, dass sie sich auf einem Felsvorsprung befinden. Sie späht über die Kante und ist verblüfft, wie hoch sie geklettert ist. Unter ihnen breitet sich Nimmerland aus wie ein Flickenteppich, die Lagune glitzert, am Rand schlängelt sich der Strand als blasser Streifen um die Insel.

»Hier rein.« Mit spitzbübischer Miene legt Peter einen Finger an die Lippen.

Hätte er ihr nicht genau gezeigt, wo sie suchen muss, hätte Wendy den Riss im Gestein völlig übersehen. Tatsächlich, kaum dreht sie den Kopf auch nur das kleinste bisschen, verschwindet er. Es ist kaum mehr als ein Schatten, gewiss nicht breit genug, dass ein Junge durchpasst, aber Peter dreht sich zur Seite und schlüpft mühelos hinein. Wendy zögert, doch sie weiß, auch ohne dass man es ihr sagen muss: Es ist wie mit dem Fliegen – sie muss nur daran glauben. So schmal wie der Spalt ist, reicht der

Platz nicht gleichzeitig für ein Mädchen und seine Zweifel. Wendy holt tief Luft und taucht in die Finsternis ein, um Peter zu folgen.

Sie bereut es noch im selben Moment. Pechschwarze Luft drückt auf ihre Brust, enge Felswände schließen sie ein. Wendy kann die Hand nicht vor Augen sehen. Sie will ausatmen, hat aber Angst, dass sie dann stecken bleibt. Was, wenn sie für immer hier drin gefangen wäre und John und Michael nie erfahren würden, was mit ihr geschehen ist?

Um sich umzudrehen, ist jedoch nicht genug Platz, und ob sie rückwärts wieder hinauskommt, kann sie auch nicht mit Sicherheit sagen. Außerdem hört sie förmlich schon, wie Peter sie hänselt, wenn sie das auch nur versucht. Sie zwingt sich weiterzugehen. Urplötzlich wird der Tunnel breiter und Wendy stolpert vorwärts wie ein Korken, der aus einer Flasche schießt.

Als Erstes fällt ihr auf, dass es in der Höhle seltsamerweise wärmer ist. Als würde irgendwo gleich außer Sichtweite ein Lagerfeuer brennen. Allmählich gewöhnen sich Wendys Augen an die Umgebung. Der Boden weist ein Gefälle auf, er ist glatt und uneben zugleich, wie geschmolzenes und wieder erkaltetes Wachs. Ihr ist, als stünde sie in einer Kathedrale oder einem versteinerten Wald. Der Raum wirkt durch die Felssäulen, die von der Decke tropfen und aus dem Boden wachsen, regelrecht zerstückelt. Sie kann ihn gar nicht zur Gänze überblicken und wirklich befällt Wendy das verstörende Gefühl, sie sähe nur einen Bruchteil der Höhle. Sie könnte sich endlos in alle Richtungen ausdehnen, wieder so ein Ding der Unmöglichkeit, dass sie so viel größer ist, als es von außen den Anschein hatte. Wendy dreht sich suchend nach dem schmalen Eingang um, der hinter ihr liegen muss, aber sie kann ihn nicht mehr ausmachen.

»Komm schon.« Wieder greift Peter so unvermittelt nach ihrer Hand, dass sie erschrocken zusammenzuckt. Seine Handfläche ist verschwitzt, sie fühlt sich ganz glitschig an und sie spürt seinen rasenden Puls unter der Haut. Welches Geheimnis könnte all das wert sein?

Peter zieht an ihr, aber Wendy weigert sich, die Füße zu heben. Sie will langsam gehen und sich alles anschauen, nur ist Peter ebenso unaufhaltsam wie eine Naturgewalt. Er lässt nicht locker und schließlich folgt sie ihm zögernd.

Tiefer im Inneren taucht rötliches Licht die Steinsäulen in ein dunkles Orange, das an einen Sonnenaufgang erinnert. Als stünden die Nichtbäume rings um sie in Flammen. Überall sind schimmernde Kristalle in den Fels eingebettet, die in der Dunkelheit funkeln wie Sterne. Im Vorbeigehen entdeckt Wendy an den verschiedensten Stellen Nischen und Einbuchtungen, was den Eindruck noch verstärkt, sie wäre in einer Kirche, obwohl sie sich nicht vorstellen kann, dass sich Peter oder die Verlorenen Jungs je zum Gebet versammeln.

Sie erhascht einen Blick auf eine Art Kammer in einer Seitenwand und eine Pyramide aus hellen runden Steinen in deren Mitte.

»Mach schon, du lahme Ente!« Peter versucht sie zur Eile anzutreiben, doch Wendy stemmt die Fersen in den Boden, um wieder zu Atem zu kommen. Da merkt sie mit einem Mal, dass es gar keine Steine sind, sondern

Schädel – menschliche Schädel, ein ganzer Haufen davon, und als sie genauer hinschaut, erkennt sie weitere in Wandnischen gestapelte Knochen.

»Peter!« Sie entreißt ihm ihre Hand und er fährt mit finsterer Miene zu ihr herum. Auch als er ihrem Blick folgt, verändert sich sein Gesichtsausdruck nicht – Ungeduld, keine Angst oder Bestürzung.

»Du bist zu langsam.« Peter stampft mit dem Fuß auf.

»Aber …« Wendy deutet darauf, ihr Arm schwebt in der Dunkelheit wie ein eigenständiges, gespenstisches Wesen.

»Das sind Knochen. Die müssen doch jemandem gehören. Du hast gesagt, in Nimmerland kann gar niemand sterben.«

Peter zieht eine Grimasse, rings um die Sternbilder seiner Sommersprossen entstehen zarte Fältchen.

»Das sind keine *Jemande*, Dummchen. Es sind bloß Skelette. Jetzt komm schon!«

Er packt sie so grob am Arm, dass Wendy ihre Füße zwingen muss, sich zu bewegen, um nicht hinzufallen. In dem Versuch, noch einen Blick auf die Gebeine zu werfen, verrenkt sie sich den Hals. Weiß Peter denn wirklich nicht, dass Menschen im Inneren Skelette haben? Oder lügt er sie an, um ihr etwas zu verheimlichen? Ob ihm überhaupt klar ist, was Sterben bedeutet? Ihr fällt wieder ein, wie die Jungs mit ihren harmlosen Schwertern Krieg spielten, wie sie den ganzen Tag Wunden verband, die nicht bluteten.

Sie versucht sich an die exakte Anzahl der Jungs zu erinnern, die sie an jenem Tag im Zelt gesehen hat oder auch damals am Strand, nachdem sie gelandet waren. Ist sie gleich geblieben? Die Zahlen, Namen und Gesichter ziehen vor ihrem geistigen Auge vorbei und verschwimmen miteinander und das macht es schwer, den Überblick zu behalten. Sicher ist sie sich nur bei ihr selbst, Peter, Michael und John, bloß darüber hinaus könnte sie nicht genau sagen, wie viele Kinder sich auf der Insel aufhalten.

Das Gefühl, das jetzt über sie hereinbricht, ist das Gegenteil dessen, was sie empfunden hat, als sie sich auf dem Weg in die Höhle zwischen den Felsen durchlavierte. Ihr ist, als stünde sie am Rand von etwas unermesslich Großem; als könnte sie jeden Augenblick hineinstürzen. Als das Licht um ihn herum heller wird, scheinen Peters Umrisse vor ihr zu verschwimmen und zu flackern.

»Wir sind da.« Er macht abrupt halt und Wendy kommt gerade noch schwankend hinter ihm zum Stehen.

»Was …« Sie verstummt, die Knochen und alles andere sind vergessen.

Der Höhlenboden fällt an dieser Stelle steil ab und bildet einen Kessel. In der Mitte dieses Kessels hockt ein Monster.

Peter strahlt sie an. »Das ist mein Geheimnis.«

Das orangefarbene Licht meißelt messerscharfe Schatten in sein Gesicht, macht etwas ganz und gar Unmenschliches daraus. Wendys Blick wandert zu dem Ding, das unter ihnen kauert. Es ist wie die Nacht, nur noch schwärzer. Der rötliche Schein beleuchtet das Wesen nicht auf dieselbe Weise wie sie und Peter. Sie kann keine Einzelheiten erkennen, nur die Ränder eines großen Flecks wie von verschütteter Tinte, die in ihr die Vorstellung einer gekrümmten Wirbelsäule wecken, von Knochen, die sich unter Haut abzeichnen, Beinen, die in die falsche Richtung geknickt sind, von gefährlichen gebogenen Hörnern.

»Nein.« Wendy schüttelt den Kopf. Sie will es nicht ansehen und kann dennoch den Blick nicht abwenden. Unwillkürlich weicht sie einen Schritt zurück.

Beim Klang ihrer Stimme dreht sich das Monster in ihre Richtung. Es hat keine Augen, aber irgendwie schaut es sie trotzdem an. Dann schnaubt es, sie kann nicht sagen, ob es ihre Witterung aufnimmt oder sein Missfallen ausdrückt. Die Luft riecht nach abgebrannten Streichhölzern, wie Wendys alte Wachhündin, wenn sie aus dem Regen hereinkommt.

Wendy macht noch einen Schritt rückwärts und ihre Ferse verfängt sich in dem unebenen Gestein. Sie stolpert und schlägt hart auf dem Boden auf, der Schmerz schießt durch ihr Rückgrat und ihre Zähne prallen mit einem lauten Klacken aufeinander. Das Monster – es schaut sie immer noch an, und sie es auch. Seine Umrisse. Sie kennt es. Das ist unmöglich. Es ...

Da spürt Wendy eine Nadel zwischen ihren Fingern, einen Faden, den sie durch Schwärze und Haut zieht, während Peter zappelt und schreit. Jener Schatten, den sie ihm wieder annähte, der verkümmerte und starb. Doch das Ding in der Grube ist ...

»Was hast du denn, Wendy?« Peter steht plötzlich über ihr und versperrt ihr die Sicht.

Vorübergehend vom Anblick des Wesens erlöst, kann sie wieder denken, und sie starrt ihn an. Sie atmet mit offenem Mund, in flachen, beinah panischen Zügen. Der Blickwinkel und das Licht lassen Peter größer erscheinen, sein Kopf streift die Höhlendecke. Er ist zu groß. Zu grauenerregend. Seine Augen haben einen Funken orangefarbenen Lichts eingefangen, er tanzt darin wie eine Flamme.

»Du Ungeheuer.« Wendy schlägt die Hände vors Gesicht.

Nimmerland ist so wunderschön – die Nixen mit ihren Schuppen, die in der Sonne glänzen, ihre Stimmen wie Flöten aus Glas; Tiger Lilys braune Finger neben ihren, als sie ihr gezeigt hat, wie man Kronen aus Schilf flicht. Fliegen. Nie hat Wendy solche Abenteuer erlebt, sich nie so frei gefühlt. Das darf einfach nicht wahr sein.

»Guck es dir an.« Peter geht in die Hocke, zerrt ihr die Hände vom Gesicht und hält ihre Handgelenke fest. Sie hat ihn noch nie so ernst gesehen. Urplötzlich sieht er ganz anders aus als der Junge, der durch ihr Kinderzimmerfenster hereinflog, der das Kommando führte, wenn sie »Folgt dem Anführer« spielten. Er wirkt viel älter, als seine schmächtige Gestalt anmutet, als hätte er sich jetzt, da er hier ist, in der Nähe des Monsters, in eine vollkommen andere Person verwandelt. »Sieh mich an, Wendy. Mein Geheimnis.«

Sein Gesicht ist nur Zentimeter von ihrem entfernt, sein Atem klingt rau. Hinter Peter fängt das Schattenmonster erneut an zu schnauben, seine Flanken heben und senken sich wie Blasebälge.

Wendy schüttelt den Kopf. »Nein.« Heiße Tränen fallen auf ihre Haut.

Peter soll wieder der Junge sein, der durch ihr Fenster hereingesaust ist. Sie wünscht sich die Sterne und die vorbeirasende Dunkelheit zurück, den samtigen Himmel, der sie nie fallen lässt.

Jenseits von Peter setzt sich sein Schatten in Bewegung. Er kommt nicht näher, dennoch spürt sie seinen Körper, als umklammerten seine langen, mit mörderischen Krallen bewehrten Finger ihre Handgelenke, nicht Peters.

»Wendy!« Peter schüttelt sie derart brutal, dass sie Sterne sieht. Nicht im Flug. Im Fall.

»Du tust mir weh.« Sie will sich ihm entziehen, doch er packt sie nur noch fester.

»Du musst es dir anschauen, Wendy.«

»Es ist abscheulich.« Sie will es gar nicht, aber sie dreht den Kopf so, dass sie sowohl den Jungen als auch das Monster sehen kann.

Der eine kauert vor ihr, der andere in der Felsgrube: Sie sind eins. Hat sich Peter bis zu diesem Moment überhaupt daran erinnert, was er war, wie entsetzlich das Geheimnis war, das er ihr zeigen wollte? Wird er es außerhalb dieser Höhle wieder vergessen? Schwärze befleckt Peters Haut, nicht wie die Schatten der Blätter im Wald, sondern von innen her. Das Ungeheuer – es ist die Ausgeburt derselben Finsternis, außerhalb von Peters Körper, als wäre es ihm gelungen, alles Schlechte in ihm von sich zu werfen und nur noch eins zu sein: ein Junge, sonst nichts.

»Nein!«, brüllt Peter, und das Wesen in der Grube antwortet mit einem Gebrüll, das die Wände erzittern lässt. »Mütter sollen ihre Kinder lieben. Wenn du mich lieb hast, musst du auch ihn lieb haben.« Seine Stimme überschlägt sich.

Wendy reißt mit solcher Wucht ihre Arme weg, dass ihr Ellbogen gegen den Fels kracht. Sie zischt vor Schmerz, versucht wegzukrabbeln, aber Peter erwischt ihren Knöchel. Sie tritt mit dem anderen Fuß nach ihm. Peter ringt mit ihr und das Gestein reißt ihr die Haut auf.

»Nein. Nein. Nein!« Peter bekommt einen Wutanfall wie ein kleines Kind.

Er verzieht das Gesicht, das in dem orangen Licht fleckig aussieht. Tränenspuren glänzen darin und Wendy verharrt einen Moment, das Mitleid schnürt ihr die Kehle zu. Dieser Moment genügt Peter, um mit beiden Händen ihren Kopf zu packen. Es tut weh, als würden sich seine Fingerspitzen durch die Haut direkt in ihre Knochen graben.

»Du musst mich lieben.« Flüstern und Aufheulen zugleich. Der Junge flüstert, das Monster brüllt oder umgekehrt.

Bei diesen Worten, die schärfer in sie dringen als jede Schere, spürt Wendy, wie das Wissen über den Schatten aus ihrem Verstand geschnitten wird. Nur ist das Loch ausgefranst, von ungeübter Hand hineingeschnippelt. Lose Fäden baumeln daran und die Schmerzen sind die schlimmsten, die sie je empfunden hat. Auch sie heult auf und das Gebrüll des Monsters hallt zu ihr zurück, ehe sie eine Tür vor der offenen Stelle zuschlägt, vor dem Geräusch, und alles verdrängt.

In der einen Sekunde kann sie das Ungeheuer noch sehen, in der nächsten nicht mehr. Peter kauert über ihr, ein verängstigter kleiner Junge. Ihr brummt der Kopf, er fühlt sich dumpf an, zugleich leer und voll. Etwas ist passiert – noch nie hat sie erlebt, dass Peter sich so fürchtet. Hinter ihm ist irgendetwas Schreckliches und er braucht Wendy, sie muss ihn beschützen.

Wendy rappelt sich hoch, ignoriert das schmerzhafte Pochen in ihrem Arm ebenso wie den quälenden Druck in ihrem Kopf. Sie ergreift Peters Hand.

Sie rennen los. Wendy fällt, sie fliegen, dann wird alles schwarz. Der Boden bebt und der Himmel tobt, als würde die Welt explodieren.

»Peter!« Sie schreit, doch der Wind reißt den Namen von ihren Lippen und ihr ist, als müsste sie ersticken.

Zum ersten Mal, seit sie aus dem Kinderzimmerfenster trat, weigert sich die Luft, sie zu tragen. Sie ist zu erschüttert, ihre Angst zu groß, um an etwas so Reines und Schönes wie Fliegen zu glauben. Wie ein Stein stürzt Wendy durch die Dunkelheit, die Äste und Nadeln der Kiefern zerbrechen unter ihrem Gewicht und es fühlt sich an wie Peitschenhiebe. Wie durch ein Wunder bricht sie sich nichts, als sie auf dem Waldboden aufschlägt, ihr bleibt nur die Luft weg. Stille. Ihr klingeln die Ohren. Weit entfernt und doch ganz nah ruft Peter ihren Namen.

NIMMERLAND – HEUTE

Wendy krümmt sich schaudernd zusammen. Der Geschmack in ihrem Mund erinnert an bittere Medizin und Salz, an Asche und nasses Laub und Fleisch, das zu roh serviert wird. Ihr Magen verkrampft sich, aber es gibt nichts, was hochkommen könnte. Sie ist wieder bei dem Schatten in der Höhle. Wird noch einmal in St. Bernadette in eine mit Eis gefüllte Badewanne geworfen. Sie wehrt sich mit Händen und Füßen, um beidem zu entkommen.

»Wendy.« So wie Tiger Lily ihren Namen ruft, spricht sie sie schon zum dritten oder vierten Mal an. Sie greift nach Wendys Handgelenk und diese merkt erst jetzt, dass sie beinah die Ärmel ihrer Bluse zerfetzt, so heftig kratzt sie daran.

»Das Monster …« Wendy stockt, die Stimme versagt ihr den Dienst. »Ich war dort. Ich habe es gesehen. Ich weiß, was es ist und wo wir es finden. Ihn.« Jetzt klingt Wendy bestimmter, doch ihr ist immer noch übel und schwindelig.

Peter. Sein Schatten. Schon seine ersten Worte in ihrem Kinderzimmer waren gelogen. *Mein Schatten ist abgegangen. Hilfst du mir? Nähst du ihn mir wieder an?*

Wendy tastet ihre Taschen ab, berührt den Griff von Hooks Schwert. Ihre Hände zittern. Seit sie aus Nimmerland zurückkehrte, schimpften Leute sie ständig eine Lügnerin, erzählten ihr, sie sei sich über ihre eigenen Gefühle nicht im Klaren. Ihr einziger Trost war die unerschütterliche Gewissheit, dass sie die Wahrheit kannte – Nimmerland existierte, es war ganz und gar real. Allerdings hat Peter das geändert, ihr diese Gewissheit genommen. Er ließ sie alles vergessen.

»Peter hat es mir gezeigt. Er war noch stolz darauf. Er … Es war grauenhaft. Aber er hat es aus meinem Gedächtnis gelöscht. Als hätte er ein Stück aus mir herausgerissen, damit ich nicht ahne, dass man sich vor ihm fürchten muss, und ich konnte mich so lange nicht daran erinnern.«

Erschaudernd holt Wendy Luft. Sie fühlt sich wieder schwach. Verletzt. Verraten. Peter gebrauchte ihren eigenen Verstand als Waffe gegen sie. Verwandelte ihre Erinnerungen in Lügen. Da schließen sich Tiger Lilys Arme um sie und beide überläuft eine Gänsehaut, von der Wendy nicht sagen kann, wo sie anfängt oder aufhört. Er hat ihnen beiden so wehgetan. Ein Junge. Ein Monster.

»Komm.« Tiger Lily hilft Wendy hoch und führt sie zu dem erkalteten Feuer und dem Kreis aus Licht zurück, der durch den Fels über ihren Köpfen hereinfällt.

Wendy setzt sich und das Engegefühl in ihrer Brust lässt nach. Der dunkle Winkel der Höhle und die Wandmalerei von dem Ungeheuer wollen, dass sie sich ihnen zuwendet, doch sie weigert sich, auch nur einen Blick in die entsprechende Richtung zu werfen.

Peter. Hat sie damals womöglich richtig geraten? Kein Junge, sondern ein Geschöpf aus grauer Vorzeit, die Fleisch gewordene Schlechtigkeit. Wendy versucht sich den Wortlaut von Tiger Lilys Mythos über ein unvorstellbar altes Wesen einzuprägen – nur scheuen ihre Gedanken selbst jetzt noch vor der Wahrheit zurück. Am liebsten würde sie die Tür wieder zuschlagen und alles vergessen.

Von Peter zu träumen, sich Nimmerland auszumalen – das bewahrte sie vor St. Bernadette. Und brachte sie überhaupt erst dorthin. Um dieser Fantasien willen verletzte sie ihre Brüder. Sie verheimlichte sie Jane und Ned, und wofür? Es waren nichts als Lügen.

Wendy spürt, wie ihr Weltbild zerbröckelt, und es kostet sie einen wahren Kampf, ihre Fingernägel jetzt nicht in ihre Kleider, sondern in ihre Haut zu graben, sich diese vom Leib zu reißen, als könnte sie zugleich all die schlimmen Dinge abwerfen, die sie getan hat. Wie einen Schatten.

Der Gedanke bohrt sich in ihr Herz wie der Stich einer Nadel und sie keucht laut auf. Sie muss die Tür in ihrem Verstand aus den Angeln reißen und darf nie wieder zulassen, dass sie vergisst.

Welche Version von Tiger Lilys Geschichte wohl stimmt? Die, laut der Peter die Verantwortung für seine Taten übernahm, oder die andere, der zufolge sie ihm aufgezwungen wurde? Ist seine fehlende Erinnerung eine

Gnade, die er sich selbst gewährte, oder eine bewusste Lüge? Oder liegt die Wahrheit irgendwo dazwischen? Kein Wunder, dass er das Alter hasst – es führt ihm vor Augen, was er einst war, und vielleicht ist es auch eine Warnung davor, was irgendwann aus ihm werden könnte.

»Erzähl es mir«, sagt Tiger Lily sanft. »Du hast etwas gesehen, hier drin.« Ihr Zeigefinger berührt Wendys Stirn und sie schaut sie eindringlich an.

Wendy öffnet den Mund, findet aber nicht die richtigen Worte für eine Antwort. Im Geiste sieht sie Peter über ihr aufragen, die scharfen Gesichtszüge, seine wutentbrannten, todunglücklichen Augen. *Du musst mich lieben.*

Ein kleiner Junge. Ein Ungeheuer. Sowohl als auch und weder noch. Peter wünschte sich verzweifelt, dass Wendy ihn als Ganzes wahrnahm, als betrachte man beide Seiten einer Münze gleichzeitig. John und Michael sahen immer nur den Jungen, die Abenteuer. Doch Wendy zeigte er all die Dunkelheit, die mit dem Licht einhergeht, und hoffte, dass sie in ihrer grenzenlosen Warmherzigkeit dazu fähig war, sie in Schach zu halten. Auf eine Mutter, stark genug, um die Monster zu verscheuchen, stark genug, um das Ungeheuer zu lieben, sogar dann, wenn es sich selbst nicht lieben kann.

»Peter hat mir die Wahrheit gezeigt und mir dann die Erinnerung daran genommen.« Wendy schüttelt den Kopf. »In Wirklichkeit ist er das Monster aus deinen Legenden.«

Wendy vermutet, dass Tiger Lilys Gesichtsausdruck das widerspiegelt, was in ihrem eigenen vorgeht. Sie haben beide versagt. Irgendwie hätten sie doch wissen müssen, was Peter war, und andere vor ihm bewahren. Kaum schießt ihr der Gedanke durch den Kopf, steigt Wut in Wendy auf. Am liebsten würde sie Tiger Lily anschreien – wie kann sie bloß glauben, sie wäre auch nur im Mindesten für Peters Tun verantwortlich? Und dann muss sie über sich selbst lachen, ein bitterer, hohler Laut.

Es hat keinen Sinn, Tiger Lily zu erklären, dass Peter an allem schuld ist. Obwohl ihr die Vernunft sagt, dass es die Wahrheit ist, kann Wendy sich selbst nicht verzeihen – wie sollte also Tiger Lily dazu fähig sein?

Stattdessen sagt sie: »Jetzt kriegen wir ihn«, und drückt Tiger Lilys Hand.

Die zuckt zusammen, so flüchtig, dass Wendy es sich vielleicht nur eingebildet hat. Ist sie in ihre eigenen Gedanken an Peter versunken oder beschäftigt sie etwas anderes? In Nimmerland ticken die Uhren anders, Tiger Lily und Peter könnten sich seit hundert oder gar tausend Jahren kennen. Nach allem, was Wendy weiß, ist es durchaus vorstellbar, dass diese Jahre ein endloser Kreislauf von Erkenntnis und Vergessen waren. *Es ist das beste Geheimnis überhaupt, Wendy. Eins, von dem ich noch nie jemandem erzählt habe.* Nur darf sie seine Worte glauben? Hätte Peter selbst es überhaupt gewusst, wenn sie gelogen gewesen wären?

Sie wünschte, sie könnte Tiger Lily etwas Tröstliches sagen, wünschte, sie könnten einander Halt geben. Tiger Lily schüttelt sich, und als sich ihre Blicke begegnen, liegt ein harter Ausdruck in ihren Augen. Etwas Gnadenloses, Hungriges.

Wendy nimmt eine Bewegung am Höhleneingang wahr und erstarrt. Einer der Indianer kommt herein. Er behält die gebückte Haltung auch dann noch bei, als er die Felsspalte passiert hat, als hätte Peters Fluch seinem Skelett unwiderruflich eine neue Form gegeben. Einst müssen seine Züge stolz und markant gewesen sein, stellt sich Wendy vor, jetzt hingegen sind sie unter den vorspringenden Wangenknochen eingefallen, ausgemergelt.

»Das Mädchen ist wieder auf dem Pfad«, sagt er. Seine Stimme ist verzerrt wie die von Tiger Lily und im ersten Moment versteht Wendy die Worte kaum.

»Aber ...« Tiger Lily starrt Wendy mit aufgerissenen Augen an. »Dann warst das gar nicht du.«

Wendy schaut von Tiger Lily zu dem Mann im Höhleneingang. Endlich wird ihr bewusst, was das bedeutet, und sie vergisst eine Sekunde lang zu atmen. *Das Mädchen.* Jane.

»Wo ist sie?« Mit einem Satz ist Wendy auf den Beinen und sieht sich hektisch um, als habe der Mann Jane womöglich mitgebracht.

Tiger Lily steht ebenfalls auf, sie wirkt verwirrt und beunruhigt.

»Du weißt, wer sie ist? Sie sieht dir so ähnlich, dass ich dachte, das musst du sein«, stößt sie hervor. »Oder dass uns Peter einen Streich spielt.«

»Wir haben sie vorgestern Nacht auf dem Pfad gesehen«, erklärt der Mann. »Wir haben Steine und Pfeilspitzen geworfen, um sie zu verscheuchen, damit sie nicht in die Mitte der Insel geht. Jetzt ist sie wieder dorthin unterwegs.«

Der Fels unter Wendys Füßen schwankt, ihr ist schwindelig vor Erleichterung und Angst.

»Sie ist meine Tochter. Jane. Ich muss zu ihr.«

Der Pfad und die Höhle und das Monster im Herzen der Insel. Natürlich. Wo sonst würde ihre tapfere, neugierige Tochter hingehen? Ihr Herz gerät heftig ins Stolpern, aber Wendy spürt auch eine gewisse Aufregung. Wenn sie zu der Höhle geht, wird Peter sie dort finden. Sie denkt daran, wie der Boden bebte, und an den schwarzen Rauch über der Mitte der Insel. Ein Teil von ihm muss bereits wissen, dass sie hier ist.

Auch sie trägt jenen Hunger in sich, den sie in Tiger Lilys Augen sah, ein nagender Schmerz füllt das Loch, das Peter hinterließ, als er die Erinnerung an die Wahrheit herausschnitt. Er soll sie finden, sie will diese Konfrontation. Für all das, was Peter ihr genommen hat, was er Tiger Lily genommen hat, für alles, was er Jane gerade zu stehlen versucht, will ihm Wendy auch etwas nehmen. Nein. Alles. Sie will ihm alles nehmen.

»Sagt mir, wo der Pfad ist«, sagt Wendy. Sie klingt barscher als beabsichtigt.

»Ich komme mit.« Tiger Lily streift Wendys Handgelenk und sie erschrickt.

»Aber ...« Wendy ist hin- und hergerissen. Sie möchte ihre Freundin gern dabeihaben, doch sie wird den Gedanken an die Meerjungfrauen in der Lagune nicht los, von denen nur Knochen geblieben sind, weil Peter zu lange weggesehen hat. Die Vorstellung, dass der Geist des Mädchens, das Tiger Lily einst war, im Inneren dessen gefangen ist, was Peter aus ihr gemacht hat.

»Das ist meine Entscheidung.« In Tiger Lilys Stimme schwingt eine gewisse Schärfe mit und ihre Augen wirken hart.

Wendy senkt beschämt den Kopf, weicht ihrem Blick aus, das Blut schießt heiß in ihre Wangen. Sie hat nicht das Recht, sich als Tiger Lilys Beschützerin aufzuspielen oder ihr vorzuschreiben, wo sie hingehen darf und wo nicht. Tiger Lily ist nicht Peters Eigentum und ebenso wenig ihres. Wendy liegt schon eine Entschuldigung auf der Zunge, als sie wieder aufblickt, doch statt Verärgerung entdeckt sie einen Hoffnungsschimmer in Tiger Lilys Augen, so zerbrechlich wie ein flügellahmes Vögelchen.

»Peter soll dafür büßen«, faucht Tiger Lily. »Und ich will ihm und mir selbst beweisen, dass ich mehr bin als ein Schattenwesen, das seine Fantasie zum Leben erweckt hat.«

»Natürlich bist du das.« Wendy erfasst Tiger Lilys Hände und drückt sie.

Aus dem Fünkchen Hoffnung wird ein loderndes Feuer, das auf Wendys Herz überspringt. Die Flammen rauben ihr den Atem und treiben ihr heiße Tränen in die brennenden Augen. Durch diesen Schleier sieht Wendy Tiger Lily, wie sie früher war – wie die Schatten auf ihrer Haut spielten, wie sie lachte, als sie Wendy zeigte, wie man die silberglänzenden Fische fängt, die in Nimmerlands Flüssen herumspringen. Jene Momente ohne Peter, die nur ihnen gehörten – Wendy hätte schon damals erkennen müssen, dass Peters Vorstellung davon kein bisschen mit einer echten Freundschaft zu vergleichen war.

Und dennoch hat sie selbst jetzt noch, nach all dieser Zeit, völlig den Verstand verloren, als sie vorhin Peters Ruf hörte, beinah hätte sie alles vergessen und wäre zu ihm gerannt. Was ist, wenn sie ins Wanken gerät, sobald es darauf ankommt? Was, wenn sie nicht stark genug ist? Wenn sich herausstellt, dass sie nicht die Mutter ist, die Jane braucht, oder auch nur die, die sich Peter wünschte, sondern bloß das Mädchen, das ihm nicht gewachsen war?

»Ich weiß nicht genau, was uns dort erwartet«, flüstert Wendy. »Aber ich glaube nicht, dass Peter Jane einfach gehen lässt. Falls ich ... Wirst du dem ein Ende machen, falls ich versage, ihm das Handwerk legen und meine Tochter in Sicherheit bringen?«

Tiger Lily zögert keine Sekunde. »Das werde ich.«

So wenig rein äußerlich von Tiger Lilys früherem Selbst geblieben ist, sie lässt keinen Zweifel an ihrer Unbeugsamkeit. Peter hat ihr Leid zugefügt. Er hat ihr etwas geraubt. Sie ist ebenso entschlossen wie Wendy, sich ihr Ich von ihm zurückzuholen.

Wendy lässt Tiger Lilys Hände los und diese wechselt ein paar leise Worte mit dem Mann, der hereingekommen ist, um ihnen zu berichten, dass er Jane auf dem Pfad gesehen hat. Hinterlässt sie Anweisungen für den Fall, dass sie nicht zurückkommt? Die beiden wirken vertraut, Tiger Lily legt kurz die Hand auf seinen Arm. Wendy versucht sich zu erinnern – ist sie ihm begegnet, als sie letztes Mal in Nimmerland war? Hatte Tiger Lily Brüder?

Wieder plagt Wendy das schlechte Gewissen. Sie weiß es nicht mehr. Als sie zum ersten Mal hier war, waren Tiger Lilys sämtliche Brüder für Wendy auch nur irgendwelche Jungs und davon rannten schon mehr als genug um sie herum.

Während sie den Mann neben Tiger Lily betrachtet, wandern Wendys Gedanken unvermittelt zu John.

Vielleicht hätte sie zu ihm gehen und ihm erzählen sollen, was sie vorhatte, bevor sie verschwand. Ihm sagen, was zu tun ist, falls sie sich nicht wiedersehen.

In den elf Jahren, seit Wendy St. Bernadette verlassen hat, haben sie langsam wieder Vertrauen zueinander gefasst. So verrückt ihre Worte auch geklungen hätten, wenn sie ihm erzählt hätte, sie würde nach Nimmerland fliegen, um Jane zu suchen – hätte er ihr ein letztes Mal vertraut, wenn sie ihn darum gebeten hätte? Vor nicht allzu langer Zeit gab es einen Moment, glaubt Wendy, in dem sie einander endlich so gesehen haben, wie sie wirklich waren – in dem sie nicht versuchten, die Vergangenheit zu begraben, sondern einander die Narben zugestanden, die sie bei jedem von ihnen hinterlassen hat.

John kam zu ihr und erzählte ihr kleinlaut, er habe die Absicht, Elizabeth einen Heiratsantrag zu machen. Wendy war zwar überrascht, aber sie konnte nicht widerstehen, ihn aufzuziehen, entzückt, dass sie das wieder durfte.

»Solltest du dann nicht mit ihr darüber reden? Was habe ich damit zu tun?«

Die Röte in Johns Gesicht verstärkte sich noch, er war nicht direkt verlegen oder bedrückt, die Wahrheit war komplizierter und lag irgendwo in der Mitte. Plötzlich offenbarten sich ihr all die Anstrengungen, die er seit ihrer Entlassung aus der Irrenanstalt auf sich genommen hat, um ihr wieder näherzukommen, und sie begriff, dass sie selbst das fehlende Glied in der Kette war, gerade weil sie dasselbe versuchte.

»Ich bitte dich um deine Zustimmung, Wendy«, sagte er leise und sie war heilfroh, denn auf einmal war ihr von einem nie gekannten Gefühl das Herz so schwer, dass es zu brechen drohte. »Ohne Mutter und Vater ... Ich meine, jetzt gibt es nur noch dich und mich und Michael. Wir sind die letzten Darlings.«

Ihr Name. Ihrer beider Name. John nannte Wendy trotz ihrer Heirat Darling, gab ihr auf eine Art ihr Selbst zurück, mit der sie nie gerechnet hätte. Eine überwältigende Vorstellung und sie hätte fast überhört, dass John weitersprach.

»... mir liegt viel an deiner Meinung, Wendy.«

»Natürlich! Natürlich bin ich einverstanden und natürlich freue ich mich für dich«, brachte sie irgendwie heraus und gleich darauf fiel sie ihm um den Hals und drückte ihren Bruder an sich. Sie wünschte sich, all die schlimmen Geschehnisse, die zwischen ihnen standen, würden verschwinden, hätten nie stattgefunden, obwohl sie wusste, dass sie diesen Moment ohne sie nie erlebt hätten.

Als sie sich von ihm löste, sah sie John mit neuen Augen – die Hoffnung in seinen Augen und seine rosigen Wangen sagten mehr über seine Liebe zu Elizabeth und seine Erleichterung über Wendys Zustimmung als alles andere.

»Warte einen Augenblick hier.«

Sie ließ den verblüfften John in ihrem Salon stehen und rannte ins Schlafzimmer. Dort durchwühlte sie den Inhalt ihrer Schmuckkassette und fand schließlich die zierliche runde Schatulle, kaum größer als der Ring darin. Der blau emaillierte Deckel war mit goldenen Rosen bemalt, das Etui ringsum mit demselben Muster bedruckt. Sie raste die Treppe wieder hinunter und fiel beinah hin. Als sie in den Salon stolperte, fing John sie auf und sah sie an, als wäre sie verrückt, weil sie ihn nur angrinste.

Sie drückte ihm die Schatulle in die Hand und er starrte sie entgeistert an.

»Kennst du die nicht mehr? Nur zu, mach sie auf.«

Vor lauter Ungeduld wippte Wendy auf den Zehen. John öffnete den Deckel und staunte den Ring an, der ihrer Mutter gehört hatte. Er war ein Geschenk ihres Vaters zu Wendys Geburt gewesen, die ihn wiederum von ihr zum zehnten Geburtstag bekommen hatte. Ein schlichter klassischer Silberring, mit einem einzigen winzigen Stein von einem so zarten Blau besetzt, dass er fast weiß erschien.

Einst war er ein Leitstern gewesen, an dem sich ihre Ziele orientierten, ihre Wünsche. Seit dem Tod ihrer Eltern sah er für sie aus wie ein Eissplitter und erinnerte sie jeden Tag an ihren Verlust. Sie hatte ihn nie wieder getragen und sicher für eine Zukunft verwahrt, die sie sich noch nicht vorstellen konnte, bis zu diesem Augenblick, in dem sie ihn John gab. Als sie zusah, wie er ihn aus der Schatulle nahm, konnte sie den Ring plötzlich ohne Trauer betrachten, den kleinen Stein wieder als ein Stückchen Zukunft verstehen, als ein Geschenk, das sie ihrem Bruder machen konnte, der nun sein neues Leben begann.

»Er hat Mutter gehört«, bemerkte Wendy und kaum hatte sie die Worte ausgesprochen, sagte John heiser: »Jetzt weiß ich es wieder.«

»Wendy, ich kann auf keinen Fall …« Er versuchte, ihr die Schatulle zurückzugeben, aber sie weigerte sich, sie zu nehmen.

John standen Tränen in den Augen, und als sie sah, wie sehr er darum kämpfte, sie zurückzuhalten, spürte sie umso heißere Tränen in ihre Augen treten.

»Jane sollte ihn bekommen«, murmelte er. »Solltest du ihn nicht lieber ihr geben?«

Wendy hatte selbst schon daran gedacht, ihrer Tochter den Ring zu schenken, doch sosehr Jane den Anblick des Nachthimmels liebte, sie schien doch stets in dieser Welt am tiefsten verwurzelt. Wenn sie einen Stein am Finger trug, sollte er tiefgrün sein wie sprossendes Laub oder vielleicht blau wie die Panzer von Käfern. Wendy schüttelte den Kopf.

»Er soll dir gehören. Mutter würde wollen, dass du ihn bekommst.«

Da gab John den Kampf auf, ließ seinen Tränen freien Lauf und zog sie in seine Arme. So standen sie lange Zeit da, eng aneinandergeschmiegt, und als John wieder etwas sagte, verloren sich seine ersten Worte in Wendys Haar.

»... solche Kinder damals.« Er richtete sich auf und ließ sie wieder los, um ihr in die Augen zu blicken. »Und sieh uns jetzt an. Hättest du gedacht, dass wir jemals so erwachsen werden?«

»Niemals.« Die Antwort blieb Wendy beinah im Hals stecken und doch lächelte sie, während ihr die letzte Träne über die Wange rann. »Aber jetzt sind *wir* die Erwachsenen, stellen die Regeln auf und rennen hinter unseren Kindern her, damit sie sich nicht wehtun.«

Prompt nahmen Johns Wangen wieder diese entzückende Farbe an.

»Findest du das nicht ein wenig voreilig? Ich habe Elizabeth ja noch nicht einmal gefragt.«

Er verstaute die Schatulle mit dem Ring sorgfältig in seiner Tasche und seine Finger wanderten immer wieder dorthin, um sie durch den Stoff zu berühren, als wollte er sich vergewissern, dass sie noch da war. Das erinnerte Wendy an ihre Angewohnheit in St. Bernadette, nach ihren Geheimfächern zu tasten und die Gegenstände zu zählen, die sie gestohlen hatte, und sie hätte fast schallend losgelacht.

»Ich freue mich, dass du jemanden gefunden hast, John. Elizabeth liebt dich, so viel steht fest, und ich weiß, dass ihr sehr glücklich miteinander werdet. Du wirst ihr ein guter Ehemann sein und eines Tages auch ein guter Vater.«

Zum Abschied umarmten sie einander, aber als John in den Hof trat, rief sie ihn noch einmal zurück. Er drehte sich zu ihr um und sah sie fragend an und aus Angst, sie würde die Worte sonst nicht über die Lippen bringen, fing sie hastig an zu reden.

»Danke John, für all die Mühe, die du dir meinetwegen gemacht hast. Ich kann nicht so tun, als wäre die Zeit in St. Bernadette leicht gewesen oder als wäre ich dort glücklich gewesen, aber ich weiß, dass dir immer nur mein Wohlergehen am Herzen lag.«

Er war vollkommen sprachlos, stand nur da, bis sie ihn davonscheuchte.

»Geh zu Elizabeth, und wenn sie Ja gesagt hat, müsst ihr beide vorbeikommen, damit wir das feiern können. Jane wird sich so freuen. Sie vergöttert Elizabeth und wird entzückt sein, dass sie eine Tante bekommt.«

Dieser Moment strahlt in Wendys Herz wie ein Leuchtturm. Sie fühlte sich John nie so nahe wie in diesem Augenblick, weder vorher noch danach, nicht einmal, als sie am Tag seiner Hochzeit neben ihm stand, nicht einmal während all jener Jahre in ihrem Kinderzimmer, wenn sie auf ihn und Michael aufpasste. In Gedanken hört sie ihn wieder sagen, sie seien erwachsen geworden, und fragt sich, wann genau das passiert ist. War es, als das Schiff ihrer Eltern unterging, als die Nachricht eintraf, dass sie nicht mehr nach Hause kommen würden? Als sie Ned heiratete oder als Jane auf die Welt kam? Oder geschieht es jetzt, da sie sich auf das Erwachsenste vorbereitet, was sie je getan hat – Peter die Stirn zu bieten, sich ihrer Kindheit zu stellen und sie endgültig loszulassen?

Tiger Lily kehrt an ihre Seite zurück und Wendy spürt, wie sich schmerzhafte Schuldgefühle in ihr ausbreiten. Ihre Worte vorhin waren aufrichtig – sie weiß nicht genau, was sie erwartet, nur dass es gefährlich wird. Und tief im Herzen weiß sie, dass sie Tiger Lily, Peter, sich selbst letzten Endes – immer – opfern wird, wenn es die Rettung ihrer Tochter bedeutet.

»Also gut«, sagt Wendy und rückt Hooks Schwert an ihrer Hüfte zurecht. »Ich bin bereit.«

13

HIER GIBT ES MONSTER

Ein plötzlicher Windstoß jagt durch die Baumkronen und Timothy schreckt hoch und duckt sich gleichzeitig, als versuche er im selben Moment, seiner Haut zu entfliehen und sich darin zu verkriechen. Auch Jane zuckt unwillkürlich zusammen. Um ihm und sich selbst Mut zu machen, tut sie allerdings so, als drücke sie nur Timothys Hand. Im Dunkel des Blätterdachs über dem Tunnel wirkt der Junge furchtbar klein und doch ist sie froh, dass er bei ihr ist.

So beängstigend es auch ist, für jemanden verantwortlich zu sein, der schwächer und verwundbarer ist als sie, würde sie sich doch viel lieber darauf konzentrieren, ihn zu beschützen, als über irgendetwas anderes nachzudenken. Auf diese Weise müsste sie sich weniger Sorgen um sie selbst machen. Müsste sich weder den Kopf darüber zerbrechen, was am Ende des Pfades liegt, auf dem sie nicht sein sollten, noch darüber, was passiert, wenn Peter sie findet, oder wie sie nach Hause kommen sollen.

»Mir gefällt es hier nicht«, flüstert Timothy.

»Das ist definitiv der Weg, den ich letztes Mal langgegangen bin«, antwortet Jane. »Ich habe das Gefühl, hier sind wir …«

Sie hält inne, denn *richtig* ist nicht das passende Wort. Ihr kommt hier gar nichts richtig vor. In der Luft hängt ein Geruch wie von einem heißen Bügeleisen, wie die Vorahnung eines Fiebers. Trotz des Windes, der in den Ästen heult, kribbelt Janes Haut vor Schweiß. Unter ihnen ertönt ein Grollen, sie spüren die Erschütterung in ihren Fußsohlen. Sie kann sich nicht erinnern, dass es seit ihrer Ankunft in Nimmerland je so dunkel gewesen wäre wie hier. Hinter den Wolken schimmert zwar ein Mond, aber es fühlt sich trotzdem so an, als sei sich die Insel ihrer Gegenwart bewusst und versuche den Pfad zu verschleiern, ihnen Angst zu machen, damit sie umkehren. Andererseits muss Nimmerland ja einen wichtigen Grund dafür haben, wenn es sie hier nicht haben will, und den wird sie herausfinden.

»Ich habe das Gefühl, hier sind wir genau dort, wo wir sein müssen«, sagt Jane lauter als nötig, weil sich ihre Kehle um die Worte zusammenziehen will, um sie zum Schweigen zu bringen. »Nur noch ein kleines Stück weiter.«

Obwohl sie keine Ahnung hat, wo sie hingehen, klingt sie zuversichtlich. Ausnahmsweise scheint das Gelände ihrer Meinung zu sein, denn kaum hat sie das ausgesprochen, endet der Tunnel aus Bäumen. Und eine Klippe ragt vor ihnen auf. Janes Zuversicht schwindet. Es ist fast, als wären sie auf eine senkrechte Wand gestoßen. Nur vereinzelt entdeckt sie Wurzeln und Mulden, die den Händen Halt bieten. Sie ist noch nie so einen Felsen hinaufgeklettert, aber es sieht danach aus, als könnte sie das schaffen.

Jane legt den Kopf in den Nacken. Die Klippe ist so hoch, dass sie den Gipfel nicht erkennen kann, und die Dunkelheit, die alles verschwimmen lässt, ist auch nicht gerade hilfreich. Alles um sie herum ist in braune, graue und dunkelblaue Schatten gehüllt. So wie sie Peter kennt, würde jedoch in Nimmerland wohl kaum ein solcher Steilhang existieren, wenn nicht die Möglichkeit bestünde hinaufzugelangen, also muss es irgendeinen Weg geben. Ihnen bleibt nichts anderes übrig, als es zu versuchen.

»Bleib dicht bei mir.« Jane lässt gar nicht erst zu, dass sich Zweifel in ihr ausbreiten. Sie steckt die Finger in einen Riss im Gestein und zieht sich hoch. Ihr Fuß tastet die Felswand ab, bis sie sicheren Halt findet, dann schiebt sie sich wieder ein Stück voran und greift nach dem nächsten Ast.

Der Platz reicht nicht, um sich umzudrehen und nachzusehen, ob Timothy ihr folgt, aber sie hört ihn dicht hinter ihr vor Anstrengung keuchen. Sie packt zu, eine Windbö fegt an ihr vorbei und lässt bedrohlich den Ast schwanken, den sie umklammert. Noch ist sie nicht allzu hoch oben, trotzdem darf sie den Gedanken an den Boden gar nicht erst aufkommen lassen.

Geduckt verlässt Wendy die Höhle und Tiger Lily folgt ihr. Am Himmel ist kein dunkler Rauchschleier mehr zu sehen und der Boden unter ihren Füßen ist ruhig, dennoch erscheint ihr die Stille – die Leere – weniger tröstlich als vielmehr wie ein Unheil verkündendes Omen. Als würde alles mit angehaltenem Atem abwarten, was sie jetzt vorhat. Die Mitte der Insel zieht sie an, Nimmerlands Herz, das untrennbar mit ihrem eigenen verbunden ist. Sie ist überzeugt, dass sie den Weg dorthin auch ohne Tiger Lily finden würde.

Der Pfad ist kaum zu erkennen, aber Tiger Lily läuft ihn mit traumwandlerischer Sicherheit entlang. Unter Wendys Sohlen rascheln Laub und glitschiges Zeug, das von den Bäumen gefallen ist. Tiger Lily verursacht indessen keinerlei Geräusch, als wäre sie tatsächlich ein Geist.

Keine von beiden sagt ein Wort, bis sie eine Stelle erreichen, an der eine schmale Schneise abzweigt. Sie führt zwischen Bäume, die sich so weit nach innen neigen, dass das Ganze wie eine Art Stollen wirkt. Die Schatten sind dort so dicht, dass sie alles verschlucken. Ach, es ist so lange her, seit Wendy mit Peter diesen Weg entlangrannte und der Boden unter ihren Füßen bebte. Und im Herzen weiß Wendy, dass auch Jane hier durchgekommen ist.

Sie dreht sich langsam im Kreis, als könnte ihr die Luft einen Hinweis auf ihre Tochter liefern. Dann geht sie in die Hocke und streift mit den Händen über die abgefallenen Blätter. Ihre Finger schließen sich um eine Pfeilspitze aus Stein und sie liest sie auf, erhebt sich und steckt sie in die Tasche. Vor ihrem geistigen Auge sieht sie Jane an genau dieser Stelle stehen. Sie wäre gar nicht imstande, etwas so Rätselhaftes auf sich beruhen zu lassen; sie würde bis zum Ende des Pfades weitergehen.

Komm schon, Wendy, nicht nachlassen. Die Hitze, das Schnauben des Schattenwesens. Seine geballte Wut, die ihr aus Peters zitterndem Körper entgegenschlug.

Einmal mehr legt sich Wendys Hand um das Heft von Hooks Schwert und plötzlich kommt es ihr albern vor, dass sie es mit sich herumschleppt. Will sie Peter den Kopf abschlagen, um dann triumphierend über ihm zu stehen, die Hände in die Hüften gestemmt, und zu krähen wie ein Hahn bei Sonnenaufgang? Aus der Stola um ihre Hüften zieht sie das Schwert und hält es mit dem Griff voran Tiger Lily hin.

»Du bist diejenige, die es tragen sollte.« Wendy versucht sich trotz der aufsteigenden Tränen ein Lächeln abzuringen. »Ich bin keine Kriegerin.«

Tiger Lily nimmt die Waffe und prüft ihr Gewicht. Ohne das Schwert fühlt sich Wendy leichter, aber die Angst liegt ihr immer noch schwer im Magen. Ihre Handflächen streichen über ihre Taschen. Trotz all des Gerennes und der Kletterei hat sie es geschafft, ihre kleine Schere, Nadel und Garn nicht zu verlieren. Als sie London verließ, hat sie sich mit allem gerüstet, was sie braucht, noch ehe sie überhaupt ahnte, was sie tun würde.

Von außen dringt kein Geräusch durch die Bäume. Nur Wendys Keuchen dröhnt so laut in ihren Ohren, dass sie nicht einmal sagen kann, ob Tiger Lily überhaupt atmet. Als sie am anderen Ende des Tunnels herauskommen, ragt unvermittelt die Klippe vor ihnen auf. Bei ihrem Anblick werden Wendys Erinnerungen klarer – schroffer Fels, aus dem kreuz und quer verschlungene Wurzeln und knorrige, verkrüppelte Bäume und Sträucher wachsen. Von ihrer Position aus kann sie ein paar schmale Vorsprünge und Plateaus erkennen, die Spitze der Klippe bleibt ihrem Blick jedoch verborgen.

Jane konzentriert sich darauf, die nächste Stelle zu finden, an der sich ihre Füße und Hände festhalten können. Sie weiß, es geht voran, auch wenn sie sich nicht dazu durchringen kann, nach unten zu sehen. Obwohl ihr die Finger so wehtun, dass Krämpfe drohen, kostet sie ihren Stolz einen Augenblick aus. Sie muss weiterklettern.

Die Freude über ihren Erfolg genügt, damit sie sich eine Weile einreden kann, sie habe vergessen, was sie da tut, wie gefährlich das ist und wie weit der Boden entfernt. Da zerreißt ein grauenerregendes Gebrüll die Luft. Timothy wimmert und Jane drückt sich flach an den Felsen und wartet darauf, dass die Welt aufhört zu schwanken. Rings um sie prasseln Erde und Steine in die Tiefe. Sie kneift die Augen zu, aber sie spürt, wie der grobe Staub auf sie herabregnet und sich in ihren Haaren und auf der Haut festsetzt. Bisher hat sie um Bäder nie ein großes Gewese gemacht, doch mittlerweile wünscht sie sich, als Allererstes so lange in der Badewanne zu liegen, bis ihre Haut schrumpelig wird, sobald sie es endlich geschafft haben, nach Hause zu kommen.

Als das Beben endlich aufhört, traut sie sich, ihr Gewicht zu verlagern, um sich einen besseren Eindruck zu verschaffen, wie weit sie geklettert ist. Zu Janes Überraschung ertasten ihre Füße einen kleinen Felsvorsprung, gerade breit genug, dass sie darauf stehen kann. Sie kann die Arme sinken lassen, was den brennenden Schmerz in ihren Muskeln lindert, und sie muss fast loslachen. Das Gefühl ist jedoch nur von kurzer Dauer. Timothy braucht sie und es gilt immer noch, den Rest der Klippe zu bewältigen.

Direkt über ihrem Kopf ragt fast rechtwinklig ein Bäumchen aus dem Gestein. Ihre Arme protestieren, als hätte jemand flüssiges Blei unter die Haut gegossen, aber sie zwingt sich auf die Zehenspitzen und streckt sich, so weit sie kann. Ihre Rippen schmerzen, ihre Zehen berühren kaum noch den Boden, doch beim zweiten Versuch gelingt es ihr, den Ableger zu packen. Jane verlässt sich darauf, dass er ihr Gewicht aushält, und beugt sich aus der Felswand, bis sie Timothy sehen kann.

Der presst sich verstört an die Klippe, nur ein schwarzer Fleck in der Dunkelheit. Wenigstens hat sich der Wind vorübergehend gelegt und der Boden schwankt nicht mehr.

»Kletter neben mich«, ruft sie ihm zu. »Der Platz reicht für uns beide und hier können wir uns ein bisschen ausruhen.«

Jane ist sich nicht ganz sicher, ob das stimmt, doch sie weiß, sie kann nichts Schlimmeres tun, als zuzulassen, dass Timothy aufgibt, weil Müdigkeit und Angst die Oberhand gewinnen. In der Finsternis kann sie gerade noch ausmachen, wie Timothy den Kopf schüttelt. In einem Anflug von Enttäuschung liegt ihr schon eine bissige Bemerkung auf der Zunge, bis ihr bewusst wird, wie dumm sie war. Seine Beine und Arme sind kürzer als ihre. Er kommt gar nicht an alle Stellen heran, die sie erreichen kann; daran hätte sie früher denken müssen.

»Du kriegst das schon hin.« Ihre Stimme überschlägt sich, so sehr fürchtet sie sich davor, dass das gelogen ist. »Mach dich einfach so groß wie möglich.«

Wieder erzittert der Boden und Jane klammert sich fest. Sie schwitzt so stark, dass es sich anfühlt, als marschierten unter dem Nachthemd Ameisen über ihre Haut. Timothys Schultern zucken, doch ansonsten bewegt er sich allerdings keinen Millimeter.

»Halt durch!«, schreit Jane.

Plötzlich sind die Haltepunkte, die sie bis hierher gebracht haben, nicht mehr zu finden. Sie sieht keine Möglichkeit, zu ihm hinunterzugelangen, und nun gilt ihre Enttäuschung ihr selbst. Sie hätte umsichtiger sein und besser aufpassen müssen. Ihre Arme zittern von der Anstrengung, die es sie kostet, sich festzuhalten. Wenn sie sich nicht bald hochzieht, wird sie abstürzen.

»Tut mir leid, Timothy. Es geht nicht anders. Du musst klettern.« Das Gefühl, versagt zu haben, liegt ihr schwer im Magen und ihr wird übel. Sie hat versprochen, sich um ihn zu kümmern, und lässt ihn jetzt schon im Stich.

Timothy schaut mit tränenüberströmtem Gesicht zu ihr herauf und der Mond ist so grausam, sich gerade diesen Moment auszusuchen, um sich zu zeigen und Wendys Herz mit all den Ängsten zu traktieren, die er offenbart.

Ihr fällt ihr erster Familienurlaub in Brighton ein und wie ihre Mama ihr das Schwimmen beigebracht hat. Zuerst erscheint ihr die Erinnerung widersinnig, aber da war irgendetwas, etwas, das sie nutzen kann. Sie entsinnt sich an Lichtreflexe auf dem Wasser und dass ihre Mutter bis zur Hüfte darinstand, die Arme ausbreitete und sagte: »Ich bleibe hier stehen, Jane. Du brauchst nichts weiter zu tun, als zu mir herüberzuschwimmen.«

»Versprichst du, dass du nicht weggehst?« Das Wasser war klar genug gewesen, dass Jane den Grund sehen konnte, bloß linderte das ihre Angst nicht. Wie leicht konnte sie unter die Oberfläche geraten und an einer Stelle versinken, wo sie sich nicht mehr mit den Füßen abzustoßen vermochte, um wieder aufzutauchen.

»Ich rühre mich nicht vom Fleck, versprochen.«

Also strampelte Jane gehorsam und paddelte, wie ihre Mutter es ihr gezeigt hatte, schlug krampfhaft auf das Wasser ein und keuchte, wobei sie die ganze Zeit das Gefühl hatte, jeden Augenblick unterzugehen. Die Strecke war ihr ohnehin schon unvorstellbar weit vorgekommen, das Wasser so viel kälter und tiefer als zu Beginn des Unterrichts. Aber sie schaffte es. Irgendwie, völlig unverhofft, war sie fast da, ihre Finger konnten die ausgestreckten Hände ihrer Mutter beinah schon berühren. Und die machte einen Schritt nach hinten und noch einen, und Jane musste immer weiterschwimmen, um zu ihr zu gelangen. Als ihre Mama endlich stehen blieb und sie lachend in die Arme schloss, kochte Jane vor Wut.

»Du hast es geschafft, Jane. Du bist geschwommen.«

»Du hast gelogen! Du hast gesagt, du bleibst da stehen!« Jane erinnert sich, wie heiß sich ihre Haut trotz des Wassers anfühlte, wie ihr ganzer Körper vor Entrüstung bebte. Sie hatte ihrer Mutter vertraut und die hatte sie verraten. Am liebsten hätte sie sie geschlagen und sie fand es gerechtfertigt. Aber ihre Mama strahlte sie nur an, in ihrem Blick lag solche Freude, solcher Stolz, dass Janes Zorn verrauchte und sie ebenfalls ein bisschen stolz auf sich sein konnte, auch wenn sie sich erst am nächsten Tag traute, es zuzugeben.

»Ich kann schon den Gipfel sehen«, ruft Jane. »Du brauchst nichts weiter zu tun, als zu mir heraufzusteigen.«

Sie fühlt sich schäbig und gemein dabei, nur sieht sie keinen anderen Weg. Timothy muss da hinaufklettern und sie müssen weiter.

Mit quälender Langsamkeit kommt Timothy näher.

»Gut. Setz den rechten Fuß genau dahin.«

Sie versucht ihm die Stelle zu zeigen und im selben Moment rutscht Timothy ab. Steine rieseln unter seinen kleinen Füßen hinab. Jane schlägt das Herz bis zum Hals. Sie wartet gar nicht erst ab, ob ihn die Schwerkraft nach unten zieht: Ohne nachzudenken, macht sie einen Ausfallschritt nach vorn, obwohl er zu weit weg ist, als dass sie ihn je erreichen könnte. Da bricht mit einem lauten Knirschen das Bäumchen ab, an dem sie sich festhält. Schlagartig verschwindet der Boden unter ihren Füßen – Erde und Himmel tauschen die Plätze.

Es gibt nichts weiter zu tun, als zu klettern.

Wendy greift nach einer der dicken holzigen Wurzeln, die knapp über Kopfhöhe hervorstehen. Die Rinde zerbröselt in ihrer Handfläche, aber die Wurzel hält, als sie sich versuchsweise mit ihrem ganzen Gewicht daran hängt. Sie setzt einen Fuß in den rauen Felsen, doch unvermittelt kommt ein Wind auf, der sich ihr entgegenstemmt. Er wirft sie beinah um, also nimmt sie den Fuß wieder herunter und in dieser Sekunde schüttelt sich die Erde wie ein Tier, das eine Fliege aus seinem Fell verscheuchen will. Es ist der Schatten, der im Herz des Berges brüllt, das sagt Wendy ihre Intuition.

Peter – oder ein Teil von ihm – weiß, wo sie sind, und er will sie nicht hier haben.

Sie lässt die Wurzel los und tritt einen Schritt zurück, um sich eine bessere Sicht zu verschaffen. Ihre Augen nehmen eine Bewegung wahr und sie denkt im ersten Moment, es müsse ein Vogel sein. Gleich darauf rast ein Stich durch ihr Herz und ihr bleibt die Luft weg. Das ist ein Mensch. Wendy würde sie überall erkennen, selbst aus dieser Entfernung. Jane.

Aus Angst, ihre Tochter könnte erschrecken und herunterfallen, unterdrückt sie einen Aufschrei. Aber ach, Janes Name, den sie nicht rufen darf, brennt in ihrer Kehle wie Feuer und Wendy ringt nach Luft. Sie ist drauf und dran, sich vom Boden abzustoßen, zu ihrer Tochter zu fliegen, doch Tiger Lilys Hand klammert sich an ihre Schulter. Wendy legt ihre eigene darauf und sekundenlang kann sie nur dastehen und beobachten, wie ihr Kind dort hinaufklettert.

Irgendwann, während sie in der Höhle oder im Wald waren, ist die Nacht hereingebrochen. Nun schiebt sich Nimmerlands zu heller Mond hinter den Wolken hervor und sein grelles silbernes Licht bringt unter Jane die Umrisse einer zweiten, kleineren Gestalt zum Vorschein.

»Halt durch!«, schreit Jane und beugt sich vor. Wendy trifft förmlich der Schlag, doch Jane hält sich gut fest.

Sie ruft noch mehr, bloß trägt der Wind die Worte davon und nach kurzem Zögern fängt die Gestalt unter Jane an zu klettern. Vielmehr versucht sie es, aber sie rutscht ab, und Wendy muss mit ansehen, wie ihre Tochter – ihre tapfere, wunderbare Tochter – instinktiv einen Satz macht, um dem Kind unter ihr zu helfen. Und genau da verliert Jane den Halt.

Die Zeit läuft nicht langsamer, sie bleibt auch nicht stehen. Der Boden will nicht aufhören zu beben, ebenso wenig, wie der Wind, der Wald und alles andere ringsum zu tosen aufhören. Aber jetzt brüllt Wendy dagegen an. Ein unartikulierter Schrei entlädt sich aus ihrer Kehle. Und als Jane abstürzt, schüttelt Wendy Tiger Lilys Hand ab und schwingt sich in den Himmel auf.

Sie fällt.

Und vollkommen aus dem Nichts legen sich Arme um sie. Sie hat tief Luft geholt, um zu schreien, die nun in einem überraschten Keuchen entweicht, und sie blickt auf – unmöglich –, direkt ins Gesicht ihrer Mutter. Mamas Arme umfangen sie, halten sie fest und sie fliegen. Es ist ganz anders als mit Peter. Jane ist sicher und geborgen und sie spürt die älteste Wahrheit auf der ganzen Welt: Ihre Mutter wird niemals zulassen, dass ihr etwas Schlimmes zustößt. Sie wird nicht fallen.

Sie steigen höher und landen auf einem breiten Felsvorsprung. Jane schnappt nach Luft, versucht wieder zu Atem zu kommen und kann nicht anders, als ihre Mama unverwandt mit offenem Mund anzustarren. Sie kommt sich vor wie ein an Land gezogener Fisch, aus der gewohnten Umgebung herausgerissen und irgendwo fallen gelassen, wo nichts mehr einen Sinn ergibt.

Wie kann es sein, dass ihre Mutter hier ist? Träumt sie? Ist sie doch abgestürzt und mit dem Kopf am Boden aufgeschlagen? Oder noch schlimmer – ist sie tot?

Ein Zittern durchfährt Jane und es hat nichts mit dem Erdbeben zu tun. Am liebsten würde sie den Kopf in der Seite ihrer Mama bergen, aber in dem heulenden Wind, der um sie herumwirbelt, während die Klippe versucht, sie abzuschütteln, wirkt sie so grimmig und wild, dass Jane es nicht wagt. Die Frau vor ihr ist ihre Mutter und doch eine Fremde.

Von einer Sekunde zur anderen ist die Furcht einflößende Miene verschwunden. Ihre Mama lacht und schluchzt zugleich, stürmt auf Jane zu und streichelt ihre Wangen. Sie hat Tränen in den Augen und ihre Fassungslosigkeit darüber, dass Jane wirklich hier ist, steht ihr ins Gesicht geschrieben. Gleich darauf fällt ihr ihre Mama um den Hals und drückt Jane so eng an sich, dass diese fast keine Luft mehr bekommt.

Als ihre Mutter schließlich loslässt, möchte Jane sie so vieles fragen, doch aus ihrem Mund kommt nichts weiter als: »Du bist geflogen.«

Sie will wissen, wie es möglich ist, dass ihre Mama hier ist, und wie sie sie gefunden hat. Obwohl sie ihre Arme körperlich zu spüren scheint, wünscht sie sich die Bestätigung, dass ihre Mutter *echt* ist. Nur so kann sie sicher sein, dass das nicht wieder einer von Peters Tricks ist. Bloß kommt sie einfach nicht über das hinweg, was sie eben gesagt hat. Ihre Mama – Geschichtenerzählerin, Heilerin aller Wunden, Herrin über Bettgehzeiten und Regeln – kann auch noch fliegen.

Und von allen Antworten, die ihre Mutter darauf geben könnte, sucht sie sich eine aus, die Jane verblüfft. Sie wirft den Kopf in den Nacken und bricht in schallendes Gelächter aus.

»Ja, offenbar bin ich das.«

Aus dem Zopf, der ihrer Mama über den Rücken hängt, haben sich ganze Strähnen gelöst. Ihre Wangen sind gerötet, ihre Sachen dreckverschmiert und in ihren Augenwinkeln kräuseln sich Lachfältchen.

»Jane!«, gellt Timothys panische Stimme von unten herauf und Janes Angst kehrt mit der Wucht eines Tritts in die Rippen zurück. Sie schaut ihre Mutter an.

»Das ist Timothy! Wir müssen ihm helfen.« Jane macht einen Schritt auf den Rand der Klippe zu, aber ihre Mama bekommt sie zu fassen und hält sie auf.

»Bleib hier. Ich hole ihn.« Ohne eine Sekunde zu zögern, tritt sie über den Felsvorsprung hinaus. Jane kreischt auf, doch ihre Mutter stürzt nicht ab. Sie schnellt in die Luft wie ein Vogel, stößt hinab, nimmt Timothy in die Arme und trägt ihn zu der Stelle, an der Jane steht. Sofort schmiegt er sich eng an Janes Seite. Die streicht ihm über die Haare, um ihn und sich selbst zu beruhigen, und merkt, dass sie schweißnass sind.

»Alles in Ordnung?«, fragt Jane. »Du bist nicht verletzt?«

Das Gesicht in ihrer Seite vergraben nickt Timothy und schüttelt gleich darauf den Kopf. Jane spürt das Zittern in seinen Muskeln, als wären es ihre eigenen.

»Da fehlt noch wer«, sagt ihre Mama, blinzelt ihr zu, dann breitet sie die Arme aus und springt dem Wind wieder auf den Rücken.

Diesmal ist es nicht weniger beängstigend, aber jetzt schaut Jane genauer hin und lässt sich davon faszinieren, wie die Kleider ihrer Mutter um sie herumflattern. Sie hat sich eingehend damit beschäftigt, wie die Flügel von Vögeln und Fledermäusen arbeiten, doch das hier gleicht dem kein bisschen. Es funktioniert auch nicht wie ein Drachen, der auf einer Brise dahingleitet. So etwas hat Jane noch nie gesehen. Der Sturzflug endet erst dicht über dem Boden, ehe ihre Mama mit noch jemandem in den Armen wieder zu dem Felsvorsprung aufsteigt.

Jane glaubt, es sei eine Frau, kann es aber nicht genau erkennen, bis ihre Mutter sie absetzt und zur Seite geht. Da macht ihr Herz vor Schreck einen Satz, der sie unwillkürlich einen Schritt zurückweichen lässt. Die Frau sieht aus wie die Bilder von einbalsamierten Mumien, die sie in Büchern gesehen hat. Die verdorrte Haut, die an ihren Knochen klebt, hat die Farbe von Baumrinde, und doch ist sie eindeutig am Leben. Sie wirkt so spröde, als würde sie jeden Augenblick zu Staub zerfallen. Instinktiv legt Jane schützend den Arm um Timothy und ist schon drauf und dran, ihm zu sagen, dass er nicht hinschauen soll.

Noch während der Bewegung steigt Scham in ihr auf. Ihre Mama würde sie doch nie absichtlich in Gefahr bringen. Sie ist extra zurückgeflogen, um die Frau hierherzubringen. Die Scham verwandelt sich in Verlegenheit, als ihr ihre Mutter einen scharfen Blick zuwirft. Jane zwingt sich, Timothy loszulassen und wieder näher zu kommen, die Frau anzusehen, um ihr zu zeigen, dass sie keine Angst vor ihr hat. Unterdessen versucht sie, sie nicht anzustarren.

Neue Fragen überschwemmen Janes Verstand, doch sie hütet ihre Zunge. Hier in Nimmerland hat sie schon so viel Unmögliches erlebt. Vielleicht ist die Frau ja wirklich eine Mumie. Sie brennt darauf, sie zu fragen, wie sich das angefühlt hat, als ihr die Organe entnommen wurden, und ob man ihr das Gehirn tatsächlich mit einem Haken durch die Nase herausgezogen hat, aber jedes Thema, das ihr einfällt, erscheint ihr schrecklich vorlaut.

»Das ist Tiger Lily«, verkündet ihre Mutter. »Meine Freundin.«

Die letzten Worte betont sie besonders und Jane ist heilfroh, dass sie den Mund gehalten hat. Hoffentlich ist es dunkel genug und es sieht niemand, wie sie rot anläuft. Unschlüssig, was sie jetzt tun soll, macht sie schließlich einen unbeholfenen Knicks und streckt die Hand aus.

»Es ist mir eine Freude, Ihre Bekanntschaft zu machen, Miss Tiger Lily«, sagt Jane in ihrem besten Erwachsenenton und hofft, dass sie sich nicht allzu albern anhört und ihre Mama stolz auf sie ist.

Tiger Lilys Augen funkeln belustigt, sodass ihre Erscheinung noch verstörender wirkt. Als sie Janes Hand ergreift, neigt sie mit einer steifen Bewegung den Kopf. Entgegen Janes Befürchtungen ist ihre Haut weich, wenngleich trocken. Die Finger zerfallen nicht, als Jane die ihren darum schließt, nur die Knochen darin kommen ihr schwach vor – im Gegensatz zu ihrem Händedruck.

»Hallo, Tochter der Wendy.« Ein leises Lächeln umspielt die ausgedorrten Lippen der Frau.

»Ich heiße Jane.« Sie stupst Timothy an, bis er zaghaft zu Tiger Lily hinaufspäht. »Und das ist Timothy.«

»Freut mich, dich kennenzulernen, Jane.« Tiger Lily gibt Janes Hand frei. »Und Timothy.«

Weil sie Angst vor seiner Reaktion hat, behält Jane Timothy im Auge, aber dessen Aufmerksamkeit gilt inzwischen ihrer Mutter. Der Blick, mit dem er sie ansieht, lässt Janes Herz höherschlagen. Er wirkt geradezu ehrfürchtig und irgendwie erschrocken. Außerdem meint sie, einen Anflug des Gesichtsausdrucks zu erkennen, den er bekommt, wenn er sich bemüht, sich an etwas zu erinnern, das er vergessen hat.

»Ich glaube, ich kenne dich. Stimmt das?«, fragt Timothy.

Jane erstarrt und eine Art Urinstinkt, den sie nicht einordnen kann, löst den Drang in ihr aus, ihn anzuschreien, dass das nicht sein kann. Es ist unmöglich, dass Timothy ihre Mama kennt, doch bei seinen Worten offenbart sich ihrem Herzen etwas und sie hat plötzlich das Gefühl, als würde sie gleichzeitig ertrinken und fallen und fliegen. Peter hat sie ständig mit dem Namen ihrer Mutter angesprochen. Diese wusste, wo sie nach Jane suchen musste und wie man nach Nimmerland kommt, und Jane zerbricht sich wieder den Kopf darüber, was das alles zu bedeuten hat.

Ihre Mama hat die ganze Zeit die Felsen gemustert, die sie umgeben, nun dreht sie sich um und schaut Timothy an. Jane hält gespannt den Atem an. Was wird sie sagen? In dem peitschenden Wind flattern ihre Kleider. Sie betrachtet Timothy genauer und Jane spürt einmal mehr, wie jene leise Angst sie beschleicht, die nichts mit einer unmittelbaren Bedrohung zu tun hat. Da ist irgendetwas Ungeheuerliches, Schreckenerregendes, das sie nicht richtig sehen kann. Sie erhascht immer nur flüchtige Blicke auf seine Umrisse, wie bei einem Schatten, der hinter einer Ecke verschwindet. Mit einem traurigen Zug um die Lippen streicht ihre Mutter Timothy übers Haar und schüttelt kaum merklich den Kopf.

»Vielleicht früher mal«, sagt sie. »Aber jetzt nicht mehr.«

Ehe Jane fragen kann, was sie damit meint, wendet sich ihre Mama ab und deutet auf die Steilwand, die sich über ihnen auftürmt.

»Dort. Da müssen wir hin. Nimm meine Hand. Haltet euch alle so gut fest, wie ihr könnt.« Ohne hinzusehen, greift sie nach Janes Hand.

Jane zögert nur einen Sekundenbruchteil, doch der reicht, damit sich ihre Mutter mit einem Gesichtsausdruck zu ihr umschaut, bei dem Janes Puls nie gekannte Rhythmen trommelt. In ihren Zügen liegt eine Art wilder Entrüstung, als sei sie wütend, dass ihre Anweisung hinterfragt wurde. Allerdings spricht auch Zärtlichkeit daraus, was Jane beruhigt, und unter alldem ein Anflug von Furcht.

Jane holt tief Luft und legt ihre Hand in die ihrer Mama. Dabei streckt sie die andere schon nach Timothy aus und Tiger Lilys Finger schließen sich um die freie Hand ihrer Mutter.

»Denkt an etwas, das euch glücklich macht«, sagt ihre Mama. Aber sie sieht grimmig aus und verzieht den Mund, sodass sich Jane fragt, was Glück mit dem Fliegen zu tun hat. Natürlich war sie bei ihrem ersten Flug mit Peter alles andere als glücklich. Vielleicht geht es ja bloß darum, all die Ritzen und Winkel zu füllen, durch die sich Zweifel und Angst hereinstehlen und einen zum Scheitern bringen könnten.

Nur um sicherzugehen, denkt Jane an einen Spaziergang im Park, nicht mit ihrer Mama oder ihrem Papa allein, sondern mit beiden gemeinsam, sie halten sich alle an den Händen und über ihnen strahlt die Sonne. Sie denkt daran, dass sich ihre Mutter Geschichten für sie ausdenkt und ihr Vater Bücher aus Regalen zieht, um Jane zu helfen, Antworten auf die Fragen zu finden, die sie derzeit beschäftigen. An alltägliche, harmlose Dinge. In diesem Augenblick ist es das, was sie sich mehr wünscht als alles auf der Welt, mehr als Abenteuer oder Wunder. Die schlichte Normalität erfüllt sie mit einem so gewaltigen Glücksgefühl, dass ihre Brust wehtut.

Ihre Füße berühren den Boden nicht mehr und Jane kämpft gegen das instinktive Bedürfnis an, mit den Beinen zu strampeln. Weil der Wind so an ihnen vorbeipfeift, umklammert sie Timothys Hand, so fest sie kann. Jane guckt nicht nach unten. Gleich darauf sind sie auch schon wieder gelandet und es ist viel zu schnell vorbei.

Der Wind tobt immer noch wie verrückt. Von den Bäumen weit unter ihnen wirbelt Laub auf und strudelt bis zu ihnen empor. Ihre Mama lässt ihre Finger los und legt eine Hand auf Janes Kopf, fährt geistesabwesend mit den Fingern durch ihre Haare und entwirrt verfilzte Locken. Jane kommt es vor, als wäre sich ihre Mutter dessen gar nicht bewusst, als sie wenig später anfängt, Strähnen abzuteilen und lose zu flechten.

»Du warst sehr tapfer, Jane. Ich danke dir.« Ihre Mama schlägt den Tonfall an, der sonst Erwachsenen vorbehalten bleibt, der, in dem sie mit Janes Papa, Onkel John und Onkel Michael wichtige und ernste Angelegenheiten bespricht. Jane entgeht nicht, dass leises Widerstreben darin mitschwingt. »Ich wünschte, die Zeit hätte gereicht, um dich und Timothy an einen sichereren Ort zu bringen, aber die haben wir nicht, deshalb musst du noch für ein kleines Weilchen so tapfer sein. Kannst du das?«

Jane nickt und fühlt sich unversehens überfordert. Die Hände ihrer Mutter kommen zur Ruhe. Janes Haare sind so steif vom Salz und vom Wind und von der Zeit, die sie in Nimmerland verbracht hat, dass der Zopf auch ohne die Hilfe einer Schleife hält. Ihre Mama sucht kurz ihren Blick, dann lächelt sie, doch Jane erkennt, dass es nur aufgesetzt ist. Ihre Mutter hat Angst.

Trotzdem beugt sie sich herunter und gibt ihrer Tochter einen Kuss auf den Scheitel, sodass Jane vorerst Trost daraus schöpfen kann und nicht darüber nachdenken muss, was wohl als Nächstes kommt.

»Folgt mir alle nach drinnen.«

Die Worte erschrecken Jane ebenso sehr wie der schroffe, herrische Ton ihrer Mutter. Wo sollen sie denn hingehen? Aber als ihre Mama die Führung übernimmt, sieht sie ihn – einen schmalen Spalt im Gestein. Sogar als sie ihn bemerkt, will sie ihn gar nicht bemerken. Er sträubt sich gegen ihren Blick, weckt den Wunsch in ihr, wegzuschauen, ihn nie entdeckt zu haben, und ihre Anstrengungen, ihn im Auge zu behalten, lösen körperliche Schmerzen aus. Ihre Brust schnürt sich zu, sie ist einer Panik nahe. Sobald sie versuchen hineinzugehen, werden sie an den Felsen zerschellen, davon ist sie überzeugt, und jede

Faser ihres Körpers will die Fersen in den Boden stemmen und sich weigern, auch nur einen Schritt zu tun. Sieht ihre Mama denn nicht ein, was für eine dumme Idee das ist?

Aber schon hat ihre Mutter wieder ihre Hand gepackt, schlüpft mühelos durch die viel zu schmale Öffnung und zwingt Jane so, hinter ihr herzustolpern. Ehe sie richtig darüber nachdenken kann, ist auch Jane von Dunkelheit umgeben, zwischen zwei Felswänden eingezwängt. Buchstäblich im selben Augenblick wird es wärmer und das liegt nicht nur daran, dass der Wind sie nicht mehr erreicht. Jane rinnt der Schweiß die Wirbelsäule entlang und sie unterdrückt ein Wimmern, kämpft mit aller Macht dagegen an, sich ihrer Angst zu ergeben und zuzulassen, dass ihr Atem davongaloppiert wie ein scheuendes Wildpferd.

Sie scheuert sich den Rücken und den Bauch wund, doch wenn sie aufhört, sich millimeterweise seitlich voranzuschieben wie ein Krebs, wird sie stecken bleiben. Das macht sie so lange, bis der Durchgang breiter wird, und als sie sich in einer Höhle wiederfindet, die von einer unsichtbaren Lichtquelle in einen sattorangen Schein getaucht wird, stöhnt sie erleichtert auf. Eine Sekunde später verfliegt ihre Erleichterung. Aus der Tiefe der Höhle dringt ein Grollen.

Sie kann nicht genau sagen, aus welcher Richtung, denn das Geräusch scheint von überallher zu kommen, der Fels unter ihren Füßen und über ihrem Kopf vibriert davon. In dem festen Glauben, dass jeden Moment die Decke über ihnen einstürzen wird, späht Jane hinauf, aber sie hält stand. Beruhigt, dass sie nicht in unmittelbarer Gefahr schweben, mustert sie bedächtig die Höhle – Stalagmiten sprießen aus dem Boden und Stalaktiten tropfen von oben wie geschmolzenes Wachs herunter. Das Gestein ist von Adern durchzogen, die nach Quarz aussehen, dennoch ist die ganze Kaverne ein Stückwerk, das keinerlei Logik folgt, genau wie alles andere, was sie bisher in Nimmerland gesehen hat. Vulkangestein, Sedimentschichten und Metamorphite, alles wild durcheinandergewürfelt wie Teile einer Flickendecke.

Jane wünschte, sie hätte Zeit, ihre Umgebung eingehend zu studieren, doch ihre Mutter führt sie weiter, wobei sie angestrengt in die dunkleren Bereiche zwischen den Steinsäulen späht, als suche sie etwas. Kopfschüttelnd murmelt sie Tiger Lily irgendetwas zu, bloß zu leise, als dass Jane sie verstehen könnte.

Um sich zu vergewissern, dass er sich nicht allzu sehr fürchtet, wirft Jane einen Blick auf Timothy. Seine Hand liegt noch immer in ihrer, klammert sich fest, Verwunderung und Angst leuchten aus seinen aufgerissenen Augen. Die Höhle strahlt etwas Ehrfurchtgebietendes aus, wirkt zugleich urtümlich und konstruiert. Sie kann sich gar nicht vorstellen, dass jemand sie an dieser Stelle geschaffen hat – es sieht aus, als hätte dieser Ort schon immer existiert. Andererseits erscheinen die Abstände zwischen den Nischen und Gesteinsformationen zu regelmäßig, um natürlichen Ursprungs zu sein. Ihre Mutter deutet auf einen breiten Felsvorsprung.

»Du und Timothy klettert da rauf und bleibt in Deckung.« Die Stelle liegt halb hinter einem in Schatten getauchten Überhang verborgen.

Jane will schon protestieren, lässt es aber angesichts der zusammengebissenen Zähne ihrer Mama lieber bleiben.

Mittlerweile ist sie sich sicher, dass die Anwesenheit ihrer Mutter keinem von Peters Tricks geschuldet ist, und doch erkennt Jane sie kaum wieder. Sie sieht aus und hört sich an wie immer, aber sie hat so etwas Ungebändigtes an sich, etwas Fremdartiges, als wäre sie in Nimmerland ein ganz anderer Mensch als zu Hause.

Außerdem erinnert der Ausdruck im Gesicht ihrer Mutter Jane zunehmend an Onkel Michael – er wirkt gequält. Doch dahinter verbirgt sich Zorn, vielleicht sogar rasende Wut. Deshalb traut sich Jane nicht, etwas zu sagen, und paradoxerweise überzeugt sie genau das endgültig, dass das wirklich ihre Mama ist. Etwas, das so wild und gleichzeitig so schön ist, könnte sich Peter niemals ausdenken. Ihre Mutter mutet an wie eine Kriegerin, eine Königin, wie eine Figur aus einer ihrer Geschichten von der pfiffigen Schneiderin und dem kleinen weißen Vogel.

Jane schluckt ihren Einwand hinunter und hebt zuerst Timothy hoch. Sobald er Halt gefunden hat, klettert sie hinter ihm her. Als sie sich auf den flachen Vorsprung zieht, kommt ihr plötzlich ein Gedanke. Was ist, wenn es in den Geschichten ihrer Mama von der pfiffigen Schneiderin in Wahrheit um sie selbst und um die Zeit ging, die sie in einem Zauberland verbracht hat?

Die Vorstellung macht ihr Angst und Jane verdrängt sie und dreht sich wieder um. Wenigstens kann sie die Höhle von hier aus trotzdem weitgehend überblicken. Das gedämpfte orange Leuchten scheint von einer Stelle zu kommen, an der der Boden abfällt. Von welcher Quelle es auch ausgeht, sie liegt in dem Teil der Kaverne, der ihr verborgen bleibt.

»Wendy!«, schreit Peter vom Höhleneingang her. Jane erstarrt und presst sich flach an die Steinplatte. Sie hätte wissen müssen, dass Peter sie hier findet, aber meint er sie oder ihre Mutter?

»Das ist …«, platzt Timothy viel zu laut heraus. Jane hält ihm den Mund zu und zieht ihn wieder in den Schatten des Felsüberhangs.

Timothy zappelt und Jane zischt ihm ein »Schht« ins Ohr.

Sobald er stillhält, lässt Jane ihn los. Er atmet immer noch flach, seine Augen sind weit aufgerissen. Mittlerweile muss Peter erfahren haben, dass sie ihm Timothy weggenommen hat, und nun ist er gekommen, um sie beide zu suchen.

»Ich wünschte, wir wären bewaffnet.« Jane versucht zu sprechen, ohne die Lippen zu bewegen.

»Ich habe das hier.« Aus der Tasche seiner verschlissenen Hose zieht Timothy eine Steinschleuder und hält sie ihr hin.

»Du bist ein Genie.« Jane würde ihm am liebsten um den Hals fallen, aber zu viel Bewegung auf dem Vorsprung wäre riskant. Sie begnügt sich damit, ihm auf die Schulter zu klopfen. Die Pfeilspitze, die sie auf dem Pfad aufgelesen hat, steckt noch immer in ihrem Ärmel. Die passt perfekt in die Lederschlinge und sie spannt die Waffe, streckt ihren Arm und zielt. Sie hat noch nie mit einer Steinschleuder geschossen, aber wie schwer kann das schon sein? Peters Jungs sind gewiss keine erfahrenen Jäger und doch war sie dabei, als sie ein Wildschwein zur Strecke brachten. In Nimmerland gelten andere Regeln, also scheint es nur folgerichtig, dass Jane auch eine Meisterschützin sein kann, wenn sie es nur versucht.

In dem gedämpften orangen Licht erkennt Jane gerade noch, dass ihre Mutter mit in die Hüften gestemmten Händen dasteht, den Blick auf den Höhleneingang gerichtet. Sie kann Tiger Lily nicht mehr entdecken, ist sich aber sicher, dass sie irgendwo in der Nähe sein muss. Rufe ertönen, hallen von den umliegenden Felsen wider, dann stürmt Peter durch den Riss in der Wand, gefolgt von Arthur und einem Jungen, dessen Name Jane nicht einfällt. Alle drei sind mit Schwertern bewaffnet, doch beim Anblick ihrer Mama bleiben sie allesamt stehen wie vom Donner gerührt. Peter fasst sich als Erster und zeigt anklagend mit dem Finger auf sie.

»Was machst du denn hier? Du dürftest gar nicht hier sein.«

»Doch, ich darf.« Ihre Stimme ist ruhig. Jane rutscht ein Stückchen vor und stützt Timothys Steinschleuder auf den Stein. »Du selbst hast mich eingeladen.«

Peters Gesicht verzerrt sich zu einer Grimasse und er starrt ihre Mutter wutentbrannt an. »Du Schwindlerin.«

In der Dunkelheit schnappt Jane verhalten nach Luft, aber laut genug, dass sich Timothy zu ihr umdreht. Sie schüttelt den Kopf. Selbst wenn sie mit ihm reden könnte, ohne dass sie jemand hört – was soll sie denn sagen? Ihre Mama *war* hier, in Nimmerland, und hat ihrer Tochter nie ein Sterbenswörtchen davon erzählt. In Janes Kopf dreht sich alles, aber sie hat nicht die Zeit, über alles nachzudenken und gleichzeitig aufzupassen, was da unten vorgeht.

»Peter.« Ihre Mama wird nicht laut, sogar eher noch leiser, als sie seinen Namen sagt. Ihr Tonfall jagt Jane eine Gänsehaut über den Rücken.

»Nein!« Peter stampft mit dem Fuß auf. »Du bist nicht meine Wendy.«

Vielleicht bildet sie es sich nur ein, doch Jane glaubt zu sehen, dass ihre Mutter kaum merklich zusammenzuckt. Peters Stimme klingt aufsässig und barsch, aber trotzdem muss er den Kopf in den Nacken legen, um ihrer Mama in die Augen zu schauen. Würden sie nicht alle in Gefahr schweben, könnte Jane das beinah lustig finden.

Neben ihrer Mutter wirkt Peter wie ein verzogener, boshafter Bengel. Dennoch strahlt seine Körperhaltung eine unverhohlene Drohung aus, und sie erinnert sich daran, wie er dem Keiler seinen Willen aufgezwungen und was er Rufus angetan hat.

»Ich bin Wendy, Peter. Ich bin erwachsen geworden, das habe ich dir schon mal erklärt.«

»Das durftest du überhaupt nicht. Das ist gegen die Regeln!«

»Du hast dir doch eine Mutter gewünscht.« Janes Mama hebt fragend die Hände. Hinter Peter treten Arthur und der andere Junge nervös von einem Fuß auf den anderen. »Das bin ich. Ich bin eine Mutter, und du hast mir meine Tochter weggenommen.«

Ihre Worte breiten sich in Janes Herz aus und ihre Finger umklammern krampfhaft die Steinschleuder. Es drängt sie, sich bemerkbar zu machen. Am liebsten würde sie zu ihrer Mama rennen und sich zwischen sie und Peter werfen, aber sie wagt es nicht, sich einzumischen.

»Sie ist unbewaffnet«, ruft Arthur und seine Unsicherheit verwandelt sich zwischen einem Satz und dem nächsten in Dummdreistigkeit. Sieht er denn nicht, wie wunderbar und beeindruckend ihre Mutter ist? Begreift er nicht, dass sie jemand ist, dem man lieber seinen Respekt erweisen sollte? »Und sie ist ganz allein.«

Jane beißt sich auf die Zunge, sie kann ihn jetzt nicht zur Rede stellen. Sie stupst Timothy an, schielt zu ihm hinüber und versucht ihm stumm zu vermitteln, dass sie sich bereithalten müssen, auch wenn sie ihr Versteck nicht verlassen dürfen.

Ihre Mama beachtet Arthur gar nicht, ihre Aufmerksamkeit gilt allein Peter. »Du wirst mir nichts tun, Peter.«

Sie geht einen Schritt auf ihn zu. Jane hält den Atem an. Dann passiert alles gleichzeitig.

Peter stürmt vorwärts. Ihre Mutter stürzt sich auf ihn, verfehlt ihn nur um Haaresbreite, Peter weicht lachend aus. Arthur und der andere Junge wedeln johlend mit ihren Schwertern, was albern aussieht – Jungs, die mit ihren Spielzeugen herumfuchteln –, doch andererseits sind diese Spielzeuge scharf. Scharf genug, um ein Wildschwein zu töten, zu häuten und zu zerlegen. Janes Körper fühlt sich an wie eine gespannte Feder. Da nimmt sie aus dem Augenwinkel eine Bewegung wahr – Tiger Lily, die sich von hinten an die Jungs heranschleicht – und sie unterdrückt mit aller Macht einen Jubelschrei.

Schon liegt Tiger Lilys Schwert am Hals des Jungen, der nicht Arthur ist. Als Tiger Lily ihn am Hemdkragen packt und nach hinten zieht, stößt er einen erstickten Schrei aus.

Neben Jane zittert Timothy vor lauter Aufregung und sie grinst ihn flüchtig an.

»Peter! Die hat Indianer!«, brüllt Arthur.

»Das ist nicht fair«, faucht Peter erbost. »Du schummelst!«

Nichtarthur windet sich unter Tiger Lilys Griff. Ihr eigenes Schwert an seine Kehle gepresst, lässt sie sein Hemd kurz los, um ihm seins abzunehmen und wegzutreten, ehe sie ihn wieder mit eisernem Griff festhält und zu einer der Steinsäulen hinüberschleift.

Peter schwenkt ziellos seine Waffe, dreht sich immer wieder im Kreis und versucht beide Frauen im Auge zu behalten. Als er dabei in ihre Richtung schaut, zieht sich Jane unwillkürlich tiefer in die Schatten zurück. Sein Gesicht wirkt aggressiv und wütend, aber er sieht auch aus, als würde er jeden Moment frustriert in Tränen ausbrechen.

»Du spielst das Spiel falsch!« In seinem bockigen, weinerlichen Tonfall schwingt eine Schärfe mit, die nichts Gutes verheißt.

Jane verfolgt, wie sich ihre Mutter an Peter heranpirscht, solange er abgelenkt ist, doch ehe sie ihn erwischt, springt Arthur sie von hinten an. Für Jane gibt es kein Halten mehr. Sie stößt einen Schrei aus, klettert in Windeseile von dem Felsvorsprung und rennt auf Arthur zu. Hinter ihr rutscht Timothy herunter, aber sie hat keine Zeit, ihm zu sagen, dass er wieder zurückgehen soll.

»Lass meine Mama in Ruhe!« Sobald Jane in Reichweite ist, rast sie über den Höhlenboden und feuert die Pfeilspitze ab.

Sie trifft Arthur an der Schulter. Er fährt herum und schlägt nach der Stelle, als hätte ihn ein Insekt gestochen, und ihre Mutter nutzt seine Verwirrung, um hinter sich zu greifen und ihn hinunterzuwerfen.

»Jane!« In ihren Augen glänzt Besorgnis. Sie streckt den Arm aus und Jane flitzt zu ihr. Da wollte sie ihre Mama retten und eine Heldin sein, bloß ist das gründlich danebengegangen.

»Ich wollte doch tapfer sein«, flüstert Jane und klammert sich an sie.

»Ich weiß.« Ihre Mutter vergräbt ihr Gesicht in Janes Haar. »Du warst sehr tapfer.«

»Aha!« Arthur ist schon wieder auf den Beinen und rennt los.

Erst begreift Jane gar nicht, wo er hinwill, dann fällt es ihr wieder ein – Timothy.

»Hilfe! Jane!« Timothy versucht zu fliehen, aber Arthur hat die längeren Beine.

Jane reißt sich von ihrer Mama los, schert sich nicht um die Hände, die sie zurückhalten wollen. Sie muss Timothy holen, denn sie hat ihm versprochen, ihn zu beschützen.

»Lass ihn in Frieden!« Jane wünschte, sie hätte noch eine Pfeilspitze, mit der sie schießen könnte.

Aber in ihrem Ärmel steckt nur noch das winzige Steinchen aus Peters Suppe und das reicht nicht, um gegen einen Jungen wie Arthur anzukommen. Sie spielt flüchtig mit dem Gedanken, es trotzdem zu versuchen, doch es ist schon zu spät.

Arthur macht einen Ausfallschritt und sticht mit seinem Schwert zu. Jane kann auf einmal nicht mehr atmen und kommt schlitternd zum Stehen. Timothys Gesicht verliert jegliche Farbe. Er steht vollkommen reglos da, die Augen entsetzt aufgerissen.

»Hurra! Gut so, Arthur, du hast ihn erwischt!« Peter hüpft herum und klatscht Beifall.

Jane ignoriert sowohl Arthur als auch Peter, blendet alles aus bis auf Timothy, als sie zu ihm stürmt und ihn an den Schultern fasst. Er presst die Hände an den Bauch, aber Jane kann nirgends Blut entdecken. Arthur baut sich grinsend neben ihm auf. Jane fährt herum und schlägt ihm mit voller Wucht ins Gesicht. Der Hieb kommt so überraschend, dass er das Gleichgewicht verliert, über seine eigenen Füße stolpert und mit einem entgeisterten Grunzen auf dem Boden landet. Blut läuft über Arthurs Kinn und seine Hände fliegen zu seiner Nase. Jane wendet ihre Aufmerksamkeit wieder Timothy zu.

»Lass mich mal sehen. Was ist denn?«

»Ich bin tot«, haucht Timothy. Sein Gesicht ist so bleich, dass er aussieht wie ein Geist.

Janes Hände zittern, doch sie zwingt sich, auf die Knie zu gehen, um Timothys Finger so behutsam wie möglich von seiner Magengegend zu lösen. Kein Blut. Timothys Hemd ist noch ganz, obwohl sie schwören könnte, gesehen zu haben, wie Arthur ihn mit seinem Schwert durchbohrte. Erleichterung brandet in ihr auf und Jane lacht, es sprudelt aus ihr heraus wie Wasser aus einer unterirdischen Quelle.

»Da ist nichts. Dir geht es gut!« Jane fällt Timothy um den Hals und drückt ihn an sich, so fest sie kann.

Timothy erwidert weder ihre Umarmung noch rührt er sich. Als sie ihn loslässt, ist sein Gesicht todernst.

»Arthur hat mich erwischt. Jetzt bin ich tot. Ich kann mich nicht bewegen. So lauten die Regeln.« Timothy stehen Tränen in den Augen.

Jane starrt ihn verständnislos an.

»Aber das ergibt doch überhaupt keinen Sinn. Du bist nicht verletzt. Siehst du?« Sie zieht an seinem Hemd, um ihm zu zeigen, dass es unversehrt ist.

»So lauten die Regeln«, sagt Arthur hinter ihr. Seine Stimme klingt komisch und gedämpft.

Er hält sich noch immer die Nase. Als er die eine Hand wegzieht, ist sie rot verschmiert, und Wendy verspürt einen unerfreulichen Anflug von Genugtuung.

Nun, da ihn Janes Hände nicht mehr stützen, sinkt Timothy zu Boden, zieht die Knie an die Brust und schlingt die Arme darum.

»Steh auf.« Jane ist nicht mehr in der Lage, ihre Frustration zu verbergen. »Mit dir ist alles in Ordnung!«

Timothy presst die Lippen aufeinander, sein Gesicht ein Bild des Jammers. Jane möchte ihn am liebsten schütteln. Es ist doch nur ein kindisches Spiel. Warum müssen Jungs bloß so erbärmlich sein?

»Du. Das ist deine Schuld.« Jane springt auf Arthur zu und holt unbeholfen aus, drauf und dran, ihn noch einmal zu schlagen und ihm wirklich die Nase zu brechen. Obwohl er immer noch bewaffnet ist, weicht er hastig zurück.

»Jane!«

Als ihre Mutter ihren Namen schreit, wirbelt Jane herum. Ihre Mama macht einen Schritt auf sie zu und bleibt dann im selben Moment wie angewurzelt stehen, in dem Jane spürt, wie sie nach hinten gerissen wird und ihre Füße plötzlich in der Luft baumeln. Peter! Den hat sie ganz vergessen. Sie versucht die Fersen in den Boden zu stemmen, kämpft verzweifelt darum, auf dem Fels Halt zu finden, aber Peters Griff ist unerbittlich.

»Lass sie los.« Die Stimme ihrer Mutter ist hart, doch Jane nimmt das Zittern darin wahr.

Peter zerrt Jane hoch und fuchtelt mit seinem Schwert herum; seine diebische Freude ist nicht zu überhören, als er sagt: »Bleib, wo du bist.«

Jane spielt mit dem Gedanken, Peter kräftig auf den Fuß zu trampeln, nur befürchtet sie, dass er ihrer Mama dann etwas antut.

»Lass sie los, Peter.« Fester diesmal, bestimmter. Jane spürt, wie sich Peter anspannt.

»Lass sie in Frieden, dann bekommst du mich dafür«, fährt ihre Mutter fort.

»Dich will ich nicht mehr, du bist ... alt!« Peter spuckt das Wort förmlich aus, als wäre es die schlimmste Beleidigung, die er sich vorstellen kann, aber er klingt unsicher.

»Ich bin die einzige Wendy.« Ihre Mama kommt wieder einen Schritt näher. Jane bemüht sich, ganz ruhig zu bleiben, doch ihr wild hämmerndes Herz straft sie Lügen.

»Mama, nicht.« Jane bringt kaum ein Flüstern zustande. Ihre Mutter kann ja wohl nicht ernsthaft vorhaben, sich Peter zu ergeben, oder? Schaudernd holt sie Luft, Angst und Erschöpfung fordern letztlich ihren Tribut und die Tränen sind nicht mehr aufzuhalten. Das Ganze ist allein ihre Schuld. Hätte sie sich von vornherein nicht entführen lassen, wäre ihre Mama jetzt nicht hier und keiner von ihnen wäre in Gefahr.

»Peter.« Wieder verändert sich etwas an der Stimme ihrer Mutter.

Jane beruhigt sich, der Anfall von Selbstmitleid ist vorbei. Sie kennt diesen Ton – er bedeutet, dass sich jeglicher Zweifel oder Ungehorsam verbietet. Sie hat miterlebt, dass er bei ihrem Vater funktioniert, sogar bei ihren Onkeln, und natürlich hat Jane selbst mehr als einmal seine Macht zu spüren bekommen.

Er entspricht dem Blick in den Augen ihrer Mutter, nur ist der noch viel schlimmer. Diesen Blick hat Jane noch nie an ihrer Mama gesehen. Lodernd und so bedrohlich, dass er Jane die Luft aus der Lunge saugt. Er erinnert sie an den Ausdruck in Peters Augen, mit dem er das Wildschwein hypnotisierte, sie hypnotisierte und dazu brachte, sein Fleisch zu essen.

»Lass. Sie. Los.« Ihre Mutter spricht jedes Wort einzeln aus, lässt jedes fallen wie einen Stein. Jane schlottern die Knie.

Peters Griff lockert sich, und als er sie loslässt, bricht sie fast zusammen. Ihre Beine wollen sie nicht tragen, aber ihre Mama ist da und fängt sie auf. Doch statt Jane in die Arme zu schließen, fasst sie sie an den Schultern und blickt ihr in die Augen. Jane fällt der Tag im Park wieder ein, an dem das Mädchen sie umgeschubst hat.

»Du musst bei Timothy bleiben«, erklärt ihre Mutter. »Du musst noch ein letztes Mal tapfer sein.«

Jane will den Kopf schütteln, aber da ist wieder dieser Blick und sie schluckt hinunter, was sie sagen wollte. Das geht alles zu schnell. Sie hat ihre Mama doch gerade erst gefunden und nun verliert sie sie schon wieder. Sie braucht etwas, woran sie sich festhalten kann, und unwillkürlich umklammern Janes Finger die leere Steinschleuder in ihrer Hand. Sie ist einer Ohnmacht gefährlich nahe, zittert am ganzen Leib, sosehr sie sich auch zwingen will, ruhig zu bleiben.

Ihre Mutter mustert sie ein letztes Mal eindringlich und Jane fragt sich plötzlich, ob sie selbst in Nimmerland auch anders aussieht. Wohl nicht so wild wie ihre Mama, aber verändert. Deren Hände gleiten von ihren Schultern und sie wendet sich ab. Tiger Lily kommt näher, sie zerrt Nichtarthur hinter sich her und bleibt neben ihrer Mama stehen.

»Was jetzt?«, fragt sie.

Janes Mutter antwortet nicht. Am liebsten würde Jane schreien, ihrer Mama sagen, sie soll hierbleiben, weil etwas Schreckliches passieren wird, wenn ihre Mama tut, was auch immer sie plant. Aber sie hat ihr versprochen, tapfer zu sein und brav, und Timothy hat sie versprochen, sie würde ihn beschützen, und sie gedenkt, ihre Versprechen zu halten, egal wie weh es tut. Also sagt sie kein Wort, beobachtet mit brennenden Augen, wie ihre Mutter sich strafft und ihre Hand ausstreckt.

Als Peter angeschlichen kommt, ist Jane verblüfft. Er lässt den Kopf hängen, fast schon wie ein Hund, der weiß, dass er etwas angestellt hat. Sie kann nicht erkennen, ob sein Gesichtsausdruck auf eine List hindeutet, vermutet aber, eher nicht. Zumindest in diesem Augenblick ist er bloß ein kleiner Junge. Eine schwere Sorge lastet auf Janes Herz. Ihre Mutter ist *ihre* Mama; sie kann nicht auch noch Peters Mutter sein.

Peter lässt sein Schwert fallen. Das Klirren, mit dem es auf dem Gestein landet, ist das lauteste Geräusch, das Jane in ihrem ganzen Leben gehört hat. Peter greift nach der Hand ihrer Mama. Ihre Fingerspitzen berühren sich. Ihre Mutter wirkt ruhig, gefasst, und gleichzeitig lauert dicht unter der Oberfläche Traurigkeit, so unermesslich groß, dass Jane sie nicht einmal ansatzweise begreifen kann. Ein Schluchzen will unbedingt aus ihr heraus, doch dann, so schnell, dass sie es kaum mitbekommt, packt ihre Mama Peters Ohr und verdreht es brutal.

»Au! Du hast geschummelt! Das ist nicht fair.« Fauchend und kratzend schlägt Peter um sich, aber ihre Mutter achtet gar nicht darauf.

Sie zieht Peter ganz dicht heran, ihre Stimme wird leise und gemein, kaum wiederzuerkennen.

»Das Leben ist nicht fair. Solche Dinge passieren, wenn man erwachsen wird.«

Peter wird rot, er sieht aus, als wäre er dem Weinen nahe. Janes Mama dreht sich zu Arthur um, der sie mit offenem Mund anstarrt, und deutet auf den Jungen neben Tiger Lily.

»Nimm ihn mit und mach, dass du hier rauskommst.« Als Arthur sich nicht rührt, geht Janes Mutter mit gebleckten Zähnen auf ihn zu. »Na los!«

Als Tiger Lily ihn loslässt, beeilt sich Arthur zu gehorchen und packt den anderen Jungen am Arm. Sie rennen davon, ohne sich auch nur einmal nach Peter umzusehen. Solche Feiglinge, denkt Jane. Peter war die ganze Zeit abscheulich zu ihnen, das weiß sie, aber Arthur und der andere Junge sind doch angeblich seine Freunde. Sollten sie nicht wenigstens einigermaßen treu zu ihm stehen? Allerdings könnte vielleicht genau da das Problem liegen.

Peter hat keine Freunde, nur Menschen um sich, die er herumkommandiert.

Timothy hat ihr erzählt, dass sich Arthur und die anderen nie an die furchtbaren Dinge erinnern, die Peter tut. Ob sie hier glücklich wären, wenn sie es täten? Vielleicht gibt es ja doch einen Teil von ihnen, der sich erinnert, und darum laufen sie weg.

»Jane.« Sie wendet sich ihrer Mama zu. »Nimm ihre Schwerter. Du musst den Eingang bewachen.«

»Ja, Mama.« Jane bückt sich und hebt das Schwert auf, das Arthur fallen gelassen hat.

Das von Peter löst irgendwie ein mulmiges Gefühl in ihr aus, deshalb will sie es nicht anfassen. Sie kann nicht erkennen, wo Tiger Lily die Waffe des anderen Jungen hingeschossen hat, aber das spielt auch keine Rolle. Selbst wenn sie Timothy eins der Schwerter gäbe, würde er es nicht nehmen. Der glaubt ja felsenfest, dass Arthur ihn »tot gemacht« hat, und alles nur wegen Peter und seiner lächerlichen Regeln.

Zu gern würde sie ihre Mama fragen, was sie jetzt vorhat, ihr sagen, dass ihr das alles falsch vorkommt, doch das weiß ihre Mutter bestimmt schon. Nachdem sie von so weit her gekommen ist, um sie zu finden, würde ihre Mama gewiss nichts tun, was sie in noch größere Gefahr bringt. Auf steifen Beinen geht Jane zu Timothy hinüber und stellt sich neben ihn. Das Schwert in ihrer Hand fühlt sich befremdlich an, leichter, als sie erwartet hat, aber trotzdem unangenehm. Was ist, wenn Arthur die anderen holt und zurückkommt? Was, wenn sie die Waffe einsetzen muss?

»Ganz egal, was du hörst, du gehst keinen Schritt tiefer in die Höhle. Hast du mich verstanden?« Der Ausdruck im

Gesicht ihrer Mutter ist derselbe, mit dem sie Peter dazu gebracht hat, zu ihr zu kommen. Der ist immer noch in ihrem Griff gefangen, er sieht elend aus, gequält. Jane schluckt schwer.

Sie nickt, weil sie nicht wagt, etwas zu sagen; der Blick in den Augen ihrer Mama macht ihr Angst. Was ist dort, tiefer in der Höhle? Was hat ihre Mutter vor? Peter zittert am ganzen Leib, seine Augen weiten sich, suchen Jane, und einen kurzen Moment wirkt seine Miene flehend, als hoffte er, sie wäre vielleicht auf seiner Seite, würde sich gegen ihre Mama stellen. Jane schaut hastig weg.

»Gehen wir.« Tiger Lily deutet mit dem Kopf in die Richtung des orangen Scheins.

Verhaltene Furcht huscht über das Gesicht ihrer Mutter, dann nickt sie Tiger Lily zu. Jane überläuft eine Gänsehaut. Wieso soll diese Fremde mitgehen dürfen, während sie hier warten muss? Jane wirft einen Blick auf Timothy. Ein kleiner, blasser Umriss in der Dunkelheit. Ihre Mama selbst kann auf sich aufpassen, Timothy nicht. Es ist ja nicht so, dass Jane ihre Mutter im Stich ließe, geschweige denn umgekehrt. Jane hebt das Kinn, drückt die Schultern durch. Diese Entscheidung trifft sie. Timothy zuliebe wird sie hierbleiben.

Sie setzt sich hin und legt den Arm um ihn. Timothy ist dankbar dafür, das sieht sie ihm an, dennoch wird Jane das Herz schwer, als sie verfolgt, wie ihre Mama und Tiger Lily Peter tiefer in die Höhle zerren.

»Was denkst du, was jetzt passiert?«, fragt Timothy leise, aber Jane erschrickt trotzdem. Obwohl er sich an sie schmiegt, hätte sie beinah vergessen, dass er da ist, so sehr beschäftigt sie die Sorge um ihre Mutter.

Sie widersteht der Versuchung, sich zu erkundigen, wie er reden kann, wo er doch tot ist, ihn einmal mehr auf die mangelnde Logik hinter Peters Regeln aufmerksam zu machen. Eigentlich ist sie froh, Timothys Stimme zu hören. Dann kann sie sich auf etwas anderes konzentrieren als auf ihre Atemgeräusche und Mamas und Tiger Lilys Schritte, die im Dunkel verhallen. Jane rutscht ein Stückchen, versucht es sich auf dem Fels etwas bequemer zu machen, doch daran ist gar nicht zu denken.

»Ich weiß es nicht.« Das ist die einzige Antwort, die sie ihm geben kann. Sie wünschte, sie hätte auch nur die leiseste Vorstellung von den Plänen ihrer Mutter, aber sie hat absolut keine Ahnung. Und noch immer wird sie das Gefühl nicht los, dass gleich etwas Entsetzliches geschieht.

»Jane?« Timothys Stimme ist noch leiser als eben.

Sie wendet ihm das Gesicht zu. Er sieht sie nicht an, sondern starrt unverwandt geradeaus. Seine versteinerte Miene lässt seine Augen eingesunken wirken, vertieft die Schatten um sie herum. Sogar sein an sie gekuschelter Körper erscheint ihr steif und kalt und sie muss sich zwingen, nicht zu erschaudern.

»Was ist denn?«

»Ich glaube, ich erinnere mich.«

Der Ton, in dem er das sagt, bringt Janes Herz zum Rasen, als wäre es ein lebendiges Wesen, das in ihrer Brust herumspringt und verzweifelt zu entkommen versucht.

»Woran?«

»Wo ich vorher war.« Er spricht stockend und sein Blick geht immer noch ins Leere. Sie will gar nicht mehr hören, aber ihm zu sagen, er solle den Mund halten, nur weil ihr nicht wohl dabei ist, wäre unfair.

»Erzähl es mir ruhig, wenn du möchtest. Wenn es dir hilft.«

Timothys Atem beschleunigt sich, sie spürt in ihrem Arm, wie seine Schultern zucken. Er wirkt ängstlich und doch scheint es, als wären die Worte zu wichtig, als sei es ihm unmöglich, sie nicht auszusprechen.

»Ich hatte ein kleines Holzschiff, das jemand für mich gebastelt hat. Wir sind zu dem Teich am Ende der großen Wiese gegangen, um es schwimmen zu lassen. Das Gras war so hoch, dass wir das Haus nicht mehr sehen konnten.«

Jane hält den Atem an, eine namenlose Furcht steigt in ihr auf. Jetzt wünscht sie sich noch drängender, dass Timothy nicht weiterredet, bloß klebt ihre Zunge am Gaumen; sie schafft es nicht, sie auch nur einen Millimeter zu bewegen.

»Das Schiff ist irgendwo hängen geblieben. Ich dachte, ich komme mit einem Stock ran, aber ich bin ausgerutscht.« Timothys Zittern wird schlimmer. Seine Augen sind glasig, als sähe er nicht die Höhle vor sich, sondern einen Teich inmitten von hohem Gras und Unkraut und ein kleines Segelboot, das sich verfangen hat und um seine Freiheit kämpft.

Jane sieht es auch. Sie durchlebt den Augenblick, in dem Timothy auf dem glitschigen Schlamm den Halt verliert und untergeht. Eine Hand greift nach ihm, kaum größer als seine eigene, vielleicht ein älterer Bruder oder sogar eine Schwester. Seine Arme wühlen die Oberfläche auf, aber sein Kopf gerät immer wieder unter Wasser. Bis er nicht wieder auftaucht.

Janes Lunge verkrampft sich, als würde sie mit ihm ertrinken. Bläschen steigen von Timothys Lippen auf, die schon die Farbe reifer Pflaumen angenommen haben. Überall in dem trüben Grün wuchert Tang, er hat sich um sein Bein gewickelt und sein Griff ist stärker als der der Finger, die versuchen, Timothys Handgelenk zu erwischen und ihn zu retten. Sie spürt, wie sich die Panik in ihre Brust krallt, wie die Kälte sie durchdringt, das grauenhafte Gefühl, mutterseelenallein zu sein.

Da ist er plötzlich nicht mehr allein. Um seinen Knöchel hat sich kein Tang gelegt, sondern eine Hand, die ihn hinunterzieht, auf die andere Seite der Welt.

Jane wehrt sich mit einer Heftigkeit gegen diese Vorstellung, die körperlicher Gewaltanwendung gleichkommt. Das kann nicht das sein, was passiert ist. Sie weigert sich, das zu glauben, lässt stattdessen ihrer Fantasie freien Lauf. In England wartet eine Familie auf Timothy, die ihn liebt, und alle werden heilfroh sein, wenn sie ihn nach Hause bringt.

Mit schierer Willenskraft bringt Jane ihr Herz dazu, langsamer zu schlagen, atmet zitternd aus. Sie zieht Timothy enger an sich, bettet seinen noch immer stocksteifen Körper an ihren. In diesem Moment kommt Jane zu dem Schluss, dass sie doch gern eine große Schwester wäre. Nicht einfach irgendjemandes Schwester, sondern Timothys. Falls sie seine Familie nicht finden, kommt er eben mit und lebt bei ihnen, so einfach ist das.

Endlich löst sich ihre gelähmte Zunge. »Ist schon gut«, flüstert sie und drückt seinen Arm, um ihren Worten Nachdruck zu verleihen. »Jetzt hast du ja mich und bist in Sicherheit. Ich gebe dich nie wieder her.«

14

SCHATTENSPIEL

»Das kannst du doch nicht machen. Lass mich los.« Peter fängt wieder an, um sich zu schlagen und sich unter Wendys Griff zu winden. Sie schleift ihn unbeirrt tiefer in die Höhle, selbst als sein Geschrei zu einem Wimmern verebbt.

Sie muss alle ihre Gefühle in einem sensiblen Gleichgewicht halten, deshalb setzt sie einfach weiter einen Fuß vor den anderen und schaut Peter nicht an. Sobald sie es täte, würde dieses Gleichgewicht zusammenbrechen.

Über den Geruch nach abgebrannten Streichhölzern und Asche hinweg nimmt sie den Geruch wahr, der von Peter ausgeht – Angst. Wie er jedem Kind anhaftet, das sich verirrt hat. Sie muss jetzt das Mädchen aus Eis sein, das es geschafft hat, St. Bernadette zu überleben. Die Mutter, die von so weit hergekommen ist, um ihre Tochter zu finden. Sonst nichts. Sie darf nicht das Mädchen sein, das durch Nimmerlands Himmel geflogen ist. Und selbstverständlich kann sie nicht Peters Freundin sein.

»Was willst du tun?«, fragt Tiger Lily. Ihre Stimme ist sanft und Wendy wirft ihr einen flüchtigen Blick zu. Tiger Lily bleibt wachsam, als spüre sie das Wesen, das auf sie wartet, ohne genau zu wissen, was es ist.

»Ich werde ihn wieder zusammenflicken«, sagt Wendy.

Irgendwo in den hintersten Winkeln ihres Verstandes wusste sie es schon, seit sie an ihrem Fenster stand und in die Nacht hinausblickte. Die Erinnerung hinter der verschlossenen Tür gehörte immer noch ihr und auch das wusste sie, obwohl Peter versucht hatte, ihr dieses Wissen zu entreißen. Alles, was sie brauchte, verstaute sie in ihren Taschen – Nadel, Schere und Faden. Das war damals das Erste, was sie wertvoll für Peter machte, und jetzt näht sie ihn am Ende doch noch zusammen.

Ein Zittern durchläuft Peter. Wendy lässt sein Ohr los, fasst ihn an den Schultern und dreht ihn so, dass sie ihm ins Gesicht sehen kann. Er weint nicht, aber seine Augen sind weit aufgerissen.

»Das darfst du nicht«, schreit er sie an.

»Ich darf und ich werde. Schau hin.« Sie haben ihr Ziel erreicht und wieder dreht sie ihn, lässt ihm keine andere Wahl, als das Geschöpf in der steilen Felsgrube anzusehen.

Und sie zwingt sich selbst, es ebenfalls zu tun.

Das Schattenwesen ist kleiner als in Wendys Erinnerung. Dennoch kostet es sie unsägliche Überwindung, nicht zurückzuweichen, als sein Schnauben den Boden erschüttert. Die Luft um das Monster herum flimmert vor Hitze. Seine Umrisse sind ausgefranst, zerfleddert und schwer zu erkennen.

Wendys Blick huscht zu Tiger Lily. Die Miene ihrer Freundin lässt sich schwer deuten. Das rötliche Licht der Höhle zeichnet die Risse in Tiger Lilys Gesicht nach, durchzieht ihre Haut mit Feuer. Falls sie Angst hat, merkt man es ihr nicht an.

Wendys Hände liegen immer noch auf Peters Schultern, halten ihn fest, lassen nicht zu, dass er wegschaut. Er starrt das Wesen an und Wendy versucht seine Gedanken zu erraten. Wie lange ist es her? Erkennt er seinen Schatten noch wieder? Erinnert der sich noch an ihn?

»Du musst nicht hierbleiben«, sagt Wendy zu Tiger Lily, ohne die Augen von der Kreatur abzuwenden – sie ist wie gebannt.

Ist das ein Zeichen ihrer Feigheit? Falls sie sich irrt, wenn sie ihn damit umbringt oder ganz zum Monster macht … wird sich auch Tiger Lily auf seine Seite schlagen? Was wird dann aus Nimmerland? Wendys Magen verkrampft sich vor Furcht und Schuldgefühlen. In Tiger Lilys Höhle hat sie sich geschworen, Jane unter allen Umständen zu retten, wenn es hart auf hart kommt, und dass sie nicht einknicken wird. Doch jetzt, da sie neben Tiger Lily auf Peters Schatten hinabstarrt, zerbricht etwas in ihr.

Vor ihrem geistigen Auge sind sie wieder Mädchen, die einzigen in einem Meer von Jungs. Sie rennen um die Wette, spritzen sich im Fluss gegenseitig nass, klettern, inszenieren insgeheim ihre eigenen Kriege und beweisen sich selbst, dass sie genauso wild und abenteuerlustig sind wie Peter und seine kleine Armee. Wendy erzählt Tiger Lily Geschichten über London. Sie liegen gemeinsam im Gras und denken sich Namen für die Sterne aus.

Mehr als einmal fiel ihr auf, wie Peter Tiger Lily mit verwirrter Miene betrachtete, als kramte er in seinem Gedächtnis nach etwas, das verloren gegangen war. Erkennt er sie jetzt überhaupt wieder? Weiß er, wer sie einst war und was er ihr angetan hat? Wendy denkt an das letzte Mal zurück, als sie in dieser Höhle waren und er behauptete, die Knochen, die sie entdeckte, gehörten niemandem. Ist er wirklich so herzlos, dass er vergisst, welchen Schmerz er anderen zufügt, dass er die Menschen, die unter ihm zu leiden haben, gar nicht wahrnimmt? Wenn all seine dunklen Seiten in dem Schatten stecken, stimmt das vielleicht. Nur hat sie das Lodern in seinen Augen gesehen, flackernd wie flüssiges Feuer. Peter war schon immer Ungeheuer und Junge zugleich, sie hat es bloß nie zuvor erkannt.

Tiger Lily richtet sich auf. Der glutfarbene Schein, der das Wesen umgibt, hebt ihre Silhouette hervor. Sie dreht sich zu Wendy um und das Leuchten in ihren Augen dringt selbst durch die tiefen Schatten. Wendy sieht nicht mehr dieses verwüstete Geschöpf, sondern die Frau, die aus Tiger Lily hätte werden können, hätte werden sollen, wäre ihr gestattet gewesen, erwachsen zu werden, wie es sich gehört. Auf einen Schlag sind ihre Schuldgefühle und Ängste bedeutungslos. Das ist nicht ihre Entscheidung. Die trifft Tiger Lily.

»Peter ist ebenso mein Kampf wie deiner. Vielleicht sogar mehr.« Tiger Lilys Stimme hat nichts mehr von jenem gequälten Hauch an sich, klingt nicht mehr wie der Wind, der in den Bäumen ächzt. Sie ist wie Feuerstein, so hart, dass sie Funken schlägt. »Du bist fortgegangen. Ich bin geblieben.«

Erneut plagen Wendy Gewissensbisse, diesmal anderer Natur. Sie ging weg; Tiger Lily blieb zurück. Doch was hätten sie damals sonst tun können? Welche Wahl hatten sie denn?

»Also schön.« Wendy holt tief Luft. »Das hier ist längst überfällig.«

Sie lockert ihren Griff, aber nicht so weit, dass Peter sich ihr entziehen kann, und dirigiert ihn vor sich den Abhang hinunter. Tiger Lily schließt sich ihnen an und Wendy versucht auszublenden, wie sehr ihre Beine zittern. Das Ungeheuer dreht den augenlosen Kopf und verfolgt, wie sie näher kommen. Ansonsten rührt es sich nicht vom Fleck und Wendy denkt, dass es das vielleicht gar nicht kann, womöglich mit dem Fels verwachsen ist.

Kurz vor dem Boden des Kessels stolpert Peter. Noch ehe sie überlegen kann, ob es absichtlich oder aus Versehen passiert, streckt Wendy instinktiv die Hand aus, um ihn abzufangen. Durch die Bewegung verliert sie das Gleichgewicht und Peter nutzt das aus, rollt sich vorwärts ab und zieht sie mit sich. Wendy findet keinen Halt, überschlägt sich und am Ende bremst Peters Schatten ihren Sturz. Er ist körperlich und zugleich substanzlos. Heiß und kalt. Die Fleisch gewordene Abwesenheit des Lichts und doch so unerträglich grell, dass sie ihn kaum ansehen kann.

»Lass ihn nicht entwischen!«, ruft sie Tiger Lily zu und kämpft sich wieder auf die Beine.

Als Peter versucht, vor ihr davonzukrabbeln, hält Wendy ihn am Fuß fest und zerrt ihn zurück. Er kreischt auf und keilt mit dem anderen Bein aus. Wendy springt zur

Seite und schafft es knapp, einem Tritt gegen ihren Kiefer auszuweichen. In Peters Augen liegt ein irrer Glanz, der Schweiß rinnt in Strömen über sein Gesicht.

Wendy umklammert seinen Fuß noch fester und schlagartig fühlt sie sich in die Vergangenheit zurückversetzt. Peter ist keinen Tag älter geworden; er hat sich überhaupt nicht verändert. Einst war es umgekehrt, denkt sie, Peter ragte bedrohlich über ihr auf und brüllte ihr ins Gesicht, befahl ihr, ihn anzusehen, seinen Schatten anzusehen. Verlangte von ihr, ihn als Ganzes zu lieben oder gar nicht. Nun verwandelt sich ihre Angst von damals in Wut.

Die eine Hand um Peters Knöchel geschlossen gelingt es Wendy, ihn im Genick zu packen. Sie gibt seinen Fuß frei und zieht ihn hoch wie eine Katzenmutter ihr Junges. Ihre Fingernägel bohren sich in seine Haut und sein Geschrei deswegen schert sie nicht einmal. Er zappelt, aber sie stößt ihn in Richtung seines Schattens, bis er nur noch eine Armlänge davon entfernt ist.

»Schau ihn an, Peter. Erkenne dich selbst. Jeden Teil von dir. Du kannst dich nicht länger vor dem verstecken, was du bist.«

Er versucht zurückzuweichen, doch sie hält den Ellbogen ebenso eisern gestreckt, wie ihre Finger seine Schädelbasis umklammern, damit er seinen Kopf nicht drehen kann.

»Das ist dein Schatten, Peter. Schau ihn an.«

»Du lügst.« Peter klingt kleinlaut. Er versucht sich loszureißen und es bricht ihr fast das Herz, wie erbärmlich er ist, aber Wendy lässt nicht locker. »Du hast mir doch meinen Schatten wieder angenäht. Weißt du noch, Wendy?«

Seine Stimme ist die eines kleinen Jungen. Sie könnte ihr beinah glauben. Einen Augenblick lang ist sie *alles*, woran sie glaubt. Sie ist das Ungeheuer, nicht Peter.

»Nein.« Sie bebt unterschwellig, während sie über alles nachdenkt, was sie weiß. Tiger Lilys Legenden. Die Knochen in ebendieser Höhle. Peter bezeichnete das Geschöpf als sein Geheimnis. »Das ist deiner, Peter. Er ist du.«

Ihre Handfläche ist nass von Peters Schweiß und jetzt klingt es, als stimme allgemein etwas nicht mit ihm, denn er ringt panisch um Atem, als würde er nicht genug Luft bekommen. Sie spürt ein flüchtiges Triumphgefühl. Wendy malt sich aus, dass ihr Kopf die Höhlendecke streift und sie so obszön groß und monströs ist, wie ihr Peter vor all den Jahren erschien. Statt ihm die Erinnerung zu rauben, so wie er es bei ihr getan hat, würde sie ihm liebend gern die Wahrheit in den Hals stopfen, ihn so lange damit füttern, bis er platzt.

Wendy reißt ihn so grob zurück, dass Peter hinfällt, woraufhin sie sich wieder über ihn beugt und ihm wütend ins Gesicht starrt.

»Siehst du?« Das ist kein Lächeln; sie fletscht die Zähne. »Erkennst du jetzt, was du bist?«

Sie hat keinen Grund mehr, ihn festzuhalten. Peter rollt sich mucksmäuschenstill zusammen und bleibt wie versteinert liegen – er ist so viel kleiner als sie. Wenngleich er einem weidwunden Tier ähnelt, lässt Wendys Zorn nicht nach. Sie hüllt sich darin ein wie in einen Umhang, kostet ihn bis zur Neige aus. Sie will ihm wehtun, trotz der Furcht in Peters Augen oder vielleicht gerade deshalb.

Sie ist größer als er, stärker, und sie hat ihn mühelos im Griff. Im Licht der Höhle sieht Wendy schon den Schatten ihrer Hand auf Peters Gesicht fallen. Erst dann merkt sie, dass ihr Arm zum Schlag erhoben ist. Peter wird kreidebleich, seine Sommersprossen stechen hervor wie Rostsprenkel oder Blutspritzer. Er sieht so jung aus. So ängstlich.

Lange bevor er ihre Tochter entführte, entführte er sie. Er stahl ihr Jahre ihres Lebens. In all der Zeit, die sie weggesperrt war, an ihn glaubte, sich weigerte, ihn aufzugeben, kam er nicht, um sie zu holen. Ihr befahl er, ihn zu lieben, aber dachte er auch nur ein einziges Mal an sie, sobald sie nicht mehr da war? In Wahrheit wünschte er sich gar keine Mutter, sondern das Idealbild einer Mutter, wie seine Idealbilder von Piraten und Indianern, Soldaten und Krieg. Jemanden, der Geschichten erzählte und Monster verjagte. Jemanden, der ihn vor sich selbst rettete.

Er forderte Liebe als einen Schild, ohne zu begreifen, dass die Liebe auch ein Schwert sein kann, das weit schärfer schneidet als jeder Piratensäbel. Zu lieben bedeutet, etwas zu verlieren zu haben, und das ist etwas, das Peter wohl nie verstehen wird, Wendy indessen nur allzu gut.

Unvermittelt verraucht ihre Wut. Wendy lässt den Arm sinken. Peter atmet schwer. Was hat er aus ihr gemacht? Was ist aus ihr geworden?

»Hilf mir, ihn festzuhalten.« Wendys Stimme zittert und sie wagt nicht, Tiger Lily anzuschauen.

Die hat zwar keinen Finger gerührt, als sie zum Schlag ausholte, um sie davon abzuhalten, aber Wendy schämt sich trotzdem. Über so etwas muss sie erhaben sein, besser sein als Peter und seine jähzornige Grausamkeit.

Sie zwingt sich, Peter anzusehen, ihn wirklich zu sehen. Den Jungen, der ihr Wunder zeigen wollte, der ihr beibrachte, wie man fliegt. Tiger Lily kniet nieder und stützt die Hände auf Peters Schultern. Dessen Augen sind so geweitet, dass Wendy überzeugt ist, in der Schwärze seiner Pupillen Sterne zu erkennen. Sie denkt an die toten Nixen in der Lagune. Daran, wie Peter lachend ihre Hand hielt. Genau wie in jedem anderen steckt auch in ihm Gutes und Böses, nur sehr viel ausgeprägter.

»Still jetzt.« Wendy streicht Peter das Haar aus der Stirn. Fast bückt sie sich, um ihm einen Kuss zu geben, wie eine Mutter ein Kind zu trösten, das aus einem Albtraum erwacht, aber sie hält sich zurück. Eine kleine wohlwollende Geste ist genug.

Sie holt Nadel und Faden aus der Tasche. Ihre Hände sind bemerkenswert ruhig. Tiger Lily sieht ihr schweigend zu und Wendy braucht nur einen Anlauf, um das Garn durchs Nadelöhr zu fädeln. Den Rest lässt sie von der Spule hängen. Wie viel Garn man wohl braucht, um Junge und Ungeheuer zu vereinen, um ein uraltes Wesen zu heilen?

Der Gedanke ist müßig. Wendys Vernunft protestiert weniger, als sie müsste. Hier und jetzt, am Ende aller Dinge, ist sie vollkommen gefasst und entschlossen. Peter versteift sich und sein Atem wird schneller, doch weder er noch der Schatten leisten Widerstand, als sie danach greift. Ihn zu berühren ist, wie die Hand in Eiswasser zu tauchen. Die Kälte brennt, aber sie hat sich schon schlechter gefühlt. Sie wird auch das überleben.

Wendy zieht den Schatten näher heran. Eigentlich sollte das Gewicht einer derart gewaltigen Bestie ihre Kräfte übersteigen, stattdessen fließt sie plätschernd über ihre Hände und Arme, ohne jedoch zu zerrinnen. Wendy fällt wieder ein, wie Peter damals kreischte, vor einer Ewigkeit im Kinderzimmer, als die Nadel zum ersten Mal seine Haut berührte. Sie ruft sich die Augenblicke vor ihrem ersten zögernden Stich ins Gedächtnis, wie sie die ausgefransten Ränder des Schattens an Peters Fuß hielt und sie so gar nicht zu passen schienen.

Da war sie noch ein Kind gewesen und es kam ihr ganz natürlich vor, an der seltsamen Nichtsubstanz herumzuzupfen, sie nach Bedarf zurechtzuziehen, während Peter ungeduldig wartete. Sie zog ihn sogar noch damit auf, fragte ihn, wie ein Junge überhaupt seinen Schatten verlieren kann.

»Ach, auf viele Arten«, entgegnete er. Damals empfand sie die Antwort als vage, jetzt wirkt sie verstörend und das Grinsen, das sie begleitete, erscheint ihr weniger geheimniskrämerisch denn finster. Sie denkt auch an die Gebeine in der Höhle und Peters Behauptung, das wären keine *Jemande.* War es möglich, dass er einem anderen Jungen den Schatten gestohlen hatte? Und wenn dem so war, wie hätte sich ein solcher Diebstahl ausgewirkt? Sie sieht einen verlorenen Jungen vor sich, der nicht nur dem Namen nach verloren ist, vom eigenen Ich getrennt, verkümmernd. Der sich auflöst wie der Schatten, den sie auf Peters Bitte hin an seine Füße nähte, kaum dass sie in Nimmerland ankamen. Wie viele Jungs in wie vielen Jahren?

»Wirst du unsere Mutter, wenn das hier erledigt ist?«, fragte Peter sie, sobald sie den Schatten dazu gebracht hatte, sich zu fügen, sobald er selbst mit seinem Gejammer aufgehört und angefangen hatte, ihr interessiert bei der Arbeit zuzusehen.

Trotz ihrer unbeholfenen und ungleichmäßigen Stiche wurde es zum Ende hin leichter, als er sich nicht mehr drehte und wand, obwohl sie ihn immer wieder tadeln musste, weil er so zappelte.

»Das sollte ich wohl.« Sie achtete kaum auf seine Worte; das alles kam ihr wie ein Spiel vor – ein Junge, der fliegen konnte, der mitten in der Nacht am Fenster auftauchte und ihr Abenteuer versprach.

»Könntest du einen Jungen lieben, der keinen Schatten hat?« Im Gegensatz zu heute war das damals gar keine Frage für Wendy, doch jetzt – wieder dieser verschlagene Blick unter gesenkten Lidern, Peters Wimpern berührten beinah seine Wangen, wenn er sie so ansah.

Und wieder antwortete sie mit »Das sollte ich wohl« und war so auf ihre Nadel konzentriert, dass sie die Zunge herausstreckte.

»Es könnte ja sein, dass er wieder abgeht, aber wenn du unsere Mutter wärst, müsstest du mich trotzdem lieben, nicht wahr? Selbst wenn ich böse wäre?«

Blickte sie da auf, schaute ihm in die Augen? Und was hätte sie darin gesehen, hätte sie es getan? Einen Peter wie den, der jetzt vor ihr liegt, verängstigt, aber trotzig?

»Tja, dann muss ich ihn wohl besonders fest annähen, damit das nicht geschieht, nicht wahr?« Wendy erinnert sich daran, dass sie ungeduldig wurde, kaum hörte, was Peter überhaupt sagte, weil es sie nach dem verheißenen Abenteuer verlangte und nicht nach der mühseligen Näharbeit, die ihre Mutter ihr hatte beibringen wollen. Hätte sie doch nur besser zugehört. Aber woher hätte sie das wissen sollen?

Mittlerweile beobachtet Peter sie mit großen Augen. Sie sticht die Nadel in seine Haut und anders als vor all diesen Jahren hält er vollkommen still, wimmert nur leise.

Wendy wappnet sich, dann stößt sie die Nadel hindurch. Als Kind ahnte sie nichts von dem Grauen und ekelte sich nicht davor, jemandem eine Nadel durch die Haut zu bohren. Die Vorstellung, ein Junge könnte von seinem Schatten getrennt werden, war ihr nicht weiter merkwürdig vorgekommen und es war die natürlichste Sache der Welt, sie wieder zusammenzunähen. Nun, da sie es besser weiß, erwartet sie, dass ihre Hände sie im Stich lassen, doch das tun sie nicht. Der Schatten wehrt sich nicht gegen sie, er schmachtet nach dem Faden, giert danach, wieder eins zu werden, seine Sehnsucht lenkt ihre ruhigen Bewegungen.

Beim zweiten Stich spürt sie die Nadel in ihrer eigenen Haut – Dr. Harrington mit seinen Medikamenten, um sie zu betäuben, sie zum Schlafen zu zwingen. Um sie zu überzeugen, dass Nimmerland nur ein Traum war. Beim dritten schreit Peter schließlich doch, wirft wild den Kopf hin und her. Ohne dass Wendy sie darum bitten muss, drückt Tiger Lily ihn nieder und hält ihn, so fest sie kann.

Tiger Lilys Kieferpartie wirkt entschlossen und hart. Aber Peter … Tränen strömen über seine Wangen und er zittert so stark, dass es ihr unmöglich ist, ihre Stiche gerade und regelmäßig zu setzen.

Leise, so leise, dass sich Wendy nicht einmal sicher ist, ob Peter es hören wird, singt sie ein Schlaflied. Er wollte eine Mutter. Zumindest das kann sie ihm geben, wenn schon sonst nichts. Was aus ihrem Mund kommt, ist eher ein flaches, abgehacktes Keuchen als ein Lied. Früher hat sie es Jane vorgesungen, wenn sie einen bösen Traum hatte. Und einst, davor, sang sie es für Michael und John.

Sie setzt ihre Naht in zunehmend schnellerem Rhythmus. Die Sterne in Peters Augen werden zu einem Strudel aus silbernem Feuer. Er gibt keinen Laut von sich, doch seine Lippen formen stumm ihren Namen. Wendy zögert.

Sie könnte ihm Gnade gewähren. Immerhin hielt sie ihn einst für ihren Freund. Doch die Welt räumt Jungs von Peters Schlag ohnehin schon zu viel Platz ein, Jungs, die unter normalen Umständen zu Männern wie Neds Vater heranwachsen, die Kriege beginnen und Kinder wie Michael fürs Leben gebrochen nach Hause schicken. Jungs, die nie Konsequenzen tragen mussten. Sie kann weder seine Mutter sein noch kann sie ihn länger vor dem beschützen, was er ist.

Wendy näht weiter. Akkurate kleine Stiche verbinden Junge und Schatten, Monster und Fleisch. Und unterdessen beobachtet sie, wie die Erinnerungen mit derselben Wucht zurückkehren, mit der ihre eigenen über sie hereinbrachen. Sie kann es sehen, es ist, als ob schwarze Tinte durch seine Adern wirbelt. Schaudernd bäumt er sich auf und der Boden erzittert mit ihm. Klappernd hüpfen und rieseln Steinchen in die Grube.

»Mach weiter«, sagt Tiger Lily.

Ihre Stimme klingt so angespannt, dass Wendy aufschaut und ihr beinah die Nadel aus der Hand fällt. Die Risse in Tiger Lilys Haut sind aufgeplatzt und breiter geworden. Licht gleißt darin, von derselben Farbe wie das blutige Glühen, das die Höhle erfüllt, und rings um ihren

Körper steigen Ascheflöckchen auf. Wendy streckt die Hand nach ihr aus, doch Tiger Lily zuckt zurück.

»Nein. Bring es zu Ende.« Tiger Lily beißt die Zähne zusammen. Ihre Augen lodern sogar noch greller als ihre Haut und Wendy wagt nicht zu widersprechen.

Die Luft um Tiger Lily herum flimmert ebenso wie die, die Peters Schatten umgibt, sie fängt Ascheteilchen ein und zieht sie an, sodass sie sich wieder auf ihren Wangen und Armen niederlassen. Prompt wird Wendy bewusst, welche Willenskraft es Tiger Lily kostet, sich zu beherrschen. Wenn sie jetzt aufhört, wird alles, was sie durchgestanden haben, vergebens gewesen sein.

»Halt durch.« Einmal mehr widmet sich Wendy ihrer Naht.

Wieder erzittert die Höhle, von einem der Stalaktiten bricht ein Brocken ab und kracht dicht neben ihr auf den Boden. Sie denkt an Jane und Timothy, hofft, dass sie in Sicherheit sind und sich nicht fürchten. Peters sehniger Körper windet und krümmt sich in dem Versuch, von seinem Schatten loszukommen, die Fäden zu zerreißen.

Tiger Lily verstärkt ihren Griff. Wo sie Peters Schultern festhält, steigt Rauch von ihren Händen auf, doch sie lässt nicht los. Wendy reißt sich zusammen. Sie hat Jane gebeten, tapfer zu sein; das muss sie nun auch. Sie setzt die Nadel an, konzentriert sich darauf, die Stiche exakt so auszuführen, wie Mary sie es vor Jahren gelehrt hat. Sie blendet alles aus, den bröckelnden Fels, die brennende Tiger Lily, richtet ihre gesamte Aufmerksamkeit auf Peter.

Er ist noch der kleine Junge, der er immer war – uralt und kindlich naiv und glühend heiß wie im Fieber. Es scheint eine Ewigkeit zu dauern, doch schließlich zupft Wendy den letzten Stich zurecht. Die Angst und das Adrenalin fordern ihren Tribut und so zittern ihre Hände nun doch. Als sie den Faden abschneidet, lässt sie fast ihre kleine Schere fallen, dann verknotet sie ihn. Es ist vollbracht.

Erschöpft lässt sie die Hände sinken. Auf einmal fängt im anderen Teil der Höhle Jane an zu kreischen.

Ihre Stimme durchfährt Wendy wie ein Blitz. Sie springt auf, ihre Müdigkeit, Peter, alles vergessen. Sie stürmt den Abhang hinauf, doch da wölbt sich abrupt der Boden unter ihr und sie wird umgerissen. Dabei stößt sie sich derart schmerzhaft das Knie, dass sie sich einen Schrei verbeißen muss. Die Schwerkraft zieht sie wieder in den Kessel hinunter, wo Peter immer noch zitternd auf dem Fels liegt. Wendy ignoriert den pochenden Schmerz, das Gefühl, dass ihr Knie bereits anschwillt, und stemmt sich hoch. Mit Händen und Füßen bahnt sie sich ihren Weg über heruntergefallenes und nachrutschendes Geröll. Sie muss zu Jane.

Als sie den Rand der Grube erreicht, stöhnt Peter auf. Wendy blickt sich um. Nur für eine Sekunde, aber ihr bleibt fast das Herz stehen.

»Geh!«, brüllt Tiger Lily.

Doch sie hat nur Augen für Peter und sie kann sie einfach nicht abwenden. Schlotternd liegt er dort unten, auf der Seite zusammengerollt, von seinem monströsen flackernden Schatten eingehüllt. Er bewegt sich synchron mit ihm, ist unwiderruflich Teil von ihm geworden. Peters Lider fliegen auf, sein Blick heftet sich auf sie. Ihr bleibt die Luft weg. Wendy fliegt zum ersten Mal, lässt ihr Kinderzimmer weit hinter sich. Sie stürzt durch die Dunkelheit und all die wunderbaren Dinge stehen kurz bevor. Nichts Böses kann ihr jemals etwas anhaben. Selbst jetzt will sie noch zu ihm rennen, um ihn zu trösten. Sie hasst ihn dafür und sich selbst noch viel mehr.

»Raus. Sofort!« Beim Klang von Tiger Lilys Stimme kommt Wendy wieder zu sich.

Sie schaut zu ihrer Freundin hinüber, als Tiger Lily Peter auf ihre Arme hebt. Er ist jetzt so viel schwerer als vorher und Wendy sieht die Anstrengung, die es sie kostet, aber Tiger Lily richtet sich auf und sucht Wendys Blick. Ihre Zähne sind gefletscht wie die eines Raubtiers.

Doch es liegt an Tiger Lilys Augen, dass Wendy wie gebannt stehen bleibt. Sie sind wie glühende Kohlen, eine Kampfansage, sollte Wendy sich ihr widersetzen. Sie ist wunderschön und furchterregend, und obgleich immer noch brennend, immer noch rissig, bricht sie nicht zusammen. Wendy fühlt sich indessen innerlich so zerbrechlich wie Glas. Sollte sie Tiger Lilys Namen aussprechen, irgendetwas sagen, wird sie zerspringen. Aber ihre Tochter braucht sie. Wendy dreht sich um.

Diese schlichte Bewegung ist der Schlüssel, auch wenn sie eine tiefe Wunde in ihr Herz reißt. Sie kann sich jetzt kein Mitleid leisten – weder für sie selbst noch anderer Art. Das Pochen in ihrem Knie behindert sie, doch sie rennt, so schnell sie kann. Ihr Herzschlag hämmert in ihren Ohren und es klingt wie ein Name: *Jane, Jane, Jane.*

Die Höhle unternimmt immer noch alles, um sich selbst in Stücke zu reißen. Hin und wieder dringt ein Schluchzen über das Getöse hinweg. Jede Mutter kennt dieses Geräusch und es fährt ihr direkt ins Herz. Ihre Tochter weint.

Wendy beschleunigt ein letztes Mal. Als sie Jane auf dem Höhlenboden kauern sieht, drohen vor Erleichterung die Beine unter ihr nachzugeben. Trotzdem stimmt da irgendetwas ganz und gar nicht.

»Du musst aufstehen«, flüstert Jane mit tränenerstickter Stimme.

Wendys Puls gerät ins Stolpern. Jane ist von oben bis unten mit Blut bedeckt, ihre Arme, ihr Nachthemd, alles purpurrot verschmiert. Sie müht sich mit etwas Schwerem ab, Timothy, sie versucht ihn auf die Beine zu ziehen. Wendy atmet auf und durchlebt einen Moment skrupelloser Dankbarkeit. Es ist sein Blut, nicht Janes. Die gespielte Wunde, die Arthurs Schwert hinterlassen hat, ist jetzt grauenhafte Realität.

»Mama!« Der durchdringende Schrei, als Jane sie entdeckt, zeugt von unendlicher Seelenqual. Das Gesicht, das Wendy entgegenblickt, ist zutiefst verstört.

Noch nie hat Wendy derart grenzenlose Trauer gesehen. Janes Blick fleht sie an, alles wiedergutzumachen, das in Ordnung zu bringen, bloß gibt es nichts, was Wendy tun könnte. Sie weiß es und es zerreißt sie innerlich. Am liebsten würde sie auf die Knie fallen, Jane in die Arme schließen und all ihren Schmerz von ihr nehmen. Aber das darf sie nicht. Die Höhle um sie herum ist trotz alledem im Einsturz begriffen, und wenn sie jetzt auf Janes Gefühle Rücksicht nimmt, sterben sie beide.

»Du musst ihm helfen, Mama.« Tief im Herzen weiß ihr kleines Mädchen es auch. Jane ist klug genug, um die Wahrheit zu verstehen, doch in diesem Moment ist sie zu viel für sie, unmöglich zu ertragen. Und das sollte sie auch nicht müssen, aber Wendy darf keine Nachsicht üben. Nicht ehe sie in Sicherheit sind. Nicht ehe sie frei sind.

»Nein«, würgt Wendy heiser heraus. Sie sollte etwas Tröstliches sagen, aber sie hat kein Fünkchen Mitleid mehr in sich, nicht einmal *für* sich. Weil sie Peters Schatten wieder an seine Haut genäht hat – sie hat Timothys Wunde real werden lassen.

Sie weiß, was sie erwartet, wenn sie die Finger an Timothys Hals legt. Kein rasender Puls. Kein schwerfälliges Ringen nach Luft. Kein hoffnungsvolles Herzklopfen unter ihrer Handfläche. Wendy zwingt sich, in das rundliche Babygesicht des Jungen zu sehen und das Bild in ihr Gedächtnis einzubrennen. Sie kennt ihn nicht, doch einst hat sie es vielleicht getan. Ein Kind. Noch ein kleiner Junge, jünger als ihre Tochter, verloren und so unfassbar weit weg von zu Hause.

»Komm jetzt, Jane.« Wendy streckt die Hand aus.

Jane starrt ihre Mutter an, als stünde eine Fremde vor ihr, und klammert sich nur noch fester an Timothy. Wenigstens war Timothy nicht allein, als er starb; wenigstens war ihre Tochter bei ihm und hat ihn im Arm gehalten, ihm vielleicht ein Schlaflied gesungen. Dieses Wissen verschafft Wendys Herz keine Linderung, wenn überhaupt, liegt es nur noch schwerer in ihrer Brust.

»Wir müssen ihm helfen. Ich habe ihm versprochen, dass ich ihn beschütze.« Janes Stimme bricht, erschaudernd schnappt sie nach Luft.

Wendy schließt ihre Augen. Nur einen Moment. Einen Atemzug lang. Hinter ihren Lidern sieht sie die brennende Tiger Lily. Das Leben ist nicht fair. Solche Dinge passieren, wenn man erwachsen wird. Das hat sie zu Peter gesagt und nun muss sie die bittere Pille selbst schlucken. Sie schlägt die Augen wieder auf. Sie darf sich nicht für das hassen, was sie gleich tun wird; Jane wird sie genug dafür hassen, dass es für sie beide reicht, aber nur, wenn sie überleben.

Der Boden hebt sich und Wendy wird beinah umgeworfen. Als sie einen Schritt macht, um sich abzufangen, tobt ihr Knie, und es fühlt sich an, als würden ihre Knochen aneinanderreiben. Ein Spalt tut sich in dem Gestein auf und feine Haarrisse breiten sich über Wände und Boden aus. Sie haben keine Zeit mehr.

Wendy packt ihre Tochter am Arm, vielleicht gröber als nötig. Jane kreischt auf, nicht vor Schreck, sondern mit der Stimme blanker Wut und eines gebrochenen Herzens. Wendy weiß, wie es ist, wenn man jemandem verspricht, um nichts in der Welt zuzulassen, dass ihm Schlimmes widerfährt, und dann versagt. Sie wirft sich Jane über die Schulter. Die trommelt abwechselnd mit den Fäusten auf Wendys Rücken und streckt die Hände nach Timothy aus. Wendy nimmt die Schläge hin, denn etwas anderes bleibt ihr nicht übrig.

Sie trägt Jane aus der Höhle. Trotz des bebenden Bodens und einer Welt, die kurz vor dem Zusammenbruch steht, ist der Weg durch die enge Felsspalte im Nu geschafft. Selbst mit Janes Gewicht auf ihrer Schulter.

Als Wendy ins Freie tritt, brennt ihr die kalte Nachtluft auf der Haut. Der Mond steht immer noch voll am Himmel, doch jetzt ist er blutrot gefärbt. Rings um ihn schwankt selbst die Dunkelheit an sich, Sprünge durchziehen den

Raum zwischen den Sternen. Jane hängt schlaff an ihr herunter und weint in sich hinein, völlig entkräftet von ihrer Wut.

»Zweiter Stern von rechts«, murmelt Wendy und hofft, das stimmt auch auf dem Rückweg, hofft, dass glückliche Gedanken tatsächlich nichts mit dem Fliegen zu tun haben. »Und immer geradeaus bis zum Morgen.«

Für Zweifel und Bedauern bleibt keine Zeit. Wendy hält ihre Tochter so fest an sich gedrückt, wie sie nur kann, springt dem Wind auf den Rücken, in den Himmel hinauf und lässt Nimmerland ein letztes Mal hinter sich.

15

ZU HAUSE

LONDON – EINEN TAG NACH NIMMERLAND

Schatten bevölkern die Ecken in Janes Zimmer. Sie ist zu Hause, inmitten all ihrer Sachen, aber nichts davon fühlt sich richtig an – die aufgespießten Schmetterlinge in ihren Kästen, die fein säuberlich beschrifteten Reihen von gepressten Blättern und polierten Steinen. Nichtssagend. Tot. Sie könnten irgendeinem anderen Mädchen gehören und sie ist einfach nur so hier, eine Hochstaplerin, die das Zimmer jenes Mädchens bewohnt. Die Vorhänge an ihrem Fenster, die Bettbezüge, das Puppenhaus, das ihr Großvater ihr zum fünften Geburtstag geschenkt hat – wie können Gegenstände, von denen sie jahrelang umgeben war, gleichzeitig so vertraut und so fremd wirken?

Mit angezogenen Knien und darum geschlungenen Armen setzt sie sich auf und nimmt den Raum genau in Augenschein. Sie vermisst geradezu die Geräusche der schlafenden Jungs, die gespannte Erwartung, von der Peters Lager erfüllt war. Janes Blick fällt auf einen besonders dichten Schattenklumpen in der Ecke neben dem Puppenhaus und sie erschrickt. Einen Moment lang verwandelt er sich in die Gestalt eines Jungen, mit Augen so groß wie der Mond und voll Vertrauen. Timothy.

Dann sind die Schatten wieder nur Schatten und die flüchtig aufgekeimte Hoffnung schmettert sie nieder. Von den Tränen, die darin lauern, tut ihr die Brust weh. Aber sie hat schon so oft geweint und die Heulerei hängt ihr endgültig zum Hals raus. Schlagartig löst Wut den Schmerz ab, steigt in ihr auf und treibt ihr die Hitze in die Wangen.

Ihre Mutter hätte Timothy retten können, aber sie hat sich geweigert. Ihn dort zurückgelassen, statt ihn mitzunehmen. Überhaupt hat sie sie beide im Stich gelassen. Hätte sie Peter nicht tiefer in die Höhle gezerrt, sondern wäre bei ihnen geblieben, wäre Timothy noch am Leben.

Die Tür zum Flur wird behutsam einen Spalt geöffnet und Jane bekommt schon wieder einen solchen Schreck, dass sie sich an ihrer Decke festkrallt. Ihre Mutter lugt herein und Janes erster Impuls ist, ihr den Rücken zuzukehren, kein Wort mit ihr zu reden. Andererseits brennen ihr so viele Fragen auf der Zunge und außer ihrer Mama gibt es niemanden, dem Jane sie stellen kann.

Ihre Mutter tritt ein, schließt leise die Tür hinter sich und setzt sich zu Jane auf die Bettkante. Ihr Gesicht ist abgehärmt, müde. Sie wirkt kleiner als die Frau, die Jane in Nimmerland gesehen hat, die sie sich als eine Figur aus Mamas eigenen Märchen vorstellen konnte.

Nach einem Weilchen nimmt ihre Mutter Janes Hand und Jane lässt es zu. So sitzen sie schweigend da und ihre Mama streichelt ihren Handrücken. Sie kommt Jane irgendwie ganz nahe und doch meilenweit entfernt vor, ähnlich wie die Gegenstände in ihrem Zimmer, die zugleich fremd und vertraut erscheinen.

»Warum?« Von allen möglichen Fragen, die ihr durch den Kopf wirbeln, ist das die einzige, die Jane zustande bringt, und ihre Mama sieht ganz traurig aus, sobald sie sie laut ausgesprochen hat.

Sie lässt Janes Hand los und blickt auf, schaut ihr in die Augen. Jane fühlt sich nur eine Sekunde lang rachsüchtig und grausam, sie so zu bedrängen. Ihre Mutter ist schuld daran, dass Timothy gestorben ist – das muss sie doch wissen. Und wenn ihre Mama diese Schuld auf sich nimmt, wenn sie diesen Schmerz zulässt, dann wird vielleicht auch der in Janes Brust ein wenig gelindert.

»Was ist passiert? Warum ist Timothy gestorben? Er war gar nicht verwundet und dann hast du Peter mitgenommen und …« Janes Atem beschleunigt sich. Ihr fehlen die Worte. Wenn sie weiterredet, kommen ihr die Tränen, und sie hat genug davon zu weinen. Sie kneift die Lippen zusammen, sieht ihre Mutter unverwandt an und wartet.

»Ach, Jane.« Ihre Mama hebt die Hand, als wolle sie Jane übers Haar streichen, lässt sie aber wieder sinken.

Trotz ihres Zorns bedauert Jane, dass die Berührung nicht stattgefunden hat. Am liebsten möchte sie ihre Wange in die Hand ihrer Mama schmiegen, sich liebkosen lassen und hören, wie sie ihr sagt, dass alles wieder gut wird. Wegen der Falten in den Mundwinkeln und um die Augen wirkt das ganze Gesicht ihrer Mutter in die Länge gezogen, sie sieht dadurch um Jahre älter aus. So hat Jane sie noch nie erlebt und irgendwie tut ihr die Frage leid, aber sie wird sie nicht zurücknehmen. Nach so vielen Jahren voller Geheimnisse hat sie das Recht, es zu erfahren.

Sie rechnet damit, dass ihre Mutter sich sträubt, sie vertröstet oder sich eine weitere hübsche kleine Lüge zurechtspinnt, wie ihre Fabeln von der pfiffigen Schneiderin und dem kleinen weißen Vogel. Stattdessen faltet ihre Mama sorgfältig die Hände im Schoß und setzt sich aufrecht hin.

»Es tut mir leid, Jane«, sagt sie. »Du verdienst die Wahrheit und ich hätte sie dir von Anfang an erzählen sollen.«

Sie sucht Janes Blick. Ihr schlechtes Gewissen steht ihr ins Gesicht geschrieben, das kann Jane sogar in der Dunkelheit erkennen. Sie spürt ihr eigenes auch. Bedauern, nicht nur über das, was geschehen ist, sondern auch über das, was noch bevorsteht. Jane liegt im Bett und steht plötzlich vor einer Schwelle. Sobald sie sie überschreitet, gibt es kein Zurück mehr. Ihre Mama ist bereit, sie wie eine Erwachsene zu behandeln, und das tut ihr weh. Ist es das, was Jane will? Schon will sie den Mund öffnen, um ihre Worte doch zurückzunehmen, aber sie lässt es, presst die Lippen zu einem dünnen Strich zusammen und wartet darauf, dass ihre Mutter etwas sagt.

Und das tut sie. Sie spricht über eine Nacht, als sie nicht viel älter war als Jane, in der ein Junge an ihr Fenster kam, der einen Schatten in den Händen hielt und sie bat, ihn wieder anzunähen. Daraus entfaltet sich eine Geschichte, die Jane kaum fassen kann, nicht wegen der fantastischen Vorstellung, in eine andere Welt zu reisen – schließlich hat sie das selbst hinter sich –, sondern wegen dem, was danach kam. Dass niemand ihrer Mama glaubte. Dass sie weggesperrt wurde. Bestraft. Und das alles, weil sie sich weigerte, Peter zu leugnen. Als sie aus der Anstalt entlassen wurde, in der man sie gefangen gehalten hatte, kannte ihre Mutter ausschließlich Geheimnisse. Jane hört den Schmerz in ihrer Stimme – die Stellen, an denen sie heiser wird oder sich überschlägt. Sie gibt sich die Schuld daran, dass Jane entführt wurde.

Das ist zu viel. Jane kommt sich vor wie ein bis oben hin gefülltes Fass, das kurz vorm Überlaufen steht. Ihr tut der Kopf weh und sie fühlt sich irgendwie entwurzelt – nicht so wie nach Peters merkwürdigem klebrig süßen Tee, sondern eher innerlich leer, als hätte sie stundenlang geweint. Nur dass ihre Augen trocken sind und in der Dunkelheit brennen, während sie sich anstrengt, sich alles einzuprägen, was ihre Mama gesagt hat, und sich einen Reim darauf zu machen.

Und es ist noch nicht vorbei. Ihre Mutter erzählt ihr von Peters wahrem Schatten, wie sie ihn wieder annähte, den Jungen und das Monster vereinte. Sie erklärt ihr, dass sie dadurch den Tod in Nimmerland Realität werden ließ.

Als ihre Mama schließlich verstummt, legt sie ihre Hand auf Janes und diese zieht ihre nicht weg. Sie ist zu überwältigt.

»Ich weiß, Jane, es ist zu viel verlangt, dass du das alles auf einmal verstehst. Aber du warst dort. Du bist Peter begegnet. Du weißt es.« Die Stimme ihrer Mutter ist sanft und sie lässt müde die Schultern hängen.

Jane schaut zum Fenster und versucht die Mondposition zu schätzen. Wie lange hat ihre Mama geredet? Seit ihrer

Rückkehr ist es komisch mit der Zeit, so als wäre ihr ein Stückchen von Nimmerlands Zauber hierher gefolgt. Es kommt Jane vor, als hätte sie nur einmal geblinzelt und die Höhle wurde zu ihrem Zimmer, als wäre dazwischen überhaupt keine Zeit vergangen. Es fühlt sich an, als wären sie wochenlang unterwegs gewesen, aber sie weiß, dass es in London nur zwei Tage waren. Scheinbar ein Ding der Unmöglichkeit, doch manchmal verstreicht die Zeit hier langsamer und manchmal schneller – auch das hat ihre Mama ihr mit einem traurigen Lächeln erklärt.

»Wir sollten uns glücklich schätzen, Jane. Wir haben nicht viel verpasst, während wir fort waren.«

An der Art, wie ihre Mutter das sagt, merkt Jane, dass das nicht wirklich ein Grund zum Lächeln ist und ihre Mama das ebenso gut weiß wie sie.

»Weißt du, ich habe dieses Geheimnis so lange für mich behalten. Du bist erst die Zweite, der ich es erzählt habe«, schließt ihre Mutter, als alles andere gesagt ist.

»Papa?«, fragt Jane.

Ein Anflug von Reue huscht über das Gesicht ihrer Mama und sie schüttelt den Kopf.

»Mary«, entgegnet sie. »Die Köchin.«

Sie nimmt Janes Hand und schließt ihre beiden Hände darum.

»Dein Papa weiß es noch nicht. Ich habe vor, es ihm bald zu erzählen, aber bis dahin wäre ich dir dankbar, wenn du mein Geheimnis noch ein Weilchen bewahrst. Ich weiß, es ist nicht fair, dich darum zu bitten.«

Jane hat den Eindruck, dass ihre Mutter noch etwas hinzufügen will, doch sie tut es nicht, sie lässt die Worte im Raum stehen, räumt die Ungerechtigkeit ein und unternimmt nichts, um sie wiedergutzumachen. So genau weiß Jane nicht, was ihre Mama ihrem Vater darüber erzählt hat, wo sie waren. Vergangene Nacht – vielleicht ist es auch eine Ewigkeit her –, als sie dachte, sie läge nach dem warmen Bad, nach dem sie sich in Nimmerland so gesehnt hat, gemütlich im Bett und schlafe, schnappte sie Gesprächsfetzen auf, die nicht für ihre Ohren bestimmt waren.

»... hätte nicht fortgehen sollen, ohne es dir vorher zu sagen ... so verängstigt.«

»... wie konnte sie überhaupt das Haus verlassen ... ganz allein so weit gelaufen? Was sollen wir Scotland Yard erzählen ... deinen Brüdern und meinem Vater?«

»... auf einem kleinen Abenteuerausflug. Du weißt selbst, wie neugierig und willensstark sie ist ... was wir ihnen erzählen sollen ... zu Hause. Das ist doch das Wichtigste. Jane ist wohlbehalten heimgekommen und das ist das Einzige, was eine Rolle spielen sollte.«

Janes Hand verkrampft sich zwischen denen ihrer Mutter, aber die hält sie fest, lässt noch nicht zu, dass sie sie wegzieht. Sie sieht aus, als würde sie erneut von Gewissensbissen geplagt, und wieder kann Jane es spüren, als würde sie von einer schweren Bürde niedergedrückt.

»Ich versprech's dir, Jane: Sobald ich mit deinem Vater gesprochen habe, verlange ich nie wieder von dir, dass du es für dich behältst. Du darfst mit jedem über Nimmerland reden – mit deinem Papa, der Köchin, mir, sogar mit deinem Großvater.« Eine unbestimmte Angst flackert in den Augen ihrer Mama auf, doch sie fährt fort. »Du kannst mich alles fragen, was du willst, und ich werde dir immer die Wahrheit sagen. Keine Geheimnisse mehr. Und du kannst diese Wahrheit in die Welt hinaustragen, wie es dir beliebt, nur über eins musst du dir im Klaren sein, Jane – du triffst damit eine Entscheidung.«

Einen kurzen Moment drückt sie Janes Hand fester, dann lässt sie sie los, und als die Berührung endet, fröstelt Jane. Sie stellt sich ihre Mama an diesem schrecklichen Ort vor, den sie beschrieben hat, in dieser Irrenanstalt namens St. Bernadette. Ihre Mutter lässt ihr die Wahl und sie begreift, dass sie gar keine hat. Entweder sagt sie die Wahrheit und wird als Schwindlerin hingestellt oder sie verschweigt sie und belügt jeden, den sie kennt.

Und sie muss sich nicht nur um sich selbst Sorgen machen, sondern auch um ihre Mutter. Jane hat es am Blick ihrer Mama erkannt, als sie eben ihren Großvater erwähnte, sie hat es auch in dem Gespräch zwischen ihren Eltern mitschwingen hören, das sie belauscht hat. Wenn sie die Wahrheit sagt, läuft Jane nicht nur Gefahr, dass man ihr wehtut, sie riskiert damit auch, ihrer Mutter zu schaden.

Es ist nicht fair, weil das Leben nicht fair ist, aber vielleicht ist es ja das, was Erwachsenwerden bedeutet. Nicht nur die Gelegenheit, mehr über die Welt zu erfahren, Wissenschaftlerin zu werden, so wie sie es sich immer erträumt hat, sondern auch mit Enttäuschungen fertigzuwerden, eigene Geheimnisse zu bewahren, sich zwischen Richtig und Falsch zu entscheiden und sich bei dem Versuch, das zu tun, was das Beste ist, nur von ihren Instinkten leiten lassen zu können, selbst wenn sie weiß, dass sie möglicherweise scheitert.

Jane will diese Bürde nicht und ist sich auch nicht sicher, was sie damit anfangen soll, aber um sie sich gar nicht erst aufzuerlegen, ist es zu spät. Sie hat die Schwelle überschritten und die Tür ist hinter ihr zugefallen. Sie kann nicht rückgängig machen, was sie schon weiß, und das ist ein scheußliches Gefühl. Sie kann Timothy nicht wieder lebendig machen. Sie darf ihrem Vater nicht die Wahrheit sagen, wenn er sie fragt, wo sie war, noch nicht. Sie muss ihren Onkeln Dinge verschweigen, vor allem ihrem Onkel Michael, weil die Wahrheit sie nur verletzen würde. Das Schlimmste ist, dass sie es nicht schafft, ihrer Mama vorbehaltlos zu vertrauen, dabei ist sie doch der einzige Mensch, bei dem Jane das kann. Die Einzige, mit der sie offen sprechen kann, weil nur sie Jane verstehen wird.

Das Wissen, das ihre Mutter an sie weitergegeben hat, schnürt Jane die Kehle zu, und ihr ist danach zumute, sie wegzustoßen. Gleichzeitig will sie sich am liebsten an ihr festklammern und sie anflehen, ganz nahe bei ihr zu bleiben. Sie fürchtet sich vor den Schatten in ihrem Zimmer, davor, Timothy noch einmal zu sehen, vor Fingern, die an ihr Fenster klopfen und sie in die Dunkelheit hinausziehen.

Jane sagt kein Wort.

Nach einer Weile steht ihre Mama auf, streicht ihren Rock glatt und seufzt. Dann beugt sie sich herunter und gibt Jane einen Kuss auf die Stirn. Ihre Lippen sind spröde.

»Es ist schon fast Morgen«, sagt ihre Mutter und ihre Stimme klingt unbeschreiblich müde, trauriger, als Jane sie je gehört hat. »Du solltest trotzdem versuchen zu schlafen, wenn du kannst.«

Ihre Mama holt etwas aus ihrer Tasche und legt es mit einem leisen Klappern auf eins der vielen Regale an den Wänden in Janes Zimmer. Als sie einen Schritt zurücktritt, erkennt Jane, dass es eine Pfeilspitze ist wie die, die sie mit Timothys Schleuder auf Arthur abgeschossen hat. Ihre Mutter hat sie neben die andere gelegt, die ihr die Köchin geschenkt hat, aber die glitzert im Dunkeln nicht so merkwürdig. Ihre Mama sieht aus, als habe sie etwas verloren, als sie mit den Fingerspitzen über den Feuerstein streicht, dann wendet sie sich ab.

Jane schaut ihrer Mama hinterher, als sie das Zimmer durchquert. Sie zögert einen Augenblick, wirft Jane noch einen Blick zu, den diese nicht einzuordnen weiß. Fast ist es, als versuche sie Jane zu enträtseln, als wäre sie eine Fremde, der ihre Mutter nie zuvor begegnet ist. Jane glaubt das zu verstehen. Ihre Mama geht in den Flur hinaus und zieht die Tür hinter sich ins Schloss, sperrt das Licht aus. Jane kann sich an keine Gelegenheit erinnern, bei der sie die Tür nicht angelehnt gelassen hätte, und als sie fort ist, wirkt das Zimmer viel düsterer. Bis die Sonne wieder aufgeht, werden ihr nur die fernen Lichter der Stadt und der nüchterne Schein von Mond und Sternen Gesellschaft leisten, der nie so hell ist wie in Nimmerland.

Jane steigt aus dem Bett, kniet sich hin und greift in den Spalt zwischen der Matratze und dem Rahmen. Sie holt einen kleinen Stein hervor, den aus Peters Suppe, den sie an ihrem ersten Abend in Nimmerland fast verschluckt hätte – zumindest an die erste Nacht erinnert sie sich noch genau. Sie wiegt ihn einen Moment in der Hand. Er wirkt so harmlos. So wie ein Monster wie ein Junge aussehen oder ein Lächeln etwas Gefährliches sein kann. Sie schließt die Finger so fest darum, dass sich das Steinchen schmerzhaft in die Haut bohrt, geht zu der Stelle hinüber, an der ihre Mama eben stand, und legt es neben die Pfeilspitze aus Nimmerland.

Sie hat sich noch nicht entschieden, welche Wahrheiten oder Lügen sie den anderen erzählen wird, aber eins weiß Jane sicher – sie wird sich nie selbst belügen und sie wird sich immer erinnern.

LONDON – ZWEI TAGE NACH NIMMERLAND

Wendy sitzt an dem Erkerfenster, das zur Straße hinausliegt. Ihre Hände streichen über ihren Rock, zupfen an ihren Ärmeln. Mittlerweile sind keine Geheimnisse mehr darin verborgen – die Zeit der Heimlichtuerei ist vorbei. Geistesabwesend reibt sie sich das Knie, es tut schon fast nicht mehr weh. Sie faltet die Hände im Schoß, doch sie wollen sofort wieder auf Wanderschaft gehen. Es kostet sie große Mühe, sie stillzuhalten.

Zwei Tage ist es her, seit sie mit Jane aus Nimmerland zurückgekehrt ist. Zwei Tage, und sie hat noch immer nicht die richtigen Worte für das Gespräch mit Ned gefunden. Sie hat ihm erzählt, sie habe Jane inmitten der Bäume gefunden, zwischen denen sie sich verlaufen habe, die halbe Wahrheit, denn sie hat ihn in dem Glauben gelassen, sie meine den Park. Es war nicht nötig, Erschöpfung oder Angst zu heucheln. Es war ja so gewesen, ihre Gefühle hatten sie mit einem Schlag eingeholt – Furcht und Trauer, aber auch das Glück, Jane wieder zu Hause zu haben. All das hat sie ausgelaugt und sie hat ihn gebeten, ihr Zeit zu lassen.

Ein Teil von ihr möchte am liebsten krank im Bett liegen, wie vor all den Jahren, als sie zum ersten Mal aus Nimmerland heimkehrte. Soll das Fieber sie doch quälen. Soll sich ihr Verlust doch körperlich niederschlagen. Doch inzwischen ist sie Mutter und hat Pflichten, vor denen sie sich nicht verstecken kann.

Sie hat Ned versprochen, ihm alles zu erzählen, wenn er ihr ein wenig Zeit gibt, damit sie sich erholen kann, und genau das gedenkt sie auch zu tun. Nur bedeutet das nicht, dass sie sich nicht davor fürchtet. Sie und Ned waren stets Partner, aber jetzt liest sie Misstrauen und Zweifel in seinen Augen. Und Jane – ihr Gesicht gibt ihr Rätsel auf und sie weiß nur, dass es noch nie so wehgetan hat, sie anzusehen.

Und damit hören die Lügen und Halbwahrheiten noch nicht auf, die sich aufgetürmt haben und sie belasten. Sie kann nicht umhin, an ihre Brüder und ihren Schwiegervater zu denken. Die Geschichte, die Wendy vorschwebt, lautet in etwa, dass Jane sich nachts aus dem Haus geschlichen hat, um ganz allein auf Abenteuerjagd zu gehen. Doch dann hat sie sich verirrt, wusste nicht mehr, wie sie nach Hause finden sollte, und bekam Angst, sie könnte in Schwierigkeiten geraten, also versteckte sie sich, bis Wendy sie fand. Das alles klingt, als sei ihre Tochter gedankenlos und töricht, was beides nicht auf Jane zutrifft, aber sosehr es sie auch schmerzt, Wendy ist überzeugt, dass insbesondere ihr Schwiegervater jedes Wort glauben wird. Schließlich sind Mädchen egal welchen Alters realitätsferne Geschöpfe ohne viel Grips im Kopf.

Bei ihren Brüdern mögen die Zweifel größer sein, aber deren eigene Entschlossenheit, alles zu vergessen, wird sie dieses eine Mal vielleicht retten. Es wird ihnen leichterfallen, ihre Lüge zu schlucken, als die Wahrheit zu akzeptieren.

Bleibt nur noch Ned. Letzten Endes kümmert es Wendy nicht wirklich, ob ihr Schwiegervater oder ihre Brüder ihr glauben. Sie wünscht sich, dass Ned ihr glaubt und vertraut.

Wendy wirft einen Blick zum Flur. Lange hat sie das Haus nicht mehr für sich. Bald wird sie mit der ganzen Wahrheit herausrücken müssen.

Sie betrachtet ihre Hände. Die kleineren Schnitte und Kratzer, die sie und Jane sich auf der Flucht aus der Höhle zugezogen haben, die Wendy in jenem Moment kaum gespürt hat, sind kaum noch zu erkennen. Wahrscheinlich bleiben nicht einmal Narben. Eigentlich müsste sie erleichtert sein. Doch sie empfindet nur eine Art dumpfe Benommenheit. Nicht wie die innere Leere, mit der sie jahrelang gelebt hat, das Gefühl, dass dort, wo Peter ihr die Erinnerung genommen hatte, etwas fehlte. Es ist die Sehnsucht nach etwas, von dem sie weiß, dass es da sein müsste und jetzt fort ist, wie irgendein Nippes oder eine Fotografie, die immer auf dem Kaminsims gestanden hat, unwiederbringlich verloren.

Die letzten beiden Nächte hat Wendy noch lange am Fenster gesessen, nachdem alle anderen zu Bett gegangen waren, und sich die Augen aus dem Kopf gestarrt, um am dunklen Himmel den zweiten Stern von rechts auszumachen. Plötzlich sahen die Sterne für sie alle gleich aus und sie durchforstete auch ihr Inneres nach den kümmerlichen Resten von Nimmerland. Sie spürt es nicht mehr. Es ist nicht verschwunden, aber sie kann es nicht mehr greifen. Entweder hat Nimmerland sich verändert oder sie oder beides. Wie auch immer, eine Tür hat sich geschlossen und sie befürchtet, dass sie sich für sie auch nicht mehr öffnen wird, selbst wenn sie noch so lange versucht, das Schloss zu knacken.

Sogar die Erinnerungen, die ihr während der Zeit in St. Bernadette Kraft verliehen, fangen allmählich an, sich aufzulösen. Wenn sie jetzt die Augen schließt, sieht sie Tiger Lily brennen. Den von seinem ausgefransten Schatten eingehüllten Peter, Ungeheuer und Junge in einem. Sie hat sich für Jane entschieden und würde sich in tausend Leben immer für sie entscheiden, doch das lindert den Schmerz nicht.

Ein Teil von ihr glaubte stets, Nimmerland wäre bis in alle Ewigkeit für sie da, ihre Zuflucht, wann immer sie eine brauchte. Jetzt ist ihr dieser Weg versperrt und sie muss von nun an in nur einer Welt leben.

Draußen vor dem bewölkten Himmel bewegen sich die Bäume im Wind. Ned und Jane sind auf einem Spaziergang unterwegs, obwohl es jeden Moment zu regnen droht. Wendy kann den beiden nicht verdenken, dass sie nicht mit ihr im Haus eingesperrt sein wollen. Ned hat durchaus Geduld mit Jane, doch Wendy ist bewusst, wie anstrengend das für sie beide sein muss. Sie hat ihm behutsam erklärt, dass Jane einen Schock erlitten hat, dass sie Zeit braucht und mit Ned reden wird, wenn sie so weit ist, aber Neds gekränkter Blick bei diesen Worten brach ihr schier das Herz.

In jenem Augenblick wäre sie fast mit der Wahrheit herausgeplatzt, doch sie war feige. Was ist, wenn Ned ihr nicht glaubt? Und wenn er es tut, was dann? Inwieweit wird sich ihr gemeinsames Leben dadurch verändern?

Sie beobachtet die zitternden Blätter, wie sie sich drehen, um dem Wind ihre silbrige Unterseite zu zeigen. Ein Sturm zieht auf. Sie will Ned vertrauen, sich darauf verlassen, dass er stark und gütig genug ist, um ihr zu verzeihen, wenn sie ihm dieses Geheimnis offenbart. Doch was, wenn sie den Bogen damit überspannt? Wenn das zu viel verlangt ist, nachdem er ihr sein Herz geschenkt hat, ihr seine Briefe an Henry und mit ihnen sein ganzes Selbst in die Hand gedrückt hat, während sie ihm dasselbe verwehrte?

Wendy denkt an ihre Hochzeit zurück, an jene erste Nacht mit Ned. Sie scheint eine Ewigkeit zurückzuliegen. Sie waren Fremde, doch Ned reichte ihr die Hand, gab ihr eine Chance. Sie hat sein Geheimnis nie jemandem verraten – nur ist es nicht schlimmer, dass sie ihm ihr eigenes vorenthalten hat?

Nach der Lektüre der Briefe fragte Wendy Ned, ob es abgesehen von Henry noch jemanden in seinem Leben gegeben habe, und er verneinte es. Es war ihr peinlich, dass sie auch nur daran gedacht hatte, und sie lief rot an und meinte, es hätte ihr nichts ausgemacht, wenn es so gewesen wäre. Ihm auch nicht, antwortete er und sie lachten gemeinsam über ihre Nervosität und ihre Verlegenheit. Das war der Moment, glaubt Wendy, in dem sie begonnen hat, ihn zu lieben. Nicht wie einen Ehemann, aber als Freund. Einen ihrer besten Freunde.

Jene Tage am Anfang ihrer Beziehung erforderten Verhandlungsgeschick, doch sie begegneten einander nie mit Ablehnung. Es gab keine Eifersucht. Kaum jemals Streit. Angespannte Stimmung herrschte stets nur, wenn sein Vater in ihrem Haus weilte, und dann legte sich sein Schatten auf ihrer beider Gemüt.

Selbst in die Elternschaft gingen sie genauso hinein wie in ihre Ehe – als Partner. Als Jane auf die Welt kam, festigte sich die Liebe zwischen ihnen noch. Auch Mary schloss Jane auf Anhieb ins Herz, ebenso wie zuvor Ned. Für ihn wurde sie so etwas wie eine Schwester, für Jane irgendetwas zwischen Schwester und Tante.

Als Jane noch klein war, schärften Wendy und Ned ihr immer wieder ein, Mary mit ihrer Berufsbezeichnung anzusprechen statt mit ihrem Namen, damit ihr kein Fehler unterlief, wenn Neds Vater anwesend war. Wendy tat das weh, Mary hingegen schien sich darüber zu amüsieren. Waren sie unter sich, brachte Mary sie mit ihrer legendären Parodie auf Neds Vater so zum Lachen, dass sie Seitenstechen bekamen. Sie waren glücklich miteinander. Eine Wahlfamilie.

Und doch verschwieg Wendy Nimmerland in all der Zeit und verlor nie ein Wort darüber. Weder ihrer Tochter gegenüber noch zu ihrem Ehemann. Selbst jetzt weiß sie nicht genau, warum. War es ein kindliches Bedürfnis, der Wunsch nach einem Teil ihres Ichs, der allein ihr vorbehalten blieb, ihre Wahrheit nach so vielen Jahren voller Lügen selbst zu kontrollieren? Oder waren ihre Beweggründe dunklerer Natur? Hat etwas in ihr Jane bewusst nicht geschützt, sie als Köder benutzt in der Hoffnung, Peter würde zurückkommen?

Ein Geräusch an der Salontür lenkt Wendy von ihrer Grübelei ab. Mary kommt mit einem beladenen Teetablett herein. Sie stellt es ab, nimmt Platz und Wendy greift automatisch nach der Kanne, um ihnen einzugießen. Es dauert einen Moment, bis ihr Marys untypisch kerzengerade Sitzhaltung auffällt. Man sieht ihr an, dass ihr etwas schwer zu schaffen macht, und Wendys Magen zieht sich zusammen, noch bevor Mary den Mund öffnet.

»Eigentlich ist das nicht der richtige Augenblick, aber den wird es wohl nie wirklich geben«, schickt Mary freimütig voraus. »Seit Kurzem steht ein Objekt zum Verkauf, das sich perfekt für meinen Laden eignen würde. Ich weiß, jetzt ist nicht der beste Zeitpunkt, um ein Geschäft zu eröffnen, aber das meiste von dem Geld, das ich brauche, habe ich schon zusammengespart, und die Lage ist zu ideal, um sie sich entgehen zu lassen. Mit Ned habe ich schon gesprochen und er hat zugesagt, sich bei der Bank für mich einzusetzen, damit ich für den Rest ein Darlehen bekomme. Meine Kündigung ist noch nicht offiziell. Den Laden einzurichten, wird eine Weile in Anspruch nehmen, ich wollte es dich nur gern frühzeitig wissen lassen. Unangenehme Gespräche bringe ich lieber so schnell wie möglich hinter mich.«

Mary schaut Wendy unverwandt an und bei ihrem letzten Satz umspielt ein ironisches Lächeln ihren Mund. Selbst jetzt zieht Mary sie noch auf und sie hat völlig recht – unerfreuliche Themen sollte man besser so früh wie möglich ansprechen, statt sie gären zu lassen. Wendy versteht, dass die Worte Mut erfordert haben, aber sie erkennt auch die Furcht dahinter. Sie wusste, dass dieser Tag kommen würden; er ist längst überfällig, und doch kann sie sich des Gefühls nicht erwehren, dass gerade ein weiteres Stück aus ihr herausgerissen wird.

Als Mary Anfang des Jahres ihrem Wunsch Ausdruck verlieh, in ein eigenes kleines gemietetes Zimmer zu ziehen, war Wendy todunglücklich. Sie sprach gemeinsam mit Ned und Wendy über ihren Plan, versicherte ihnen, sie könne sich die Miete leisten und trotzdem noch Geld zur Seite legen, um sich das Leben aufzubauen, das sie sich wünsche, und alles sei bestens. Dass Mary bei ihnen wohnte, war von Anfang an als Übergangslösung gedacht. Wendy verstand das, natürlich – Mary hatte nie ein eigenes Leben geführt, nie ein eigenes Zuhause gehabt, war durch die Heirat ihrer Mutter jenseits des Ozeans gelandet und in eine Irrenanstalt gesteckt worden. Vielleicht hat Mary schon vorher versucht, sie auf diesen Moment vorzubereiten, denkt Wendy jetzt, ihren Weggang nach und nach zu vollziehen, damit er für sie beide weniger schmerzhaft wäre.

»Dadurch wird sich nichts ändern«, beteuerte Mary damals. »Wir sind immer noch eine Familie.«

Wendy fiel es schwer, das zu glauben. Es fällt ihr immer noch schwer. Aber einst glaubte sie, sie würde es nicht überleben, St. Bernadette zu verlassen und Mary nicht mehr jeden Tag zu sehen. Sie überlebte es und ihre Bindung wurde dadurch nur noch stärker. Sie wird auch das hier überleben und es wird wieder genauso sein. Woanders zu wohnen als sie, woanders zu arbeiten, ein unabhängiges Leben zu führen – das ist das, was Mary zusteht. Und Wendy vertraut darauf, dass Mary sich trotzdem immer für ihre Familie entscheiden wird, dass sie sich füreinander entscheiden werden, so wie sie es immer getan haben. Die Liebe, die sie alle verbindet, wird sie für immer zusammenhalten.

»Eigentlich …« Mary mustert verlegen ihre Hände. »… habe ich das Geld schon eine Weile beisammen, bloß war ich ein Feigling.«

Wenn Mary ein Feigling war, dann war Wendy die ganze Zeit noch ein viel größerer. Sie hat sich zu lange auf Mary gestützt, und falls Mary sich je auf sie gestützt hat, dann nie so schwer.

»Du wirst das großartig machen«, platzt Wendy viel zu hastig heraus und spürt bereits, wie ihr die Tränen kommen. »Ich meine, immerhin hast du mir Kochen beigebracht. Wenn du das zustande gebracht hast, kannst du alles schaffen.«

Sie lacht oder versucht es wenigstens und es bricht ihr fast das Herz. Sie wischt sich über die Augen.

»Entschuldige. Ich freue mich für dich, wirklich. Genau das hast du dir immer gewünscht.«

Mary stellt ihre noch immer unberührte Tasse ab, rückt näher und legt ihre Stirn an Wendys.

»Zwischen uns ändert sich dadurch nichts«, sagt sie.

»Nein.« Wendy schüttelt verhalten den Kopf. Auch Mary stehen die Tränen in den Augen. »Das tut es nicht.«

Solche Dinge passieren, wenn man erwachsen wird. Ihre eigenen Worte an Peter klingen Wendy höhnisch in den Ohren und beinah entfährt ihr wieder ein bitteres Lachen.

»Hey.« Marys Stimme ist sanft und sie stupst sie mit der Stirn an.

Die Jahre fallen von ihnen ab und sie sind wieder in St. Bernadette. All das hier liegt noch in Wendys Zukunft und einen Augenblick wünscht sie sich geradezu, sie könnte dorthin zurückkehren. Wie hätte sie ahnen können, dass Mutter zu sein, jemanden so zu lieben, wie sie Jane, Mary und Ned liebt, viel schlimmer ist als alles, was die Anstalt je aufzubieten hatte?

»Was, wenn sie mich für den Rest ihres Lebens hasst?«, fragt Wendy. Sie wollte gar nicht davon anfangen, es rutscht ihr einfach heraus.

»Du bist ihre Mutter«, gibt Mary zurück – eine Antwort, die gar keine ist.

Als Wendy nicht darauf eingeht, lehnt sich Mary zurück und verdreht die Augen.

»Du liebst sie weiter und du kämpfst weiter um sie, weil es das ist, was Mütter tun.«

Prompt bekommt Wendy so heiße Wangen, als hätte man sie geschlagen. Mary kennt Jane fast genauso gut wie Wendy und Ned, in mancher Hinsicht vielleicht besser. Sie hat sie von Anfang an begleitet, während der ersten schlaflosen Nächte, als Wendy todmüde mit der neugeborenen Jane auf dem Arm auf und ab ging und Schlaflieder sang. Sie stand am Ofen und machte für sie beide Milch warm und flüsterte Jane Geschichten ins Ohr, wenn Wendys eigene Stimme versagte – dieselben Legenden, die sie früher in St. Bernadette erzählt hatte, von Blood-Clot Boy, der Bärenfrau und Sacred Otter.

Wendy weiß noch, wie Marys Augen dabei leuchteten. Dachte sie an ihre eigene Mutter, wenn sie sie zum Besten gab, oder an ihre kleine Schwester, die bei der Geburt gestorben war? Wenn irgendjemand weiß, was Wendy jetzt tun soll, wie sie die Kluft zwischen ihr und Jane überbrücken soll, die sie selbst aufgerissen hat, dann ist es Mary.

Liebe sie weiter. Es ist so einfach und doch so kompliziert. Lieben. Kämpfen. Nie klein beigeben. Es ist wirklich an der Zeit, dass sie erwachsen wird. Um Jane, Ned und Mary zu kämpfen, selbst um Michael und John. Sie wird nicht aufgeben, bis sie einen Weg gefunden hat, alles wieder in Ordnung zu bringen, all das Leid wiedergutzumachen, das sie in Nimmerlands Namen verursacht hat.

Gleich darauf greift Mary nach einem mit Sahne und Marmelade gefüllten Scone und hält ihn Wendy an die Lippen.

»Was meinst du? Ich habe ein bisschen an dem Rezept herumgetüftelt. Ich dachte, vielleicht könnte ich in meinem Laden auch eine Teestube einrichten statt nur eine Bäckerei. Dann könnte ich die auf die Karte setzen.«

Mechanisch probiert Wendy einen Bissen, ohne sich darum zu kümmern, dass Krümel und ein Klecks Marmelade auf ihrem Rock landen. Der butterige Scone schmilzt auf der Zunge, die Marmelade ist süß, aber nicht übermäßig.

»Perfekt.«

Mit einem zufriedenen Grinsen legt Mary den Rest beiseite.

Wenn du es dir aussuchen könntest, wohin würdest du gehen? Würdest du nach Nimmerland zurückkehren? Es ist Jahre her, dass Mary sie das gefragt hat, als sie in St. Bernadette unter einem Baum im Gras saßen, und jetzt hört Wendy die Worte wieder. Damals nannte sie Nimmerland eine Lüge. Sie denkt an Timothys Leichnam, an Peter, der sich unter der Last seines Schattens zusammenrollte. Diese Tür ist ihr verschlossen, aber stünde sie immer noch offen und die Wahrheit dahinter wäre enthüllt, würde sie dann zurückkehren? Sie hat behauptet, sie wolle jene Wahrheit, doch wäre das zerrissene Nimmerland womöglich besser dran gewesen, wenn sie sich nicht eingemischt hätte? Sie hat es wieder zusammengesetzt, aber zu spät, um die Meerjungfrauen und Tiger Lily zu retten. Sie hat die beiden Hälften aneinandergenäht, aber das war nicht das Gleiche wie geheilt oder ganz.

Mary tippt Wendy auf die Schulter und reißt sie aus ihrer Versunkenheit. Im selben Augenblick hört Wendy die Haustür aufgehen, Jane und Ned sind zurück.

Ihr Herzschlag gleicht einem Trommelwirbel. Mary zwinkert Wendy zu und zieht sich mit dem Teetablett zurück. Es kostet sie all ihre Kraft, doch Wendy steht auf und wischt eine Lawine Krümel zu Boden. Ihre Brust ist so eng, dass sie kaum Luft bekommt. Das ganze Haus hält in gespannter Erwartung den Atem an. Es ist Zeit, erwachsen zu werden. Höchste Zeit, wirklich.

Wendy denkt an das erste Mal zurück, als sie an Peters Hand geflogen ist, sich in den Himmel stürzte und abwartete, ob der Wind sie tragen würde. Jetzt muss es genauso sein: Wenn sie sich ins Unbekannte vorwagt, muss sie daran glauben, dass die Liebe, ihre Familie und das Leben, das sie sich aufgebaut hat, da sein und sie auffangen werden. Sie mag Nimmerland verloren haben, aber sie kann so viel mehr gewinnen. Ein Leben ohne Geheimnisse. Dass die Wahrheit zwischen ihr und Jane und Ned offen ausgesprochen wird. Mit den beiden ist es dasselbe wie mit

Mary. Um sich wahrhaftig füreinander zu entscheiden, darf es keine Geheimnisse geben. Wendy muss daran glauben, dass Ned sich immer noch für sie entscheidet, wenn er erfährt, wer sie wirklich ist, und sie einander weiter so lieben wie eh und je. So wie sie sich für ihn entschieden hat, als er ihr sein Geheimnis über Henry anvertraute. Es wird sie einander näherbringen als je zuvor.

Sie schafft das. Wendy Darling, das Mädchen, das Fliegen lernte, das überlebte, das sich weigerte, sich zu fürchten.

Wendy hebt das Kinn, richtet sich kerzengerade auf und geht in den Flur hinaus, wo ihr Mann und ihre Tochter warten. Ned und Jane sehen sie gespannt an, skeptisch. Wendy versucht zu lächeln. Sie öffnet den Mund, um die aufgestaute Wahrheit auszusprechen, die ihr auf der Zunge brennt, bereit, einen Schritt in den Himmel zu tun und darauf zu vertrauen, dass sie nicht fällt.

DANKSAGUNG

Eigentlich ist dieses Buch aus einem Scherz entstanden. Na ja, nicht aus einem Witz in dem Sinne, es war eher so ein »Haha, mal angenommen, ich schreibe …« und ich habe ihn niemandem erzählt außer mir selbst. Aber ich habe eine Kurzgeschichte geschrieben, denn das ist natürlich der logischste Ausgangspunkt für einen Roman. Als Erstes möchte ich mich bei Michele-Lee Barasso und Jonathan Laden bedanken, die die ursprüngliche Kurzgeschichte *Wendy, Darling* im *Daily Science Fiction* veröffentlicht haben. Ohne sie gäbe es diesen Roman nicht. Darüber hinaus gilt mein Dank allen, die die Kurzgeschichte gelesen und positiv darauf reagiert haben, die mich wissen ließen, wie sehr sie Wendy liebten und dass sie mehr über ihre Geschichte erfahren wollten. Durch ihre Begeisterung erkannte ich, dass man in der Tat mehr aus Wendys Geschichte machen konnte und ich sie unbedingt erzählen wollte. Wie immer ein Dankeschön an A. T. Greenblatt, Stephanie Feldman, Fran Wilde, Sarah Pinsker, Siobhan Carroll und E. Catherine Tobler für geduldiges

Lesen, tolles Feedback und ihre wundervolle Freundschaft. Auch ohne sie würde dieses Buch nicht existieren. Danke an meinen Agenten Barry Goldblatt, der von Anfang an an Wendy glaubte, und an meine unglaubliche Lektorin Sophie Robinson, die Wendy sah und sie wirklich verstand. Mein Dank gilt auch Jo Harwood, Hayley Shepherd und dem gesamten Team von Titan Books, das dazu beitrug, Wendys Geschichte den richtigen Auftritt zu verleihen und das Buch wunderschön zu gestalten. Danke an Matt und Amy Bush für Jahre des Lachens und der Freundschaft. Meinem Mann Derrick danke für alles und dafür, dass er der beste Lebenspartner ist, den ich mir wünschen kann. Danke an meine gesamte Familie, die an mich glaubt, mich unterstützt und mich begeistert anfeuert, auch wenn das, was ich schreibe, nicht unbedingt ihr Ding ist. Ich bin so glücklich, euch alle in meinem Leben zu haben. Abschließend danke ich J. M. Barrie für seine zeitlose Erzählung über einen Jungen, der nicht erwachsen werden will, und für all das Bedrohliche und Finstere, das sie in sich birgt.